法国大革命物语 1

革命的狮子

［日］佐藤贤一 著　　王俊之 译

上海译文出版社

目录

第一卷　革命的狮子

第二卷　巴黎起义

米拉波　普罗旺斯贵族。　第三等级代表议员

罗伯斯庇尔　律师。　皮卡第大区阿图瓦辖区第三等级代表议员

德穆兰　律师

内克尔　出身平民的财政大臣

路易十六　法国国王

玛丽·安托瓦内特　法国王后

露西尔·迪普莱西　富豪名门之女。　德穆兰的恋人

勒沙普里安　布列塔尼大区雷恩辖区第三等级代表议员

拉博·圣艾蒂安　朗格多克大区尼姆辖区第三等级代表议员

巴纳夫　多菲内大区格勒诺布尔辖区第三等级代表议员

穆尼耶　多菲内大区格勒诺布尔辖区第三等级代表议员

西哀士　沙特尔主教事务局长。　第三等级代表议员

布瓦热兰　普罗旺斯地区艾克斯总主教。　第一等级代表议员

塔列朗　欧坦主教。　第一等级代表议员

巴伊　天文学家。　第三等级代表议员。　国民议会首任议长

拉斐德　由美国返法的开明派贵族。　第二等级代表议员

奥尔良公爵　法国王室亲王。　自由主义者。　巴黎皇家宫殿为其私邸

丹东　律师

马拉　自称作家、发明家。　本职为医生

阿图瓦伯爵　路易十六之弟。　守旧派

弗雷塞尔　巴黎商人领袖

洛奈 巴士底狱总督

桑泰尔 经营酿酒厂的资本家

梅西·达尔让托 奥地利大使

第一卷　革命的狮子

Nous sommes ici par
la volonté de la nation,
et nous n'en sortirons que
par la force des baïonnettes.

"我们在这里，

是因人民的意志，

而非刀枪之暴力！

既如此，

就断不会离开！"

（米拉波 1789 年 6 月 23 日　凡尔赛，国民议会）

1

凡尔赛

雄伟壮观的宫殿威仪，倒是很快就令人习惯了。但这并非凡尔赛这片土地的真容。真正的凡尔赛，是那片郁郁葱葱绵延开去的广袤密林。

要说建筑，最初，不过是居于巴黎的历代国王狩猎休憩之所。而举一代之功，便将之改造为全欧洲首屈一指的宏伟宫殿的，就是被誉为"太阳王"的上上代法国国王——路易十四。

凡尔赛宫的营建，确是值得记入史册的伟大事业。坚砖高垒，宽阔的两翼一左一右舒展开去，而伐去周围的树木之后，又修建成了一座几何图形的庭园，池沼灌溉工程也以掘通运河的大手笔收工。

可是……

茂密的森林终究还是森林，就算多少加入人工的痕迹，也绝挡不住它那苍郁的绵延。作为辉煌人类文明的象征，凡尔赛宫越是名震寰宇，这片密林就越不服输，越发地绿意盎然，甚至更添了人工不及的野趣。

——稍有疏忽，即刻就会被其吞噬！

不意一股寒气袭来，内克尔不禁打了个冷战，心道，这彩带飘舞的大厅也好，摆满油光闪亮的美肉珍馐的餐桌也罢，包括那金光闪闪的日用器具，这一切的一切，尽被这片苍绿无情地吞没，无一幸免。

爬山虎沿树干盘绕而上，缠满枝头，直弄得密不透风，连阳光都难以透入。这密林内的黑暗，更令来自山国瑞士的他心生一股莫名的不安。轻飘的雅乐曲终之后，从未感受过的静寂，才是这里的绝对王者——又像在暗中警告内克尔，法国这个国家，深不可测！

——要说有什么能打破这沉寂……

枪声响起，爆裂声在密林中回荡。可一惊之下，心脏怦怦直跳也不过数秒。其间，虽不由眉头紧蹙，但随着枪响的回声慢慢远去，也就回过神来。啊，是了。那可是位天真之极的人啊。

所谓喜欢置身林中，也是因生性内向，不擅周旋，不喜宫廷之内的绅士嗜好。而除去狩猎，鼓捣锁就是他唯一的爱好了。一句话，这就是个不够机灵的老好人。嘟哝完，内克尔吩咐车夫，快点往前赶。

枪声近了。林中小道上只有两道车辙压平杂草的痕迹，四轮马车便显得有些夸张。马车走了近一个小时，这才终于能见到他了。

一七八八年十一月的最后一天，内克尔在密林深处寻找的，是法国的当今圣上——路易十六。

不如这样说，最初，是路易十六先来召见内克尔的。结果，到了凡尔赛宫才知道，陛下今天不在铁艺作坊，而是到林中狩猎去了，且是用完早膳不久便出发的。如此看来，今天的御召，陛下是忘诸脑后了？刚想到这里，内克尔便被告知，陛下留话，让他前往围场面会。

"唉……"

内克尔叹了口气，但又不能抗旨。不只因为这是尊贵的法国国王之愿，还因为路易十六正是自己眼下的雇主。

雅克·内克尔本是一位以精明强干闻名的投资家。这位资本家之所以会成为路易十六的朝臣，是因其以故乡瑞士的银行资本为后盾，纵横捭阖于国际金融市场的投资身手被波旁王室看好，故而被任命为王室的财政大臣。

法国王朝为严重的财政问题所困扰，时间已经不短了。路易十四一朝的财政赤字回天乏术，到路易十五在位期间，便演化成了慢性财政病。再改朝换代，到当今陛下路易十六一朝，法国终于被逼入了财政破产的境地。

作为财政官员，当然想打开目前的局面。这无疑是一展身手的大好时机，是以内克尔也是干劲十足。但宫廷可不是证券交易所啊。在这里，连寻常手腕都无法如愿施展。

——那群傲慢已极的贵族啊！

坐在镶以意大利高级皮革的马车车厢内，内克尔不禁都心生唾弃之念了。

内克尔今年虚岁五十六了，这也并非第一次入朝为官。最初被拔擢入朝是在一七七七年，当时的内克尔年仅四十四岁，精力充沛，正可谓以如日中天之势闪离了金融界。可仅不到四年，便在一七八一年被赶下台来。

因循守旧、积弊难除的那群贵族占据着朝中要职，本就不是法国人的内克尔更是动弹不得，陆续推出的财政改革方案横遭抵触，全成废案。

路易十六不来撑腰，反而轻易将自己罢免，要说薄情也确是薄情，但说到令人怒火中烧的，还是那帮贵族。这些家伙，乘王室财政不见好转之际，在自己下台之后似也是旧态不改，继续随心所欲、胡作非为。

内克尔之后，弗勒里、端木松、卡洛纳与德布里安先后继任，但再明白不过的是，这场走马灯般的交接剧无不以继任者的下台而告终。其中，卡洛纳与德布里安的惨败尤其内克尔。

这两位所受的打击，那才叫彻底。原因在于，为解决慢性财政困难，他们均将改革的矛头指向了贵族及教士的免税特权。

——也就是说，希望掌权者们多少合作一下，可……

一七八七年二月，卡洛纳向法国的权势们组成的"显贵会议"提交的改革方案横遭批驳。同年七月，德布里安向巴黎高等法院提请办理税法修正注册手续，又被严词拒绝。

这个高等法院，正是贵族——特别是世袭法官职务的贵族，即所谓穿袍贵族——的大本营。高等法院不听话的结果便是被德布里安驱离巴黎，赶到特鲁瓦去了，德布里安同时命部下拉穆瓦尼翁直接改革司法制度，想由缩小高等法院权限入手，重新打理。可王室阁员越是诉诸强硬政策，那帮傲慢之极的贵族就越是冥顽不化地闹事。

如今，事态已然恶化为王室与贵族之争了。

——哼，无聊，愚蠢。

铁了心袖手旁观的内克尔也不禁哼笑起来了。只会随心所欲信口开河的那群贵族大人，到底干得了什么？以为自己能解此大难，让法国渡过财政危机？果真如此，还用得着把我内克尔给叫回来？

内克尔官复原职，重登财政大臣之位，是在八月二十六日，德布里安下台两天之后。这也难怪，贵族之中实无人才代履此职。只会"特权、特权"地嚷嚷，说到底，不过是一群只求安稳、盘坐于既得权益之上，靠先祖遗产苟且度日的家伙。

——可我内克尔不一样。

下台经历丝毫没有撼动内克尔的自信。啊，资本家跟这群家伙不一样，可依恃的只有一己之才，唯有以不懈努力开拓人生之路。日夜埋头于工作，没时间嘟嘟哝哝发牢骚，而是在沉默中不断积蓄力量。倘非如此，这天下和这国家也就无法运转了。

"陛下诏小臣于御前，不知所为何事……"

寒气逼人时节，甫一开口，便是一团白蒙蒙的哈气。虽尚未降雪，但十一月的法国也已是隆冬节气了。真是令人无可奈何啊。找到路易十六时，已到凡尔赛密林的深处，都接近朗布依埃了。

这位国王依然是不通世故啊。这就是内克尔此刻最大的感触。撇开不合时宜的着装不谈，路易十六也是个身材圆润的男子。

不，一出生便在凡尔赛饱食终日，膘肥体胖本身或许也是没办法的事。可即便如此，胖人也该有胖人特有的旺盛精力与活力，最重要的是，该有阳刚之气才对啊。

——说白了，这位是既单调又乏味。

且其老态，令人不敢相信他只有三十四岁。可能是缺少朝气蓬勃的霸气吧，还会给人一种万事皆不挂怀之感，就算臣下多少失礼，似也毫不为意。这对侍臣而言，可就令心情轻松多了。路易十六身上，没有身为法国国王便难以接近的那股帝王之气。

即便是狩猎途中小憩，路易十六也是驻马于小道，直接坐到树荫下的杂草之上。这一点也一样，说他不会惺惺作态也对，说他事不经心也对，但要责之以不够威严，也的确是缺少了王者应有的领袖风度。

——正因如此，才会被唯一优点就是自尊心强的贵族们轻视！

不知施压于人的这位国王，每每令内克尔焦急和不耐。

虽然路易十六听不到内克尔的腹诽，但脸色却略显阴沉。听内克尔此问便回道："哎呀呀，身为财政大臣，阁下也真会装糊涂啊。"

"要说眼下这大事，也只有全国三级会议这一桩啦。"一待挑明，路易十六便再也无话，接着摆弄手里的猎枪。端起来指向空中，闭起一只眼瞄一瞄，对自己所说的大事似乎并无兴趣。要说心情不好，也像是无趣的棘手之事破坏了玩乐的心情这般地微不足道。

这且不谈，先说全国三级会议。

所谓全国三级会议，就是法兰西王国的议会，其历史可以上溯到十四世纪。教士为第一级，贵族为第二级，平民为第三级，由这三大等级的代表议员就国家机要问题展开讨论，共主国政。但随着专制王权的加强，这等会议早被废弃了。

最近一次会议是在一六一四年，由波旁王朝第二任国王路易十三召集。也就是说，三级会议都一百七十多年没召开了。此间完全无视三大等级意见，奉行绝对王权。而这一次，擎出这被遗忘至此的中世纪遗物的，正是巴黎那群穿袍贵族。

怎么回事呢？一七八七年七月，贵族们拒绝德布里安改革方案并进言王室，高等法院无权认可新税征收，如果非要让我们合作，那就召开全国三级会议，共议此事。

——什么全国三级会议？这都什么时代了。

当初，这虽被视为厚颜无耻的遁词，但慢慢地，大半法国人又当真琢磨起来了。

因为，拉穆瓦尼翁刚一宣布司法改革，即刻被解读为对高等法院的压制，最终，抵抗运动的洪流冲出巴黎，向法国全境蔓延。这时，令呼声自然收敛的，便是召集全国三级会议的旨意。

八月八日，迫于情势，路易十六正式诏告天下，召开全国三级会议。也就是说，傲慢的贵族们如愿以偿，王室让步了。

"可他们依然在纠缠不休，不是吗？"

树荫下的路易十六一边装弹一边问。还没等内克尔作答，御狩随从便由一旁跑了过来。陛下，猎犬们叫起来了。那疯劲儿，这一次，说不定就是盼望已久的野猪啊！

"噢？快！出猎虽是兴之所至，可再怎么说，打到的要总是些干瘦的野兔，朕也无法尽兴而归。"

吩咐备马之后，这才转身问内克尔：

"他们到底还有什么不满？"

内克尔不由一愣。路易十六问的，自然是全国三级会议，可这事，要来问我内克尔吗？您不是这法国的国王吗？抓住已然返乡瑞士的我，来问法国的事情？

一开始，内克尔也想过，陛下此问是否有言外之意？或是有意吐露众所周知之理，好将心中愤懑倾吐一空？不，不可能。路易十六可没有如此演技。但话说回来，就算如此又有何妨呢？能掌当今法国之舵的，非我内克尔莫属了嘛。

如此认定之后，内克尔答道：

"关于全国三级会议之召开方式，意见有所分歧。一方认为，应取多菲内式，另一方则认为，应取一六一四年式。"

"这一六一四年式是……嗯，知道。就是巴黎高等法院在九月、显贵会议在十一月六日所要求的方式。即依旧式召开，对吧。那这多菲内式是？"

内克尔闻言不禁叹气。唉，路易十六果然是当真不知啊。可毕竟，财政大臣也被视为事实上的内阁首相，也只能由我来说明了。

2

多菲内式

多菲内大区位于法国东南部，在阿尔卑斯山山麓，是反司法改革运动最为激烈的地区之一。六月七日，在大区首府格勒诺布尔，居民与出兵镇压的军队发生冲突，酿成了流血事件。

紧接着，七月二十一日，有志之士又在其近郊维齐尔城城堡集会，非法宣布要召集大区三级会议，以进一步推进抵抗运动。其间，多菲内大区三级会议尝试了几种新的会议方式。由此形成的多菲内式得到了为启蒙思想倾倒的开明派——近来已被称为"爱国派"——的支持，并成为全国三级会议召开之际会议形式的另一选项。

"那这多菲内式与一六一四年式，何处不同，又是如何不同呢？"

"回陛下，不同有二。一为三级会议议员人数。"

"请讲。"

"若为多菲内式，则第三等级代表议员人数是过去的两倍，即为教士与贵族两者代表之和。若将此原则用于即将召开的全国三级会议，教士代表三百名、贵族代表三百名，那第三等级代表将达六百名。"

"这就是高等法院及显贵会议所代为陈述的两大特权等级的不满喽？"

"此外，还有审议形式的差异。"

"请讲。"

"一六一四年式的审议由三大等级各自进行。但多菲内式则是三大等级齐集一堂，不同意见同堂论战交锋……"

"也就是说，等级差异悬殊，不会有什么正经讨论喽？"路易十六确认道。其表情毫无变化，亦无窘态。也就是说，话里并无他意。可是……

——陛下正在垂问的我内克尔，可是平民出身啊。

内克尔把这愤懑之言咽了回去，他不得不调整自己的想法：或许，陛下抓住了要害。内克尔想到，即便"不会有正经讨论"这话带着讥讽，但那傲慢已极的贵族所谓的不满，一语即可道尽——不想与平民相提并论。按等级集会审议，这才能体现其特权，且是有保障的最佳形式，如不能确保便立即感到被羞辱了——这不过是孩子气而已。

——虽非时下流行的让·雅克·卢梭，可是……

到最后，再倡导什么万民平等，就是可忍孰不可忍了。内克尔回过神来，回道，不，陛下，恕臣斗胆直言，非因等级不同而讨论不成。

"共同审议之争，问题出在投票方式。"

"请讲。"

"各等级分头审议的一六一四年式，不用问，表决亦在各等级内进行，汇总而为全国三级会议的总决议。此时，各等级均有一票表决权。"

"这很合理啊？怎么……"

"陛下所言极是。但陛下试想，假若在全国三级会议就新税增收展开磋商，却被教士与贵族否决，只有第三等级表决通过，那全国三级会议总决议的投票结果就是新税方案以二比一被否决。"

"……"

"据精通史学人士说，有一种说法认为，自古以来，非三大等级全场一致，全国三级会议的表决即被视为无效。"

路易十六的脸色阴沉起来了。这边的内克尔则不由感叹，陛下这一惊，实在是惊得太迟啦。但路易十六的沮丧他也并非不理解。也就是说，如若采用一六一四年式，如意通过表决的将只有特权等级，而国王所提的方案即便有第三等级的支持，也从一开始就注定将遭否决。

"但多菲内式不同。共同审议，将破除等级壁垒，各议员一人一票，而投票结果将即刻成为全国三级会议的总决意。请陛下回想一下，方才所说的议员人数问题。"

"讲下去。"

"同样是全国三级会议就新税增收展开磋商，教士与贵族代表议员同样投下反对票，而第三等级代表议员则全体投出赞成票，如此一来，投票结果就是六百对六百，新税方案就不会被否决。最坏，也就是退回重审。而两大特权等级之中，只要有一位议员投出赞成票，新税方案就将以六百〇一对五百九十九表决通过。"

路易十六闻言眼睛一亮。看来，虽贵为一国之君，但其真正想法也只有一个，就是无论如何都想让新税增收获批。一句话，想要钱！但内克尔也知道，此等浅鄙之言，国王断不会说出口。

"这个嘛，身为财政大臣，无论如何，微臣都欲采用多菲内式，可……"

"能办到吗？"

"问题就在这里。"

事实上，只要采用多菲内式，表决通过的概率就会提高。若税案是让两大特权等级负担国家财政的赤字，第三等级必生共鸣。如再以大臣之位或高额养老金为诱饵，要从教士、贵族等级中拉拢一两个议员也易如反掌。特别是，特权等级中也有被称为"爱国派"的开明派贵族。但可以想见，两大特权等级的反对也非同一般。

"陛下！微臣以为，这需要高度的政治性判断。"

内克尔接着说道。路易十六以沉默催他说下去。

"也就是说，暂且只诏告天下，倍增第三等级代表议员的人数。不知圣意如何？"

"这……两大特权等级会满意吗？"

"他们不会满意。不过，尚有妥协的余地。"

若只是第三等级代表议员的人数加倍，两大特权等级的优势并不会动摇。关键问题在于，是认可共同审议，还是按人数投票。

"关于审议与投票方式暂且保留，不知是否可行。这一点，待到全国三级会议召开，由议员们自行决定，如何？"

猎犬们的嘶吼已是非同寻常了。陛下，果然是野猪！还是吃足了橡子儿，滚圆滚圆的大野猪！随从们的声音，与其说是喜形于色，不如说是将到最后关头的刺耳尖叫了。是为让主公亲手射中猎物，这才特意按兵不动，不发一枪的吧。虽是让猎犬们将野猪团团围住，令其无处可逃，但可能眼看就要撑不住了。何止如此，照此下去，甚至还会受到负伤野兽的攻击。若受了伤，再遭遇国王的龙颜不悦，那才真叫亏大了呢。

路易十六突然沉着尽失了。恐怕不是觉察到了随从们的想法，而是不想让猎物逃走吧。接下来对内克尔说的话，也明显透出了不耐。

"财政大臣阁下，如此，王室之意就能通过了吧。"

"微臣将前往议事厅，说服众位议员，仅作为财政议案的特例，采用人数投票制表决。"

"所以，这事就能通过。这样的话，嗯，很好。接下来该当如何，全权委托财政大臣阁下定夺。"

路易十六伸手抓过马缰，在侍从们的帮扶下跃上马鞍。那神情，可谓愉快之极。随后，他又确认了一下猎枪背带，便撒马踏草而去了。

"接下来，全权委托阁下？"

只剩孤零零一人的内克尔啐道。事情可没那么简单，纷争避之不开。那帮贵族的自尊心可是几近固执。

——可话说回来……

噗哧！内克尔不禁笑喷出声。想不到，平素愚钝的路易十六，身手竟是如此矫捷。何止是矫捷，那在马背上上下颠簸、渐行渐远的浑圆背影，透出的又是何等的安心之感啊。说不定，是老婆煽风点火了？那出了名的奢靡夫人，玛丽·安托瓦内特王后，是否又死缠着他，非买新的宝石不可了？

内克尔这一笑，可就停不下来了。笑着笑着，连心情都明快了起来，甚至目下的困难局面都感到不足挂齿了。啊，是的，区区三级会议，不是什么大问题。一六一四年式也好，多菲内式也罢，无所谓。就算新税增收方案被最终否决，也不足以大惊小怪。

——只要全国三级会议能如期召开，就已足够。

在内克尔看来，法国的财政困难，非因根本性的国家机能不全，而是单纯的政策失误所致。

王后的奢靡完全可当个笑话，巨额战争费用才是真正的痛处。尤其是插手什么美国独立战争，真是败笔。没有任何回报，只会招致英国的仇视啊。这无谓的出兵就是一场灾难，一举便令法国落入了破产的境地。

话虽如此，可也并非已身陷绝境。至少，资本家还有经营的智慧与常识可恃。是的，实际上，要解决财政困难易如反掌。

——只要能实现大型融资，即有可能重建法国财政。

目下，法国的国家信誉已因国王失政而滑落至最低谷。这就像公司的虚假经营令人愕然，再也找不到借款之人了。既如此，那就重树法国的信誉。

——全国三级会议意义重大。

之所以说只要能召开就万事大吉，是因这本身与经营决策层的革新具有相同意义。全国三级会议可纠正王室重视速度而不重质量的施政，因此今后的法国就能沿着更为安全也更为稳健的方向前行。只要透露出这一信息，仅此一点，就能让目光敏锐的金融界转向法国。

——接下来，就看我内克尔快刀斩乱麻的手腕了。

到那时，就用不着开什么全国三级会议了。既如此，吵吵什么议员定员、审议方式、投票方式，也就没有意义了。当然会有人连议员选举方式都要嚷嚷，这有违传统，那又不公平，但哪里的谁谁谁当选，又是如何当选之类，并没那么重要。

——只有这无聊文人，可真是令人挠头啊。

最后，内克尔自语道。是啊，唯独这无聊文人，真是个大麻烦啊。说我内克尔只是多少积蓄了些钱财，不过是思谋欠周又无远虑的虚荣之徒！是只会赚钱的骗子，不能委以政治大任！他们很可能会靠这类没完没了的坏话误导舆论，拖我内克尔的后腿。无聊文人真是麻烦啊！

想到这里，内克尔咂了一下嘴。就在前天，他刚到高等法院活动，催发了一张逮捕令。以极尽煽动的文字攻击财政大臣之人，是个因生活放荡得到报应，形同破产的家伙。到最后，只要能拿到几个钱，就满不在乎地中伤优良企业、批判王室施政，真就是个卖文求生之徒。哎呀，真是麻烦。对了，说起来，那家伙也是个低级贵族呢。

——要没记错，这位家道中落的伯爵，是叫米拉波吧。

一当在四轮马车的车厢里沉下心来，内克尔突然又有些难为情了。就因这种无聊之人，竟催发什么逮捕令……这是不是有点孩子气。要来得及，是否该尽快取消呢？

"不管怎么样，先发车吧！"

这会儿，凡尔赛密林之内，光线已较方才更为昏暗。要是连看不到影子的鸟都在阴森森地尖叫，那这厌恶之情，就并非全无根据的怯懦。因为，这就是那不久之后的不吉前兆。这时节，夜，来得早了。既非频繁出猎，地形不熟，弄不好，可就连回去的路都找不到了。到那时，没入这夜色之中，不开玩笑，就是遇难啊。

"嗯……快！"

内克尔提高声音吩咐车夫。他在心里自语：这就是"走为上计"啊。

3

普罗旺斯

"这也叫真正的议会？"

这也叫真正的代表？米拉波第一个吼了起来。

洪钟般的低音，带有不容置辩的如虹气势，威严中透着从容，基本可以说，这就宛如雄狮的咆哮。之所以自认为如此，全因头上那隆成小山，并一簇簇披垂至脖颈的卷毛假发上撒满白粉，又整理得一丝不苟之故。

再配上高出常人一头的个子，背部墩厚几至隆起的健壮身躯，一定会令人联想到勇猛异常的狮子。预想到这一效果，为人刚烈不好招惹的米拉波加入了论争。

——嗯。不坏。

狮子的演出与已届不惑的年龄也是堪称绝配。

年少老成，年长后却又愈显年轻。因而对米拉波而言，四十岁就是最为自然也最为舒适的年龄。啊，也就是说，这一直郁郁不得志的人生，终于要渐入佳境，迎来鼎盛时期了。我米拉波要成百兽之王，就在此时！

就这样，他不惜一切走出的这步棋，不见得会落空。实际上也确实如此，当洪钟般的声音在设于艾克斯市政厅的议事会场内回响，直震得四壁乱颤，也的确给了在场者们可信的灵感。

"米拉波，您是真正的英雄！"

这反应也是不出所料。

是的。没错。我们一直在期待您这样的救世主。是的，您直接道出了我们的心里话。就连不知该怎么说的，都为我们说得一清二楚啊。

一直鸦雀无声的议事厅内就此炸锅，人声鼎沸，又是鼓掌，又是跺脚，鼓噪到最后，干脆把上衣脱下来，举过头顶猛摇，一张张脸上全是兴奋！也不只是兴奋，甚至还看到了喜悦。是这样。果然如此。人们在期待着我米拉波的出现啊。

米拉波心中暗喜，但还不至于忘乎所以。因为，这一波波的赞颂之词，全从并无发言权的旁听席涌来。

"肃静！肃静！"

说多少次了？早就警告过，擅自开口即刻轰出议事大厅！

拉斐尔先生很不耐烦地把木槌砸在了桌子上，吹胡子瞪眼地咆哮起来。大区三级会议的议长一职是由艾克斯市执政官兼任的，这等大人物一反平素之庄重，当真动怒到如此地步，那所谓威严和风度也就全都付之东流了。

就是用木槌砸桌子，那动静，也已是难言震慑，何谈震慑，甚至会传达出一种暴力性信号。旁听席上的喧闹勉强慢慢收敛了，可这两方不相上下的激烈，也是这块土地上令人怀念不已的特有风情。

——哼！我米拉波离开普罗旺斯，都多少年了呀！

法兰西王国最为边远的这块土地。

普罗旺斯既处王国东南一角，又临碧蓝一片的地中海，反而是离意大利、西班牙等国更近。要想到王国北方的巴黎、凡尔赛等地，就算顺利弄到了马，那也得走六天左右。所以，那边发生的事件，再怎么惊天动地也像是在另一世界。可即便如此，唯有这王室布告，还是会一无缺漏地送抵这边陲之地。

法国到底是一个国家，不可分割啊。也正因如此，我米拉波才特意回来，落脚这偏僻的普罗旺斯。

"是的，的确如此。去年，全国三级会议的布告遍布王国每一个角落。更为详细的规定则为今年，即一七八九年，一月二十四日所颁的御诏，自此，各地便行动起来，依王命选举议员，拟写陈情书。可唯独这普罗旺斯，竟染指于荒谬之事，这究竟合不合适呢？"

米拉波痛斥的荒谬，是指普罗旺斯大区的议员选举与陈情书的拟写，是依大区三级会议的规格进行的。

与全国三级会议不同，大区三级会议是地方性代议机构，只有被称为"三级会议大区"的特定大区予以认可。这是一种地方特权，除支持并协办王室课税事宜外，还全权负责区内的公共事业等。但是……

"无论如何，唯这次选举可谓特例。所谓全国三级会议议员，其选举必须公平、公正，在整个大区内，由所有司法总管辖区各自选出！"

这里提到的司法总管辖区，是王室设于法国全境的地方代理官员的行政辖区。普罗旺斯大区也不例外，同样划分为几个司法总管辖区。但这个"不例外"，有人不喜欢。

"大区三级会议特权，朗格多克不也认可吗？"

"听说，布列塔尼的选举也归大区三级会议管辖啊！"

"不要只挑普罗旺斯攻击，寻衅滋事哦？"

这次起哄来自议席。比起方才旁听席中的喧闹，议席这边也并不文雅，同样是又拍手又跺脚。尤其是议席中的发言同样未经议长许可，但拉斐尔这次却是听之任之，未加追究。议席这边见状暗喜，很有些乘机施威、大喝倒彩的迹象。

既被称为英雄，既被称为救世主，这等举动，我米拉波岂能容！

这股倒彩，被米拉波用自满的洪大音量扑灭——

"所以，就让自己一并沦为笑柄？"

"……"

"不只是法国，注视着我们的，是整个欧洲。想清楚了再开口不迟。"

这次的议事纷争不为他事。无视区民疑问，普罗旺斯大区三级会议的召开一点一点确定了下来，终于在一七八九年一月二十六日按预定计划宣布开幕。三十日，开始审议议员候选人受理及陈情书事宜，而突然在议事厅内提请演讲的，正是米拉波。

"关于事实上非法的普罗旺斯人民代表"——打出如此胆大之议题，欲将自身所在的议事厅化为一团废纸，这可非同小可。

"的确，普罗旺斯是三级会议大区。"

米拉波再次开始演讲。

可尽管如此，一六三九年的大区三级会议就成了最后一次，至今都没再开过。取而代之的只有一年一度由各市代表在朗贝斯克召开的政府集会。

"所以说，才必须复兴大区三级会议嘛。"

"说一六三九年是最后一次的意思是，大区三级会议早被黎塞留毁掉了！"

"米拉波，你小子是不是在巴黎生活太久，完全让北方给同化啦！"

毫不退缩的议席又起哄了。顺便一提，这个黎塞留，是活跃于上世纪的前朝宰相。作为全境强推集权化的"暴君"，此人在法国可谓童叟皆知。

米拉波接话道，但当今圣上——路易十六陛下，可并非暴君。

"召集全国三级会议就是明证。也就是说，国王陛下不是要将政策单方强加于民，而是要垂询各等级意见。"

"既如此，大区三级会议又有何不妥呢？"

"正如方才所陈，大区三级会议所选议员，并非真正的代表！"

"何以见得？"

"因为议席资格限制过多。若贵族议员仅限于世袭领主的贵族，那就无以代表并无封地的多数贵族。若教士议员仅限于生活富足的主教、大修道院院长，那就无以代表教会中的清贫司祭。而第三等级议员，则不过一群市长、执政官，且其多数，都是事实上的贵族！"

演讲中，米拉波一直以近于恫吓的高音，将不断试图打岔的起哄压了下去。国王陛下召见的，果真只是领主贵族或拥有封地的人吗？而说到教士，要召见的，也只是高级教士吗？倘如此，他们也无异于贵族。那无名的人民，究竟由谁来代表？

"你是还没睡醒在说梦话吗？什么平民？本来就跟这事没啥关系吧。"

"对，就是！这是国王与贵族之争。"

"说是改造社会也不夸张。王室纵容奥地利女人穷奢极侈，我们要以贵族荣誉团结一心，迫使其反省！"

米拉波闻言，差点哼笑出来。哼，什么改造社会？就算放此豪言，庸庸碌碌的贵族又能干得了什么？最多，也不过是对农奴强取豪夺罢了。

"对，对，说得没错。古老而美好的传统是神圣的，非坚守不可！要是其他地方半途而废，那普罗旺斯无论如何都要选出意志坚定的议员，捍卫领主与教士的免税特权！"

议席中那些家伙接着喊了起来。事实上，第三等级代表人数倍增的王室规定，普罗旺斯大区的三级会议并未认同，而是奉行与教士、贵族同等人数的方针。并且，若第三等级代表从无异于贵族的实力人物中推选，那实质上，就没有一个议员能代表平民。

"这可就是咄咄怪事了。教士等级有教士等级的愿望和要求，贵族等级有贵族等级的诉求，但陛下所召集的，可是全国三级会议。这里的议席，同样赋予了第三等级。国王陛下圣心仁厚，也想倾听无名庶民的呼声。"

"对啊，对啊，米拉波说得太对啦！"

议长拉斐尔又一次敲起了木槌。不用问，这半路杀出的赞同之声，又是来自旁听席。也难怪，普罗旺斯的大区三级会议，议席属于贵族或与贵族无异的高级教士及上层市民，而为根本得不到发言权的庶民准备的，则只有旁听席。

"多少也要对自己的等级有些自知之明！"

那敲击不止的木槌似也传达出了这样的斥责，可旁听席上已是充耳不闻了。因为，米拉波已经喊出了那个神明般的名字。

哈！吓唬谁呢，拉斐尔，你以为你是谁啊？一副了不起的样子。至多，不过是区区艾克斯的执政官嘛。你小子这样的，我会怕？

"国王陛下可是站在我们这边！"

听说要召开全国三级会议，这就是庶民们的认识和理解。

4

觉醒

事态发展令人意外。全国三级会议的召集，的确是贵族运动的结果。贵族们颇为夸张地嚷嚷，贵族特权要被剥夺、贵族特权要被剥夺，并把王室描绘成了十足的恶人。结果却适得其反，庶民这边的尊王意识反比以前更为强烈了。因为在庶民看来，贵族才是要夺走自己小日子的恶棍。

问题不在是否支持新税的增收，事情可没这么轻巧。既然贵族与教士享有免税特权，那法国的纳税人实际上就只有平民。至少，直接税是如此。

当然不是不想纳税，毕竟是蒙受皇恩嘛。可除此之外，还不得不向领主贵族缴税纳捐，不得不向教士支付"十一税"这一布施金……这可就是三重税捐，刮地三尺了。可是，尽管委实难以接受，但显贵会议不会让平民参加，高等法院也没有平民的位子，微不足道的庶民连发言的可能性都没有。

正在郁闷愁苦中度日如年呢，国王陛下突然毫无征兆地宣旨召集全国三级会议了。也就是说，要听一听尔等的心里话。

不兴奋？根本不可能！劲头不在教士与贵族之上？根本不可能！要继续垄断发言权，不让我们说话？那本应尊之敬之的教士也好，贵族也罢，断无不被底层平民怀恨之理了。

——这情势，庸庸碌碌的贵族是看不到的。

不。就是朝中大臣，对这一点也决计是始料不及；就是第三等级自己，即便意识到了热血已在体内横冲直撞，怕也并不清楚到底该怎么做，到底该向何处去。

——但我米拉波不一样！

米拉波在议事厅内站的时间越长就越加自信：唯有我米拉波清楚！是啊，我清楚得很，就像一切都在掌握之中。居高临下地拿木槌威胁，人们也再不会沉默！尽管已是隆冬时节，但背上热气腾腾，连面向大路的玻璃窗都因之蒙上一层雾水的人们，不会因迂腐的威胁就打退堂鼓！但他们也并非无论如何都静不下来——

站在演讲台上，米拉波缓缓地抬起了右手。仅仅是这一手势，根本就不把议长的制止放在眼里的人们却鸦雀无声了。不出所料。

与议事厅内人声嘈杂的狼狈相反，米拉波对此毫不为怪。话虽如此，可当事态发展果真与预期一致到这种地步，那接下来的话，自己听来都有些预言色彩了。嗯，不妨就此回到原点，从根本上思考一下。也就是说，就算将陛下圣意放到一边，要思考法国的未来，无视第三等级是否合适？现下要考虑是这样的命题。

"我认为，第三等级才是最为重要的等级！请大家想象一下，没有第三等级，而只有两大特权等级，这个国家还有国家的样子吗？"

法国约有两千三百万人口。其中，教士不足十万，贵族也在四十万以下。也就是说，剩下的两千二百五十余万人口，都是第三等级。

"既有如此人口，仅此一点，就算没有两大特权等级，也依然能够缔造国家。"

议事厅内嘈杂起来。反感的情绪化为一股令人不安的气息。但这一点，在将想法化为具体语言出口之前，米拉波就预感到了。

但我米拉波并不是说，能使国家成为国家的等级就比两大特权等级优越。即便后世会如此，但归根到底，我本人也是活在当代，所以无意独自脱离当前的时代常识。如此一来，即使拷问当下的时代正义，对自己的上述判断也没什么用处。但我仍要拷问。就算在我们生活的这个时代，也不能说无法令国家成为国家的两大特权等级就比作为国家本体的第三等级优越，不是吗？也许有人会反驳说，贵族特权终究高贵，也有为民尽义务的准备。但如今，再怎么如此自说自话，怕也只会以徒劳而告终。因为这等谬论，万民绝不会认同。

"万民并不认同我们！"

高声喊出这句话时，米拉波宛如咆哮一般露出了门牙。要说他的真实意图，也确实想恫吓一下在场的贵族，让他们就此丧胆，动弹不得。啊，这也并无不妥。是狮子，就要露出獠牙！

议事厅内万籁俱寂，鸦雀无声，宛如被狮子盯住、自甘落败的兔子一般。可兔子之中也有勇者。话虽如此，但与其说是勇者，不如说是久已淡忘什么叫屈居人下，傲慢到了冥顽不化之人吧。

出言驳斥的，正是那位议长——拉斐尔。

"米拉波，你自己不也是贵族吗？"

此言不假。有确凿依据可查，奥诺雷·加布里埃尔·里克蒂·德·米拉波是地地道道的普罗旺斯贵族，渊源可追溯到十六世纪，且贵为伯爵，在贵族中也是令人艳羡的对象。倘非如此，在非同寻常的普罗旺斯大区三级会议中，维护旧制度的封建势力也不会授之以席位，不会允许他在讲台上发言，那他就只能在旁听席上发出嘘声了。

"不错！敝人确是贵族中的一个无名小辈，且对身为贵族颇为自负！"

一当米拉波承认，议席中的人们便立即解读为他已重回守势，于是就很有些重振旗鼓的样子。既如此，还为什么平民操心？没这道理。莫非是时下流行的卢梭思想影响太甚？

"要这样，还是放弃贵族身份为好啊。"

"不等放弃，就先以大区三级会议之名将他除名了。"

"呀！早就没什么资格自称贵族了吧！说起放荡不羁、丑闻不断的米拉波伯爵，那可是普罗旺斯贵族的耻辱，这连三岁孩子都知道。"

"败絮其内的贵族，有何面目恬不知耻地重回普罗旺斯？"

这一次，米拉波没想再恫吓谁，而只是把求助的目光投向了议长席。再怎么说也是有社会地位的人，没理由被如此对待。拉斐尔这家伙，最喜欢对弱者表示同情了。啊，知道了。肃静！肃静！

"这个……米拉波伯爵，若你也是贵族，是不是站在贵族立场上发言为好？"

"作上述发言的原因就在这里。正因是贵族，我才会说。我只是希望，我们的等级能有自知之明，来日必被剥夺之物，先一步给予为上。"

"你说'被剥夺'？还说什么'自知之明'？"

"拉斐尔阁下，在此，想请您回顾一下历史。"

"这回，又改说历史了？"

米拉波闻言点头，但已不再看议长了，并且，目光越过议席，而只向着旁听席继续说了下去。是的，就是历史。无论在什么地方，也无论什么时代，贵族，终将被赶下台来，与人民为友。若这人民之友从贵族中来，必率先遭到其他贵族攻击，这也是一种必然法则。

"古罗马的格拉古兄弟，就是这样殒命于爱国者眼前的。但那高空飞舞的骨灰，却唤醒了复仇之神。正是格拉古兄弟的死，换来了马里乌斯的生。马里乌斯之伟大，不在将辛布里人扫荡一空，而在将罗马贵族拉下台来。"

顺带一提，米拉波所说的格拉古兄弟是罗马共和国的两位保民官——提比略·格拉古和盖约·格拉古，他们都曾坚决推行国政改革。马里乌斯同为国政改革英雄，与名门为敌，是一位著名的平民英雄。

对此，旁听席上的平民百姓可能无法准确理解。格拉古啦、马里乌斯啦这些名字就算在哪里听到过，但其历史，多数人也并不清楚。可即便如此，只要这些话是出自米拉波之口，那听起来就像是很有道理，就足以陷入十二分的狂热。

实际上也确实如此，旁听席上的兴奋真能让人联想到大炮的怒吼。议长的木槌自然是敲击不停，但这捶打般的声音已被完全淹没，根本听不到了。

"好！说得好！您是最棒的，米拉波！"

"果然是英雄！第三等级的英雄！"

"做什么贵族? 太可惜了!"

在七嘴八舌、众声高喊的洪流中仍能听得到的, 或许只有自己的声音了, 米拉波给出了最后的一击。

啊, 特权等级, 可悲啊! 因为特权毫无保障。因为特权必然灭亡。

"但人民永生!"

人民永生! 人民永生! 米拉波反复高呼, 直喊得喉咙都要破了。

兴奋不输大众的天生激情家任由热血在体内沸腾, 一往无前。米拉波的人生之路, 一直都是这样走过来的。而对方的心也必为所动, 不用喊就会跟上来。这就好, 这就好。米拉波虽也这样想, 却总是摆脱不了最后的那点冷静。不, 应该说是无法摆脱吧。

"啊! 米拉波, 你并非只是个怪物!"

米拉波举起两只大大的拳头, 接受着无休止的赞美, 但内心却暗自冷语: 怪物? 说到底, 我并非什么气宇轩昂的狮子, 而只是个怪物吗?

——啊! 我米拉波, 就是个怪物!

米拉波承认道。事实上, 他就是以这样的话自我调适, 克服艰险, 一路走到现在的。

这不是任性固执。对于非怪物走不了的人生之路, 米拉波甚至颇为自负。所以, 做一个怪物就好。倘非如此, 这次的事就力不能逮啦。啊, 就从普罗旺斯入手, 由我这旷古未闻的怪物, 倒转法国的乾坤!

5

遭厌

实际上，米拉波相貌丑陋，大小不一的黑点，标示着不堪入目的满面疮痕。

在他很小的时候，因天花治疗失误，脓包破裂，面容被毁，留下了伴他一生的疮痕。第一次见到这张脸的人，无不脊背发凉。因此，即便被揶揄为怪物也不足为怪。但一方面，他被人蔑为怪物，另一方面，米拉波自己也有意选择了破天荒的人生之路。

十七岁从军，二十二岁荣升上尉连长，至此，作为贵族世家的长男，人生之路还算理想。可就在这时，米拉波退役了。甫一退役，他便逃到了普罗旺斯。放荡不羁的生活，就此开始了。

热衷于豪赌并欠下巨额债务，而为还债，又染指来路不明的投资。再之后，便是抓到什么算什么，信笔为文。

就是现在，一七八九年，米拉波也是自称作家。当然，他并非要在文坛博得大名。如果勉强说名气，那也是恶名。剽窃抄袭面不改色，甚至以自己名字擅自出版他人作品的事都干过。当然也会自己写，仗着小有文才，只要能拿到稿费，一向是来者不拒。政治评论、历史小说、色情文学，以及对他人的中伤诽谤，米拉波是有求必应，无所不写。

要说其毫无节操，那这厢刚应富兰克林先生之请写了新兴美利坚拥护论，那厢便依约瑟夫二世陛下之愿为旧态依然的奥地利大唱赞歌；要说其性质恶劣，那就是狠敲圣·夏尔银行、佩里耶巴黎自来水公司等颇有势力和声望的企业，以收取对手企业的巨额报酬。

而这些轻松到手的不义之财，又因不计后果的盲目浪费吐了个精光，何止精光，甚至借下了成倍的债务。算来已有四十年的人生，若只是如此这般无休止的金钱出入倒也还好，要说出入频繁、往来密切，还得说其经历的女人，数量之多那也是超出常规。

米拉波并不因相貌丑陋而自卑，何止不自卑，且很早就意识到，女人这种视美为命、反复无常的生物，更易被自己那神仙也无能为力、宛如野兽般的丑陋吸引。不，女人，期待着男人的野蛮征服！

米拉波倒是结婚了。妻子叫爱弥尔·德·马利涅那，但这位二十二岁出嫁的富有贵族的千金，他反倒没正经碰过就遗弃在了普罗旺斯。不如这样说，因他很快就有了情人，而这情人又不是别人，正是他的亲妹妹。此一丑闻一出，在观念保守的地方社会，那就实在是呆不下去了。

可话虽如此，跟妹妹那档子事，不过是小小的恶作剧而已。之后，米拉波并未自制，走到哪里，情人就交到哪里，且每一次，都有轰动性丑闻流布于世。特别是把手伸向多勒市会计院院长夫人菲·德·莫尼尔等人时，不开玩笑，丈夫一家的怒火差点送他见了阎王。

米拉波自己也认为，这实在是愚蠢、糊涂。美人也好，贵夫人也罢，脱光了还不都一样？可虽如此达观，但内心的躁动就是静不下来。赌博如此，投资如此，如政界消息灵通人士一般四处活动还是如此，内心深处渴望激烈再激烈些的那股激情，米拉波无以遏止。

——为什么会这样？

自我反省时，在心灵扭曲的最深处端坐着的，无疑就是自己的父母。最先疏远这副丑容的不是别人，正是自己的亲生父母。

甚至，他差点被母亲用手枪射杀。但说起来，这件事怕也是母亲被一时激动所驱，不过是突发性的偶然过失。如此为母亲辩护的米拉波承认，并没得到母亲的宠爱，但也不怎么恨她。

——令米拉波恨之入骨的，是父亲维克托。

米拉波侯爵维克托·里克蒂不只是一个简单的乡下贵族，他还是一位持重农主义立场的经济学家，著有《人民之友》《租税论》等。但随着米拉波的成长，知道的越多，就越是无法容忍父亲装成一个自由主义进步人士的假面。因为，在家里，不停咒骂儿子丑死了的父亲毫无开明可言，而完全是一个暴君。

米拉波的反抗是激烈的。也可以说，正是年幼时的反抗，不知觉间造就了今天的叛逆。

但另一边，这位侯爵父亲也毫不退让。既然无视自己意向，严命也是充耳不闻，还到别处借下巨款，或与众多女子屡曝丑闻，便当即采取措施代管其财产。不只如此，提请王室发出监禁令，批捕儿子也是在所不惜。

于是，米拉波相继被关入马赛海域的伊夫城堡、汝拉山中的茹城堡及巴黎郊外的万塞讷。所以实际上，米拉波有过长达数年的狱中经历。虽说是借债与外遇的报应，但从另一方面来说，遍历瑞士、荷兰与德国的越轨的放荡生活，同时又是他逃离监禁令魔爪的逃亡生活。

——做这等居高临下，搞垮他人之事……

唯独这位侯爵父亲，断不能容！米拉波的这一意念不但没让他坦率悔改，反而像故意挑衅一般，驱使自己投身于更为过激的反复之中。啊，不可能停下来了，平息已非易事。因为，那位父亲又出手了！

回头说普罗旺斯。

不用说，一月三十日的米拉波演讲，强烈震撼了大区三级会议。贵族等级视之为难以容忍的侮辱，即日便做出决定，从议事录中删除其发言。一周无话。二月八日，调查委员会便找上门来。

米拉波被传唤到场，议员资格遭到追究。委员会的发难不在其发言内容，而在议员资格。

米拉波的贵族血统是人尽皆知的事实，但似乎并未提交拥有封地的古文献证明。只要他出示不了证明，在大区三级会议中的议席就只能被剥夺了。

当然，数日之前，米拉波就已知道会有调查。他被告知，八日前备好必要资料，于是便去找隐居于领地之中的老父亲。本以为已然获释，虽然过的不是什么值得称赞的生活，但也算是在自食其力，老父亲会不会有心认可儿子呢？不料，老侯爵冥顽如初。那精心打磨、好看起来颇显陈旧的假羊皮纸，他是一张都不想给，反而净向大区三级会议提些多此一举的意见，说什么奥诺雷·加布里埃尔这个儿子的继承权老早就废除了。

既如此，调查会是什么结果也就可想而知了——米拉波的议员资格被剥夺了。事实上，就是被大区三级会议除名了。

——哼，我可是天生的叛逆！

这等恶意挫伤得了米拉波？非但不会，米拉波反而更加斗志昂扬了。说实话，区区一个大区三级会议，算得了什么？与我米拉波为敌，又能怎样！

"呀，真是不得了，伯爵的人望，现已到令人生畏的地步啦！"

如是激赏的茹贝尔是艾克斯的一位律师。一张脸生得棱角分明，天生的认真尽现无遗，在这普罗旺斯，堪称罕有的真正绅士，也是米拉波多年的老友。要说他所住的艾克斯，米拉波那位法律上的妻子爱弥尔的宅邸现今仍在。而两人友情的开端，就是米拉波跟爱弥尔的娘家打官司时茹贝尔出手相助。

三月二十三日这天，米拉波也受茹贝尔之邀出席晚宴。和能推心置腹的朋友一起享用餐后美酒，也是对这忙碌已极的两周的褒奖，是久违了的放松和休息。

米拉波闻言微微一笑。

"说什么呢，茹贝尔。受欢迎的家伙可是很累的哦。"

"伯爵所言极是。是啊，要说您回到艾克斯时那番热闹景象，也是令我难忘啊。"

茹贝尔说的是三月六日那天的事。

被大区三级会议逐出门外不久，米拉波便暂且回到了巴黎。这可不是灰溜溜地逃跑，而是有事要办。

——不如说，是被巴黎那边叫回去的。

好像是去年底出版的书被禁了，而召回业已出版的那部分书又不顺利，结果，高等法院就提起了公诉。总之，米拉波收到巴黎方面的命令，要他出面。

——这是内克尔先生所干的勾当啊。

这事的幕后，米拉波是能看穿的。哼，这金融界大傻，明明是个天生胆小的无能之辈！米拉波口吐不逊之辞，毫无惧意地到得巴黎才知道，此前要逮捕他这事没了下文。果然是个胆小鬼！不如说，是有点缺少定力吧。

哎呀呀叹着气鸣金收兵，折回普罗旺斯那天，就是三月六日。

当他向着艾克斯打马南下迪朗斯河谷时，眼前的光景，连气定神闲如米拉波看了也是一惊！但见对面山丘上暗影涌动，黑压压如一片乌云一般。

端坐在那里的城堡，是朗贝斯克城。至今不知究竟是谁转告大家米拉波伯爵回普罗旺斯的消息，但得知此一消息的市民倾城而出，浩浩荡荡地前来迎接，迷蒙蒙在前方蠕动的那片黑云就是人群。

待到近前，只见有人手捧多彩花束，有人高举小月桂枝挥舞，到最后，便是异口同声的连声高呼，震得米拉波耳朵都要聋了。

"米拉波万岁！国父万岁！"

由朗贝克斯到艾克斯的那五里格（约二十公里），米拉波被沿途市民与村民簇拥着，一路上满是节日般的欢声。高呼"万岁"，牛角号鸣，手铃鼓响，当教堂的大钟都被撞响时，激动的人群一起用力，把米拉波抬上了肩头！闻听盼望已久的英雄归来，最终，就连玛德莲教堂脚下的传教士广场都果敢地发起了盛大游行。

米拉波接话道，但是，我可没因事出突然就张皇失措哦。

"我米拉波还真就像个大受欢迎的红人一样，说出的话也是令人兴奋啊！"

"是脱口而出的那句名言，'好啦，大家都停下。人终究不足以背负他人，尽管每个人都不得不负重在身。'对吧？是啊，如今，这已是普罗旺斯的一大传奇了。"

　　"喂，喂，茹贝尔。真正的米拉波传奇，这才刚要开始。就说这选举运动，不也是刚刚开始嘛！"

6

选举运动

如是纠正朋友的话时，米拉波内心深处那昂扬的自负，已是实难遏止了。不用说，这令人生畏的人望，并非受益于因重农主义而小有声望的那位侯爵父亲，更非来自生于普罗旺斯世家的权势。相反，倒是他的叛逆经历令人着迷。再加上被大区三级会议除名，志不得伸，博得了世人的同情。而作为最后一击的，便是从米拉波嘴里倾泻而出的话了。

——所有这一切，都是靠我米拉波一己之力！

一月三十日的演讲即日便从议事录中删除，米拉波也立即展开了报复，大量印刷自辩之文，在艾克斯城全城散发。业已听说此事的人们，一旦亲眼看到辩文，或是不识字的一旦让别人念给自己听，那股狂热可就更为高涨了。这一事态令大区三级会议惊慌失措，于是就有了二月八日的驱逐米拉波之举。这虽是对方的行为，但越是回头想就越感觉，只能说这是轻举妄动。哼，这帮家伙无异于自掘坟墓。是不没弄明白在向谁寻衅！

"是啊，《告普罗旺斯区民书》的扩散确是一气呵成，非同小可啊！"

茹贝尔接话道。这是一本五十六页的小册子，在议员资格被剥夺的当天晚上，米拉波便以猛烈的如虹气势赶写，仅三天之后便出版面世了。

尽管册数有限，但米拉波倾注全力的申诉，再一次赢来大众的热情传阅，且被擅自复制散播，不只是艾克斯，在近郊乡村也成了经久不息的话题。

——其影响，甚至逐渐波及了整个普罗旺斯。

事到如今，贵族们连集会都不可能了。办下这等蠢事，不接受人们激愤的洗礼是收不了场了，甚至，能感到一股令人恐怖的杀气，稍有差池，人们会即刻化身暴徒，不惜一袭！

如此事态，国王特使认为很严重，遂命普罗旺斯大区三级会议休会。最终，普罗旺斯大区的全国三级会议议员选举跟其他多数大区一样，司法总管辖区分别公选。

——也就是说，什么大区三级会议，让我米拉波一个人给捣毁了。

对此，米拉波很有些得意。啊，一切都太顺利啦。《告普罗旺斯区民书》真堪称杰作。不只是向俗不可耐的大区三级会议示以最后决心，迫其停摆，又让难得的选举运动送上门来，这就真让人乐不可支，合不拢嘴了。不是靠什么门族声望、政界人脉，也不是靠什么贿赂攻势所需之财力，这才真叫作划时代的做法。

米拉波自己也稍感意外，我会如此地趾高气扬，不可一世吗？而茹贝尔的脸色也颇为讶异地阴沉起来。不，这个，可是……您一说选举运动，我就不太明白了。

"莫非，伯爵想竞选议员不成？"

"啊，当然想。听说要开全国三级会议时，我就突然来了灵感。我米拉波要当议员。并且，这议员我当定了。不，是我米拉波非当议员不可！这有什么不好吗，茹贝尔？"

"不是不好。只是，若真有此意，伯爵，是否略有困难呢？"

"有什么困难吗？"

"有呀。您可是令大区三级会议解散了事的肇事者啊！贵族们对伯爵恨之入骨。所以无论如何，推选您为代表议员一事……"

"谁说要当贵族代表了？"

"嗯？"

"我米拉波要参选的，是第三等级的代表选举啊。"

候选人申请都提交了。闻听此言，茹贝尔双眼圆睁，张口结舌。这夸张的表情弄得米拉波也慌张起来，都不像他米拉波了。茹贝尔，茹贝尔，怎这副表情？你没事吧？

"不是有没有事的问题啊。您说，要做第三等级代表议员？伯爵，您可是贵族啊！"

"哼，什么贵族。普罗旺斯大区三级会议不是净拿这事挑刺儿吗？我这叫反其道而行，将计就计啊。既然证明我是贵族的资料不充分，那我参加平民选举，谁还能说什么不成？"

"这……虽然说不了什么，可……伯爵，这样好吗？"

"好啊！有什么不好的？"

"身为贵族，却做什么第三等级代表，这就自降身份了呀。"

"茹贝尔，想不到，你也是个老古董。"

"古也好，新也罢，问题不在这里啊。"

"问题就在这里嘛。能这样看，说明我思想进步呢。平时，我跟巴黎高等法院的爱国派，就是那三十人委员会也是意气相通。甚至，我还是法美协会与黑人之友会的正式会员。"

"什么意思？"

"就是说，我很了解美国。在那个国家，既没有贵族，也没有平民，所有人都是平等市民。"

"可就算您被美国感化，再怎么开明也……"

茹贝尔仍是一脸的不敢苟同，本就棱角分明的脸，这下更为僵硬了。

因律师这一职业性质，他也绝非冥顽之辈，可即便如此，也无法将贵族与平民一视同仁。而越是由衷为老友担忧，就越是难抑超越理性的抗拒之感。

——作为一种社会形态，绵延数百年之久的传统，轻易无法摆脱……吗？

实际上也的确如此，法国虽大，但到最后，参选第三等级代表的贵族，会不会有第二个都难说。

就是这话题里的美国，也不是能天真地拿来就用的范本。的确，那是个人人皆为平等市民的国家，也实现了卢梭式的民主主义，但说到底，只是赢得了独立战争的胜利而已。贵族与平民之间的那堵墙并未打破，而只是把英国人这一贵族群体驱离出境了。就此独占美利坚的平民们，又为自己树起了市民这块新的招牌，如此而已。

——这在有着悠久文明的法国，是行不通的。

贵族，不可能被轻易扫除。所以……有了！茹贝尔，实话，我可只对你一个人讲。

一搭话便慌忙转过身来的老友露出奇妙的神色，都有些滑稽了。米拉波压抑着苦笑说了下去，不瞒你说，就是我，最初也是想以贵族代表的身份当选议员的，但半道又改了主意。

"庶民百姓狂热到何种程度，你也是知道的吧。"

茹贝尔沉默着点了点头。啊，是的。如今，重建财政也好，贵族特权也罢，都谈不上啦。一听说全国三级会议要开，那些家伙就坐立不安起来了。

"再不能取笑说，平民就是平民，再怎么着也是平民了。何止是不能取笑，反而该坦率改变认识，这是一股非同小可的巨大力量！但若就此下去，那又什么都不是。这，也是事实。"

"为什么？"

"因为，该做什么，怎么做才好，他们是全然不知啊。"

米拉波答毕，接着说了下去。这也难怪。几百年来，又是教士，又是贵族老爷，第三等级只是奉命行事，让干什么就干什么地生活着。突然跟他们说，想干什么就干什么，也只会是不知所措而已啊。所以，他们最需要的是……

"是……什么？"

"领袖！导师！"

这就是米拉波对现状的洞察。第三等级，需要领导。可第三等级中又无此人才。因为，能胜任领袖的只有贵族。几百年来，一直都是人上人嘛，要说，就是习惯了。

能够主动行动的灵魂，无视他人命令也是毫不为意。要是被压抑，也有勇气像狮子一般奋起一战！在这法国，要有人能打倒贵族的，也只有贵族了。

——也就是说，是我米拉波！

这，就是米拉波的决断。啊，我要成为第三等级的领袖。即便以贵族代表的身份当选为议员，做好了也是一匹无力的独狼。大半会被人怀柔，沦落为那帮家伙的手下，一事无成。这可就太无聊了。

"这话可不是仅以一己之野心而言。就算不是我米拉波，第三等级还是要有人领导。如其不然，就只会在不明所以中爆发……"

刚说到这儿，就听有人在楼下门厅拉响了门铃。且那响动非比寻常，同时受邀的其他访客也几乎要悲鸣了。

"米拉波伯爵在吗？叨扰茹贝尔府邸了。米拉波伯爵在吗？"

这一指名道姓，米拉波不禁与朋友四目相对。没等啪啦站起，先就感觉到了一股令人不安的气息。呃……普雷蒙·朱利安先生，不知各位是否知道。是的，就是马赛的普雷蒙·朱利安先生。此次到访，就是奉先生之命，有书信亲交伯爵。马赛出大事啦！

7

马赛

可称为普罗旺斯大区首府的城市有两个，一个是高等法院所在的政治之都艾克斯，另一个就是以地中海沿岸首屈一指的港口为荣的商业之都——马赛。这两个地方，都与米拉波有着不浅的因缘。

特别是后者，据传，里克蒂家族的兴隆，就是始于先祖作为马赛市执政官而崭露头角。可以说，马赛，就是里克蒂一门的故乡。并且，对米拉波个人而言，马赛也是一块无法忘怀的土地。

——最重要的是，被迫在海岛上的伊夫城堡度过了一段狱中生活。

当然，并非所有回忆都令人不快。这里的知己好友也不少，年轻朋友普雷蒙·朱利安就是一个。并且，马赛也并非久违之地，就在三月十八日，米拉波还到访过，刚在市内剧院预订楼座，欣赏了喜剧作家莫里哀的《贵人迷》。

那次马赛之行，是借人气在整个普罗旺斯高涨之机，四处巡回演讲时顺便去的。可别阴沟里翻船！为防万一，米拉波也申报了这一辖区的议员候选人。

看样子，也并非没有当选的可能。当时，米拉波受到了沿途市民无比热烈的欢迎。十二万市民一个不落，全拥到路上来了。人气高涨到没了止境，让他自己都瞠目结舌，但却并未因内心大快而稍有懈怠。

——到底能有几分胜算呢？

马赛，本就是一座充满活力的港口城市，动辄狂热。与自封为法官大本营、颇有几分道貌岸然的艾克斯相比，甚至可以说，轻易就会激动起来。

哪怕是芝麻大的小事，马赛也会全城轰动。因这浓郁的感情色彩而被捧为第三等级救世主，米拉波自是大喜过望，但他清楚，只要稍有差池就会招致严重事态，无以挽回。

——实在是，要说这马赛人，真是急性子啊。

或许，该是港城惯有的暴烈？接过马赛来使的信一看，普雷蒙·朱利安的笔致极为错乱，信中知会，马赛全城暴动了！不只是区长官邸与市政府被袭，就连富裕的资产市民家庭，也接连成为暴徒手下的牺牲品。

"一旦让步，将一切尽失。如无良策。将一切尽毁。能收拾此一事态者，米拉波伯爵，非阁下莫属。"

米拉波立马就动身了。之所以假发都没整好便匆匆上路，是因为马赛驻军司令卡拉曼伯爵刚巧在艾克斯逗留。伯爵这一脉是里克蒂家亲戚，迁移到贝济耶的家族分支，就在刚才，还因这一关系寒暄过几句。

卡拉曼伯爵也说，马赛的确发生了骚乱。三月二十三日的事件是最近物价高涨，市民暴怒所致。港城居民声嘶力竭地高喊，面包价格要降至一里弗尔（约五百克）三苏半，猪肉价格要降至一里弗尔六苏，并要举城上访朝廷。

"但并没到严重到暴动的程度。首先一点，就算暴动了，也已经平息了。"

正因如此，自己才能抽身到艾克斯来办事。普雷蒙·朱利安的书信是不什么地方搞错了？要不，就一定是资产阶级自我意识过剩的受害妄想症了。卡拉曼伯爵还一脸呆愕，没明白状况，说了这些话。

这会儿，米拉波已经不理他了。

——卡拉曼，你小子是不犯傻了？

米拉波直觉到，普雷蒙·朱利安信中所言非虚。马赛暴动并未平息。就算一度平息了，但火虽灭烟未尽，遂又死灰复燃了。啊，对面，确是火焰在蹿升！

——看！那边！

由北侧高冈靠近前去，但见在夜色中升腾，最为醒目的，千真万确是烈焰烛天的通红火光！在火光照耀下，甚至能看到群魔乱舞般的漫漫黑烟。

这比预想的还糟！马赛暴动并未止于示威，也没停留于任怒火延烧的破坏，而已发展成为现在的放火事件。普雷蒙·朱利安的书信不是在诉说恐怖，而是在如实描述事实。

马车自艾克斯飞奔三小时，狂奔八里格（约三十二公里）后，米拉波穿过皇门，即马赛城北门，进入高层建筑林立的老市区。再驱车直进，就是艾克斯大道了，但到处是被掀翻的路石，马车是走不了了。

没办法，便决定把车卸下来，跨马前行。过了贝尔桑斯大道，在法国王室关照下兴建的新市区便逐渐进入了眼帘。这是海军基地的地皮，也就是卡拉曼伯爵日常公干之处，既然无事叨扰，便在其近前右拐，眼前即刻现出了一条街树点缀的坡道——麻田街。沿街直下，海港全景就会在扑鼻的矿物质香气中扑啦啦展开。

海岸线像被剜成了 U 字形。这就是马赛港了。

若从位于 U 字底部的堤岸码头抬头望向地中海，左手便是如隆起的山丘般逐渐升高、尽头处伸展到圣尼古拉堡的堤防，而堤防上顺序排开的，则是转让给民间的海军仓库。右手，则是同样伸展、尽头处是圣让堡的堤防，堤防上端坐的，是巴罗克式的市政府大楼、象征国际港的外汇兑换所、古老的阿库鲁教堂的钟楼，呈现出一派商都马赛中枢的气象。

不用问，熊熊大火将黑色的海水烛成一片火红的，正是米拉波看到的右手这一带。并且，震天的怒吼也全从右方传来，似要将泊于港内、暗影一片的无数大小船只掀摇起来，只震得右耳生疼。

"两周的！让面包店烤出两周吃的面包！"

"面包钱到政府拿，想拿多少拿多少！哈，只找值钱东西，零零碎碎往外拿也是费劲，干脆全摔墙上、摔柱子上，砸了算完！这下可就透风啦！"

"钱，让大区区长交就行啦。把那家伙找出来，单据扔给他！"

　　"比起区长，总包税人更是十恶不赦！欲壑难填的骗子，急不可耐收的税，本就掺了三成的水！"

　　"对！就是那家伙！绝不能放过，揍死他！不然，就收不了场！"

　　打砸抢的气息化为了刺耳的爆炸声。裂空的枪声刚把强劲的海风撕碎，这又扑通一声混沌闷响，寂静的海面泛起了浪花。既然听到了齐心协力的号子声，那就是把什么巨大笨重的东西扔进了海里。

　　正如普雷蒙·朱利安信中所言，区长官邸遇袭，且连市政府机关也遭到了破坏。此外，包括被点名的总包税人在内，富裕资产阶级家庭也成了暴力的牺牲品。不出所料，马赛暴动的烈火再一次燃烧起来了。不，本只是请愿，却一发不可收拾，最终酿成了暴动。

　　当然，并没有武力镇压的迹象。因为，左手边依然寂静，海军基地声息全无。这也难怪，总司令悠哉悠哉地到艾克斯去了嘛。

　　——卡拉曼这蠢货啊……

　　可就这么骂下去，暴动也不会平息。现在，就在米拉波身后，骚乱的气息也是萦绕不去。虽是夜晚，但整个码头人山人海，宛如白昼，甚至感觉正逢生意繁忙时节。

　　"还好吗，伯爵？"

　　近前来问的，是由艾克斯同行至此的老友茹贝尔。虽是气愤难平，但米拉波也只能冲他耸耸肩。

　　"好也罢，不好也罢，反正我是无权抓人啊。"

　　男人们肩上扛着麻袋，首先一点不会搞错，里面装的是小麦。女人们则满面喜色，几乎连捏一捏麻袋的空儿都没有，便匆匆装入篮筐，装不了了，就把剩下的夹在胁下，不知去哪里换来了面包。

　　明白了，人们填不饱肚子。但似乎，这又并非骚乱的全部，因为，在夜幕中闪着白光的银制餐具也遭到了哄抢。大家具则是几个人一起搬，或一起推滚几乎一人高的大酒桶。总感觉，这不同以往，往来穿梭的人们已经是肆无忌惮了。

　　这始于痛诉物价高涨的暴动，已然演化为不计后果的盲目掠夺，只要兴头一来，那就没人会踌躇。忙得不可开交的人群中还夹杂着囚衣，也可能是抨击目下苛政的政治犯，但不管怎样，似乎成群的暴徒在激情摆布下连牢门都给打开了。

　　这帮马赛人简直是，真太性急，太暴躁了！抱怨到半路，米拉波又停下了。

　　"不能全怪他们啊。"

　　"是啊。不能只批评马赛。"

　　茹贝尔也答道。事实上，暴动并非只在马赛一地发生。

　　普罗旺斯各地的暴动、起义接连不断。在马诺斯克，锡斯特隆主教被群众扔石头，在埃兹，也是当地主教住处被围，最终支付五千里弗尔赎金才获解放。还有土伦，主教宫实际已被群众占领。要是连袭击领主宅邸、捣毁资本家仓库的小型暴动也算在内，那仅在这个三月就有近四十起之多！

　　"这一事态不在于谁不好。也不只发生在普罗旺斯。"

　　米拉波接话道。啊，无法无天的群体动向，已是全境皆然了。

　　"小麦在哪？拿面包来！"

　　马赛这一带，就现在，这震天的吼声终究是在情理之中啊。从巴黎南下普罗旺斯的一路之上，米拉波亲眼目睹了黎民百姓的惨象。塞纳河、罗讷河、迪朗斯河……所有河流都被水车也无法转动的碎冰堵塞。

　　河水结冰了。天气如此严寒，法国百姓却无不瘦骨嶙峋、目光飘忽，布衣蔽体地瑟瑟于寒气之中。不幸毙命的则连个葬礼都没有，被抛尸路边，尸身被骨瘦如柴的饿狗贪食，如此地狱景象也绝不少见。

　　一七八八年的法国，遭遇了旷古未闻的空前饥馑。盛夏时节都降下了石块儿般的冰雹，典型的低温灾害，令这物产丰饶的农业国家失去了像样的收获。

　　——普罗旺斯的橘子树也枯了。

　　三分之一的橄榄果冻死枝头，没等落地就烂掉了。小麦则连结穗下垂的迹象都没有，就那么直立着，宣告了令人目不忍视的历史性歉收的到来。

粮食不足，物价上涨在所难免。要连面包渣儿都吃不到，那饿到最后也就怒向胆边生了。要有依然饱食终日的富户，就令人咬牙切齿起来。而一旦猜疑起主教的副业，是否正与掮客合谋囤积小麦？那就连贪图暴利的包税人之流都怀恨在心了——要说，税，确是征过头了。但或许人们并不武断，因此就要诉诸暴动，因为在马赛的街巷之中，还能听到这样的呼声——

"国王陛下万岁！国王陛下万岁！"

降旨召集全国三级会议啦，国王站在我们一边！对三级会议的如是理解让人们倍感兴奋。不只是兴奋，在饥馑、物价高涨、食不果腹与多重劳役的穷追猛打之下，人们的理解又向前推进了一两步。

这就等于是国王要解救我们于水火之中。就算由我们自己摆脱这困苦那也一样。所以，就算是从不顾民间疾苦的冷酷领主手中要回来，就算从欲壑难填的教士那里夺回来，也一定是圣心所望。

——真是擀面杖吹火一样的逻辑啊！

米拉波紧咬双唇，但除了一遍遍地絮叨"理"之外也是一筹莫展。因为，这不只是在马赛，也不只是在普罗旺斯。暴动、起事、起义、打砸抢搞破坏这等事，已是在全国范围内发生啦。

最先受难的是鸽子。因为，养鸽子也是贵族独有的特权。但要是自由自在地飞来田间，那就会啄食作物。而一旦让它们飞回城中的鸽子窝，农民就是想报复也无可奈何了。既如此，那就在田间设套捕捉。可这又因毁坏领主贵重财产而遭到严厉处罚。

真是无计可施啊。所以，鸽子们也不怕人，悠然自得地飞到田里把作物吃个乱七八糟。

"明明连我们都没的吃……"

没有道理连鸽子都讨自己年贡！于是，捣毁鸽子窝的行动便在各地掀起来了。农民们的逻辑是，如果要控诉的是贵族特权，那就不烦国王陛下动手，由我们来给他废喽。

　　要说破坏农田，那兔子、鹿、鹌鹑、野鸡等林中鸟兽也与鸽子无异，但它们也同样受到狩猎这一贵族特权的保护，不得擅自捕杀。一旦违规，那领主林地里凶神恶煞般的管理人就会不由分说，直接拿绳子绑了。就算申诉说它们会到田里毁坏作物，管理人也是充耳不闻——有理，讲给贵族老爷听去！

　　"什么贵族老爷！要说这个，国王陛下可站在我们这边！"

　　就这样，一声枪响，领主林地管理人便成了第一个"人类"牺牲者。其逻辑跟上面一样，要保护什么贵族特权？既如此放肆，那就不等国王陛下圣裁，直接由我们处决就行了。

　　接下来，可就刹不住车了。这就是今天所见的秩序全失——袭击领主、驱逐主教、抢劫富户……再怎么厉声斥责"情理不容""不理解所有权本质"，还有什么"要等全国三级会议定夺"等，那也是纯属枉然了。因为，人民的力量非同小可。因为，一旦失去耐心而失控，就无人再能阻止。

　　——既如此，那就非要正确引导不可！

　　不是居高临下地压制，而是必须加入他们的行列，正确引导。说到底，还是需要领袖啊。火星飞舞中，米拉波对萌生已久的这一确信更加坚定了。啊，如让第三等级放任自流，其所蕴藏的暴力早晚会爆发。尽管无心责其不当，可即便能毁掉一切，但接下来该做什么，又该怎么做，他们却根本想不到。倘如此，那这法国可就越发不幸了。只要没人成为新时代的英雄，正确引导大家……

　　"米拉波伯爵！"

　　有人喊他。在这火星飞舞的法国，的确有人在喊他。

8

领袖

一回身，但见背后堤防之上立着一个人影，一动不动。那种说不清的无依无靠感令人感觉来人年纪尚轻，最显眼的是，在这样一个夜晚居然双手空空。他不是抢劫的。单是那一丝不苟的打扮，也会给人以良家子弟的印象，至少，没有为生活所迫而疲于奔命之感。

——是资本家少爷吧。

再凝神观瞧，这才发现他一脸的不安，快要哭出来了。有钱人已被认定为仇敌，不是已然遇袭，就是因害怕遇袭而胆战心惊，总之，是被不安所驱，无法安然呆在家里了。

——法国，果然是横遭不幸啊。

到处都是不幸。米拉波想。暴动一起，就会有人哭泣。不，就是起而暴动的那些人，也不想象饿狼一样，两眼闪出骇人的目光。

"米拉波伯爵！米拉波伯爵！"

一遍遍喊着，那年轻人走下堤防，向码头走来。走得越近，那张面色红润的圆脸就看得越清。这也证明了最初的观察，的确是生活富裕的资本家子弟。嗯？这张脸好像在哪里见过啊。

但米拉波的表情却没有任何变化，应道，噢，是你啊。

"你也来啦。"

虽是无关紧要的招呼，但那宛如男中音歌手般低沉、浑厚、有力而又性感的声音，让米拉波自己都迷恋不已。我米拉波，这正处于最佳状态啊。这虽让自己感到意外，但也有所自觉。听到这声亲切的招呼，那位年轻人的神色也放松了一些。

也是眼前的惨状使然，当然不会就此展开笑脸，但与直走到近前时的一脸僵硬相比，甚至已像死人复生了一般。可要强有力地活过来，那就得由谁来扶一把了。

"米拉波伯爵，到底该怎么办啊！"

这话近乎悲鸣，实际上就是一种请求——帮帮我们，收拾掉这不堪的事态吧！可就在呼救的这一刻，年轻人脸上已然现出了得救之色。最好的证据，就是他没再继续呼救，而是极力调起嗓门，冲四面八方高喊：

"是米拉波伯爵！是米拉波伯爵啊！"

伯爵赶来马赛啦！赶到我们马赛来啦！这喊声就像在周围的暴乱中穿梭一般回响。不，年轻人的高喊被无处不在的怒吼声无奈地淹没了。但也正因如此，这喊声又得以作为一种灵感，传向了正在焦急地等待救助的人们。

——若非如此，那就是因为怪物比较显眼了。

这过谦的话里伴着一股无所畏惧之情，米拉波笑了起来。原来如此！宛如船载酒桶般的庞大身躯，头顶上今天也戴了白色的卷毛假发，再加骑在马背之上，这就更加惹眼了。那编垂而下的辫尾，一俟在地中海的海风吹拂下飘舞，便无异于忽啦啦迎风招展的一面旗帜。

眨眼之间，人们便涌到了近前。一看穿着便知，个个都是并不贫寒的富家子弟。所有人都一样，想着总得想想办法，就跑到街上来了，可一看之下，大出意外的场面实在令人吃不消，无计可施之下，就只好在街头游荡徘徊了。

要说办法，倒是有一个。至少，有一个人想到，并立即采取了行动。啊，米拉波伯爵，您真来啦！

"看到我的信啦？"

涕泪横流的普雷蒙·朱利安也跑过来了。包括这位年轻律师在内，一句话，涌到近前来的，只是想找谁撒下娇，除此之外脑子便再也动不了的家伙。

——可是……倘如此，人民之天下是不会到来的！

虽有如此巨大的力量，但除了任由它爆发又一无所能。如此可悲的状态，今后，也只能听命于无用的贵族：老老实实，让你干什么就干什么！

抓着马缰，米拉波特意继续端坐在马背上，以斥责的语气开口了，"你们这些家伙在干吗呢？不管怎么说，一盘散沙可什么都干不了！"

"那该怎么办？"

"普雷蒙，先要团结起来，要召集到更多的人。啊，像你们这样的小伙子就很好啊。"

米拉波亮出了自己的想法。不，这想法并非酝酿已久，而不过是灵机一动，但这想法绝不会错的直觉却毫不动摇。哈，我米拉波，就是个有灵感的人啊。

"快去，普雷蒙！尽量喊更多的人来。集合之后，刀也好，矛也罢，步枪也行，什么都好，大家都扛起武器！"

"这样的话，还是叫部队更……"

"傻话！部队要是动了，能收场的也收不了场啦！一旦成了满身是血的战斗，那无论事态如何变化，留下来的也只会是憎恨。"

"可是……"

"听好了，这是我们的问题！不由我们自己来解决，那全都是假的！当然，是发起劳什子暴动的那些人不好。大家害怕我也知道。也会想绝对饶不了他们吧。但绝不能认为那些家伙就是暴徒。要想，大家到底是这马赛的同伴。并且是不幸的同伴！他们，因太过困苦而做了错事。作为同伴，这错误就由你们告诉他们，让他们明白。让他们这些至亲明白，这样做不会有任何结果。"

"可一旦动用武器不就一样了……"

"不是用，只是扛着。斥责胡来的弟弟时，哥哥会怎么做？举起拳头来吓唬不是吗？但不会真打不是吗？"

只要能让他们想起疼是什么滋味儿就够啦。一惊之下，顽皮的小孩子都会回过神来。

米拉波这番话一说，可能差不多也沉下心来了吧，听的过程中，有的人脸上漾起了孩子般的笑意。这情景甚至会令人感到，马赛已经恢复了往日的平静，大家已经得救。但这一切还没开始呢。小子们，真的是撒娇过头啦。

"听到没？我说，快！快！"

米拉波一边指示这群小年轻重回海岸码头集合，一边就让他们解散了。留下来的，只有从艾克斯同行至此的茹贝尔和在马赛等待他到来的普雷蒙·朱利安这两个朋友。

至此，就不需要自高处发话的领袖表演了。米拉波甩镫下马，转过身来，对这两位有他事相求。

"从艾克斯过来时坐的马车里，放着写好的稿子吧。"

"对。伯爵写的时候，气势惊人啊！"

稿子我收起来了，是这个吧。茹贝尔一边回答，一边从背在肩上的包里取出了稿纸。米拉波深深点了一下头，接着说，啊，是篇小文章，题目叫《马赛诸君听着，米拉波是这样想的》。

"对了。普雷蒙，马赛印厂里，有你认识的人吗？"

"倒不是没有，可……"

普雷蒙·朱利安的声音越来越小，露出了一脸的不解。米拉波冲他耸了耸肩。没什么好奇怪的吧？

"我想把那稿子印出来。望两位火速印成铅字，有多少纸就印多少张。什么？没那么大部头。这也要火速分发，墨迹不干也无所谓。"

等刚才那群小年轻回来，交给他们也不错啊。

如此作结的想法，不用问，就是小册子战法！在整个普罗旺斯大获成功的战法，米拉波的拿手本领。两位朋友应该是知道的，可依然是满面愁云。你们这俩家伙，怎么啦？

"会顺利吗？"

　　最先提出疑问的，是年长的茹贝尔。不是说伯爵的稿子不好。可这种时候，人们会读吗？

　　"不是对马赛说三道四。艾克斯也好，其他城市也好，都是一样的。说到底，大部分人都不识字啊。"

　　事实上，就是在欧洲最大的文明国家法国，识字率也依然很低。再说到被穷困逼迫，只能起而暴动的庶民，识字率就更低了。

　　"哈哈哈！即便如此，几个人里总有一个读得了吧。让那家伙读给大家听就行了。"

　　"的确。此前，就是这样成功的。可是……"

　　"我也认为，茹贝尔先生所言不差。说到打砸抢的那帮人，已完全陷入兴奋之中，什么话都听不进去了，读也不会听的。就算听了，内容也理解不了……"

　　"要如此武断，那就无异于那群死脑筋贵族啦！"

　　面对这"突然袭击"，米拉波吼了起来。那声音之大，吓得正抱着抢来的东西蠢动的人们霎时停下了脚步。既然狮子般的强大气势能令他自己感到满意，那已然外露的怒容就不能改变了。

　　从表情到姿势，甚至是声音的抑扬，米拉波把握着这一切的效果，故意大声地说了下去：

　　"我相信。贫苦庶民也有知性！第三等级不是傻瓜！为这不是傻瓜的诸位，我正拼尽自己的全力！"

　　如是宣告之后，米拉波催促朋友赶紧动身。拼尽全力这话并非虚言。尽管多少有成功的希望，但究其实质，无疑仍是一场赌博。可即便如此，那也非做不可。不做，决计死路一条！

　　两个人的身影一奔到堤防之上，相反的，其他身影却大多像钉在码头上一样，一动不动了。哈，我说对了吧！不会有离开的心思吧？越是你们这些没得到回报的暴徒，越想听我说吧？想得救的想法越强烈，就越想听到更多一些，再多一些吧？既如此，好，那就说给你们听。听听我奥诺雷·加布里埃尔·里克蒂·德·米拉波的绝世口才！

　　"好，这就过去！"

　　米拉波忽地转身，再一次翻鞍上马。一到马背之上，不待文章扩散，便先一步在暴动愈演愈烈的马赛港开始了演讲。

9

小革命

晴空之下，米拉波打马前行。

不是以拼死一搏的可怖神色猛烈进攻，而是悠悠然任马巡行。马蹄声慢，像打击乐一般，毕竟生来就是贵族嘛。再加曾履上尉军职，那跨马而行的姿势就更是飒爽备至，无可挑剔。

"噢！半兽神轮岗啦！"

路边上有人喊。打那天夜里，米拉波便又有了这一诨名。的确，无论是端坐鞍上的庞大身躯，浓密的白色卷毛假发，还是那逼人的阴森之气，令人大感不祥的相貌，都给人一种感觉，这位，不太像平时所说的"人"。

果然，一当目击疑似从别一个世界降临的另类生物，无论如何地怒火中烧也会不由得停手。突如其来的一惊，接着便是那音量之大宛若雷鸣的一声轰鸣，那就只能像被五花大绑一样，动弹不得了。

"我，是我！忘啦？是我米拉波！"

最后这一自报名号，马赛的人们想起来了，是那个仰之为英雄的普罗旺斯人！仅此一点，难以收场的暴动，先就平息了一半。

现在，马赛已然复归于平静。两天后，三月二十五日的这个傍晚，连怒吼都一声也听不到了。

索要面包的哭诉，声讨物价高昂的呐喊，将有钱人一枪刺死的痛骂，全都像梦一样消失不见。再给我便宜点啊！哟，以为大减价呢吧！现在，连气势汹汹的对话都引人发笑了。这就是充满活力的港城生活已然恢复的最好证明。

米拉波成功了。

——就是说，这怪物般的奇容又立大功了。

米拉波苦笑着自嘲。当然，这一因素也在算计之内。不管好坏，总之是引人注目嘛，给看到的人留下压倒性印象。托福啊，这副相貌，都远比那边的美男子更令女人痴迷了。虽说令民众痴迷也是一样的道理。什么？这可不是滑头。

——我可不只是个相貌不堪的男人而已。

这是事实，米拉波可不只是吸引群众目光而已。最好的证据是，之前就有的声望在感觉上也有了些许变化。虽然人们还像以前一样，看到他就会放下工作，或离开购物队伍，围过来，或打招呼，但已不再是蜂拥而至或逼近前来，挡住自己的去路了。

米拉波声望的轴心似乎发生了微妙的变化，化成了一种对他既亲且敬、又有几分畏惧的感情。马赛市民还高度评价说，数日来他是一身而兼三职——马赛市长、普罗旺斯大区区长与马赛驻军总司令。也正因如此，他才能这样地打马而行。傍晚六点是市内巡察时间。作为最高责任人，必须巡视的，是以街区为单位设置的民兵岗点。

民兵并非马赛素有的军事组织。就像其被称为"米拉波部队"所表明的，这个身背步枪、英姿飒爽跨于马上的年轻人的集团，是二十三日暴动当晚临时组织的。虽说包括引人注目的红蔷薇帽徽在内，全都是当场想到的，但效果却超出了米拉波的预想。

携带武器巡逻，暴徒自然会害怕。但因这并非王室部队，而是个个面熟的民兵队伍，又未必会心生敌意。不出米拉波所料，只要恳切招呼，就算人们不情愿，也还是会听的。但又不只如此。

——民兵队伍将原只是受欢迎的人，变成了真正的领袖。

原因在于，这支队伍给予了人们力量的保障。并且，当想到他们是自己的伙伴时，人们就很难违拗了——就算这支武装力量是非法的。

——正因有了这一前提，话语也才有了意义。

什么故作盛气凌人之态的贵族，什么用拉丁语诵经唬人的神父，还有什么满嘴拗口的专业术语的法学家，统统没用！至少，我米拉波的话行得通！相继而来的成功让米拉波心情大好。

"诸位，听我米拉波说几句。我无意哄骗各位，只是想帮助大家。因为，只有我米拉波知道啊！是啊，但凡可以，大家就根本不想做什么坏事。个个儿都是天性正直的好汉嘛。不过是不知道该怎么办才好嘛。啊，这种事很正常。做错了也很正常啊！不过，先考虑怎么解决面包的问题吧。面包的问题只有两个。第一，要有面包；第二，价格不要太高。但现在，无论哪里的小麦价格都居高不下。只有马赛便宜是不可能的。各位，要忍耐！这事非学会不可！"

这样一喊，刚还闹翻天的人们也就安静下来，陆续回家了。《马赛诸君听着，米拉波是这样想的》这篇文章也一起分发，让他们回去读，或是让附近的人读给自己听，除了文章之外他们便不再想别的事了。

果然，任何人都是有思考能力的，并非说什么都是白费。或许应该说，虽然有点晚，但大家终归是意识到了，真正的愿望不是破坏，不是掠夺，而是要有一位能把一切都托付给他的领袖。

自被视为领袖之后，米拉波并未止步于自吹自擂，执行起来也是手腕了得。从近郊乡村强征小麦，运入马赛；封锁港口，严禁小麦外流；凡是装运谷物的船只，一律不得出港。事到如今，想出口海外、钻营发财的逾矩者，断不能容！正因如此声明并坚守承诺，米拉波才被誉为一身而兼三职——市长、大区区长与驻军司令。

"米拉波先生，还有一个承诺，请不要忘了啊。"

路边，还传来了这样的哀求。这米拉波的回答也是极为坦率。啊，没忘。我才不会忘呢！

"啊，正义！一定要实现！"

这言辞夸张的正义，指的是调查总包税人。税收掺水了！面对愤激于此的暴徒，米拉波承诺，一定会严正审讯，并基于审讯结果予以检举。

"好！只要发现了大家说的不法行为，就一定让他赎罪！只是……"

"只是什么啊，米拉波先生。"

"市长、大区区长和驻军司令，就算我一身而兼三职，但要完美实现正义，或许仍然是力不能逮啊。"

"明白，明白，我们一定推举您为议员！"

选举运动的成果，在这马赛也……不，就因为是在这马赛，真是好极了！

实际上，米拉波声望的高涨，不只是在艾克斯，也不只是在马赛，而是名副其实地遍及整个普罗旺斯了。但事实上，庶民根本就没什么选举权。有投票权的是所谓选举人，即只是各街区、村落推选的实力人物。

——在马赛，我米拉波向这一群体成功施恩了。

因为我把这危及其家庭财产的严重的暴动事态完美平息了。在市长、大区区长与驻军司令全都逃亡的漩涡之中，我以勇猛无畏之势，在他们面前大显身手！啊，没有理由不把票投给我米拉波。如果请他们务必投我一票他们就无轻易拒绝之理。万一要让我落选，那就不排除暴动再起的可能。

——看来，最重要的还是民众的支持啊。

万没想到，在马赛，不，是在普罗旺斯，不不，是在法国全境发生的暴动，显示了民众无以估量的巨大实力。已经无视不得了。既如此，那就没有理由不善加利用。如今，能制政者，就是民众支持之人。

——这支持，我米拉波能得到！

已有几分得心应手之感了。因为，马赛已经发生了一次小革命。正式当选议员之际，将同样做法带入全国三级会议，再发动一场全法大革命！如此意气昂扬的米拉波缓缓地驱马而行，没心思再浪费时间四处活动了。倘若在马赛当选成真，那就真亏这场暴动了。话虽滑稽，但性急的马赛万岁！

——用不着回艾克斯了。

明天就投票了，在这最后关头，重开选举运动也无用处。就在今天，米拉波原还打算派人去艾克斯，把一直寄存在客栈的行李取过来。可计划往往无疾而终。人生在世，不如意事常八九啊。

"米拉波伯爵！米拉波伯爵！"

又有人喊自己，且这声喊伴着急切的马蹄声。沿西侧堤防飞马扬尘而来之人，要说，有几分面熟。

"我说，那人……茹贝尔，那不是你家的……"

"是的，没错，是男仆安德烈。"

这天也在身旁的艾克斯好友答道。因来马已到近前，茹贝尔就把下面的话问向不意前来的男仆了。

"出什么事了，安德烈？"

"老爷，大事不好啦！不，米拉波伯爵，请您速回艾克斯！"

见话题转向了自己，镇定如米拉波也有点慌了。这是怎么啦？看情形委实不妙！

"不管怎样，先沉住气。简直像艾克斯也暴动了一样。"

"就是暴动！暴动了呀！"

"……"

"是的！艾克斯也乱啦！"

好友男仆接着说道。没人应付得了，非伯爵到场不可。请您速回艾克斯！

10

巴黎

今日的法国，令人不安的气息无处不在，逃无可逃。巴黎也不例外。

这个冬季，塞纳河到底是结冰了。巴黎的繁荣本就基于水运，一旦流通动脉瘫痪，自成一体的经济停摆，失业者的大量出现也就无法避免了。但说到王室作为，除心血来潮向民间发标徒有形式的土木工程外，就再无像样子的救济了。结果，巴黎与其他地方一样，苦于小麦不足与物价高涨，极为不堪。

王宫虽已移往凡尔赛，但完全被王室抛弃的巴黎，仍是法兰西王国最大的都市。就连那愤怒的群众，规模也与他处不同。非但没有例外，就是断言其为全法国火药味儿最浓的地方，都难说是有失偏颇。

——说白了，就是已极度危险了！

虽不能做什么，但稍早些时候，德穆兰也担心起来了。

果不出所料，巴黎同样起火了！暴力事件起于四月二十七日，二十八日便被武力镇压。人称"雷韦永事件"。

暴力所向，是壁纸制造商雷韦永先生。但说起来，这位总经理只是生意做得有声有色而已，并非无情的唯利是图之人。只是在蒙特勒伊路与城郊圣昂图万路拐角处建有一座豪宅，这也说不上过错。

可是，只不过是考虑降低薪资，毫无根据的谣言便四处流布了。就这么点事，却成了人们满腔愤懑的发泄口。而一旦爆发，就很难轻易止息了。雷韦永及其家人的虎口脱险可谓千钧一发，但府邸却被数千名暴徒毁于一旦。部队出兵镇压，但并未止步于恫吓，而是直接开枪，几百名暴徒死于非命。这，就是巴黎的情形。不——诉诸血的手段，事态就无法收拾。

——尽管如此，雷韦永事件也已经过去了三天。

一七八九年五月一日，巴黎已然复归于平静。

铺满细沙的广场上，能零零散散地看到散步者的身影。旁边，则是在奶妈看护下尽情玩耍的孩子们。既有一从上衣里掏出小书，便轻轻扶一下眼镜的学生，也有服装之艳丽不合时宜，步子矫揉的女子。人工植下的树木郁郁葱葱，绿意盎然，由枝叶间撒下的斑驳光影，包裹着似在避人耳目的两个人。

当然，怒吼声已经听不到了。不，要说卢森堡公园，可能事件当天也颇为闲适，自始至终都很幽静。

若以城岛为巴黎市中心，那单从距离来说，步行十五分钟就到的卢森堡公园也在市中心范围之内。但沿塞纳河边缓缓上行的坡路圣雅克路却纵贯学生之街"拉丁区"，可能是这个缘故吧，这里并没有市中心的繁忙。说得好听是智慧与理性的清洁感，说得不好听就是与人世脱离，这一带素有闲适之风。

——到底是喜欢这里啊。

端坐于稍高的小丘之上，卢森堡公园通风很好。因中意这清爽的环境，卡米尔·德穆兰就住在了紧邻公园北侧的法兰西喜剧院附近，在拉丁区度过的学生时代原封不动延续了下来。要说从相当年轻时起就从未变化的，就是多年的习惯——尽享闲暇的散步。然而……

德穆兰现在，时而会涌出一股不适感。虽说对卢森堡公园喜欢得要命，但越是喜欢，就越不由感到，像自己这样的人，与这清凉、考究之地怎么都不那么相称。

——粗俗至此的乡下人……

跟这张生得纤弱、苍白的面孔不相称啊，只有一双眼睛瞪得大大的，且脸颊微曲，自己都感到讨厌。再说到梳子难进的一头乱蓬蓬的卷发，那就非戴帽子掩饰不可了。对自己，德穆兰所能感到的几乎只有羞惭。

　　但也正因如此，才会非要挽回不可地激动、兴奋起来。坐在这幽静的公园里，动不动就大声到几乎有失礼貌地说个不停，原因也在这里。

　　"说起来，一是马赛，一是艾克斯。也就是说，奇迹发生了两次！"

　　德穆兰说的，是刚从遥远的普罗旺斯传来消息的暴动事件。啊，好像是刚平息了马赛暴动就被召唤，便毫不犹豫地回击艾克斯了。这艾克斯的暴动虽也是不堪设想，却又一次像被施以魔法一样彻底平息了。所有人无不是感激涕零啊。可不只庶民鼓掌喝彩，连市里上级都来倚重他呢。他已经是真正的英雄啦。现在可是普罗旺斯政界第一人，无人与之比肩啦。

　　"这个人，就是米拉波伯爵。一说到这事，不兴奋是不……"

　　疼死啦！德穆兰突然叫唤起来。自顾自喋喋不休的报应，便是狠狠地把舌头给咬了。一兴奋就口吃，平时就为此自卑也是事实。可即便如此，唯独这一回，不兴奋是不可能的！

　　"因为，在家乡成为英雄的，可是那位米拉波伯爵啊。"

　　这位米拉波伯爵，自己并非不认识。虽然说并不是特别亲密，那位伯爵甚至连德穆兰的名字都没记住，但见过几面，却是千真万确的事实。

　　在盘踞巴黎的无聊文人中，米拉波伯爵相当有名。知名度虽不可同日而语，但要说，这德穆兰也确是同类。啊，在我们这群人中，这已是经久不息的话题啦。那位先生也真是有两下子。放荡贵族的典型嘛。丑闻缠身，玩弄女性的好手。因欠债在身，饥不择食，什么都写。要交"租子"的时候，眼看就要被赶进巴士底狱了，哈，机会来啦，来了个乾坤大掉转啊！

　　"米拉波伯爵现已是普罗旺斯大区推选的全国三级会议的议员阁下啦！"

　　据坊间传言，艾克斯暴动就发生在议员选举的前一天。平息暴动的米拉波，抓住了次日投票这一失不再来的大好时机。正所谓此时不搏何时搏，极为有力地显示了自身的政治资质。

　　不可能有比这更好的竞选活动了。结果只能是压倒性的。事实上，在总数为三百四十四票的艾克斯辖区，米拉波一人独揽二百九十票，当之无愧地以第一位当选。

"话虽如此，可第三等级代表这事……"

将知己的成功打了下折扣，德穆兰不再说了。就位至伯爵的贵族而言，或许是自贬身份的蠢举。取得了第二等级代表议席的同级贵族，大概不会惮于嘲笑此事。

——可德穆兰，你以为自己是谁啊！

就你小子，不也是平民一个？如此一反问，虽是替米拉波叹气，但也感觉，他的成功这回可真是光彩夺目，熠熠生辉了！

无需多言，在同日举行的马赛选举中，米拉波同样是完满当选。尽管因前往艾克斯而缺席，但在这港城之中也同样显示了他那不可动摇的声望。

以马赛利益为最优先考虑是义务所在。为能有更多议员为马赛服务，望能将此资格让于他人。虽然在形式上，拥有的是艾克斯的议席，但一定会为马赛勠力而为！等等，等等。好像是一番巧妙推托之后，在不破坏人们心情的情况下辞去了港城议席，但无论如何，一人而得两个议席的事实，却直令人瞠目结舌。

"伯爵之功，当真是令人五体投地啊！"

气势恢复后，德穆兰接着说道，啊，在巴黎，米拉波的坏话可谓无穷无尽——要说米拉波先生，真是没变啊，就嘴皮子好使。不，应该说真不愧是作家，这可是值得称赞的美好品质。剽窃的名家，道听途说的大学问家，实际上卢梭等人的作品根本就没读过。总之，就是个天生的大骗子。如此等等。但这远不足以否定他。

"米拉波写的小册子也从普罗旺斯送到巴黎来啦。哎呀呀，或许该说真不愧是法美协会会员，这文章堪称富兰克林风格的典范！"

"富兰克林风格是……"

"就是美国独立战争的英雄之一 ——本杰明·富兰克林所擅长的写作手法，用大白话说就是，措辞完全放弃了居高临下的教诲，表达方式平易近人，这正是哥哥讲给弟弟听的语气啊。"

“用这种方式，有什么好处吗？”

“大众喜欢啊！”

一气倾吐到这里，德穆兰突然意外地垂下眼睑，又叹气了。对米拉波，真是钦羡到了无以复加。

“我也想多少仿效一下。”

“可是，卡米尔，我喜欢你的文章。”

露西尔回道。露西尔·迪普莱西就是一直在耐心倾听这既难懂又任意发挥的男人说话的女孩子。

说到卢森堡公园，那就是市民公认的恋人约会、散步的地方。并且，露西尔也住在公园附近的康德路，因此与德穆兰相识。前前后后，两人相识都有六年了，仅仅是互相确认对方的感情就花了好几年。

正因此，我可不是不负责任地为讨你开心才这么说的。你想，你写的《写给法国人民的哲学》我也拜读了嘛。

“真的是了不起的文章啊。就连用词的选择都透露着诚意，要通读全篇，就会深深感受到一种意欲改良社会的热忱。这真的，读得越仔细就越……”

“这就不行啦！”

德穆兰像任性的孩子一样噘起了嘴。随后脱口而出的话，就只能说连自己都觉得是在撒娇的牢骚了。啊，不行的。不行的。人们不会仔细读的。不让读者一眼就明白是不行的。

“再有诚意，再热忱也没用。只有这个，是当不了议员的呀！”

卡米尔·德穆兰的职业是律师。学业有成，取得了法学士资格，且在律师协会登记注册，是堂堂的法律专家。但是，他不想就这样了此一生。

——要成为更有影响力的大人物！

可虽有此志，并尝试涉足作家行业，但结果却没有一攫千金那般简单。不，我这样说，并非出于一己之野心。我说的大人物，指的是能为社会做出正当贡献的人。想成为大人物，也是从这一意义上说的。

　　既然以如此语调嘟嘟哝哝，那对德穆兰来说，全国三级会议的布告就同样是千载难逢的大好时机。与米拉波一样，灵光一闪，便以舍我其谁之势作起了竞选议员的打算，选举伊始就火速回到了故乡吉斯。

　　虽是法国东北部皮卡第大区司法总管辖区内的地方城市，但父亲却是吉斯的巴伊提名议员。也就是说，虽在巴黎乏善可陈，但只要回到乡村，那德穆兰就是地方实力人物的儿子。但我德穆兰非只有父亲之余荫！为证明这一点而大量印刷的小册子，便是《写给法国人民的哲学》。

　　实际上，小册子攻势并非米拉波的专利。偏远如普罗旺斯或许还很少见，但在这北方，为数众多的议员候选人都在大展文才，向选民宣扬自己的主张及承诺。至少，第三等级代表议员的候选人是这样，因为大半都是法律人士。

　　自己也不能落后！于是，德穆兰也全身心投入到了小册子的撰写之中。可到最后，这殚精竭虑的成果却几乎没有人读。

　　而最好的证据，就是德穆兰的悲惨落选。

11

焦急

耳边传来了小鸟的啼鸣。要是其他时候，或许会带来心灵的慰藉，但这会儿，却只会搞得人心烦意乱了。拿石头一通乱丢，几只黑白相间的小鸟便扑棱棱飞走了。望着它们呼啦呼啦地展翅远去，德穆兰心里发起了牢骚。唉！但凡可以，我也想飞，好逃得远远的啊。

两人陷入了沉默。换了个语气，露西尔挑起了话头。

"卡米尔，用不着沮丧的。"

"没法不沮丧啊。特别是到最后，又听说了米拉波的成功……唉……"

"不用跟别人比的。最重要一点，那位伯爵可不是寻常之辈吧。"

"要说那张脸，是不寻常。"

"好你个卡米尔！"

既如此责备，那就是说，露西尔也知道米拉波这人？对了，之前就曾对她说过吧。带着落井下石的浅笑说给她听时就被责备过——不要以貌取人！虽想勉强笑言一句，这么说，那是张什么样的脸你也知道喽？但现在的德穆兰，轻易是笑不出来了。是啊！长相，也是一个重要因素啊。

"要不以美丑为标准，那米拉波的脸，才真正是气势逼人，堪称逸品啊。所以才能吸引大众。这悖论式的魅力，注目度可是笨拙美男的好几倍啊。这么说，像我这样连美男都不是的。一张脸生得普普通通，毫无出奇之处啊。哈，难怪。本来就该被选民忽视啊。"

"说什么呢……第一，我没说长相什么的吧。说米拉波伯爵不寻常，是指不惜除名决意搅翻大区三级会议，当即组建民兵突入暴动，最后，明明是贵族，却作了第三等级代表的候选人。怎么说呢，就是手段古怪反常那种。”

“不这样是不行的。有违常识的怪招也好，非同寻常的蛮力也罢，不施尽手段，是当不成议员的。”

我德穆兰没能做到啊。也就是个不中用的男人啊。这样叹着，德穆兰两手抱头。可这样，什么都不会改变的。虽明知如此，但现在就是想哀叹，好得到殷切的安慰。正这样一动不动地注视着地面，等待安慰呢，不料头顶上方传来的，却是一声轻轻的叹息。

一惊之下，德穆兰仰起脸来。露西尔，喂，露西尔，我并没自暴自弃！啊，我没有放弃作议员的希望啊！

“我会努力的……”

“用不着努力啊。”

“嗯？”

“打开始就期望过高了呀。你想，这可是议员！全国三级会议的议员啊。”

“就是说我不是作议员的料，你是这个意思吗？”

“不，不是的。这样想的话，卡米尔，你告诉我，那个米拉波伯爵大概多大岁数？”

“没记错的话，应该是四十上下。”

“就这岁数，在议员里面不也是年轻的？”

“要说，确是如此。可……”

“那卡米尔，你多大？”

“都二十九岁啦。”

“才二十九岁啊。还年轻着呢。不到做议员的岁数呢。卡米尔，根本就不用着急啊。”

“着急，我着急啊。”

听德穆兰几近悲鸣，露西尔不禁慌声问道，为什么，卡米尔，为什么非这么着急不可?

"这样下去,你可就成单身大妈了呀。"

"……"

"我们就永远结不了婚啦。"

听德穆兰这一叹,真是无以作答了。

这不是他单方面的悲观臆想。德穆兰不被父亲认可是事实。这是四年前的事了,德穆兰向露西尔的父亲克劳德·艾蒂安·拉尔东·迪普莱西先生提亲,但被极其冷淡地拒绝了。

迪普莱西一门是中产阶级中的名门望族,势力直达官场。而迪普莱西先生自己现也是财务总监局的首席执行官。不消说,其拥有的财富令世袭贵族也艳羡不已。如此门第,一个连贵族都不是的年轻人跑来,挣钱不多,可炫耀的至多就是个律师资格,这就说什么"请把令媛许配于我"?

——这门亲事不可能得到认可。

不可能的。就算是真心爱着露西尔,那也完全是两码事。思虑失误的结果,就是现在德穆兰已被禁止与迪普莱西家交往。就是这卢森堡公园的约会,实际上也是秘而不宣的"地下活动"。

——不想想办法是不行的。

作为一个无名律师,就这么下去的话,那与露西尔就永无成婚之日了。作为法律界的行家积累资历,慢慢博得大名?容不得这么悠哉游哉啊。说到底,除一夜成名之外,无路可走。非一夜而成英雄不可!

德穆兰对心中的未婚妻说:

"我想早日,不,是想早一分、早一秒到令尊面前,光明正大、挺胸抬头地说,请将令媛许配于我!所以,说来说去,只能是成为全国三级会议的议员……"

"好开心!卡米尔,听你这么说,真的是开心极了!这一天,我做梦都在想!但也不能乱来。什么要做议员啊,没必要想这么没边没际的事。只要能做与年龄相称的工作,就是父亲也……"

"就是与年龄相称啊！"

"嗯?"

"说起来，老爷爷也不少啊。大半都是五十几岁、四十几岁的样子。但议员之中，三十岁上下的也并非完全没有。"

各地选举结果已陆续报送巴黎。米拉波的成功还说得过去，自己落选也并非接受不了，差异太悬殊了嘛。虽说并不认识，但甚至会想，本质上跟他根本就不是一种人吧。

真正的惨重打击，是听到了另一个人的名字。

"但是，这也是注定了没法比的呀。"

露西尔回道。你说的是贵族代表吧。上一辈早逝，年纪轻轻就被冠上了公爵、伯爵之类称号的贵族子弟，就算是议员那也能当。不然，就是教士代表，也就是同为贵族子弟的次子、三子们。被送入宗教界，成为像主教、大修道院院长这样的。

"总之，所谓靠整个家族的人脉说话，赢得选举的人……"

"他是孤儿。"

"什么?"

"他是个孤儿。父母早亡。但不是贵族之家的孤儿哦。既不是主教，也不是大修道院院长，而是生在勉强上得起教区私塾的平民之家，但却头脑出众。因成绩优异被看好，成了光荣的特待生。他是靠自力更生开拓人生之路的。"

"……"

"啊，优秀到以第一名的成绩从路易大帝中学毕业！虽然只有三十一岁，且跟我一样都是律师，但却在皮卡第大区阿图瓦辖区完满当选第三等级代表议员。"

"这……"

"因为我也是路易大帝中学毕业的。啊，我们是故交。他是高我两届的校友。马克西姆的事，也跟你说过吧。"

"马克西米连·德·罗伯斯庇尔先生……让你仰慕的前辈……"

"仰慕啊。只能是仰慕啊！怎么努力都胜之不出嘛。"

德穆兰又一次提高嗓门，大声说道。就算是年轻，那也能当议员啊！就算是无名律师，也能出色地当选啊！马克西米连虽是个其貌不扬的小个子，但这并无妨碍。既然也不擅长演讲，那胜出的原因，说到底就是那篇《告阿拉斯人民书》受到了好评。啊，这跟富兰克林风格什么的无关。小册子的读者是选民。

"只要是路易大帝中学一等秀才写的……"

"是这样的吗？你的《写给法国人民的哲学》也决不次于它。嗯，我相信你的才能。不能这样贬低自己哦，卡米尔。"

"不如此，又该如何解释？同为律师，同样以小册子展开竞选之战！可怎么就只有马克西姆当选了？为什么就我落选了？"

"要说原因……比如，对了，那位罗伯斯庇尔先生现在也住在巴黎吗？"

"没有。马克西姆一毕业就回故乡阿图瓦去了。在那边的阿拉斯市加入了律师协会。"

"原因就在这里啊。"

"这里？哪里啊？"

"就是说，因为他在阿拉斯工作啊。参选之前，当地人了解他的工作啊。选民们待之以好意啊。"

"就是说，我也要在巴黎参选？"

实际上，巴黎的议员选举刚刚开始。因议员定员问题争吵不休，选举进度落后于其他地方了。可即便如此，那也做不成候选人。德穆兰想。在这大名鼎鼎的人物多如过江之鲫的大都会，我这样的，根本就无人理会。

露西尔没去责备他的怯懦，接着说：

"不是说要在巴黎参选，而是说，只要你也在吉斯开律师所的话，那也一定是已经当选了。所以说，没必要失去自信。"

"哦。或许吧……吉斯那边又有父亲的人脉，不是没有可能。可说到底，我无法在吉斯生活啊。唉。我不是不可能离开巴黎嘛。"

虽非有意，但这话里不知觉间的责备口吻，德穆兰自己也觉察到了。这一强调，露西尔立时双颊飞红，把脸埋了下去。

"对不起，卡米尔，都怪我。"

"不是的。不是的。"

德穆兰突然抱住露西尔的膝头，不顾他人注目号啕大哭起来。这回，可真是在悲鸣了。对不起，露西尔，对不起……不怪你。都怪我不争气，没出息啊。啊，这多可悲，多可耻啊！不过，我会努力的。不畏缩、不气馁地努力，千万不要放弃我！

12

议员行进

罗伯斯庇尔内心的激动仍未平息。

一七八九年，五月四日，星期一。来自法国各地的全体当选议员接到命令，到凡尔赛市内的圣母院集合。

上午九时，开始以辖区为单位点名。据及时发布的数据，应命集合的议员计有一千一百六十七名，其中，第一等级教士代表三百零二名，第二等级贵族代表二百八十九名，第三等级平民代表五百七十六名。

因太子殿下贵体欠安，路易十六御驾亲临姗姗来迟。待到终于现身时，早已过十时，却也是无人抱怨。时间安排，本就视至高无上的法兰西国王的情况而定。既非如此，那么迎来隆重出演的兴奋也能让人们忘记了时间，多少晚一点也无人在意。

国王陛下在正殿右侧御座落座。这厢饰有薄纱制成的蓝底金百合王室族徽，设于下一级台阶的长椅上，则依次端坐着大名鼎鼎的政府高官。

正殿左侧御座则是王后玛丽·安托瓦内特的。这边，也在一队侍女的陪伴下落座了。看气氛已然足够庄重，就像被这喜悦弹射而起一样，所有议员全体起立……

一支燃起的蜡烛被交到每位议员的手里。将蜡烛供上祭坛之后，议员们便恭恭敬敬地向国王与王后施礼。施礼已毕，便一派肃穆地步出了教堂。因在黑暗中行进，一到阳光下便分外晃眼。而在外面等待法国人民代表的，则是国王近卫军——瑞士卫队。

耳边传来的，是《我主降临》的圣歌。议员们跟着乐队，由瑞士卫队开路，前往圣路易教堂。虽是预定要在那里举行弥撒仪式，但有意在由凡尔赛市北侧教堂前往南侧教堂时安排一场盛大的议员行进。

实际上，凡尔赛市内各处也都用"蓝底金百合"装饰得漂漂亮亮。这装饰并未止步于代表"雅"的宫殿设施，而是连市区都被壮丽地装饰一新。从巴黎圣母院到圣路易教堂的一路上，为防止走错路，用大块的葛布兰式壁毯织锦遮挡了岔路。

似要与这华美一争高下的，便是无数群众沿途围观的热闹景象。人们你推我挤，将路边塞得满满登登。活像一堵墙一样的大块头瑞士兵只要不拼死阻拦，行进道路就会立即被群众堵死。

"国王万岁！全国三级会议万岁！"

毫不夸张，那热闹劲儿，直扰得人耳朵都不好使了。欢呼着舞动双臂，拳头高举的景象，可不只来自站在低处的人们。

沿途建筑的所有露台，全都以高价出售给了看热闹的群众。虽然经济不振，物价高涨，但据说仍是出售一空。只要抬头，那目光所及之处，全被涌到凡尔赛的人们挤满了。

群众或挥手帕，或撒花，或是扬起五彩缤纷的纸屑，热烈欢迎行进列队中的每一位议员。

——或许应该说，这是饱含期待的祝福吧。

这就是全国三级会议的序幕。三十一岁的律师马克西米连·罗伯斯庇尔参加了开幕式，他也是颇有法官气息的一袭黑衣中的一个。

这是第三等级代表议员的规定服装，依王室政府所愿事先指定的。越是所有人统一正装前行，那种感动就越发地高昂。

在阿拉斯雇了辆合乘马车抵达凡尔赛是在前天，即五月二日星期六。议事由五日星期二开始，所以，只要能在此前到达就不会妨碍议员的工作。但是，向知己借路费也要赶上开幕式的罗伯斯庇尔很为此庆幸，也松了口气。因为这开幕式，并不是所有人都能参加的。我是作为阿图瓦辖区与阿拉斯市的代表而来。

——也就是说，是被推举到了这里。

踩在凡尔赛的大地上，每一步，脚都抖得厉害。不是讨厌，而是内心涌动的激昂让罗伯斯庇尔感觉，自己都熠熠生辉了！

光荣感，记忆中并非没有。只是已经久违了。

——再怎么说，也是十四年前的事了。

一七七五年七月，因先王路易十五去年驾崩，当今圣上路易十六继位，在香槟大区的大主教座堂城市兰斯举行了加冕仪式。事情发生在回返的途中。

回凡尔赛之前，新国王顺便去了巴黎，视察为纪念路易十四而建的路易大帝中学。在这无上光荣的时刻，作为古典科目成绩最优秀的学生，向国王陛下献上拉丁语欢迎辞的，正是十七岁的马克西米连·弗朗索瓦·马里·伊西多·德·罗伯斯庇尔。

——就是我!

在抑制不住的紧张中，颤抖的声音时而像要走调一般……那个夏天，罗伯斯庇尔也同样感觉自己熠熠生辉。同时感到，这光辉，是为自己的人生作出的承诺。

——因为，我与国王陛下直接面对面了。

国王，不是庸庸碌碌的尘世凡人。不，就连偶为凡人都不被允许。其存在本身就是公共利益的象征，就是法兰西应有之繁荣本身。

不想特意擎出什么君权神授之说，卖什么神秘膏药。但是，得益于年轻国王的即位，的确为整个法国带来了政治改革的期待。

罗伯斯庇尔按捺不住随这预感而来的激动。自己，也要作为这新王国的一员，且是前程远大的一员，为路易十六陛下，进而为法兰西王国贡献一己之力!

——但是……

现实，背叛了十七岁的预感。法兰西王国并未变化。路易十六即位之后，政治方面也并未发生可称之为改革的改革，何止如此，反而是万事因袭旧例。要说变化，就是新王虽年少却未置宠妾了。

这就无需为国王之好色而浪费数万里弗尔民脂民膏了。这虽不错，但反过来，甚至有"赤字夫人"之大名的王后玛丽·安托瓦内特却让女友们侍候于侧，由着她们穷奢极侈……到头来，宫廷之中也是毫无变化。

在凡尔赛，酒池肉林之宴无日无休。这样毫无节操的结果，便是王室挣扎喘息于财政困难之中。这虽不值得同情，但另一方面，法国万民却被逼入食不果腹的困境，至今无以自拔。

而作为这万民中的一员，罗伯斯庇尔的人生，也并未显示出梦一般的飞跃。

从巴黎的学校毕业后，他就在故乡阿拉斯作起了律师。享受着才干非凡之誉，工作之余，也开始出入当地的沙龙，谈论着时下流行的让·雅克·卢梭。作为意外的进步派也是引人注目。

——要说坚实，这人生倒也坚实。

包括颇有律师之风的革新思想在内，从某种意义上来说，就是画上看到的地方小资了。对这样的人生，也没什么不满。生活无虞，也有相应的地位，受人尊敬。作为父母早亡的孤儿来说，或许应该说已是大获成功、飞黄腾达了。

作为社会派着手于各类法律问题的日子，也非谓不充实。想要更多的钱，或者是对地位的渴望等，对这等动机不纯的野心，反而会心生厌恶。

——只是……无法忘怀。

至今在记忆中熠熠生辉的，那个十七岁的夏天的预感——唯此，罗伯斯庇尔是决计忘不了的。所以，无法就此而终。依然有些事，非做不可！

就在这时，全国三级会议的布告从天而降。正是为历史性大饥馑的惨状痛心的时候，一想到必须想想办法，内心就更为焦躁。

所以，一听说要通过选举推举议员，罗伯斯庇尔就再也抑制不住内心的兴奋，甚至可以说，是瞬间便被高烧般的热烈想法附体了。啊，我要竞选议员！此时不助陛下一臂之力，更待何时！要改善这法兰西王国！只要能成此举，我就能为自己的人生划上完满的句号！

忠实追随内心的灵感采取行动，且没被这灵感背叛。虽是阿图瓦辖区八位议员中的第五位，但终是被推选为第三等级的代表议员了。期待吧，我会为大家努力工作，倾注全部的身心！罗伯斯庇尔一边与故乡的人们约誓，一边意气风发地进入凡尔赛……

——这里，如今已非放荡之巢窟，而是匡世之圣殿！

就这样，待到典礼仪式结束，议员行进队列解散，各自回到住处后，松开刚好合身的黑色法袍，罗伯斯庇尔的激动仍是久久不能平息。

13

报纸

五月四日夜，一夜无眠。感觉回头想这想那的工夫，初夏的清晨便急急驱亮了天空。"完啦！"这声叫，缘自明显的睡眠不足。意外的是并不乏累。不，是不能喊累啊。

——这都五月五日啦。

议会审议，就从今天开始。"开始啦！"罗伯斯庇尔自言自语着起身离床。等自己连领巾都妥帖地系到脖子上，便召唤昨晚预约的假发师，将平日出庭时所戴的、唯一一顶假发戴在头上，还撒了白粉。终于整装已毕！罗伯斯庇尔想着，匆匆奔出了房间。

罗伯斯庇尔决定暂时落脚的住处，是凡尔赛市内圣伊丽莎白路上的勒纳尔客栈。虽是连奉承都说不上整洁的小客栈，但稍加点钱就能在楼下食堂吃早饭，便决定入住了。啊，得赶紧填下肚子！没时间磨蹭了！今天同样是九点集合。

下楼步入食堂，厨房里的确感觉有人在忙活，但早饭却尚未备好。就算喊人也只能得到"马上就好，马上就好"的敷衍答复。同宿这家客栈的议员们也没起床，要等上饭，看来还得再过一会儿。

没办法。刚在无人的餐桌旁拉开椅子……

——什么什么？《全国三级会议报》？

餐桌上，很随意地扔着一份题以如此报头的瓦版印刷物。罗伯斯庇尔拿起来，一边等早饭上桌，一边有一搭无一搭地看报。

"……"

眨眼间，罗伯斯庇尔便被这份报纸强烈吸引了。只是拜年轻时用功所赐，罗伯斯庇尔眼睛近视。文字模模糊糊，真令人不耐啊。不慌不忙地从怀里摸出眼镜戴上，可就是这样，还是非把整张报纸拿到光线明亮的窗边不可。报上刊发的内容可谓及时，是对昨天议员行进的评论。

"依等级而定服装之别，基本声评不佳。端因皆以此为强加于平民代表之侮辱。盖不允第三等级有羽毛、蕾丝之饰。又怒感两大特权等级之骄昂亦应有度。"

——不对。不见得。

罗伯斯庇尔当时也在场，但并未感到被侮辱啦，怒不可遏啦，等等。

第一等级、第二等级的议员着装的确华美。教士代表教冠高耸，祭衣处处金线，气势凌人。而另一方的贵族代表，也是身披异彩纷呈的锦丝绸上衣，帽插大支羽饰前呼后扇，一副亨利四世般的古王之态。

的确，这似与时代逆向而行的着装，较之应获新生的王国重生之祭典，更像是以遵守传统、沿袭前例为重的宫廷礼仪。抛开礼法云云不谈，单说那挥金如土，宛如孔雀般的装饰方式，对比目下法国的困苦境况，会感到完全是在别一个世界游玩一样。但罗伯斯庇尔当时并未感到这有失谨慎。

教士本就如此，贵族一向这样嘛。他把这事看得很轻，也并未生出特别的疑问。但《全国三级会议报》刚读几行，他便突然为这样的自己感到羞愧了。

——的确该为此感到羞辱。

若其中藏有用外表区分等级的恶意，那对第三等级代表而言，就的确是一种屈辱了。因为，这就像傲慢的特权者们绕着圈子向我们宣告，就算在这当代，也断不允平民抬头！

——可是，不正因这些人为所欲为，法国才一蹶不振了吗？

罗伯斯庇尔呼地长出了一口气。也并非没有回头想过，是不过分猜疑了。磨磨唧唧挑些芝麻小事，大肆渲染，评头论足，或许，该指责《全国三级会议报》的执笔。

虽如此冷笑，但也不得不承认，有一丝不快仍在心头挥之不去。在这评论促使下回头想来，真就全是屈辱之事。

不只是五月四日的队列行进。五月二日星期六，在全国三级会议召开之前，议员们受赐谒见国王。罗伯斯庇尔虽也在指定时间出发了，但第三等级一等就是三个小时。

——不过，按顺序来嘛，姑且算是在所难免吧……

最先恩准谒见的，是第一等级的代表。教士们一入国王咨政室，便大门紧闭，成密室了。教士们像是有所进言。继之是第二等级代表，贵族们进去之后虽是大门洞开，但也是被殷切迎入的。好，终于轮到我们了！可正因期待而激动呢，结果，第三等级被领到了稍远些的国王的寝室。

咨政室未经允许不得入内，但寝室就没什么特别了。自路易十四以来，王族必须公开私生活，以垂范法国人民，因这一传统，寝室平时就是自由出入的。

而进去之后，国王也是在床上支起半身，一副正在休息的样子。排好队，依次在国王面前施礼经过时，陛下也只是了无兴趣地颔首。这便是赐予平民的谒见了。不是的，想来，人数也多，还是在所难免啊……

——不对，也不是在所难免！

罗伯斯庇尔突然热血沸腾，因事后的不甘而满面通红！我也真是，究竟有什么好心醉神迷的？

只要能在凡尔赛参加议员行进就行了？绝无此事！只要能进宫殿一瞻国王之龙颜就行了？断无此理！因为，与第一等级、第二等级一样，我也是议员。因为，我是被人民推选，在三级会议中拥有议席之人。心怀非改变这法国不可之志而来，可我竟仍像十七岁的学生一样，头昏眼花了？

一想到这样的自己不可原谅就更为不甘，泪都下来了。可就在这时，耳边有了动静。像是同僚议员起床，都到食堂来了。窗边的罗伯斯庇尔以背相迎，没有回身，将自己的动摇与不安压了下去。

——丢人啊，马克西米连！

——这样责骂自己，感觉也多少好了一些。啊，太丢人了。徒然张皇也改变不了什么。啊，那些家伙，想干就让他们干吧。想歧视，歧视就好了。若那幼稚的自尊心如此就能得到满足，那务请满足就好。啊，我跟那些家伙站在不同的地方，只要从更高处俯瞰，将属于我的初衷贯彻到底就好。

虽这样劝服自己，但罗伯斯庇尔还是扔不掉那张报纸。《全国三级会议报》接着写道：

"然，更为严重之事态，盖在预想其政治性结局而心生愤怒者，鲜矣。

"是以，笔者敢问，教士、贵族与平民，本同为立法机构之成员，却遭强求而着指定衣装，何以不思其用意？无论君主、政府之命，概为典仪操办者之荒诞与不经！令委以人民意志者服从此一意向，无他，恶意而已！

"此谓独裁之登峰造极！此谓强加于民之莫大污辱！

"着装之优雅奢华与否，不足为道。强迫服从与否本不相干。唯所谓高压之权，即视荒诞不经之命而为神圣贤明之法，忠实履行。如是情景，望之令人仰笑。

"为自由而生之人类，堪受此等不誉之辱乎？"

从窗边看去，五月五日，是个雨天。将报纸一丝不苟地叠好，小心翼翼地装入外衣口袋，只把帽子扣到假发上，罗伯斯庇尔便步出了客栈。吃早饭这事已经忘了。块垒郁积于心，几欲窒息，感觉不到饿了。

14

议事厅

三级会议的指定会场是公共娱乐礼堂。

该礼堂是端坐于巴黎路的网球场附属建筑，为全国三级会议的召开新建而成，对面临接工地路。

事前听到宣扬说，该建筑规模宏大，大厅可轻松容纳逾千名议员，另备有可容纳四千人的旁听席。虽说是巴黎路，那也是凡尔赛繁华地段，直通宫殿正门，地形不熟的外地人也无迷路之虞。

事实上，一出巴黎路就明白了。路上塞满了直达大门的马车，拥挤不堪。有几辆进退不得，只好排起长队，任凭落雨敲打。

"凡尔赛窄成这样，那些教士、老爷们，为什么还非坐马车不可？"

如此不逊之言既冲口而出，看来，刚才的坏情结依然没能摆脱。哼，平民的特权，就是腿脚强健啊。罗伯斯庇尔强装玩笑。至少，要装出一脸的事不关己穿过眼前的拥堵。

个子小也帮了忙，真就很轻易地从这拥挤的缝隙中滴溜溜穿过，眨眼便到正门。接下来，只要向着左右洞开的大门走下去就行了。

入口处，教士、贵族们自然也是进退维谷，挤成一团。这幅景象，罗伯斯庇尔越看心里就越痛快。哼，马车连车篷都没有，难得这高人一等的装束，不也全湿透了嘛。罗伯斯庇尔嗤笑着，擦过一位膘肥体胖的主教的衣袖，抬脚就要往里走。

"留步！这位先生可是平民代表？"

罗伯斯庇尔一回身。喊住自己的，是正门警卫。因无外国口音，知道是法国人，但身形虽比瑞士卫兵矮小，可对这位律师来说，却依然是仰视才见的大个子。

——就算如此，还怕你不成？

虽极力给自己打气，但神经却不听使唤，还是触电般地乱颤。因警卫那声喊毫无客气可言，也就忽地怒了。

开口时，罗伯斯庇尔自己都感觉，是无理取闹的语气。啊，不错，我就是平民代表。看到这身黑色装束，就一目了然了吧！

"好。是平民代表又怎么样呢？莫非，要抓住身为议员之人，不让进这会场不成？"

"要进会场的话请便。只是，第三等级代表议员的入口不在这里。"

"不在这里？为什么不在这里！"

"不清楚。这只是上面的指示。"

"上面的指示？既如此，跟你理论也是无用啊。"

罗伯斯庇尔无视警卫，抬脚就要进去。但对面卫兵也不示弱，一把抓住了他的腕子。或许只是要拉住他而已，但那力气可非同小可。毫不夸张，直疼得罗伯斯庇尔头顶发麻。

对体力本来就毫无自信可言，要较臂力，一向是立马投降，都成习惯了。就算日后要以语言回敬，当场还是会退却的。但就是这样的罗伯斯庇尔，唯独这回，却使出了全身力气，瞪住了卫兵。

"放开！我可是正当当选的全国三级会议议员！阿图瓦辖区代表！也就是说，你所做的，无异于要让阿图瓦辖区的几万人民暴力相向！"

"明白。我无意对阿图瓦的人们无礼。说来，我也是皮卡第人。"

"是、是嘛。"

"对议员先生我抱以最大限度的敬意。但正如数度申明的，第三等级代表议员的入口不在这里。"

两人互相瞪视了几秒。不，已经不成其为瞪视了。就算罗伯斯庇尔有心瞪视，但卫兵的目光却已是恳求了。明白了。要放平民代表进去，那就会被长官责以有怠正门警备之职。只需服从命令，这就是士兵的天职。这名警卫也并无恶意。

"第三等级代表议员的入口在那边。"

卫兵以手势示意。像是甩开的一样，罗伯斯庇尔把手挣开了。尽管心里明白，除听从之外别无他途，但嘴上，还是禁不住嘟嘟哝哝。

"走着瞧！"

第三等级代表议员的指定入口，几乎就像是后门一样，连扇像样的门都没有。入场口的门也是半开，身形矮小的罗伯斯庇尔要过尚无须费力，但若身形稍微高大些的男子，那就非要侧身而入不可了。

要是在意，所有这一切都会让人感到侮辱。虽然跟自己说，不要一一介怀，可不等心情平复，就又一次无法不心生烦躁了。因为，要过这粗制滥造的后门，第三等级就不得不站在那无歇的雨中——还是非等不可！

几乎所有议员都是步行而来，没理由拥堵，但这里却依然排起了长队。原因是正在按辖区点名。还没点到名的议员就只好在路旁等了。但那什么教士、贵族，却是先进会场再确认出缺席的。只有平民，只要不证明议员这一身份，一步都前行不得。理由是，这是神圣的议事会场，只有真正的获选者方能入内。

——果然是受歧视了。

只好等在外面的这会儿，不意一辆马车猛冲过来，溅了罗伯斯庇尔一身泥浆。可能是担心迟到的教士或贵族议员吧。

马车刚在正门那里停好，仆人就匆忙下车，急急地把伞撑开。哈！到入场口，还没远到会淋湿吧！该先来张罗我罗伯斯庇尔不是吗？还是说，黑衣嘛，脏了也不显眼？全是泥也不要紧？事先指定的黑衣，就是为羞辱平民？

"走着瞧！"

拿手帕不停地擦着外衣，罗伯斯庇尔快步向会场走去。

公共娱乐礼堂不负事前风评，那内部装修，也是非壮丽一词无以尽言。希腊式石柱从三个方向将旁听席隔开，下一级就是会场，地板全被没至脚踝的地毯铺满，地毯上则是一排排罩以呢绒布面的长椅。这就是议席了。正中留出的长方空间内只设有讲台，与三个方向均呈正对之势。

剩下的一个方向，拾阶而上，就是大厅正面了。果然，这里也饰有王室百合徽章。铺有紫色呢绒的地板上安以御座，上悬华盖。虽还是空的，但今天，国王路易十六会落座其上，亲临议事。

——但是，太远了！

罗伯斯庇尔心想。虽在同一会场，但以御座的视线而言，右侧是第一等级议席，左侧则是第二等级议席，而说到第三等级的议席，虽与国王正面相对，但就位置而言，却是最远的一方。

有种说不清的置身场外的局外人之感。就聆听议事而言，有的地方反不如旁听席。至少离御座更近，寓有可近侍国家意志之意。

第三等级像事先就被疏远一样，再一次遭受了压迫。

——果然是受歧视！

虽几至确信无疑，但罗伯斯庇尔已经不再生气了。因为，再怎么闹也全无用处。因为，根本不会被理睬。啊，随你们便好了。既要幼稚行事，想怎么干就怎么干好了。若如此就能满足自尊心，那对我们来说，也是便宜事一桩。

——只要因此而能发言……

唯有这发言权，绝不相让。无论忍受何等屈辱，唯有这一点绝对不让。这样念叨着，罗伯斯庇尔心里喊出的名字，就一个。

——我们有内克尔！

万民期待的平民大臣，必会趁人不备，令这帮家伙目瞪口呆！与几乎所有的第三等级一样，罗伯斯庇尔也是将财政大臣内克尔仰为救世主的一人。

啊，内克尔能做到！心里重复着这句话，罗伯斯庇尔不由握起了拳头。因为，预定于今天五月五日的内克尔演讲，会触及予以保留的最大焦点，即本次全国三级会议要采用的会议形式，是一六一四年式，还是多菲内式。

若是按等级分头审议，由各等级分别表决的一六一四年式，那第三等级就等于是没有发言权了。只要第一等级反对，第二等级反对，那就算第三等级决意赞成，但就全国三级会议总决意而言，也会以二比一被轻易击退。但要是共同审议、按人头投票的多菲内式，就不一样了。这时，就能用赋予第三等级的双倍议员定员说话。啊，如此，主张得以通过的就是我们。

——到那时，可别哭丧着脸。

刚在自己的议席上落座，罗伯斯庇尔就呼地长出了一口气。没必要战战兢兢，提心吊胆。内克尔能做到！啊，一定能做到！

15

开会

最先登台的是国王路易十六。全场以掌声相迎。罗伯斯庇尔也不由鼓掌，向国王示以由衷的敬意。

对路易十六本人，罗伯斯庇尔并无恶感。他并不认为，针对第三等级的三番五次的恶意是国王个人唆使。过程虽一波三折，但无论如何，他都是圣裁召集三级会议的吾王陛下。身为举世公认拥有绝对权力的法国国王，在时隔一百七十余年之后，要倾听第三等级的呼声！

——尤其是，我罗伯斯庇尔晓知陛下之素容。

十七岁的预感归预感，但看来没错。仍不松口的罗伯斯庇尔，就这会儿也是极力要从国王登台时可称之为笨重的体态举止中，读出大器人物之鳞爪。啊，国王之为人，真是天生地落落大方。包容力异于常人，声名远播的一国之君。

而实际上，路易十六的演讲，也还算妥帖。期待当前问题得以解决，尤其是财政重建，是为当务之急，等等。虽然内容本身未免有单调呆板之嫌，但那音量不大、含混不清的声音，一在空旷的公共礼堂四壁间回响，听来却是非常地舒服。

这决定了整个演讲的良好印象。从根本上来说，三级会议伊始，国王能亲赐御言，这本身就是一种光荣，不必过分深究其内容。

相比之下，掌玺大臣巴朗坦继之而作演讲，可就不被接受了。与国王一样，没有值得一听的内容，既如此，多余的话就当有所控制了。至少，没理由徒然触动听众的神经。

"也就是说，作为鄙人来讲，也不由担心改革过犹不及。"

这一发言，提到了王国各地接连发生的暴动、破坏与起事之类，暗中牵制平民大众的行动。对此，第一等级、第二等级鼓掌喝彩，但第三等级的议席之上却是鸦雀无声。罗伯斯庇尔看了看四周，大家脸上，也全是一副失望且愕然的神情。

——果然如此。

此番发言无异于自招罪行！也就是说，连谒见国王之机都区别待遇，故意指定寓有贬义的制服，且连前往会场的入口都示以区分，凡此种种恶意，全是以掌玺大臣巴朗坦为首的那群朝臣借陛下宽宏之机，肆意妄为！

——哼，真是无可救药。

哼，无所谓了。不等为巴朗坦之辈愤怒，罗伯斯庇尔先鼓起掌来，且直拍得两手生疼。啊，终于上场啦！

雅克·内克尔登上了讲台。在那脸虽稍长却是双下巴的富态之中，可窥到实力派特有的从容与威严。而从那并非煞有介事，而是干脆利落的体态举止中，又能感到务实主义者特有的活跃精神。且卷至耳上的短式假发等，也散发出了一种清洁之感。这仪容举止，正是以勤勉为要旨的资本家之风。

——这就是我们的英雄啊！

第一等级、第二等级一脸扫兴，送上的欢迎也是徒有形式。但越是感受到特权等级的冷笑，第三等级就越是静不下来。像将公共礼堂那高高在上的天花板震裂一般，回荡起的掌声更为热烈——寄予平民大臣的敬意与期待之大，非表达不可！

"济济一堂的诸位议员，众所周知，今日之法国，正遭逢空前之国难。呃……事到如今，已不容蒙混。若先容我坦陈数字，那就是国家赤字已涨至二亿八千万里弗尔之多！"

似乎，内克尔要从财政问题切入演讲。当然，这既是一个重要问题，且国王路易十六与掌玺大臣巴朗坦也有触及。不，在巴朗坦嘴里，只有国家财政值得议论，而国民经济及国民生活的改善，却是只字未提。既然"担心改革过犹不及"，不用说，那国民权利也好，限制不合理的特权也罢，均不会提及。

——但内克尔，却没理由不提！

是以，罗伯斯庇尔一直凝视着平民大臣的嘴形。什么时候提？什么时候提？可是，自演讲开始约过了三十分钟，那张嘴，不动了！内克尔走下讲台。继之登台的，是王室农业委员长布鲁索内。

此人声音高亢，尖细刺耳，甚至给会场带来了一种不快。继财政大臣之后，农业委员长接着描述财政问题的现状。但也只是展开二亿八千万赤字的细目，罗列了一堆琐碎数字而已。

十分钟不到，罗伯斯庇尔就不耐烦了。什么时候完？什么时候完？就这么想着，可都过去两个多小时了，还在讲……

就算没有不耐烦，但因太过无聊而哈欠连天的议员却不在少数。再放眼那一排排的教士代表、贵族代表，有的已经前仰后合，小鸡啄米般地打起了瞌睡。布鲁索内的报告之长几令人冒火，可即便如此，罗伯斯庇尔还是听了下去。

当然，究竟要取一六一四年式还是多菲内式，这一关键问题的决断，不会从农业委员长嘴里听到。如此预想之后，罗伯斯庇尔继之推测，内克尔必会再次登台！到那时，必会切入这一要题。既然两大特权等级无疑会反击，那就是将个别的具体财政问题委于部下报告，自己好集中精力一战。

"鄙人之报告，到此结束。"

布鲁索内那过于冗长的报告结束了。这回一定没错了！罗伯斯庇尔咽了口唾沫。不用说，他目不转睛，紧盯不放的，是阁员席上的内克尔。啊！要站起来啦！我们的英雄，要站起来啦！

"……"

期待落空了，财政大臣……没动！不如说，是同排御座上的路易十六先动了。

国王缓缓地举起了毛皮帽子。钻饰一闪，贵族代表的议员们便与之呼应，纷纷晃起了自己的羽饰。第三等级代表也随之效仿，摘下了帽子。但似乎，这与礼不合了。

两大特权等级的议席中一片哗声。当国王一脸困惑地再次举起帽子，王后便从旁指责了。可能是这边的第三等级也跟着摘帽、戴帽的样子颇为滑稽吧。会场里，响起一片失笑之声。

——不过，这种事，无所谓啦。

国王在王后的陪伴下退场了。各位阁员朝臣也随之退场，包括……内克尔。

议席也开始退场了。可能是出口宽敞吧，很快，第一等级、第二等级的代表议员就踪影全无了。相反，第三等级代表议员的出口狭窄，人数又多，多多少少的拥堵也就在所难免了。可是，这种事，无所谓啦。

——结束了……吗？

罗伯斯庇尔木然自问。审议推进的方式、投票表决的方式，内克尔均未提及。这就……结束了？明明连第三等级的发言权都没得到保障，明天全国三级会议的审议就要这样开始吗？

宏大的公共娱乐礼堂现已是空空荡荡，这就更感空旷了。连第三等级的议员们都退场而去，甚而至会感觉到一种冻结般的冰冷。但罗伯斯庇尔承受住了。实在是无法就此离去。

“我叫勒沙普里安。布列塔尼大区雷恩辖区议员。”

闻听这声招呼，罗伯斯庇尔一惊。啊？啊！我叫马克西米连·德·罗伯斯庇尔，皮卡第大区阿图瓦辖区议员。条件反射般瞬时作答之后，这才意识到，公共娱乐礼堂中另有几位议员也没走。

自报家门的勒沙普里安说了下去。观其宽腮之相，颇有毅力顽强之风。

“介绍一下。这位，是朗格多克大区尼姆辖区推选议员，拉博·圣艾蒂安先生。”

虽同着黑衣，但其立领颇为洁净。但同时，鼻梁线条清晰，既高且直，又有一种顾作姿态，或是有意做戏之感。

"我是新教牧师。因不是天主教神父，就被选为第三等级代表了。"

"啊，这……"

"罗伯斯庇尔先生，再为您引荐一位，可以吗？这位是多菲内大区格勒诺布尔辖区推选议员，巴纳夫先生。"

出前一步这位，一只又大又圆的鼻子便决定了第一印象。其神情甚至有可爱之感，但又不会让人心生取笑，更别说揶揄之意了，因这本身会让人感到，这正是此人身怀罕世之才的表现。甚至，会让人心生警惕——此人非等闲之辈。证据就是他相当年轻。虽自认作为议员也算年轻的了，但此人像是更少几岁。

"啊，是你吗？在多菲内大区领导大区三级会议那位！"

这地名从自己嘴里出来，罗伯斯庇尔像是看到了光明。也就是说，多菲内式的那个多菲内！此次全国三级会议应以之为榜样的大区三级会议召开的地方。既作为多菲内代表来到了凡尔赛，不用问，巴纳夫绝不会任由审议方式、表决方式就这么暧昧下去。

——啊，这是理所当然的！

包括勒沙普里安，包括拉博·圣艾蒂安，对今天的演讲抱有疑问的，看来并非自己一个。

"说实话，对内克尔先生感到很失望。"

勒沙普里安先开口了，且立即面泛潮红。看来，是掩之不住的热血男儿。相比之下，巴纳夫则以更为温和理性的语气接话道：

"这其中或有某种阴谋作怪也未可知。"

"对！被朝臣们胁迫的可能性，我也并非没有想到。"

拉博·圣艾蒂安这一接话，罗伯斯庇尔也无法沉默了。

"总之，内克尔先生指望不上。"

"虽不能断言，但如此下去，第三等级的六百名代表议员，怕只会沦为摆设了。这一担忧，还是不能排除的。"

"也就是说，巴纳夫，这全国三级会议，要采用一六一四年式，即按等级分头审议，按等级分会投票了？"

"若风平浪静就此下去，也只能如此了吧。处处区别对待的用心，已是无法否定了嘛。"

"呀，说实话，已经是忍无可忍了！侮辱第三等级也是有限度的！啊，这等事，断不能容！"

"正如勒沙普里安先生所言。所以，绝不能拱手作罢。但内克尔也不能指望吧。"

必须由我们自己采取行动！如此提议时，罗伯斯庇尔的身体已然下意识地前倾了。

16

议员资格审查

以辖区为单位汇集第三等级代表议员的意见，此一合意，是五日的首日议事刚刚结束的午后，有志之士们围桌午餐时达成的。

而实际上，各自将合意带回投宿之处后，同乡议员们便展开了讨论，直到半夜方休，但六日晨带回的意见，连重新汇总都不需要了。

"依等级区别对待议员，理当废止！"

大家都感到不服。这态度就像在故意挑衅第三等级代表，任何人都难抑不快。

话虽如此，但要说第三等级代表就是全体认识一致、铁板一块的集体，事情又没那么简单。不快感，大家都一样，但要由谁、以何种形式来表明，可就莫衷一是了。

"就以第三等级代表议员动议的形式，要求共同审议，按人头投票！"

"冷不防这样，过于单方面行事了吧。就算可强行行事，那也不等于第一等级与第二等级就会同意。"

"啊。对方的说辞也该听一听吧。一六一四年式与多菲内式，到底应采哪一种，首先，必须由全体议员讨论个水落石出。是不是向另两个等级提出要求，应以此为最初审议的议题呢？"

"尽说傻话！说什么审议？你打算怎么审议？各等级分会审议，还是联席审议？"

"等下等下。没那么夸张。暂且先让他们把门打开不是吗？要让第三等级代表从正门进入会场，不是吗？"

"都到这地步了，净絮叨些琐碎事情。"

"这可不是琐碎事情。我们深感不服。要不让那群家伙意识到，那就无从谈起啊。"

"……？"

罗伯斯庇尔有些纳闷儿。哎？这就怪了。他一左一右，尽力伸开双臂。不插进讨论是不行了。

"等一下！各位！等一下！"

细细一想，嗓门这么大，直言不讳的激烈论战本身有些怪异。虽然这争论是因第一等级、第二等级的权达显贵们尚未出席才展开的，可当再次摸出怀表确认，早就是九时已过。尽管如此，第三等级的代表们却依然在高声争论不便让他人听到的事情。

诚然，看一眼公共娱乐礼堂的空位便知，虽已到审议开始时间，但教士代表、贵族代表却均未现身。

"这……是怎么回事？"

罗伯斯庇尔问过之后，谁也答不上来，一任不自然的沉默扩散开去。在这静寂中响起脚步声的，是一位看似宫廷遣来的朝臣，身着桃红色齐膝紧身外衣。

"这个……诸位议员，马上开始吧。本日议题审议之前，先来审查议员资格。"

审查，只是一道单纯的手续。即依辖区点名，被点到名字的议员要出示当选证书、选举人托交的委任书及陈情书等，证明其议员资格，如此而已。

这也是事先已被告知的程序。必要文件，罗伯斯庇尔也带来了。

"可是，全体议员尚未到齐。"

"有迟到者？大约几位？"

"不是几位的问题。第一等级与第二等级的代表，全都没来呢。"

话一出口，罗伯斯庇尔自己便已确信气氛怪异。因为，那位桃红色朝臣并无半点慌张。虽不易觉察，但其鼻翼的确动了一下。这轻哼一声的嘲笑表情，就像口实到手般地自鸣得意。憋气啊！可话已出口，覆水难收了。就算收回来，那也解决不了任何问题。

桃红色朝臣接着说：

"啊！第一等级与第二等级的各位议员已入会场就座啦。在另一会场。"

"另一会场？！"

"正是。设于公共娱乐礼堂内的另一会场。"

一石入水，举场哗然。

"又来啦？！"

即刻，便有人如是唾斥。虽在视线之外，但从失之莽撞的口气判断，大概是勒沙普里安。就是罗伯斯庇尔也深有同感，无疑，"又来啦"即可将大家的心情一语道尽。

全国三级会议，处处都是露骨的区别对待，处处刻有歧视的印记。且那帮家伙却像这是常例一般，面无表情，按部就班，甚至毫不犹豫地一点一点不断扩大歧视！

——且并未停留于表面问题。

这天，罗伯斯庇尔也把《全国三级会议报》藏在了口袋里。果如那位执笔者的警告！这不单只是屈辱，而是非考虑政治性结局不可了。

——如此下去，那就不可能得到发言权！

一六一四年式，还是多菲内式；分会审议，还是联席审议；各等级分会投票，还是按人头投票……这本就尚未讨论，也并未通告正式决定，但视目下情状，已经看到答案了。若议员资格审查分别进行，那审议、投票也会依样分别进行。只会是这样的结果。

说是议员资格审查，但应提交的文件中本就包括选举人交托的陈情书，而有的陈情书就明文要求采用多菲内式。也就是说，尚未打开看，这帮人便要以一六一四年式推进议事！此事本身所隐含的大致打算已然一清二楚，即无视第三等级之愿而弃置一边。

"此非尔等可插嘴之处。"

就像是说，第三等级代表，不过是为虚示国民总决意的装饰。罗伯斯庇尔只是紧咬牙关。当然，就是他也从不认为，像卢梭提倡的国民主权可以原封不动地行使。尽管如此，但若连发言权都不被赋予……

——这就是现实吗?

就算将第三等级的力量集结于一处，那也是无济于事，奈何不得吗?罗伯斯庇尔因太过不甘，甚至感觉像有一股火苗在头上忽地蹿了起来!怕是血在倒流吧。眼角周围，可能也因一种危机感而在痉挛。之所以能勉强保持自制，可以说，是紧紧攥住了口袋里的《全国三级会议报》之功。啊，事到如今，已不再让人激愤到热血沸腾了。是的!疑问，早已被抛出!

"唯所谓高压之权，即视荒诞不经之命而为神圣贤明之法，忠实履行。如是情景，望之令人仰笑。为自由而生之人类，堪受此等不誉之辱乎?!"

第三等级代表议员的不安，桃红色朝臣全不理会，又开口了。看样子，他已经不耐烦了。是的。总之就是如此。议员资格审查，望在午休之前结束。

"我会按辖区点名，请点到的议员出示必要文件……"

"我们不接受!"

罗伯斯庇尔反击了。对这一激愤，朝臣像深感意外一般，一脸糊涂地转脸确认道:

"也就是说，你打算放弃议员资格?"

"不!依等级区别对待议员一事，我们不接受!或许，这是单纯的资格审查，但也一样!除非三大等级同场，否则，我们断不接受!"

"对!说得对!罗伯斯庇尔先生!说得太好了!"

巴纳夫这一接话，会场就像被引燃了一样，大家郁积于心的愤懑当即爆发。

勒沙普里安高声道，啊，首先，要济于一堂！这议员资格审查，就是第一步！拉博·圣艾蒂安也不甘落后。啊，就这样被一六一四年式挟持，谁会忍受？不管找到什么理由，都要从严严实实的小屋子里，把教士代表和贵族代表拖出来！

17

空转

全国三级会议与期望中的不同，且已是明显不同。五月十八日这天，罗伯斯庇尔也是叹着气前往会场的。

地点没变，还是公共娱乐礼堂。没变的还有空席，也依然显眼。这边说，空席是为两大特权等级而留，而那边的教士代表与贵族代表，则像是愤而弃之一样——平民之辈休要嚣张！每当瞥见这些空席，罗伯斯庇尔就会顿感无力。

自五月六日以来，全国三级会议就一直在空转。不出所料，一当第三等级代表要求同场审查议员资格，第一等级与第二等级就觉察到了用意所在，都拒绝了。拒绝的理由是，资格审查一向是各等级分会进行而非同场，这是全国三级会议的传统。

而第三等级这边也不可能相让，双方各有主张，相持不下，全国三级会议就这样空转起来，且眼看就要两周了。

——大家携手一处，勠力同心，改善法国……

梦想过的兴奋，在现实的三级会议中无处可寻。甚至有时候，罗伯斯庇尔都有心放弃了——看到的只有掌权者们可怕的固执，一直以来将权力握在手中的他们今后也绝不会放手。

据说，第一等级、第二等级均就认可财政平等性的意向向国王方面探询过。也就是说，教士与贵族均要放弃此前的免税特权，缴纳政府征收的税金。

——绝不容许侵害特权，一度大吵大闹到如此不堪的那群人……

　　还没来得及沮丧，罗伯斯庇尔先就再一次因屈辱的打击而颤抖起来。放弃了免税特权，就意味着两大特权等级失败了。也就是说，若对方是国王，那就能够承受被迫屈服的不快。即便这样也比与那群平民左右同席强出百倍——这就是他们的逻辑。

　　——被小瞧到如此地步吗?! 我们……

　　要说这第三等级，并非不向教士地位示以敬意，并非不对贵族地位示以尊重，而只是有节制地提请，同为人民选举的议员，望能平等相待，而作为平等的体现，也望能完整拥有相应的发言权。如此而已。可连这都被视为不逊，那作为平民，我们就真是被看扁了……

　　罗伯斯庇尔一直认为，作为一个人，自己还是比较出色的。包括法律在内，学习一向很用功，对社会应有之形态也是胸怀理想。他感觉，这样的自负，不，连欲令法国向好、万民幸福的真挚热情，都被那帮只剩傲慢的人给践踏了。

　　——绝不饶恕!

　　一定要战胜他们! 如此鼓舞着自己，罗伯斯庇尔燃烧起来了，周身上下热血沸腾。与其说是改善法国的热情使然，不如说这只是针对教士代表与贵族代表而起的斗志。总之，他一直是积极地倾身前行的! 但却每每在无力感的袭击下，无奈地叹着气退缩。

　　让自己的期待落空的，不只是两大特权等级。

　　"呀! 马克西米连!"

　　亲切地近前招呼的，是第三等级代表的议员同僚。今天打算干点什么? 不是，那什么，大家正在商量，是否一起到庭园里散散心。怎么样? 你也一起吧。

　　"说起来，凡尔赛的出众之处，尽在非壮丽无以言表的庭园嘛。要是只参观了宫殿，就不能说是到过凡尔赛啊。如果不观赏一下庭园，那就谈不上把凡尔赛之旅的见闻带回老家啦。有人这样忠告我啦。所以，马克西米连，怎么样，你也一起吧。"

面对这一邀请，罗伯斯庇尔一脸的失望和不悦。回答的话，心里也闷，就只轻轻摇了摇下巴。

"哎？心情不好吗？啊！难怪，这真是言语失敬啊。你在巴黎生活过吧。那时候，凡尔赛什么的游玩过多次了吧。对对，路易大帝中学的一等秀才，不可与区区乡下人的我们同日而语啊。"

略带诙谐地耸耸肩，那位议员同僚便转身走了。目送着他的背影，罗伯斯庇尔想，跟我是不是路易大帝中学的一等秀才无关。就是你，也不是"区区乡下人"。不，是不能是"区区乡下人"。

——是被大众推选出来的议员，不是吗？背负着人民的期待来到这凡尔赛的，不是吗？

罗伯斯庇尔很想这样喊出来，但又忍住了。因为，责备也无济于事。因为，那位议员并不个别，萎靡不振的不只是他。

撇开表象，实情是第三等级的代表议员们也未必就有热情。至少，大家跟自己不一样。罗伯斯庇尔也在直面这样的现实。

若当场气氛热烈，大家甚至会趁兴发表攻击性言论，但又欠缺坚持到底的气力，瞬间就会冷却。难怪，难怪啊。大家多数是地方上有声望的人，当选议员，平日自负得以满足的那一刻就已是如愿以偿了。之后的凡尔赛之行，不过是借机看看热闹，游山玩水而已。

即便并非如此单纯，但要说到与教士代表、贵族代表为敌，有勇气与之一战的议员，那也绝对不多。

对于全国三级会议空转的事态，气氛已经有所变化了，如此下去，连作为参考意见发言都办不到了，而主张与两大特权等级妥协的风气，反而会逐渐占到上风。

当然，这样的第三等级代表中也有热忱的有志之士，如拉博·圣艾蒂安、勒沙普里安及其布列塔尼同乡同僚朗瑞奈、巴纳夫及其多菲内同志穆尼耶，等等。

——可这热忱也同样让人烦恼。

只要确认一下迄今为主的过程就知道，第一等级、第二等级那边的议员资格审查都已各自完成了。可这样下去的话，三级会议仍然是不成立的。原因在于，只要第三等级不回应审议，三级会议就无法作出表决。

于是，五月七日，教士代表迅速采取了行动。其提案主旨是，各等级分别选出全权理事，成立理事联席会议，就三大等级的和解展开磋商。

五月十二日，贵族代表表决通过，接受提案，并立即着手推选全权理事。虽然平民代表也被要求作出同样表决，同样推选理事，但围绕如何应对展开的讨论，却迅即陷入了分歧……

五月十四日，拉博·圣艾蒂安呼吁接受提案，却遭到勒沙普里安的极力反击。

"什么联席会议！毫无用处！第三等级已经决定了不作任何让步！退一步说，这也存在危险吧。只要推选理事，各等级分会那就是既成事实了嘛。而一旦各等级分会成立，也就是说，一旦各等级分头活动开始，那边就可能随自己之便诠释此事。如此一来，眼下这共同审查议员资格的要求，就会即刻失去意义。"

批判虽猛烈之极，可这拉博·圣艾蒂安也并非因此就会乖乖打起退堂鼓的主。

"重要的是，要采用多菲内式，即实现共同审议与按人头投票。既如此，细枝末节就没必要死抓不放！像推选全权理事，不，即便是议员资格审查，只要大事能成，也并非让步不得！"

"不。不是说过了吗？只要稍有让步，我们就会一点点被收拾掉！不正因如此，我们才一直抓住议员资格审查不放吗？"

"话虽如此，但这样下去也不会有任何进展！如能在联席会议上推动采用多菲内式，那即便被迫让步，当初纠结于议员资格审查也是有意义的吧。"

"糊涂！你以为只通过什么协商，第一等级、第二等级就会放弃一六一四年式吗？说到底，和解之类根本就不可能！胜还是败，二居其一，这才是目前的形势!"

　　越是热忱,就越是坚持己见,寸步不让。就这样,十五日、十六日接连两天便仅以争论而告终。一方是拉博·圣艾蒂安,一方是勒沙普里安,双方得到的支持者越多,意见就越统一不了。就目前状况而言,第三等级已然陷入了拿不出结论的泥沼之中。

18

初次演讲

重申一下，现在说的是部分有志之士。说到其他议员，那就是一旦提出某一方向，就被迫表明是赞成还是反对，但讨论却还是无法达成一致。大部分议员则趁机铁心观察起了形势，好见风使舵。贪恋于无所作为，或是随兴打发起了时间。

十七日是星期天。新一周开始于星期一，就是今天，十八日。因中间夹了个公共休息日，是以现在休假感尚存，公共娱乐礼堂内的氛围也就更为松懈了。不用问，上周形成的坏惯例也不可能更改。

原则上，第一等级、第二等级会合后，全体议员的资格审查即当开始，所以仍要求全员早九时出席，可直到下午四时解散，这会场，实际上是自由出入的。

就算置身会场，翻来覆去的也只是即兴的闲聊。虽偶有有志之士登台演讲，但听与不听也是悉听尊便。因入场并没设限，就有很多巴黎及近郊乡村的参观者在会场里闲荡。要说，反而是这些叽叽喳喳的人听得更为热心。

——如此三级会议，我又能做什么呢？

罗伯斯庇尔徒然叹息着自问。终究是无法就此放弃。不能就这样结束。啊！一事无成？什么都做不了？想得美！

——能做什么就做什么！

就在今天，做！罗伯斯庇尔下定了决心。他理理假发，整一下衣襟，便头也不回地径直迈向讲台。

讲台在议事厅正中，御座的正面，其余三方则是议席围拱。按理说，面向哪边才好很令人为难，但现在，会场中只有第三等级的议员，罗伯斯庇尔无需犹豫地面向唯一的方向：

"各位议员先生，听我说几句。"

开口之前一切还好。可一当站在台上环视议席，就觉得忽悠一下脚底打晃了。不是因为被忽视。尽管台下光景是闲聊依旧，但包括跟在后面起哄的人在内，公共娱乐礼堂中所有人的目光，全都投向了自己！

——在全国三级会议上，这是我的第一次演讲！

不要怯场！罗伯斯庇尔对自己说。话说，你不是律师吗？当众施展辩才，应该不是习以为常了吗？

可要说这个，那大半议员都是法律人士出身。

——退一步说，也都是被民众推选特意赶来的议员。

这都是王国各地的精英啊。即便提请这些人注意也只会遭到嗤笑，只会让我这乡下秀才蒙羞，不是吗？就这样暗自吐露着不安，身体已然晕乎乎地晃起来了。啊！不对。刚想到是眼晕，却连声音都听不到了。

在静寂的突袭之下，自己的狼狈也更为不堪。眼看就要昏厥的罗伯斯庇尔强行稳住心神。啊！这都、都站到台上了！骰子已经掷出去了。不能返回去了。

本就身材矮小，音量也就不大。就算如此，那也只能讲了！重又给自己打着气，罗伯斯庇尔开口了。呃……众所周知，全国三级会议现已处于空转之中。我们第三等级代表要求，议员资格审查要同场进行，但这一要求被第一等级、第二等级代表拒绝了。在这一情况下，议事停滞前后已达两周。当然，我们并未拱手认输。就由各方全权理事协议之可否，我们也进行了多次讨论。但，此事也很难轻易拿出结论。

"在这里，我有一个提案。"

一气倾吐到这里，罗伯斯庇尔停了一下。会场里吵吵嚷嚷，很乱，还不是认真听讲的气氛。可既然能知道这一情况，也就是说耳朵又能听到了。

虽得以多少静下心来，但罗伯斯庇尔仍是自我提醒。接下来，才是正式演出！自己的提案，非讲不可！必须要讲得富有说服力，让大家采纳！

"开门见山吧！与我们联席一事，不要面向两大特权等级同时推动，而先只推动教士代表，不知各位意下如何？因为，所谓教士，本就并非铁板一块。"

这样讲应该会即刻得到理解。议员之间虽有差异，但都通晓世事。退一步说，大半也都参加过五月四日的议员行进，应该目击过第一等级代表的情状。

主教冠上镶嵌的宝石色彩斑斓，耀人眼目，祭衣上配饰的金线织花尽现傲慢之光，那队列委实是华丽，几乎是不由第三等级不心生屈辱。可怎么看，这样的教士队列都不足三百人的定员人数，半途中断了。随之现身的是王室乐队。而将乐队夹在中间，继之前行的，就是粗布祭衣了。

灵魂的救赎，不会把人分为三六九等。本来，像贵族那样的世俗价值观不可能是教士所要求的必要条件。但原则归原则，现实中，就算在宗教圣界，身份等级之高低贵贱也是相差悬殊。作为值得尊敬、掌管法国人信仰的导师，虽被划为第一等级，但在教士内部，实又有贵族出身与平民出身之分。

生在贵族之家者就用全家族的人脉说话，一入宗教界便是高级教士。如大主教、主教、大修道院院长、修道院院长、教省省长等。这样的教职同时也意味着特权，既能将教会十一税收入囊中，又可征收附属庄园的年贡地租。

尽管如此，但他们并不工作。几乎所有的主教都不会常驻教区，而是在巴黎、凡尔赛地购屋置产，生活方式无异于宫廷贵族，既不主持弥撒，也不行洗礼，不做临终圣事。

教士的本职工作，是由司祭、助祭等所谓低级教士承担的。相较于工作，为信徒救济而四方奔走的他们薪俸微薄，无奈地"享受"着堪称不当的清贫，生活水平连小资都不如。这就是生于平民之家，却仍有志于教士者的命运。

当然，这会让司祭、助祭等越来越感到不满。这一点，与面对贵族之肆意妄为与傲慢激愤难平的平民无异。从其人员结构来看，第二等级与第三等级的斗争必然会在第一等级内部孕育。

——将战场移至全国三级会议，是一样的。

教士代表议员已然划分为两大阵营：百人左右的高级教士与二百人左右的低级教士。

"是的！的确如此！对于我们第三等级的主张，低级教士应该有同感。就以此为突破口，瓦解教士代表议员。能够打破目前之胶着的，可能，这就是唯一的绝招了。这就是鄙人的想法。"

罗伯斯庇尔和盘托出了。刚开始几乎要岔嗓走调的声音，讲到中途也只是轻微的颤抖了。随着一步步迈向尾声，声音中，甚至能听到音量小所特有的一种尖锐。

啊！很顺利！首先，他对这次演讲感到非常满意，可双颊刚刚放松下来他就意识到，演讲，还没结束呢！最重要的是，自己的意见能不能被大家采纳？

要说公共礼堂里议员们的反应，那较之演讲开始时，表情远为认真。看来，自己想要表达的主旨的确是让他们了然于心了。接下来，就是他们会作何反应了。

"这不成吧！"

某处有了回音。发言者是哪位？正当凝视会场寻找时，又一个声音飞到了耳边：

"这样一来，教士们是不会默视的。"

"是啊！就算低级教士们真有此心，可一有造反动作，无疑会被高级教士们即刻粉碎！"

"策反不当，教士们反有可能顽固起来啊。要是引发了他们的反感，那可就赔了夫人又折兵，本息全无啦！"

反对声四起，罗伯斯庇尔也只任目光忽左忽右——发言者是哪位？可会场中全是黑衣，拼了命找也分不清谁是谁。

没用的！当彻底死心时，涌上心头的就只有绝望的话了。没有一个人赞成。也没人因此而提出反面提案。

——徒劳而已。

像我这样的，就算奋斗，到头来也不过是徒劳无益的挣扎。改变不了三级会议，也改良不了法国。令一切陷入胶着，大家只是嘟嘟哝哝地抱怨，却没人真心为之忧虑。

"退一万步说，就假设这可望成功。但到那时，由各自推举的全权理事进行的会谈，又会是什么局面呢？且不说如何面对第二等级，面对第一等级就要玩两面三刀啦。如此，对方也不可能满意。就算崎岖难行，但还是应当对话到底吧！"

"可否对话另当别论，但无论如何，罗伯斯庇尔，这都不是我们的真正意图。对话，既非单纯的争取多数派，也非不堪入目的权力斗争。这一点，正如牧师先生所言，对于我们标榜的理想，只要第一等级与第二等级不由衷赞同，根本就无从谈起！"

这一次，看到了发言者的脸。是拉博·圣艾蒂安。作为为数不多的同志，他是数日来一起反复讨论的伙伴。可是，就连有气节的议员也是这个样子。

——什么理想！

罗伯斯庇尔狠狠地咬了咬牙。不是说理想没有意义。我甚至认为，要尽最大可能忠实于理想。可是，若因此而能撬动现实，那事情就简单了。要是对方会乖乖地洗耳恭听你的理想论，那压根儿就无须发愁了。正因为怎么说都不接受，这才连策反手段都使出来了，不是吗？这事，作为同志本应理解，但却是这副冷言驳斥的腔调，好像我就是个毫无理想、脏兮兮的政客一样。

"不。未必能说这是个坏主意。"

又有发言不意飞将出来。虽未曾与发言人说过话，但这回却是一眼就分辨出来了。因为，那是个头可顶天的大个子，且肩宽背厚，宛如大大的肉球一般！最后，那白色的卷毛假发又在头上掀起了大大的涡浪！

——恍如狮子般的这位……

议事厅内的气氛为之一变。虽说刚刚狠批一通的意见被此人赞同，但拉博·圣艾蒂安也好，勒沙普里安也罢，不，是所有议员都无力反击了。

难怪，谁都不会搞错此人，也无人不知此人。这位不是别人，正是《全国三级会议报》主笔，普罗旺斯大区艾克斯选区议员奥诺雷·加布里埃尔·里克蒂，传言中的米拉波伯爵。

19

贵族府

"是这儿啊。"

没错，纸条上写的住址就是这里。但罗伯斯庇尔仍不得不反反复复地确认一下手里的纸条再抬头看一眼宅邸。

走了近一个小时了吧。一开始，就像沿着宫殿庭园外围画线一般地往前走，途经圣昂图万大道，都过了特里亚农宫了才往左拐。宅邸就端坐在往西北方向穿出凡尔赛市区的一角。

一进门，便是大粒砂石铺就的上下车门廊，周围植有树木。略有怯意地移步前行，迎面便是饰有线雕石柱的门厅和须仰视才见的大门。

这跟圣伊丽莎白路的勒纳尔客栈可太不一样了。对比着自己投宿的廉价客栈，罗伯斯庇尔苦笑着通报了姓名。

这是一座白垩豪宅。在凡尔赛，模仿宫殿式样的红瓦建筑很多，但这里也不知出于何人的喜好，唯独此风那是毅然不予迎合。罗伯斯庇尔甚至感觉到了一种清爽，但这清爽，却并非来自其简朴。

就连等待通报这会儿，罗伯斯庇尔也是难掩叹息。目力所及，地面全以大理石铺就，就连划着曲线延伸到上层的楼梯扶栏，也是光泽厚重的胡桃木所制。就是这下层，往深处一瞧，透过镶嵌的昂贵玻璃，看到的也是特意打造的田园式庭园。就连随处摆放的些微器具，其装饰也无不是金光闪闪。一眼便知，全是奢侈品。

——这就叫贵族趣味吧。

这与资本家喜好明显不同。若只是富翁，炫耀才是头等大事。奢侈品虽引人注目，但缺点也是一目了然，若用心不到，就一定会找到保留着原样的粗劣之处。

但真正的贵族府邸却并不存在这样的瑕隙。要的就是随意，连给人看的意识都没有，妙就妙在于无意中透出格调的不同。

当然，如今时局正逢全境穷困，所有的奢侈都必受有欠检点之责。可心里虽这样想，不可思议的是，罗伯斯庇尔却并无不快之感。啊，贵族趣味是没办法的事啊。虽说脱离了自己的等级，但毕竟是贵族出身嘛。

"伯爵似可面会。"

前来通报的，不知是管家还是府邸管理人，总之，就是最初迎接自己的那位。来人在前带路，罗伯斯庇尔跟着往楼梯那边走去。伯爵答应面会了！虽然事前没约好，却爽快欢迎我的到来！这样想着拾步踏上楼梯，就有了一种说不清的自豪。

——因为，可以见到那位米拉波议员啦！

就罗伯斯庇尔的印象而言，一句话，米拉波这人，显眼！

先是那仪容，就不可能不引人注目，直让人感觉压根儿就敌之不过的庞大身躯……莫非他是太古时期历史大迁徙中充当支配者的日耳曼民族的后裔？要么，就是因为世代皆为领主，其先祖个个都享有饱食之惠。

总之，这也可列入贵族式威风之一了。再加上猛兽见了都可能夹尾巴逃跑的野趣横生的相貌！

——真就是一头狮子啊！

真就是百兽之王啊！对此，虽有人背地里说坏话，说他是相貌丑陋的怪物，但因自己是个毫无风采可言的小个子，对其气势逼人的存在感，罗伯斯庇尔甚至会生出艳羡之念。

从五月四日的议员行进时起，后来留下印象的，就只有米拉波一个了。

在罗伯斯庇尔看来，包括自己在内，其他的第三等级代表一披上黑色法袍那就全完了，只能是立即落入毫无个性的多数之中。就连巴纳夫、穆尼耶、拉博·圣艾蒂安、勒沙普里安这样颇有威势的人，要说见面后的第一印象，也只能说是普通而已。

——唉。一见之下不普通的，要说不寻常倒也是不寻常，可……

要只是走在路上，那就轻易不会有出众之处了。要说没有个性，那就算把目光转向两大特权等级，身裹高高在上之祭衣的教士也好，盛装如孔雀的贵族也罢，其华丽印象，说到底也是作为一个团体才有的。要说单个的人，那与第三等级也就毫无分别了，究竟是难逃毫无个性之虞。

米拉波呢？却像是以其气势逼人的容貌嘲笑这所有的凡人一样。

抱着兴趣一打听，其令人瞠目的经历破天荒而毫无限度，甚至可以叫寡廉鲜耻。到最后又石破天惊，身为贵族而成第三等级议员！真是一切尚未开始便已出彩的人物啊。但也不单是像"看我的！"那种真伪可疑的英雄传奇式家伙。

——何止如此，其作为，无不惊天动地。

罗伯斯庇尔觉醒的契机，便是随意抓到手里却即刻被其吸引的《全国三级会议报》。而其主笔，正是米拉波伯爵。

——"中毒"的，不只是我。

一旦抓住读者后颈，那就不停地牵着他打转绝不放手的富有感染力的文章，还是会给人以巨大影响啊。证据就是王室政府极为敏感，五月六日便早早地发布了限报令。今后，有关全国三级会议之评论，所有报纸均不得刊登。但任谁看，这都是针对《全国三级会议报》下发的事实上的禁刊处分而已。

——但也正因如此，才说米拉波影响力大嘛。

五月七日，一当《全国三级会议报》被强行查封，很快就以巴黎言论界为中心，掀起了反报限运动，导致政府阵脚不稳，而抓住这一机会重新刊行的，便是《米拉波伯爵致声援诸君信札》。虽像《全国三级会议报》一样大量印刷发放，但作为议员，向自己的声援者报告活动情况，应该也无可厚非——这就是新刊发行的理由。

虽说这态度几近于当场翻脸，但因庶民大众鼓掌喝彩，作为王室政府来说，虽欲再次给出禁刊处分，那也只好忍住了。何止如此，就像步米拉波后尘一般，同类报纸相继发刊，到最后，政府反而是大吃苦头。

报道限制也好，新闻检查也罢，这类措施老早就被视为问题了，就是阁僚们，应该也预料到了反抗，但之所以诉诸所谓禁忌手段，无疑是因为唯有这米拉波的发言能力，那是太过危险，若任其随意操纵舆论，势将不堪，是以对他的警戒感也非同一般。

明白了。米拉波可不是个单纯的道德败坏的贵族，亦非市井卖文之人，而是经由正当程序当选，全国三级会议中一名了不起的议员。

——就是在会场里，这米拉波的音量也大。

不是什么比喻，首先是物理性音量出众。只要集会的人群被宛若惊雷的轰鸣召唤过来，那一盘散沙的议员们就会像被施魔法一般，一个个跟上前来了。"放荡贵族""形迹可疑的骗子"，就连平时背地里说尽米拉波这些坏话的人，也终究忤逆不了号令，尽管勉强，但也是集结于近前了。

——多亏了这样啊，帮了我多大的忙啊！

对于有气无力的议员，罗伯斯庇尔早就怒火中烧了。前文说过，有改革愿望的议员只是一小部分，虽心怀改革热忱，却又改变不了那帮家伙游山玩水的观景之心。

真正来讲，第三等级代表议员的所谓团结早已崩盘。哪怕只是个形式，再次将大家聚拢到一起，勉强让议会成立的，实际就是在米拉波发声之后。

米拉波伯爵，才是目下全国三级会议的中心！可以说，作为实质上的指导者，第三等级代表迄今所示的所有行动，几乎都与他有关。

五月六日，要求同场审查议员资格时，敲打那帮有气无力的家伙，撺他们赞成的，也是米拉波。

同时，事态也取得了进展，即从现在开始，就要以某种方式申明第三等级代表绝不放弃发言权的宗旨。既如此，那就更名！像是认可三级会议等级之别的什么"平民会议"不值一提，要模仿英国，更名为与"贵族院"对立并出色履行立法职能的"庶民院"！作为精通多国事务的内行，提出此一提案的，又是米拉波！

当全国三级会议最终陷入空转时，动议派遣议员代表至路易十六御前，以国王名义颁旨同场审查议员资格的，还是米拉波！

——到底是与众不同啊！

或者，应该说是打破常规吧。对这位米拉波伯爵，抱有好感也好，反感他也罢，但任谁都会不由得关注。

尤其是……罗伯斯庇尔！可说到底，关注倒是关注，也有畏于其超强存在感的因素作祟吧，一开始一直与之保持着距离。而转机，就是五月十八日的第一次演讲。为打开三级会议的空转局面，鼓起全部勇气发起动议的提案，米拉波就是用那宏大的音量表明支持的！

"未必能说这是个坏主意。"

自被如此认同以来，两人之间也有了亲切友好的交流。近来，对米拉波，就罗伯斯庇尔的感情而言，甚至是不由为之倾倒了。

20

自卑

"这边请。"

引路人以手示意，闪身到一旁。在耸立眼前的大门震慑下，罗伯斯庇尔立时呆立，正仰头看呢，里面传来了请自己到室内的声音。进来吧，罗伯斯庇尔老弟。啊，不用客气，进来吧。

"啊？啊！好！"

罗伯斯庇尔应着，略有些心慌地伸手推门。门开之后，最先跃入眼帘的，是令人惊异的白白的肥臀！

呀！耳轮中一声短短的悲鸣。是女人的声音。可能是确认冒昧入室之人吧，那女人忽地转过身来，结果，看上去很是柔软的两团肉又在眼前波涛汹涌起来。

在欲遮掩而交叉的两臂按压下，那胸脯就胀得更是丰满……罗伯斯庇尔急忙移开了眼睛。胸脯倒是看不到了，可这回，下腹的三角地带又不意跃入眼中！张皇失措的罗伯斯庇尔只好转过身去，以背相对了。

"这、这真是失礼了！"

"说什么呢。我让你进来的嘛。"

耳中传来的，的确是米拉波的声音。罗伯斯庇尔提心吊胆地重又转身一看，伯爵正在拍女人的屁股，啪啪有声。好啦，快点快点。一直把屁股露在外面，你啊，这可就下流喽。

让女人到相通的另一房间后，米拉波也慢吞吞地从床上下来了。

楼上这个房间面对上下车门廊，窗户很大，是以室内也很明亮。虽说是午后，时间不早，但既时已初夏，阳光中也并未现出昏黄的余晖。室内之白不啻于外观，黄绿色壁纸等的色调，在涂为白色的梁柱衬托下，也显得极为淡雅。

——是因为这个缘故吗?

扑通!扑通!心脏的跳动依然剧烈。不，不是因为女人的裸体。罗伯斯庇尔稍稍吃了一惊。或许，也是因为本来就紧张，这就更回不过神来了。

——米拉波呢?

果然，他在温和的光里，但又总感觉这不像米拉波。因其所在的位置，这也是理所当然吧。不只是突生不自然之感，甚至感到不安起来，那或许是因为这出人意料的和谐感所致。

会令人联想到狮鬃的那头卷毛假发，到底是摘掉了。虽本是一头褐色短发，可如此一来，看起来就无怪物之感，亦无丑男之风了。何止如此，甚至会产生一种颇为端庄的印象。

——此人的本来风貌……

或许有别于此前的想象。正这样想着，罗伯斯庇尔就感觉又被拉回到了众所周知的现实之中。因为，一边的米拉波仍是那个米拉波。

站起身来的大块头也一样，真正是一丝不挂。的确就是一团肉啊。不只如此，那耷拉着晃来晃去的前部还是湿的，甚至有些油光闪亮，令人生畏到同性者也会望之退缩。要跟他做爱，那连刚才令人性欲大起的女人，都成颇感寒酸的代用品了。啊!就连那扑簌簌左右摇晃的硕大臀部都……

"……"

罗伯斯庇尔又一次垂下眼睑。

无论如何都让人难为情，或许是由于身为骨瘦如柴的小个子，对自己的身体很自卑吧。唉，我生来又不是贵族，没办法嘛。身为孤儿，有一顿没一顿的，不可能长成个大块头嘛。越是在心里嘀咕，辩解的意味就越浓，都不由自怜起来了。甚至，一时间话都说不出来了。

罗伯斯庇尔依然眼睑低垂，感觉米拉波正在悠悠然披上长袍，并听他问道：

"不舒服吗，罗伯斯庇尔老弟？"

"不，没什么……"

"哈哈哈哈哈！"

像觉察到了什么一样，米拉波朗声大笑起来。可罗伯斯庇尔不但没因这爽朗得救，反而越发饱受羞耻之折磨了。走投无路之下，最终像抗议一般撂出来的，是下面这句：

"怎么样了？"

"什么呀？没头没脑的？"

"就是……争取下级教士那事。"

时间已经到了六月十一日。算来，全国三级会议空转已是一月有余。

五月十八日，为实现同场审查议员资格，第三等级代表议员就以接受第一等级代表议员提议的形式，通过了由各等级全权理事召开联席会议的议案。表面上看，是拉博·圣艾蒂安的提案获胜，但实际上也采纳了勒沙普里安的抗议，谅解了他的要求，即联席会议召开之际要申明一点——"无论在何种意义上，所有理事均不得否定按人头投票之原则，不得否定全国三级会议之不可分割性"。

在这一决议通过之前，罗伯斯庇尔的提案是，教士并非铁板一块，先要重点开展第一等级代表议员的工作，瓦解下级教士。虽然会场中一开始示以为难之色，但当米拉波表示赞同，气氛也就为之一变，最后达成了一致意见——这一提案也同时展开，并行推进。

就罗伯斯庇尔而言，心情也暂且为之舒畅。甚至生出了毫无来由的乐观——突破口，很快就会找到！

——但这并不顺利。

两个方案都不顺利。先是由各等级推选理事召开的联席会议，对方像是事先就心存忧惧，各自主张平行而无交点，结果是一无所获。

另一边，向下级教士施加影响，也是连一位议员都未争取到。

——难怪，不可能顺利。

五月十九日，第三等级代表推选出十六位交涉理事，米拉波也与巴纳夫、勒沙普里安等人一起，成了第三等级代表的代言人。

交给我好了！我要在水面之下，开展第一等级的工作！既然在众人面前"嘭嘭嘭"拍过那厚厚的胸脯，那最终，可以说一切都是以米拉波为中心运行的。可这次活动有失精彩。

尽管作为为之倾倒的人不想承认，但一个不可否认的事实是，米拉波不像以前那般地引人注目了。据罗伯斯庇尔观察，这也像是提案毫无进展的原因所在。

众所周知，巴黎议员选举姗姗来迟。等到被选议员好不容易出席全国三级会议，都已经是五月二十五日之后了。著名天文学家巴伊、干才闻名遐迩的律师加缪等，不愧是法国的最大城市，选出的议员也全都是响当当的人物。

罗伯斯庇尔心想，相比之下，自己不过是阿拉斯的一个乡下律师，要说会发怵，那也在情理之中。

——可这要是米拉波伯爵，那不还是依然出众？！

没理由感到自卑！但事实却与罗伯斯庇尔的这一想法相反，情况出现了明显变化。罗伯斯庇尔感觉，自巴黎议员到场以来，米拉波好像一直在退让。

比如，米拉波借三级会议空转之机，推动了庶民院的组织化，而率先设立的便是庶民院议长一职。就是这个位子，米拉波也让以第一位当选巴黎议员的巴伊坐上去了，就像在说"好！请您上坐！"一般。他自己呢，则只是客气地坐到了副议长的位子。

不对。要说这事，那是因为米拉波业已担任交涉理事，事务繁忙，无法兼任议长之要职。这理由，倒是站得住的。退一步说，庶民院议长本就只是个有名无实的空衔。罗伯斯庇尔尤其无法接受的是，即便是会场中的讨论，米拉波也同样摆出了毫无必要的礼让姿态。

"对西哀士牧师，您是不是有所谦让？"

罗伯斯庇尔不容置辩地说。埃马纽埃尔-约瑟夫·西哀士，四十一岁。在迟来的巴黎选举中以第二十位，即最后一位当选了第三等级代表议员。这位应该说也是个别具一格的人物。

21

西哀士

就出身来说，西哀士是沙特尔主教教堂的秘书长，就是说，是一名教士。

一开始，他按常规做了第一等级代表选举的候选人，但又感觉，要在其工作的沙特尔辖区当选很困难，便暂时退出了竞选。这一经过，在法国已是广为人知了。

这件事，要回溯到几个月之前。召集全国三级会议的布告一下，众多议员候选人便在各地展开了小册子攻势，西哀士那本《什么是第三等级》便是其一。但不得不说，这又是其中最有影响力的一本。

"什么是第三等级？是一切。

"第三等级在政治秩序中是什么？什么也不是。

"第三等级要求什么？相应的地位。"

这篇名文将人们的自负、不满与愿望表达得淋漓尽致，是以不胫而走，眨眼传遍了法国的每一个角落。甚至可以说，这就是第三等级的共同口号！但另一方面，其未能成为第一等级代表议员的原因，也正在这一政治信念的危险性。

但是，只要竞选第三等级代表，事态就会完全改变。

打破常规，在迟来的巴黎选举中圆满当选，真可以说是敲锣打鼓进入凡尔赛的人物，就是西哀士。

作为来自其他等级的议员，紧跟米拉波之后，他是第二个特例，但也没理由因这一经历低头。至少，说到别具一格，那也同样是堪称鼻祖的米拉波没有理由！为什么？因为米拉波来自于享受特权的贵族等级。人民拥有天赋人权，若非对这一信念的信奉更为坚定，是不会自愿去做第三等级代表的。

另一边的西哀士则来自教士等级。第一等级并非铁权一块，西哀士也是平民出身，拥护第三等级也不值得大惊小怪。

"现在，那位西哀士牧师是不有点为所欲为了？"

罗伯斯庇尔像是在控诉其粗暴。昨天，六月十日，西哀士第一次登台演讲，但一反理性、温和之相，措词一味强硬。

"我们必须采取行动！要将锚纲斩断！是时候啦！"

而其具体要求也是毫不留情——最后一次，呼吁第一等级、第二等级与我们会合，如若不应，那就只由我们第三等级来审查议员资格，推进议事！

西哀士就像嘴里喷火一样，把整个会场卷入了狂热之中。就按提案行事！并真的发出了最后呼吁。但摆在第一等级、第二等级面前，实际上就是粗暴之极的最后通牒。

总之，明里向理事联席会议派送代表，暗里瓦解第一等级的原有策略，就此化为了泡影。也就是说，姗姗来迟的西哀士，要将一步步走到今天的努力兜头摧毁。

"西哀士牧师过于强硬了。好像是我们愿意去激发第一等级、第二等级的反感一样。米拉波侯爵，都失控到这步田地了，身为您这样的人士，为什么不加以阻止，为什么要纵容呢？"

"阻止了，那西哀士就无事可做了。"

如此一来，岂不是很可怜吗？米拉波回道，脸上的表情毫无变化。这一回答出乎意料，罗伯斯庇尔哑口无言了。米拉波以告诫般的口吻接着说道，我说，罗伯斯庇尔老弟，就是老弟你跟那个教士，还是说过话的吧。既如此，应该是明白的啊。

"西哀士，是一位卓越的理论家。第三等级高举的理想，他能择以再好不过的语言，巧妙地表达出来。自称'国民议会'等，就是天字第一号，对吧。"

虽非公开发言，但这又是西哀士的提案。要是第一等级、第二等级不来会合，那就没办法了。就当放弃议员资格，只由第三等级来推进议事。如果说这与三级会议之名不符，那我们很自然地暗示等级区分的名称也就并非本意。

"到那时，我们就自称'国民议会'！"

多达九成以上的国民都是第三等级，所以，就算没有一个贵族、一个教士加入，那也能成为远在三级会议之上，正确代表法国的议会！这一逻辑本身，罗伯斯庇尔也并非不能理解。他甚至认为，比起针对"贵族院"而设的"庶民院"这一英式名称，"国民议会"更接近自己那不断升温的理想。可即便如此……

"若只靠语言，社会是不为所动的。"

"是嘛。但作为我来讲，心里某个地方，还是对语言抱有期待……"

"哎？不。是的。就是我，也同样认为如不付诸语言那就无从谈起。甚至认为，不借助于语言就无法行动。但是……"

说到语言，正是这语言，才会让事情浮于表面……想到这里，连罗伯斯庇尔自己都不知道到底想说什么了。啊！我想说的是什么？不如说，对西哀士，到底是哪里心存不满？对米拉波，到底是何处抱有期待？

他突然意识到，要是没有邂逅米拉波，或许都不会感到任何的不满。不如说，或许，反而会以无条件的敬意将西哀士仰为真正的指导者。

"当然，只高举理想是不够的。"

米拉波把话接了下去。是啊！在其他方面，西哀士又很笨拙，笨拙到甚至会让人可怜啊。因是平民就当不了主教，所以，平时就怨恨在心。但如此不善处世，那即便生为贵族，也很难说就能飞黄腾达。要说单方面指手画脚、滔滔不绝地讲道理，那的确是非常了不起，但却看不懂现场气氛，既不会随机应变地对答，也不会因应对方而进退。

"进退……吗？"

总感觉，这个词令人不快。其言外之意，就是不择手段。也透露出了背后活动的卑劣气息。罗伯斯庇尔当然明白，只靠漂亮话，社会是不为所动的。谈论语言、词汇本身的好恶毫无意义。

"所以，这样就行啊。"

"哎？您指什么，伯爵？"

"我是说，西哀士这样就行。"

长于理论之辈，只要让他们精神头十足地振臂高呼不就行了？听米拉波如是作结，罗伯斯庇尔不由在心里说，要这样的话，米拉波伯爵，你就做你的所长，也就是说，专注于进退策略，行吗？

这一讽刺，罗伯斯庇尔突然想起来了。浮现在脑海里的，是六月十日的议事会场。

说起来，米拉波当时是坐在西哀士身旁。直到西哀士起身迈向演讲台，米拉波一直都跟他在一起，并在其耳边叽叽咕咕地嘀咕。就印象来说，总感觉并不光明正大，看上去，几乎形同于苦口婆心地说服西哀士……

——这就是说，是米拉波在背后操纵和教唆？

西哀士的强硬姿态，也是米拉波背后推波助澜？不如说，表面的强硬本身，是作为背后进退策略的一环推进的？

并非没有可能。倘非如此，实在是性情纤弱的一介僧侣，就不可能引发全场的注视。那奉承都难言洪亮的声音，就算发起动议，也不可能赢来几可以说是毫无保留的喝彩。

"诸位议员！听西哀士牧师说一句！"

演讲开始之前，如此向会场呼吁的，是宛如男中音歌手般响彻整个大厅的声音。发号施令的是米拉波。正因如此，就连那些闷头闲聊的议员也都立即挺腰直背——这发言，不听可不行！正因那帮人全无定见、有气无力，才会无条件奉上大肆赞成的喝彩！

"可这是为什么呢？您是说，让西哀士牧师强硬高呼，有什么好处吗？"

"有的。自那僧侣到来之后，第三等级的团结就稳固了，是吧。"

"是吗？可就算如此，却使得两大特权等级越来越反感了。西哀士牧师虽为僧侣，但第一等级也不会因此而屈从。"

"你这话是对的。"

米拉波走到窗边的桌前。桌上放着一个玻璃瓶，透过瓶子，可以看到里面的血色液体。葡萄酒倒进了以精致银工打造的陶瓷杯，杯子，是并排的两只。

22

跟女人无异

"来一杯？"

罗伯斯庇尔摇了摇头。不了。我不擅饮酒。

"是嘛。凯瑟琳，你呢？"

那就恭敬不如从命啦。刚才的女人应着，从旁边房间里出来了。虽已是长袍在身，但透过薄衫，那肉感的肢体仍是清晰可见，就连冲罗伯斯庇尔绽开的笑容都和蔼可亲起来，似乎刚才的悲鸣并不真实。

罗伯斯庇尔又把头埋下去了。或许，自己已是满面通红了……越这样想，就越是仰不起脸来。

"我说，罗伯斯庇尔老弟。一句话，这跟女人是一样的。"

一惊之下，忽地仰起脸来，这才发现，那女人已经退回旁边的房间里去了。只有米拉波一手端杯走了回来。我是说，瓦解第一等级，也就是争取下级教士的事。

"的确，光讲道理，一切都无从谈起。我喜欢你。就是你，也喜欢我吧。并且，我还有钱，也有诚意。没有的，只是等级身份。可生为平民的你，还不跟我一样？所以，来吧，就现在，你也赶紧脱光，利利索索张开大腿，怎么样？……"

"好你个坏伯爵！"

女人只是这样嗔斥，但没从旁屋里出来。同时又能感觉到她在窃笑，也就知道并非真的生气了。

米拉波接着说，所以嘛，凯瑟琳，这样子，在女人那里是行不通的。

我在说这个呢。也就是说，我想说的是，恰到好处的进退策略是必要的。

"呀，罗伯斯庇尔老弟，失敬失敬。对了，我们说到哪儿了？啊！所以说，只热情求爱是不行的。有时候也要对以冷背，这么尽心都不随我，你这样的牛脾气女人，不需要！这样冷冷地撂出去也是有必要的呀。"

"也就是说，这就是西哀士牧师扮演的角色了？"

"洞察力很强啊！既如此，那就用不着说了，若就此了事，那也是赔了夫人又折兵，本息全无啊。所以，瞅准时机，这次，就必须伸出温柔手了。"

"伸出去了吗？伯爵您？"

"伸出去啦。"

"看不出来。"

"哈哈！要能看出来，那才叫大事不好呢。"

"为什么就大事不好呢？"

"就说刚才的女人……"

是有夫之妇！米拉波低声说。要想睡别人的夫人，不善于巧妙周旋是不成的。下级教士也是一样的。他们那边，不也有面色很凶的丈夫吗？

"是说，主教们不会坐视？"

罗伯斯庇尔确认道。高级教士的阻碍，一开始就是这边的一大忧惧。而策反工作实际开始以后，也的确是作为一大障碍清晰现身了。

比如格雷弋瓦牧师一事。牧师是昂贝尔梅尼首席司祭，也是作为第一等级代表出席全国三级会议的议员，但在六月上旬，却出版了《某司祭致全国三级会议诸议员同胞信札》，呼吁同僚议员共同审查议员资格。这无疑是对第三等级代表活动的回应。

——看来，能沟通。

受欺负的下级教士看来还是抱有同感。包括罗伯斯庇尔在内，第三等级这边看到了效果，都很开心。可也即刻明白，既已公然表示赞同，那高级教士们就不可能放手表示欢迎。

普罗旺斯区艾克斯总主教让·德·迪尤-雷蒙·德·屈塞·德·布瓦热兰发表声明称，所谓三大等级会合论，仅是格雷弋瓦牧师的个人见解，并不代表教士会议意见。

这真可谓高级教士的当头棒喝啊！就此，近在眼前的兴奋梦一样破灭，一眨眼，下级教士便难敌惧意，缩成了一团。

这一点，罗伯斯庇尔也有感触。此后，司祭议员们就连片刻的闲聊都不予回应了。根本就没什么好怕的！既然心生疑问，那就要示以态度，否则一切都无从谈起！根本就没理由非要谨言慎行不可。最重要的一点是，你们也是正当当选的人民代表，并不次于主教议员。可就算想这样去劝说，司祭议员们也会逃之夭夭，就像大白天撞鬼了一般。

这也难怪，感觉再怎么不合理，但在教会中，高级教士也是上级，在一直安居于这一秩序中的人眼里，那可不是轻易就能违逆的。

——就跟女人对丈夫一样？

明白了。敌人不是那些小聪明似的所谓道理，而是近似于迷信的畏惧之心，还有朦朦胧胧、看不见也摸不着的恐惧。这样的敌人，不能让他们直视，而是必须尽最大可能让他们忘却。我们这边的工作也必须慎重，弄巧成拙的劝诱是使不得的。

"这么说，伯爵正在巧妙周旋了？"

罗伯斯庇尔接话道。

是这样打算的。米拉波答道。

"就是说，不让任何人觉察，是吧。"

"算是吧。是这样的。"

见米拉波包揽下来，罗伯斯庇尔这才终于透过气来。米拉波应该是不再引人注目了。是他主动这样做的。要在平时就非引人注目不可，那要大张旗鼓地进行所谓劝诱，就绝无可能了。

——交给伯爵，看来是没有问题的。

刚在心里吐出这话，就感觉窗边有很大的动静。踏得沙子唰啦啦直响的，像是马蹄。且不是一匹两匹。而唰唰唰不同此前的声音，可能是车轮碾沙之声。

马车吗？罗伯斯庇尔走到窗边，果然，是马车停进了楼下的上下车门廊。

米拉波开口了，那口气若无其事。

"来了吗？啊呀！都过六点了？"

"莫非……伯爵已有前约？那我就……"

罗伯斯庇尔想就此告辞。虽然从心情上来说，感觉自己还不能回去，但事前并没约过，而只是突然造访……可也并非觉察不到，如此客气，不过是找借口而已。因为，刹那间，自己便被一股怯意劫持了。

他也知道，作为第三等级的代表议员，既然胸怀理想，那就不能被这怯意劫持。可是，连稳住心神的工夫都没有，一股畏惧之情便瞬间占满了身心，这可就毫无办法了。

那是辆奢华的四轮马车，一前一后由四匹马拉着，且匹匹马鬃飒爽，随风飘摆！而那马车，就宛如漂浮于水面之上的大船一般。怪不得，车轴上连铁簧都装上了。车室当然是有车棚的，车门处绘有三头金色幼狮。不用问，是世代相传的族徽。

"那位先生是贵族吧。是啊。米拉波伯爵也是贵族出身嘛。是啊，是啊。果然是交游甚广。总之，我还是尽快告辞为好……"

"是嘛。不不，罗伯斯庇尔老弟，既是难得，那只为二位引荐一下也好啊。"

"可，像我这样的，介绍给贵族也……"

"贵族倒是贵族，但在这种情况下，是说他并非贵族好呢，还是……"

"不太明白您的意思……"

"就是说，这人身履教职，到凡尔赛来，也是以第一等级代表议员的身份。"

"……"

"夏尔·莫里斯·德·塔列朗-佩里戈尔，欧坦主教。"

这大名如雷贯耳！罗伯斯庇尔闻听，越发畏缩了。

佩里戈尔，原是法国西南部某地的地名。且与阿图瓦、雷恩、普罗旺斯区艾克斯等地一样，其规模够得上划为一大辖区。也就是说，其先祖是治理过如此土地的豪族。要说是渊源正统的世家倒也不错，但在法兰西国王只是个巴黎伯爵时，就是与之平起平坐的佩里戈尔伯爵了。也就是说，那位伯爵的血液流到了今天。

原来如此。既是如此名门之后，那要走神职之路，成为主教就再自然不过了。从马车上下来这人走起路来，有一条腿有点拖。要说年龄，据罗伯斯庇尔推断，像是三十五岁上下，只比自己年长几岁。如此年龄，却已就座于勃艮第高级主教之位，即便从这一意义来讲，也理当钦佩。

"既、既是如此来历，那如我这般的，就更不值得引荐了。"

"喂喂，罗伯斯庇尔老弟，你怎么啦？他也跟你一样，不过是议员中的一个而已嘛。"

"虽说原则上如此……"

"尽管不能就原则而原则，可我们不也在奋斗吗？"

"可就算硬要这么说……"

罗伯斯庇尔的大脑混乱起来了。唯独这一点，罗伯斯庇尔自己也是知道的。不知道接下来该如何是好了，脑子转不动了。

米拉波像还在接着说。不是的，塔列朗这样的，并非真有什么了不起。他是我在巴黎疯玩那会儿的狐朋狗友。虽是个能干家伙，可怎么说呢？是机灵过头了吧，又是个毫无主见、见风使舵的机会主义者。

"得，就是看好他这一点……"

罗伯斯庇尔也知道，米拉波就此打住了，也意识到了其打住的原因。如此，自己就终于解放了，得救了，因为不会唤自己同席。

楼下的上下车门廊里，又一辆同样奢华的马车滑了进去。米拉波再次点明了来人身份。这新的生力军是布瓦热兰，布列塔尼人，但现在是艾克斯的总主教。

"是吗？呀，总之，非我能同席之人……"

罗伯斯庇尔的大脑出现了短暂的空白。但这次不是因为恐慌。

"等、等一下！伯爵刚才说的，可是布瓦热兰？艾克斯总主教？"

"啊。是啊。"

"这布瓦热兰，可是那个布瓦热兰？就是给了格雷弋瓦牧师当头棒喝，将呼吁与第三等级联合的联合论扔进垃圾堆的那位？"

米拉波点了点头。话虽如此，可他毕竟是艾克斯的总主教啊。普罗旺斯大区艾克斯辖区，也是我的选区。这事发生在投票之前啦，艾克斯发生了暴动。愤怒的群众甚至高喊，要袭击总主教宫。在我的安抚劝解下平息了这一事态。明白了？

"布瓦热兰欠我的人情啊。"

"这事没听说过……"

今天这一到访，罗伯斯庇尔无法乖乖地就此回去了。令其内心不再有怯意的，是几令人窒息的疑问。布瓦热兰不是我们的敌人吗？考虑到现在的策反活动，最不该知晓此事的，不正是他吗？

"又是主教，又是总主教的，净是这种高级教士，到底有何事要烦劳他们？我们要争取的，是下级教士才对啊。"

"所以嘛。要将有夫之妇揽入怀中，对其夫君要不想想办法，那就无从谈起嘛。"

"说什么想想办法……"

"我说，罗伯斯庇尔老弟。"

米拉波说着，伸出大圆木般的胳膊，一下子揽住了罗伯斯庇尔的肩头。接着，便胸有成竹地撇嘴一笑，附耳低语了。之所以如此，是看罗伯斯庇尔似没什么经验，要教他几句。

"要想如愿，一味追着女人的屁股跑是不成的。也要改变一下趣味，跟男人睡一觉。"

23

联合

六月十二日，在公共娱乐礼堂强行审查了议员资格。可按辖区点名时，应声的只有第三等级代表议员。说到第一等级、第二等级议员，那就只有点名的声音在空洞地回响了。

突如其来的变化，出现于六月十三日。按顺序，轮到普瓦捷辖区的那天早晨。

"雅莱神父！"

"在！"

"勒塞弗神父！"

"在！"

"巴拉尔神父！"

"在！"

最初点到的，当然是第一等级代表议员的名字。这三位，已作为勇气可嘉的英雄迎来了全场的欣喜与兴奋。因为，雅莱、勒塞弗与巴拉尔都是下级教士，只享有首席司祭俸禄。

这三位无惧于上司之怒，全都脱离了教士会议。终于，在特权等级中，与第三等级同一步调的议员，出现了！

——太好了！

罗伯斯庇尔欣喜若狂。不用说，是因为自己的意见见效了！啊，做第一等级的工作，是对的！教士，果然并非铁板一块。对我们的理想，下级教士是有共鸣的。

接下来的十四日，包括早就提倡联合论的格雷弋瓦牧师在内，又有六人接受了议员资格审查。继之，十五日三人，十六日七人，与第三等级会合的教士共计有十九人。

因应这一动向，十五日、十六日两天，也就议会更名展开了讨论。理由是，这已不只是第三等级的集会，特权等级的会合既已出现，就有必要以新的名称加以统括。

十五日的更名提案有三个。一是西哀士提案，"法国人民承认，且业经审查之代表者议会"；二是穆尼耶提案，"虽有少数一部分缺席，但仍坚持活动的法国国民大多数代表者议会"；三是米拉波提案，"人民代表议会"。

其中，西哀士案与穆尼耶案虽诚实而又正确，但却有含糊不清、迟疑不决之感，缺少划时代性的胆魄。但另一方面，米拉波提案中的"人民"一词也有问题。有异议认为，这有可能被理解为"平民"，而非拉丁语的"人民"。且不说采用一院制还是两院制的讨论，今天，第一等级的会合业已出现，不再只是第三等级的组织，跟称"庶民院"那时候不一样了。所以，以"人民"涵盖全体似乎不太合适……

讨论甚至涉及了更名之可否。如若更名，那全国三级会议怎么办？要废除等级制度本身吗？于是，这一整天，就完全陷入了白热化的论战之中，而观点也渐趋明确，并慢慢看到了合乎理想的选择方向。在此基础上，十六日提交的，便是勒格朗与拜森联名的提案。

"说来说去，国民议会不可以吗？"

西哀士牧师非正式提出的这一名称，再度被提到了会场。经进一步的反复讨论，次日一投票，该提案便以四百九十一票赞成，八十九票反对表决通过了。

"在此，我们庄严宣告，国民议会正式成立！"

六月十七日，公共娱乐礼堂高调发布声明。同时，议员们署名宣誓，议会中废除传统的阶级性——社会等级，并以采纳勒沙普里安动议的形式，暂时认可王室政府进行的征税。不只如此，连老早以前的悬案都着手讨论了……

在这一过程中，国民议会加大了发声的音量。

——我们，才是真正的议会！我们，就是法国！

罗伯斯庇尔激动地掉下泪来。努力，终于得到了回报！奋斗，没有白费！我们，用自己的双手，打开了新时代的大门！可仅在几天之后，便为这热泪直流而感到丢人了。

六月十九日这天也一样，公共娱乐礼堂内仍是一片乱轰轰的闲聊气氛，毫无要领可言。

这里一堆，那里一伙，时而批评一下议事，时而天南海北地谈笑。另有几个则离开会场，到林间散步去了……这跟三级会议空转时相比，几乎没有太大的变化。现已是国民议会了！应该审议的议题都堆成山了！可也并无共同提出纪律要求的迹象。

——连这样振臂一呼的力气都提不起来。

罗伯斯庇尔在心里倾吐着绝望。

"真是！这帮人，还没明白吗？"

语带愤慨的，是勒沙普里安。

拉博·圣艾蒂安继之说道，"啊！真是让人吃惊啊。议会革命已经结束，时代已经前行了。可尽管如此，仍不认可的那些达官显贵们，其时代错误就只能说是病态了。"

这一天，议员中的几位有志之士也展开了热烈的讨论。虽加入其中，但罗伯斯庇尔也绝不主动开口。

伙伴们开始被人称为"布列塔尼人俱乐部"了。这一名称，起于勒沙普里安等布列塔尼大区的议员将"阿莫利"咖啡馆设为集会地点。当议事会场议而未决的时候，大家就聚到这里，重启讨论。反反复复之中，这个咖啡馆，就成了议员中的有志之士——不管是不是"布列塔尼人"——经常集会的地方了。

现在，布列塔尼人俱乐部才是议事的中心。俱乐部内的意见虽未必统一，但却拥有很大的影响力，只要俱乐部内出现了两大意见对立，那议会也随之分为两派，激辩到一处。

资产阶级特有的高度教养，大半为法律人士的特有正义感，再加上年轻人朝气蓬勃的活力，那在这里，就绝不容许贪恋无为的停滞不前。可以说，俱乐部扮演了议会火车头的角色。但今天，罗伯斯庇尔却无心加入他们的讨论。

——因为，讨论也是徒劳无益。

情况已经完全不同了。再靠我们自己的力量已经解决不了了。现在，这个时刻，正要作出重要决议的地方，已在第三等级手不能及之处。

甚至，不得已而毁灭都有可能了，可这边却只能是纸上谈兵。

"事实上，听说那帮人至今仍在沿用全国三级会议这一名称。"

"这就是看不清现实的证据啊。不要在只有自己人的小房间里膨胀，把脚踏进这公共礼堂看看才好啊。就是说，变化，是显而易见的。"

的确，现在的第三等级的会场，已有身着祭服的身影夹杂其间了。可也只有稀稀落落的几位而已。相对于第三等级代表议员的六百名定员，会合而来的第一等级代表议员，实数却不足二十。要只是打眼一看，会场内的景象毫无变化。

——应该放眼现实的，不正是我们吗？

罗伯斯庇尔心里叹着气反驳。实际上，就算第三等级这边高呼胜利，可这点子事，那边也只是付之一笑。当然，并不是认为自己这边就输了。可所谓国民议会，那边压根儿就无意承认。虽然看到了这边的一系列动作，但恐怕并未感觉到什么威胁。

——明摆着的。

全国三级会议仍然活着。就算几个司祭叛离，但教士会议依然是教士会议，俨然存在。不用说，贵族会议更是毫无动摇。就算第三等级改称国民议会，不过是一厢情愿、我行我素的借口而已。若引用那帮贵族的批驳，就只是"一帮平民的放肆之举"，只是"狂妄太甚的越权行为"而已。

再怎么往好里想，都没有力气去推动大多数人。大家把脑袋凑到一起，我们是对的！绝对是对的！就算重复几千遍、几万遍，也不会有一丝一毫的改变。

"说起来，女人，总是对的。"

回想起来的，是米拉波的话。啊，是这样的！比如，女人会诉说真爱。只要是由衷之情，那对女人来说，就是绝对的正义。就算是有夫之妇也一样。而不认可其外遇的丈夫呢，反而会成为坏蛋。

"可这，你认为合理吗，罗伯斯庇尔老弟？"

"不可能合理。这样的话，就有违夫妇之道……"

"喔喔喔，谈道德就虚伪了不是？所谓道德，必须反映根本价值观嘛。认为夫妇之契约才是神圣的，才是最高之结合的人，这就会成为道德。可这种东西，不过是个形式而已，重要的是心。这样想的人呢，也拥有别样的道德。"

"如此说来，有外遇的女人的辩解就合理了吗？"

"不。不合理的。"

这一点，米拉波也断然否定了。因为，归根到底，所谓女人的正义，只是空气而已啊。或许，该说是并无实体。没人能看得见摸得着。就算狠狠地扔过去，也没人会痛。既如此，也就不会让任何人为之所动了。真正的爱胜利了！就算有坚信如此的那个瞬间，但这东西，终究只是幻想而已。

——现在的我们并无不同。

我们跟有了外遇的女人一样。罗伯斯庇尔不由心想。全身心为之奉献的真正的正义，不过是空气而已。国民议会的成立，我们就是法国的自负，都不过是虚无的幻想而已。而证据，就是现在的我们真要惨败于一直被责为荒诞、一直被驳斥流于形式而无内容的传统之手了。

"在这最后关头，若那帮家伙醒转过来，那还是有救的，可要是……"

勒沙普里安接过话来，但话到最后，那天生的强硬也不由成了颤音。又是"那帮家伙"，又是"达官显贵"，从刚才开始就用这些略带取笑的称呼，也仅是虚张声势而已。现在，成败的关键，正捏在这第一等级代表议员的手里。

24

投票

六月十九日，国民议会迎来了命运一刻。几名教士议员的脱退，反而成了危险的导火索。面对议员脱退，教士代表会议就与第三等级联合的议题进行了正式审议。按程序，就在今天投票表决！

"先不说这个，投票应该是结束了吧。"

说着，拉博·圣艾蒂安抬头望向了天花板。教士代表会议设于公共娱乐礼堂二楼的一个房间。

勒沙普里安答道，投票要是结束了，马上就来通知结果了。

"只是单纯的数字问题嘛。"

没错。罗伯斯庇尔想，是的，只是单纯的数字问题。有教士代表加入我们了！目光被这事夺走，完全陷入兴奋之中，甚至还宣告了国民议会的成立，可我们，却把单纯的数字问题给忘了。

不，并不是忘了，而是认为还有时间。我们乐观地认为，二十人，三十人，四十人……循序渐进，加入我们的议员数量会不断增加。可另一方面，做梦都没想到的是，教士代表会议的反应竟会如此迅速……

若联合提案在教士代表会议上被否决，就在那一刻，国民议会就要关门大吉。因为，贵族代表会议已经明确了态度。素以自由主义者闻名的亲王——奥尔良公爵虽把联合议案交给了贵族会议，但都没好好审议，就干脆地驳了回来。

所以，若再被教士代表会议否决，结果就会是二比一。两大特权等级就不会与第三等级会合了。议员资格审查也好，其后的审议也罢，就要由各等级会议分别进行。这会作为全体议员的意见，成为全国三级会议的决议。

各分会分别投票，也就会成为既成事实了，就不会采用按人头投票了。当然，国民议会根本都没被他们放到眼里。

不！所以说嘛！如此荒诞之事，断不能接受！尽管第三等级尝试提出过异议，但要说效果，至多，也只是回到了原点。

——把几个下级教士争取过来，也是毫无用处。

事情发展到这一步，可就痛感连些微胜利都没有了。事态依然是流动的，不断变化的。可为什么当初要宣告成立什么国民议会呢？搞到像在否定全国三级会议一样！如此一来，对圣裁召集会议的国王陛下，不就只是违逆其圣意而已了？既然未能征得三大等级的赞同，这不就只是违法行为了？罗伯斯庇尔两手抱头，除拿眼睛寻找救命稻草之外，就什么都做不了。

米拉波也来会场了，今天，也以那岿然不动的存在感，雕像一般一动不动地坐在了最后一排。几个墙头草议员侍候着，那狮子般的假发晃来晃去，一副谈笑风生的样子。既能看到那一口白牙，偶尔，也能听到那爽朗的笑声。但在说什么，内容可就听不到了。

远远地看着米拉波那张合不停的嘴角，一段对话在罗伯斯庇尔耳轮中苏醒了过来。

啊，一当意识到不过是幻想，女人也不是自愿毁灭的傻瓜。

"最终，大半连动都动不了啦。"

"如此一来，那所谓女人的正义，根本就是实现不了的吗？"

罗伯斯庇尔还问了这么一句。当时，米拉波也是报以爽朗的大笑。

"就因为这，不就想为她实现了？作为男人。"

"怎么实现呢？"

"比如，一起私奔。或者，一起殉情。"

"这就毫无意义了。"

"对啊。啊，所以嘛，我不是说过嘛，要认识男人，连她丈夫一起揽入怀中。"

"不明白。"

"举个例子，只是例子啊。作为他认可夫人外遇的交换条件，把别的女人送到他怀里，等等，就像是说，阁下也来一次外遇吧？或者，自己女人被别人睡了，丈夫自是屈辱，作为安慰他的灵丹妙药，就给他相应的地位或财产，等等。"

"这样，男人就会认可？"

"认可。基本上都会认可。"

自顾自笑着，米拉波突然用玩笑口吻说，啊！实际上，我们的社会不已经是这样了？你们这些资产阶级的常识或许不同，但在贵族的社交圈儿里，所谓外遇，不过是常识性的游戏而已。看一眼国王的宠妃，那就很容易理解了，不全都是某某侯爵夫人、某某伯爵夫人？就是说，又是侯爵地位，又是伯爵领地的地租，男人就以这些作为交换的筹码，恭恭敬敬地把自己夫人送到门上。而他们自己呢，也到凡尔赛去，又是头衔又是财产地靠这些说话，接下来，就是去勾引其他女人啦。

"但是，如果男人真心爱着夫人……"

"这样的男人，有没有呢？"

"有的吧。"

"没有啦。就算有，那也不是成大事的男人。罗伯斯庇尔老弟，所以我才说，要认识女人，也要认识男人嘛。"

差不多抱过一百个女人了，到那时，老弟你也会明白的。不管是谁的女人，不管她出入哪里，也就没那么在意了。

话越说越猥亵，罗伯斯庇尔的心情糟糕起来了，就此告辞。可出了房间，又在楼下与带仆从前来的主教们擦肩而过，这就愈发地怒火中烧了。

米拉波的活动已经明白了。将丈夫揽入怀中，即对高级教士施以怀柔之策。

——不会顺利的。

就算顺利，那也是卑劣行径！这反而令罗伯斯庇尔愤慨了。啊！咬饵上钩之辈，就算得到他们的支持，又有什么好高兴的？！何止如此，只会让人感觉，这是在玷污光辉灿烂的理想！

——算了，不指望米拉波之辈了！

我，要将我的做法坚持到底！要对下级教士诉诸同感！我所坚信的，正是深信正义之人的勇气，哪怕这是犯傻！虽是如此痛快淋漓地在心里骂着走出了贵族府，可一当自己去做工作，却是大半司祭议员都无响应。也就是说，他们并不傻。要被主教议员盯上，那可是性命不保——这就是心醉神迷于并不真实的所谓幻想的结果。他们不可能不心生惧意。

事态进展并不如愿的今天，罗伯斯庇尔已经没有他处可以依靠了。如此下去，我们也会毁于无形。说来说去，不揽丈夫在怀，一切将无从谈起。还是非怀柔高级教士不可。

——这，办到了吗？

罗伯斯庇尔站了起来。怎么啦马克西米连！不听听投票结果吗？

无视布列塔尼人俱乐部伙伴们一脸讶异的问话，罗伯斯庇尔径直迈步走去。

他冲着走过去的，只有一个可能，那就是坐在最后排的米拉波。啊！不确认一下是坐不住了。哪怕是有一线光明，那也要抓在手里。

像是意识到罗伯斯庇尔向自己走来，米拉波转脸相迎。甚至，连握手的手都伸出来了，对自己前些日子的失礼，全无记恨之意。果然是大人物啊！至少，也是个大人物啊！没等握着的手撤回来，罗伯斯庇尔就开门见山了。

"伯爵，怎么样了？"

"没头没脑这一句，哪件事啊？"

"这还用说。正在进行的教士会议投票一事。"

"这个……投票也没我什么事啊。"

"这是当然，可……"

呢绒制靴子映入了眼帘。这是贵族之物。是米拉波伯爵的脚。无意识间，罗伯斯庇尔像是俯下身去了。

"怎么了？不要紧吧？罗伯斯庇尔老弟，脸色好难看啊！"

"是难看。我这边彻底失败了……是的！失败了！就算把几个下级教士争取过来，那也是毫无用处。连微不足道的胜利都没有。"

"不。微不足道的胜利还是有的。"

这一回话，罗伯斯庇尔也能仰起脸来了。这么说的原因虽尚不清楚，确实是有预感的。米拉波话音沉静地说了下去："啊，就算是微不足道，胜利终归是胜利。不见得要为此悲观啊。"

正在这时，"啪嗒嗒"响起了忙乱的脚步声。一惊之下一转头的工夫，就感觉楼上响起了大动静。紧接着，便是咣当一声，很是粗暴地推开窗户的声音。

罗伯斯庇尔毫不怀疑，教士会议的结论，出来了！

"表决通过！表决通过！"

这就是由楼上窗口发出的、抛向颇有初夏味道的朗朗晴空的那声大喊。

教士会议表决通过了吗？决定与第三等级会合了吗？还不敢相信呢，这回，又有人飞跑进了会场。是到楼上观察情况的同僚。

"太好啦！太好啦！我们胜利啦！"

这来自伙伴的确认，也让楼下的会场终于放下心来，所有人都长出了一口气。

不对，紧接着，公共娱乐礼堂就炸锅了！大家握拳高举，全体起立，并不由放开喉咙欢呼起来！我们胜利啦！我们胜利啦！第一等级决定与我们会合啦！是我们的友军啦！第二等级完全孤立啦！我们已成多数，国民议会成立啦！

不一会儿，投票的详细报告也到了。

"一百四十九票赞成，一百三十七票反对。"

"好险啊！"

镇定如米拉波，也是呼地长出了一口气。仅以十二票之差，这可真是不折不扣的险胜啊！但是，若当初不对高级教士施以怀柔，那就连这险胜都不可能了。

对第一等级持续不断地开展工作既是这样的结果，那当初的交涉，无疑是困难的。罗伯斯庇尔感觉，自己窥到了米拉波那一往无前、坚持不懈的努力，现在的心情，那是愉快得无以复加了。

"大山动了！终于，我们的热情，对方领会到了！"

"啊！不可能输的。正义一定会得到认同！"

"国民议会万岁！"

那帮热血议员忘我地信口高喊起来。一边的罗伯斯庇尔，也不由地由衷吐出了赞颂之词。是的，就是您，米拉波伯爵！

"这胜利，是属于您的！"

"是嘛。"

刚笑着这么一应，米拉波就"嘭"地一把，又把罗伯斯庇尔的肩头粗暴地揽住了。米拉波想，这样一来，罗伯斯庇尔老弟也会明白吧，自己又要像以前一样，向他附耳低语了。

"一定要记住，男人，是明哲保身的动物。不是女人，不是金钱，也不是名誉。对男人来说，真正重要的，是保命要紧。"

但能安然无恙，那就会寸步不让，寸辱不受！什么样的诱惑都会付之一哂，弃之而不足惜！所以，不让他们忐忑不安是不行的。罗伯斯庇尔老弟，你让他们感觉到了要这样下去，不就无立身之地了？既如此，还是将计就计让他们拉过去方为明智之举。所以，能让他们有此不安，怎么说，你的工作也很出色啊。

一直低声说到这里，米拉波又"嘭"地一把拍到了罗伯斯庇尔的背上。

"啊，原来如此。一个也好，两个也罢，司祭议员的会合举动产生的影响，看来还是很大的。"

　　称赞到最后，米拉波总结道，什么呀，就算是玩弄策略，那也毫无可耻之处。

　　"问为什么？为喜欢的女人扮演肮脏角色，这才是真正的男人！不是吗？"

　　罗伯斯庇尔坦率地点了点头。明白了，若只是高喊理想，那的确是干净。但反过来说，就是软弱无力。相反，如要果敢采取行动，那人就只能落入肮脏的陷阱。但也正因如此，才会迈出改变世界的最初一步。

　　——肮脏？不怕！

　　罗伯斯庇尔在心里发誓。啊！不怕！只要真正的理想在心中呼吸！只要能深信其正义！

第二卷　巴黎起义

Aux armes! Aux armes!
Prenons tous des
cocardes verte，
couleur de l'espérance.

"拿起武器准备战斗！

大家把树叶插上帽子！

就以绿色辨认战友！

啊，绿色，才是希望之色！"

（德穆兰 1789 年 7 月 12 日　巴黎，巴黎皇家宫殿）

1

饮恨

　　米拉波咬着厚厚的嘴唇，心里很不痛快。普罗旺斯的快信送到自己手里，是一七八九年六月十九日夜，即昨天夜里。

　　——父亲，去世了。

　　米拉波侯爵维克托·里克蒂在领地府邸中与世长辞。

　　他已经很长寿了，这一消息，并非无论如何都难以置信。米拉波的目光扫视着讣报，只淡淡嘟哝了一声："噢。是嘛。"而没有长时间沉浸在悲痛之中。啊，差不多要接的人也该来了，正是时候。

　　六月十九日，教士代表会议做出决议，与平民代表会议步调一致，与国民议会合并。要说，就是第三等级的胜利纪念日。米拉波邀请尚在兴奋中的议员伙伴们到自己住处，大家一起举杯庆祝。还是先顾这事要紧！大家通宵畅饮，好好热闹了一番。可今天早晨一觉醒来，却总觉得心里沉沉的。

　　——再多活几年就好啦。

　　米拉波如此吐露，非因痛惜亡父之情。是啊。不可能痛惜。更别说悲伤了。

　　这是一对固执己见的父子。记忆中，既没有感受过父爱亲情，也没有对父亲的敬仰之意。刻在心里的，只有恐惧与憎恨之念。

　　——在家里，那人就是个不折不扣的暴君！

　　只会以占绝对优势的力量压制，对这边的意见，那是听都不想听。如要反抗，绝无大度接受之理，而是要以更强大的暴力将你击溃。再怎么说，那也是干脆利落剥夺了我继承权的人啊！就连调动当局将亲生儿子投入大狱都不会眨眼踌躇!

对他的去世,何止是不会悲痛,甚至都想亲手把他给杀了。可也正因如此,事到如今,米拉波就难抑抱憾饮恨之感了。

——在他踏入坟墓之前,想向他夸耀一下我米拉波的成功啊!

这无非就是复仇的冲动。

米拉波侯爵维克托其人,对外,装成个开明的重农主义者,但也有有志于社会改革的倾向。实际上,这作为一种危险思想而遭到了当时王室的厌恶。最终,多数时间都闷在自己的领地里了。所以,作为该被嘲笑为败家之犬的父亲,那就不得不说,他的改革愿望压根儿就是不知天高地厚。啊! 在家里,他就是个暴君啊! 只会在家里乱骂一通! 哪怕是再小的事情,只要不合己意就会发飙,像个惯坏了的孩子一样,天下国家? 行不通的。

——不足取之人啊。

那器量,狭小到了令人可怜的地步。看穿了这些的米拉波,对自己的父亲,从孩子时候起就一直轻蔑。可父亲呢? 很遗憾,对这一事实,一直背对社会的他根本就没有理解。

——所以,要让他明白!

要把父亲根本就办不成的事办成,让他明白! 就是强行硬逼,也要让他自觉到相比之下自己的器量之小! 米拉波很想就这样让痛恨到极点的父亲跪倒在自己的脚下。想冷冷地瞥着父亲在那儿不甘地咬牙切齿,屈辱地浑身发抖,或者是为儿子的报复而感到恐惧。最后,要让他承认自己的过失。为什么? 因为视为家耻大加冷待的儿子,才是一举托起家门声望的大器!

——所以,道歉!

向我米拉波道歉! 为剥夺我继承权一事道歉! 为采取措施代我管理家产道歉! 为将我关入大狱道歉! 尤其是,要为一边责备我的丑陋,一边喊我为怪物道歉! 若父亲答应这一要求谢罪了,自己就能原谅他吗? 这个问题,米拉波问自己多少遍都找不到答案。啊,不真到那个时候是不知道的。可现在,"那个时候",已经永远不会到来了。

——复仇的那一刻，被死神夺走了！

越是这样叹息，米拉波就越是抱憾饮恨得不得了。大闹普罗旺斯大区三级会议的时候，平息马赛暴动、艾克斯暴动的时候，最后又被选为全国三级会议议员的时候，那老父亲应该是颇感狼狈的。而在凡尔赛的出色表现，只要听说了，甚至连恐惧心都会有。

——所以，就逃了？

是想，只要一死，就用不着听儿子的所谓成功故事了？天生卑怯之人，不战而胜地逃了吗？米拉波还是忍不住咂了一下嘴。是的，是的。所以说，伯爵的想法我很体谅。

"真望适可而止啊！"

毫不掩饰内心愤慨近前搭话的，是罗伯斯庇尔。脸朝向自己时，米拉波就见水滴正以这愤慨之势沿他的帽檐滚动。一滚到檐梢，便化为水珠掉下去了。

六月二十日星期六，这一天，凡尔赛也是个雨天。第三等级代表议员连个避雨的屋檐都没有，又一次无可奈何地浇成了落汤鸡。

之所以不得不一个挨一个地凑成一堆，呆立路边，是因公共娱乐礼堂被关闭了。不只是正门，就连后门都有警备森严的卫兵把守。能够出入的，只有肩扛工具箱的工匠。说是议事厅要整修还是什么。

"要撒这一眼就穿的谎，那也要有个度！"

罗伯斯庇尔说了下去。当然，都用不着整理成语言去声讨。

因教士代表会议的决断，第三等级取得了决定性的胜利。依多菲内式按人头投票就不用说了，就算总决意要按等级分别投票，因现在反对的只有贵族会议，第三等级的要求还是会以二比一通过。

不。事到如今，都无需伸张三级会议的运转逻辑了。第一等级通过了与第三等级会合的决议之后，在其触动之下，第二等级中也有称为开明派的部分贵族行动起来了。这不是第三等级的单方宣言，让国民议会名至实归的条件，正在一步一步地不断完善。

不言而喻，有些家伙像是惊惶失措了。这就是那些顽固不化的贵族代表议员。而在合并决议中，一部分投下反对票的教士议员也不服昨天的投票结果，或许，他们并未就此罢手。

总之，此事不会就此了结。这群家伙必会反击。然后，就是今天的事态了。

罗伯斯庇尔接着说，"万没想到，陛下竟会做出这种事……"

"王命倒是王命，但这事，可责怪不到路易十六本人的头上。"

"说的是。伯爵，确实是这样。不管是什么时候，为侮辱我们施尽手段的，都是那群满怀恶意的朝臣！"

"加之现在，两大特权等级的议员们也在施加压力。作为国王陛下，也只能让大家暂事休息啦。"

米拉波总结道。实际上，因尚未作出决定性裁断，或许应该说，相应地，运气也并未告罄。

——这一次，陛下优柔寡断之性情，真可谓为至宝啊！

在米拉波看来，大多数贵族代表议员及部分教士代表议员正团结一心，向国王施加影响，至少，即刻解散全国三级会议应该是已经提请过了。考虑到去年一年与国王政府敌对的一系列行动，这一活动本身已与败北无异了。但他们认为，即便如此，那也比向毫无规矩、令人恼火的平民们让步更好。就因这器量之狭小，这帮人也变得更为固执，失去了妥协的余地。

而为了结此事，便有了路易十六的关闭议事厅。也就是说，国王自己的态度难以明示。波旁王朝今日之国王，也不是以大胆无畏闻名天下的波旁始祖亨利四世了。即无随机应变的政治能力，也无贯彻初衷的坚定信念，要说有什么优点，那就只有深思来熟虑去，近于怯懦的慎重了。

——如此一来，就等于给了这边时间。

第三等级也能向国王施加影响，且不亚于他们。可反过来说，这也意味着要花费相当长的时间。此一事态，可喜，还是可悲？尽管自己都感觉如此心情实在是少有，但米拉波的内心，的确是不由得复杂起来了。

"总之，很煎熬吧。"

罗伯斯庇尔接着说道。一想到议事再度空转，心里就实在是难受。明明问题堆积如山，却一个都没解决！明明生活在法国这块土地上的人们依然苦苦挣扎于不幸之中！

"是啊。"

回答虽似无心，但实际上，米拉波很痛苦。凡尔赛很冷，都用不着跟故乡普罗旺斯比。虽可以说都已入夏了，但要是雨天，可就几乎能把人冻僵了。

"咳！咳！"

咳！咳！咳！米拉波不住地咳嗽起来。从早晨起喉咙就不舒服，正想着呢，就咳得停不下来了。说起来，这可不像我米拉波啊。之所以如此暗叹，是因自入凡尔赛以来，不知道为什么，很突然地，动不动就会感到累。

虽说赶上了五月四日的议员行进，但实际上，二日、三日接连两天都在发烧。那庞大的身躯想从床上起来都办不到，国王谒见时米拉波也只好缺席了。

"不要紧吗伯爵？像是很难受啊……"

"没什么，罗伯斯庇尔老弟，只是感冒而已。"

米拉波答着，一转身，走了。沿途之上，任凭冷雨浇灌的第三等级代表议员们吐着白白的哈气，一副实在是无事可做、百无聊赖的样子。一个个蜷肩缩背，瑟瑟发抖，不时怨恨地翻眼打量那阴沉的铅灰色天空。这要是凄惨，那还说得过去，可这不就让人感到可怜了吗？甚至会让人联想到被主人遗弃、瘦骨嶙峋的狗。是因为无意识之中想让谁来可怜吗？都养成这样的习惯了吗？

——这样，可是不行的！

确实是不行！我们不可以是摇尾乞怜的家犬！相反，我们是无需什么屋檐的野狼，不是吗！既然不满足于别人给予的三级会议的舞台，以自己的力量成立了国民议会，那就再也不想什么向谁撒娇，再也不想让谁给自己住

143

处！要是实在讨厌雨，那就自己去找避雨的山洞，不是吗！要把这焦急和不耐化为力量！米拉波大喊一声：

"去网球场！"

大家一起转过身来！雷鸣般的宏大音量，及其给予人们的灵感，似仍健在！啊，虽说身体不太好，但狮子终究是狮子！也就是说，即便是今后，我米拉波也仍能做事！

2

网球场宣誓

沿途的墙壁，黑色泥浆飞溅而上……"呼哧哧"踩着积水，成群结队的议员们一个跟着一个，动了起来！

议员之外，不知是从巴黎来看热闹的，还是从选区赶来的支持者，总之，不少普通民众说是希望旁听，也跟上来了。也是有虚张声势的成分，这支突然出现的队伍给人的印象颇为异样。

或许应该说，这是一道最为精彩的街景吧。再怎么说也是多达数百人你推我搡，拥挤在狭窄的路面上。这要是身着军装或节日盛装的华美人群，倒也不是没什么感觉，可这一群，包括旁听者在内，可全都是质朴的暗色装束。

"别啰嗦了，不管三七二十一，去了再说！"

"啊！人多无罪！只要大家一起去，就不会被拒之门外！"

"网球场的话，那倒是不远。"

"地方还大！所有人都能进去哦！"

望着这支自己给自己打气，甚至有几分阴森之感的队伍，米拉波也不无纳闷儿。哎？这事态的发展，跟自己想过的稍有不同啊。无意中就感到，将会如何变化，多少有点看不清了。

沿巴黎大道往宫殿方向前进，略一拐弯的地方，就是网球场了。所谓"网球"，英式叫法就是"Hand-Tennis"，是一种用手击打小球的竞技活动。因球场整建很花力气，所以也是一种只有王侯贵族才能玩的游戏。就是凡尔赛的网球场，也向来是专供朝臣娱乐之用。赛球的人必须分居球场左右，夹网而立，所以营造的球场建筑之宽宏，必然就不亚于公共娱乐礼堂。

——只是……煞风景啊！

因以运动为目的，网球场中也就没有多余器具，只有几个忘记收拾的球散落其间。场内既无御座，也无议席，更没有让人想到盛大国事的艳丽之极的装饰。

取而代之的，是四壁剥落外现，几可称之为粗糙的石料。为能让比赛双方打到尽兴，楼梯井的天棚建得很高，但也只有二层部分嵌有玻璃窗。

场内之所以阴沉昏暗，是因连这高高的窗户也"谢幕"了。只有当不知哪股风轻快地将帷幕高高掀起时，才会有微弱的光线射入球场。

——何止是狼穴，这就是一片无尽的荒野！

米拉波心想。这才真叫作空无一物！可也正因其一无所有，才与现在的国民议会堪称"般配"。也是因为，虽是荒凉气息溢满场内，但同时，又透出了一种说不清的庄严。从步入其中的那一刻起，就不由感受到了一种为之震撼的灵感。

——所以说，大事不好啊。

米拉波感到了一抹忧惧：委实是好到过头啦！事实上，两眼一晃看向罗伯斯庇尔时，发现他的神情也有些奇妙。

"至少，这里没有歧视吧。"

听罗伯斯庇尔无意中说出这话，米拉波以挖苦的心情回道："啊。这里嘛。倒也是。"

令他不由感到忧惧的，是议员们全都产生了错觉。的确，网球场内空无一物。没有国王，没有贵族，也没有教士。也就不可能有什么歧视。

——可以说，这里完全就是美国！

只有公正的理性才能行得通的理想世界！但这里，又没有大西洋的守护，没有与积弊因循的英国隔绝，并非所谓的有保障的土地。只要稍往外跨出一步，落脚之处可就又是法国了。那里有国王，有贵族，还有教士，是歧视横行的文明王国。

——不要忘记！国民议会真正的战场，是法国！

有人找来了桌子。这，就是临时演讲台了。身形瘦长，嘿一声登到台上的大长脸，就是一直率领着庶民院，现今又是国民议会代表的让·西尔万·巴伊。

"诸位议员！作为国民议会议长，我在此宣布，今日审议就此开始！"

话音未落，全场鼓掌。至少在窗户都没有的一层，一当这声音在四壁间回响，那真是嗡嗡嗡地余音绕梁。的确是无法不兴奋啊！国民议会用自己的双脚站了起来，虽说步履不稳，但也迈出了实质性的一步！

——不感动那是假的。

心里虽这样想，但米拉波终究是无法跟大家一起尽兴地感动。头实在是疼得太厉害了。人们掀起的热浪越是在耳轮中震荡，就越像是楔子在砸入脑髓……

"请求发言！请求发言！"

这一声，尖锐，刺耳，而又高亢，就像火上浇油恶意作弄米拉波的苦痛一般。一经议长允许，换上台的，是一反质朴风貌，言行过激的西哀士！

"啊！既被如此拒之门外，就没有理由继续留在这凡尔赛了！我认为，国民议会应移往巴黎，不知各位意下如何？"

网球场内议论纷纷，乱成了一团，这气氛可就静不下来了。将国民议会移往巴黎？大家似乎不是很理解，如此提案意义何在。

又或许，无法立即接受是源于器量狭小的猜测：所谓移往巴黎，莫不是巴黎选区议员肆意妄为，想操控议会？

但要说米拉波，当然理解其真意之所在。一言以蔽之，平民大本营之巴黎与市民国家美国无异。西哀士动议的意义在于，离开可谓为古老法国之象征的王宫都市凡尔赛，以凸显不受旧习毒害的国民议会之新生。

——但如此一来，就只是逃离敌人而已了……

这就像明确宣布，我们第三等级要撒娇了，我们要在温室里舒舒服服地长大……米拉波虽有心嗤之以鼻，但对大部分议员而言，却连这意味着什么都不明白。即便不会恶意诠释为巴黎选区议员的肆意妄为，但在他们听来，也只是太过唐突的谬论。从根本上来说，诏告天下凡尔赛集结的，可是法国国王路易十六。就因断不容两大特权等级的傲慢，所以也要倾听一下人民的声音。对于陛下的这一慈悲，没人想往上面抹泥。

"望诸位听我一言！听我一言！"

出言现身的，是鼻目线条极为清晰的一位温雅男子。继之要求发言的这位，是多菲内大区格勒诺布尔辖区推举议员穆尼耶。

既是来自多菲内式的多菲内议员，那就是领先于全国三级会议的英雄之一。但是，国民议会已经迈出了更为革新性的一步，就现在而言，也只能是稳健派了。啊，是的。在我看来，这与地点无关。

"何止是如此啊，不管什么地方，议员聚在哪里，哪里就是国民议会！无论在哪里，任何人都不能妨碍其议事！"

果不其然，穆尼耶是稳健派。其发言，并未触及像离开凡尔赛这样具体且又率真的行动。取而代之的，是唯有原则理据要确认切实。就目下情势而言，也可以说，其发言最为有利。啊，没错。不如这样说，重要的不在场所，反而在决心！

穆尼耶接着讲道：

"也就是说，不在稳固基础之上制定出王国宪法，且毫不动摇地坚决实施，国民议会就决不解散！议员，应视周围情况允许在某处集合！就此，每位议员都庄严宣誓，如何？"

这一次，网球场内就是毫不犹豫地满堂喝彩了，赞同之声也是不绝于耳，且眨眼之间，此一动议便被进一步推进，议员们不只是口头宣誓，还要以严肃、确凿的署名表明决不动摇的坚定决心。

"既如此，那就由我率先发誓！"

第一个志愿断然实行的，是国民议会议长巴伊。不用说，议员们自是欢声雷动，这欢声，直冲到了网球场内那高悬的天棚！可这对苦恼于头痛的人而言，就痛苦了。果然，米拉波捂起了耳朵，但他对此事也并非不认可。

的确，应该这样热烈。堪称是适时应务。虽说国民议会三天前便已宣告成立，但还像个刚刚落地的婴儿。

不。就连是否真已降生，都无人确信。就算为打消这一不安，也必须让这个新的生命接受庄严的洗礼。这要是采取全体议员署名宣誓的方式，那内部之团结也必会借由这一仪式得到进一步的加强。

——宪法的制定，也同时到来了！

米拉波不由咬住了厚厚的嘴唇。

不是说这有何不好。就是为让第三等级的政治参与切实得到法律的保障，而非依靠政府阴晴不定的恩惠，那或早或晚，宪法是非制定不可。要是贵族们的特权，换言之就是连陈腐这一所谓正义都想来横加限制，那就更是非以人定法精神，即所谓革新这一正义与之对抗不可。这一点，是很明白的。

——但是……

宪法这就来了？现在这时候，就非要高呼不可？唯独这一点，反而只能说是不合时宜，不是吗？就在米拉波再次叹气时——

“伯爵！您来最先宣誓也并无不可啊？！”

罗伯斯庇尔来搭话了。刹那间，刚为罗伯斯庇尔这话感到纳闷，便立即传来了朗声宣读文书的声音——不在稳固基础之上制定出王国宪法，且毫不动摇地坚决实施，国民议会就决不解散！巴伊议长像是正如他自己所说，在履行署名宣誓程序。

“且议员应视周围情况允许于某处集合！”

罗伯斯庇尔一边看着，一边在旁边接着说，是的。米拉波伯爵，您才是议长的合适人选，这一想法，我至今都无意让步。

“米拉波议长？……这可就有点冒险啦。也不是没人待我以冷眼，说我是道德败坏的浪荡贵族嘛。”

米拉波用自虐的话假装开起了玩笑。米拉波知道，对巴伊还有西哀士这样的巴黎辖区议员，罗伯斯庇尔素来是难抑不满。也数度看到他拉开架式，要将自己推为与之抗衡的对手，取而代之。

就米拉波而言，"我才是第一人"的自负是有的。大张旗鼓地描述理想，梦想着光辉灿烂的未来……不是说这有什么不好，但终究是弱了。又是巴伊，又是西哀士，又是穆尼耶，或者，直到巴纳夫、拉博·圣艾蒂安和勒沙普里安，即在这网球场中一副主角面孔的那群人，不过是一当大事临头就吓得屁滚尿流的认真求学之徒。对他们，也并非没有蔑视之感。

事实上也的确如此，当初要交给这帮人，那事态至今都会一片混乱，不可收拾！哼！要只是喋喋不休地贩售语言，这谁都会！不如说，要一展饶舌雄辩之术，那让所有人甘拜下风的，正是我米拉波！不能一展这堪称强烈的自负，并非不会像针扎般疼痛，但同时，又有不得不承认的情势。

——像在普罗旺斯那样，是行不通的。

心里正如此叹气时，剧咳再次袭向米拉波，直呛得他不得不弯下那庞大的身躯。因痛苦到差点窒息，甚至连他自己都能感觉到，几乎要呛得满面通红了。

看来，自来到凡尔赛，身体真就是不太好。虽没看过医生，但总感觉，这可不是睡一觉就能治好的小病。是多年放荡生活的报应？还是自满于体力，工作过度在作祟？

——不管是什么，都够讽刺啊。

正当精彩人生要就此展开，这作为革命本钱的身体，却不跟我走了啊。

——一个人包打不了天下了。

像在普罗旺斯那样的作为，办不到了。近来，坚强如米拉波，泄气话也多起来了。正因一直到今天都以超常肉身说话，这身体不适对其自信的打击之大，似就超出了头脑所能想到的了。说起来，不再"让我来！让我来"地现身前台，真正原因，也是来自健康方面的这一不安。

——他人足矣的工作，就交给他人去做。

当然，虽如是宣扬，但也并非全是逞强。之所以说像在普罗旺斯那样行不通，还有一个原因，这就是，来自王国全境的人才集结起来了。不只是敲锣打鼓进入凡尔赛的巴伊、西哀士等巴黎代表，还有像巴纳夫、穆尼耶这样的多菲内代表，还有勒沙普里安，拉博·圣艾蒂安，不管是谁，各地严格挑选的议员，几乎人人怀有相当的自负。至少，一个个都不会轻易甘为他人之手下。

——既如此，那就要巧妙使用了。

米拉波改了主意。啊！没错！时而礼让，时而推举，时而煽动，让他们把自己忙不过来的窟窿填起来方为明智之举。但就算要如愿让他们跟从，仅此，怕就会浪费一至两年……或许，就连这点时间都没留给我……

——如此，那又有什么工作无法委于他人，而应由我米拉波……

就像脑袋被人咣地猛砸了一下一样，不屈不挠的米拉波猛然想到，正因如此……培养弟子，或也是不可或缺的工作！毫无保留地给他们看，毫无保留地教给他们，让他们把一切都继承下来！或许，就从现在开始，培养能代替自己肩起重任的弟子，才是最为重要的工作！

米拉波伸出大手，放了站在一旁的小个子的肩头。我说，罗伯斯庇尔老弟。总之，真正的战斗，这才刚刚开始啊。

"所以说，不交往交往？"

罗伯斯庇尔像是颇感此话唐突，大惑不解地转过脸来。米拉波没加理会，而是在罗伯斯庇尔肩头嘭嘭拍了两下便迈步向前，只把背影留给罗伯斯庇尔，头也没回地说，先去署名宣誓。我也是副议长嘛。你看，几句话工夫就轮到我了。喂喂，就是你现在也要宣誓吧。总之，等这次集会结束吧。我有事找你。

3

马尔利街

雨，还在下。何止如此，一到午后，雨势反而更大了。

天空，本就是令人沉闷的一派昏暗，一当行至连个像样的房屋都没有的乡间，那在绵绵雨幕之中，可就连眼睛都不好使了。尽管如此，但在马尔利街之上，只靠街树的指引，在泥浆飞溅中狂奔的马车却是络绎不绝。

毫不夸张，隔几分钟就有一辆，像赛跑一样争先恐后。非因别事，法国国王路易十六正与家人一起退往马尔利宫。之所以离开凡尔赛，是因为在此养病的王太子路易·约瑟夫·泽维尔·弗朗索瓦过早夭逝，享年八岁。

王太子逝世，是在六月四日，但今天的日历已经翻到六月二十日了。所以，虽说马尔利街上的马车络绎不绝，但也并非吊唁的朝臣由凡尔赛大举移动而来。争先恐后往前赶的，大部分是贵族代表议员，还有部分无法接受教士会议决议的教士代表议员。

逃出凡尔赛，也非因可脱离国事纠纷获得自由。现在可没这工夫，既是匆忙决定关闭了议事厅，那至少希望大家暂静一时，无疑是路易十六的真实想法。但被逼得走投无路的议员自有议员的想法，他们可没有为王子服丧的那份从容。

在这帮人眼里，国王的优柔寡断当即就意味着他们的败北。因为，无论是称之为全国三级会议，还是不得不称之为国民议会，再靠少数服从多数这样的常识性议事程序，已经无法战胜第三等级了。如果说还有挽回颓势的办法，那留给他们的，就只有让陛下动用国王大权了。

——当然，也不可能让我们这边想怎么来就怎么来。

而我们，也无意盘腿坐在占据多数的优势之上。心里这样念叨着，米拉波，也是在这马尔利街上乘车飞驰的一个。但他并未直接进入行宫。何止如此，行至途中，他便让马车停靠在了路旁。马车一停，就一动不动地坐在车厢里，架起胳膊望起了窗外的落雨……

同乘而来的，是一脸不解的罗伯斯庇尔。也难怪他不解，一声"随我来"便把他带将出来，至今都没作任何说明。要发生什么事了吗？虽是几度询问，但米拉波并未回答，只是暧昧地把话岔开了。

——要收为弟子，罗伯斯庇尔，不坏。

为我倾倒的倾向也很明显，而只要告诉他，他也会老老实实地听吧。但仅只如此，是不够的。有几分刁难意味的沉默中，也有暗自试他一试的打算——是否真为有用之才，是否有堪为我米拉波后继之器……啊！要只是勤奋用功，是行不通的。头脑中搭建的所谓理想与活生生的现实世界中的混乱，压根儿就只会发生矛盾，若一当直面就动摇泄气，拔脚开溜……如此之辈，不堪一用。

——即便是突发事件，预料不及，那也要能当即应对！倘非如此……

车夫位子上的手势打了过来。米拉波伯爵！莫不是那辆？整辆车正是您所说的绿色！

"没错，就是那辆！"

刚一答话，米拉波便忽地推开车门，扔下瞠目结舌的罗伯斯庇尔，飞身跃至街道的正中！米拉波任凭雨水打在那头卷毛假发上，像要把道路阻断一般大张双臂，结果，那辆绿色马车差点就势与米拉波撞个满怀，那情景可真叫扣人心弦！

悲鸣般的马嘶霎时打断了无休止的雨声……时间像突然停止一般，数秒之后，世界才又重新转动起来。怒气冲冲的车夫从不得不急刹车的马车上跳了下来。

"你小子到底想干……"

之所以话到一半又咽了回去，是因这米拉波的庞大身躯而心生惧意了吧。又或许，车夫以为不期而遇的，是从漆黑的林中爬将出来、恍如狮子的怪物！

刚一脸苦相地堆起笑脸，这厢停于路边的马车里的罗伯斯庇尔又跑过来了。噢？没僵住？能动啦？没被我的气势压倒喽！

"伯爵！您这是要干什么？！如此蛮干，找那马车是为何事……"

罗伯斯庇尔刚说到这儿，那辆被迫急刹车的马车的车门也打开了："怎么回事？"探脸出来的，是一位一脸稳重的沉静绅士。一见那像在吃点心还是什么的松弛嘴形——嗯，果非别人！果然是他！找对啦！米拉波嘴角一歪，笑了。

那位绅士虽在控制着表情，但还是透出了像要怒喝其碍事的情绪。

"莫再胡来。虽不知你所为何事，既如此行事，错就在你……"

"您是……内克尔！"

罗伯斯庇尔脱口而出。米拉波强行拦下的马车，确是财政大臣雅克·内克尔的。

或是想到让人知道了不好吧，内克尔匆忙就要关门。但见米拉波啪地扭身跑到近前，伸出那大长胳膊，手指牢牢把在了门上！如此一来，内克尔是拼尽力气也关不上了。

"罗伯斯庇尔老弟！快！"

米拉波一边喊，一边强行将财政大臣推到里边，自己蹿上了马车。刚在大臣身边坐下，罗伯斯庇尔就飞跑过来，拧身上车，坐到了对面的座位上。

这二位没人欲加阻拦。内克尔的车夫怕是被这气势压倒了吧，可任由贼人闯进贵为大臣之人的马车，或就难逃失职之责了。

可要说这最要紧的内克尔，倒是不甚惊慌。被不速之客惊吓倒是不假，但可能也知道，这两位压根儿就是非贼非盗。米拉波先开口了。

"我们见过几面。"

"米拉波伯爵，是吧？"

内克尔这边也应声了。难怪认识我啊，既是难看到此等地步的怪物，那就不可能看错嘛。米拉波之所以在心里如是自虐地接话，是因为大臣吐出自己的名字时，脸颊上浮起的微笑略带嘲意。或许他心里至少会涌出这样的话吧：哼！失魂落魄的放荡贵族，不知廉耻的卖文之辈！又或者，还会想到，这番作为不过是掩饰狼狈的虚张声势。总之，作为米拉波来说，必须纠正他的错觉。啊！先得一边摆出介绍的架式一边来。

"这位，是马克西米连·德·罗伯斯庇尔，阿图瓦选区第三等级代表议员。"

"……议员？"

"对。就跟我是普罗旺斯区艾克斯选区议员一样。"

一道闪电赶过车厢，霎时间，所有人的脸都被打成了黄色。我米拉波已身为议员了。不只是个放荡贵族，也不只是个卖文之辈。要让他像此前一样小看，可就不好办啦。对话伊始，米拉波便给出了如此一击。接下来，就要谈自己的工作了。这内克尔虽谓大臣，却并非可轻视之人。如此叮嘱自己之后，米拉波先是傲慢发令——

"发车！"

你跟在后面！先后指示内克尔和自己的车夫之后，米拉波又扑通一声坐到了车座上。

哎呀……

耳边，轰隆隆响起了车轮转动的声音。噼啪声响的泥浆四溅中大地轰鸣，再加上那震耳的雷鸣，哎呀呀，这可就愈发感觉，要演化为一场滔天风暴了。见米拉波一声接一声地叹着气，漫不经心地望向车外，根本就没想开口。如此一来，内克尔那边可就不耐烦了。

"敢问伯爵，有何贵干啊？"

"说话声音万不要如此可怕啊。这点小事，莫非就坏了您的心情？还是说，您本就不喜欢我？"

"你认为，我喜欢？"

"这个，稍微喜欢那么一点吧。"

"你这人，可真是世间少有啊。"

"是嘛。关于财政大臣雅克·内克尔您，我的确是大写过坏话。不过，请大臣阁下试想，您拥有出众的声望，几被视为救世主啊。就算是坏话，可只要就您而写，大众就会不请自来，紧咬不放啊。换言之，就是能挣钱。对作家来说，这么好的机会，那可是绝不能放过的啊！"

"好放肆的解释。"

"是，是放肆。可要坦白说，那我心里也很痛苦啊。对您了解越多，就越为自己所写的坏话深感痛苦不安嘛。再怎么说是为了工作，自尊心也是会痛的嘛。"

"所谓自尊心痛，可是良心责备之感？"

"不。是自尊心。说到底，也是自尊心。之所以这么说，是因为感到，实际上你我非常亲近。"

"你说亲近？我可是感觉全无共通之处。"

"哪有这回事啊。且不只如此，我们内心想的，几乎就是同一件事。"

"噢？"

可能内克尔是有意少言，催米拉波说下去。可要是只让我米拉波说，你只管听，倒确非自我剖腹的傻瓜。不过，我可不会轻易买这账。

"对了，您是要前往马尔利吧。"

米拉波略有些莽撞地转移了话题。不出所料，内克尔的神情似有些讶异，不如说，是面现不快吧。当然，这种事根本就无心去揣摩。

"身为大臣，为向国王进言善后之策，对吧。"

"似乎大家都在这么想。"

"但是，如果说连您要进言的内容都能理解到位，那可能就只有我啦。"

内克尔不再作声，甚至连表情都抹掉了。就像要打碎那张冷静的面具一样，米拉波继之抛出的，可就全是直截了当了。

"第一，应认可按人头投票。如此，即可安抚第三等级代表议员。第二，废除三级会议，设立新的议会。议会应采用英式两院制。有了贵族院与庶民院之别，即可安抚第一等级与第二等级中的反对改革的议员。第三，作为此一让步的交换条件，应让议会承认国王之绝对否决权。如此，可保国王地位稳固，而不动摇。"

"……"

"如能进一步实现职业自由，即也要向平民开启官界门户啦，部队中要为平民开通军官晋升之路啦，那第三等级的代表议员，就会再无异议了吧。"

内克尔继续保持着沉默。但唯有那表情，确实是动了。不如说，拜车厢狭小，相邻而坐所赐，米拉波清晰感觉到了内克尔拼死控制，让自己"绝不能动"的气息。也就是说，这边列举的一条条方略，与财政大臣的方案腹稿多有重合之处，至少不会相差悬殊。不过，这也并不值得大惊小怪。

"是的。如此结局不言而喻啊。政治信念方面，你我相当一致嘛。"

"这所谓政治信念……"

"第一，我们讨厌贵族。"

"不能说讨厌啊。只是……"

嘘——米拉波半道把废话拦住了。冗长啰嗦的辩解之类毫无用处。若不近于粗暴地简单化，对话是进行不下去的。

"第二，我们认为，此番混乱，实属荒唐无聊。"

这一次，内克尔没有接话。这不是没心听，而是愈发感到兴趣的证据，是要谨慎万分地确认我米拉波的真意！

米拉波对此番对话的成效越发确信了，不容置辩地说，

"是的。此事，不值得如此大动干戈。至少，对国王陛下而言，本应是更为单纯之事。"

"如何单纯？"

"只需做一件事。只要废除贵族，这就万事大吉啦。连同主教、修道院长之流利欲熏心的教士们，一并废除！是的。最初，违逆陛下圣意的不逞之徒，就是这帮家伙！"

4

密谈

雷鸣与雨声强弱交互，片刻不停……内克尔又不接话了。但米拉波知道，截至方才的敌意已然消除，甚至连警戒之心都松弛下来了。米拉波抱着胳膊望向空中，感觉内克尔的无言又像在斟酌如何回答。

"是的。正是如此！的确是单纯。可是，最为重要的问题可就不简单啦。"

"废除贵族，是吗？这些家伙不好对付？"

内克尔点了点头。米拉波皱起眉头示以同感。贵族的政治能力令人可怕啊，以至于直到去年都与王室政府为敌，上演了一场难分上下的激战嘛。就连这次的全国三级会议，都是在这群家伙的强烈要求下召集的。

"不过，因这全国三级会议，事态已然发生突变。第三等级这支伏兵，作为未曾料到的劲敌崛起了。"

"不错。就此事而言，我也由衷感到开心。"

"您真的开心？"

从声音开始，米拉波一改自方才以来协力合作姿态，投去了怀疑的目光，像抓住内克尔微现狼狈之机不放一样，米拉波进而言道：原来如此。大臣阁下的确会开心吧。但这开心，却并不由衷。

"就是想法几近相同的我们……要说唯一一处不同，那就是在国政之中全国三级会议应处的位置了。因您是财政大臣，就职责而言，重建财政才是最大目标。而要达成这一目标，就非将反对改革的特权等级打翻不可。而这手段，就是第三等级！"

"所谓手段，我可从未说……"

"不。说是手段未为不可。反过来，若让第三等级来说，那对我们而言，国家赤字，说到底就是手段嘛。"

"这手段，又是为实现什么呢？"

"政治参与。为了政治参与的实现。是的，毫无疑问。我们之所以欢迎全国三级会议，就因视之为第三等级一跃而为法国主角，至少是获得发言权的大好机会。方才也说过，如今，这也正在一步步成为现实。结成了压倒性的多数派，当今之势，已是我们的想法才是议会之总决意了。"

"就是说……"

"贵族没有政治力量了。政治力量在第三等级手里。也就是说，只要与我们联手，您就能获胜。不管怎么说，您与我们也是利害一致嘛。"

内克尔咬住了嘴唇。一直像在瞌睡的大臣一反常态，面现严肃之色，沉思起来。米拉波心想，差不多该下定决心，打开天窗说亮话了吧。

该说是不出所料吧，内克尔突然开口了。

"明白。明白。可说得再多，陛下也……"

"不听阁下之言。反而去听逢迎贵族们的花言巧语。是这样吧，大臣阁下。"

说到这儿，米拉波咳了一下。本想为掉转话头清一下喉咙，没想却就此猛烈地咳嗽了起来。不要紧吗？罗伯斯庇尔担心地问道。刚好！米拉波趁机给他递了个眼色。

"我说，罗伯斯庇尔老弟，这方面，或许我们也有过错啊。"

"所谓过错……"

"第三等级擅自宣告成立国民议会之类。今天早晨又在说，不制定出宪法绝不解散。"

从并未知会国王的层面来说，要说这是谋反那就是谋反。路易十六不一样，但要是神经质的暴君，早就已龙颜震怒了！

"就算多少被误解，那也是毫无办法。"

米拉波接着说道。啊！虽为大方沉静之君，但即便因此而被触动神经，那也毫不奇怪。国民议会作为代表法国之机构，认可还是不认可？问题已经不再停留于此了。

"比如，六月十七日的决议。"

国民议会在宣布成立的同时做出决议，暂时承认王室政府课税征税。反过来说，不承认课税征税，也是有可能的。换句话说，这就无异于宣告，法兰西王国不再任由国王以一己之好，任意行事了。

"就是今天早晨的网球场宣誓，也是如此。"

说是制定宪法，这实际上是在定位、规定，也是在约束生活在法国这块土地上的每一个人。就是法国的国王，也不例外。也就是说，从前是国王一人定法，单方强推，而另一方面，国王自己却又是真正的绝对王者，不受其他任何人的约束，其存在至高无上。但今后，却必须跪倒在宪法的面前了。

这一系列的事件，甚至连国家主权问题都已经提出来讨论了。但就目下而言，这也不过是捕捉极为细小的现象，对其理念追根究底的一种假设而已。

"既是在意，那路易十六陛下本就是感情细腻之人吧。"

是不是太过讽刺了？米拉波这样想着，打住了。唉！那帮满怀恶意的贵族在陛下面前添枝加叶，说什么这正可谓君主制之危机，不然也是说那帮第三等级欲将王位让于奥尔良公爵之类。如此在御前附耳嘀咕，陛下甚而至于会生出恐惧之心。若圣心被逼太甚，大喊大叫起来也未可知——

"解散国民议会！肃清毫无规矩、令人恼火的那帮平民议员！"

这就是米拉波的忧惧所在。若用极简短的话说，那就是路易十六要取贵族，还是要取平民。这就是目前的形势。要是态度、方式有误，那国民议会之敌就不只是贵族，连国王都会成为敌人也很难说啊。

"可是，米拉波伯爵，作为我们来说并没这样的……"

罗伯斯庇尔插话了。米拉波伸手把话拦住，冲他深深点了点头。没错。作为我们来说，对国王，言行姿态没有任何敌意。

"证据就是十七日宣告国民议会成立时，我们因过于激动喊了什么？罗伯斯庇尔老弟，你不妨告诉财政大臣。"

"是。我们是这样喊的。就是'国王万岁'。"

第三等级并无反抗国王之意，这是事实。的确，国民议会主张支持并协助王室政府课税征税，也宣布要制定宪法。但却并非要从国王手中夺走一切。这种事，是无法无天之大不忠，大部分议员想都没有想过。就算是一部分理论派，他们的意向所在，也不过是这边有议会，那边有国王，并立于法兰西，共享国家之主权。

"财政大臣阁下，不知您已否明白。不，这么说没有任何讨好之意。第三等级也并非傻瓜，并不认为背离国王仍可言胜。根本而言，王乃神圣之体，且当今陛下深受万民之爱戴。最重要的是，我们希望变革。而为这变革盖上大印的，也只有国王。要是有不变之物，那就只有国王啦。"

"原来如此。"

"方才说过，我们与之为敌的是贵族，且只有贵族。对路易十六陛下，则将一如既往，竭尽忠诚。说到底，想求内克尔大人您攘助之事，就是万一国王心存误解，还望您竭力化解。"

"最后，再让我推动陛下，说服他站到第三等级一边，抛弃贵族，而与平民结为一体。是这样吧，米拉波伯爵？"

米拉波满意地点了点头。

"重建法国财政之可能，也正在彼时吧！"

内克尔也回以额首。是的。明白了。

"好，好。我也为实现此事，努力一试。"

"可不只是努力一试啊！"

几乎要岔嗓的这声喊，来自罗伯斯庇尔。是的，努力是不够的。如不能请您一定办到，那可就难办了。这一次，若财政大臣阁下不能成功，那就真是麻烦啦！

"我们的期待，您可是辜负过一次啦！"

"何、何事啊？"

"全国三级会议伊始，只要您在议事厅内提案，共同审议，按人头投票，那像今天这样的纷争就不会出现。但您却只谈财政……"

"好啦好啦，罗伯斯庇尔老弟。"

米拉波把话拦住了。虽是语气沉静地从中调停，但实际上，米拉波却多少难抑内心的吃惊。嚯！这嘴，很厉害嘛！本以为其可取之处只有一本正经的热情，想不到，罗伯斯庇尔这人还有几令人意外的勇猛！

——不错。

首先，这次谈话取得了再好不过的收获。米拉波这样想着，作为通晓人情世故的成人开口总结了。是的。所以说，我方才也说过了吧。"雅克·内克尔其人，在大众之中人气出众。几被视为救世主而万民信奉。只要以此人气为后盾，那就没什么事是干不成的。我的意思是，您可以更为自信，大臣阁下。"

"是吗？"

内克尔虽表认同，但又面露不快之色。关于罗伯斯庇尔所提一事，其本人也感到有失脸面吧。

要这样垂头丧气，那就是前往马尔利也会让人头疼。米拉波决定转换话题。对了，年轻的时候，我交了个损友，叫塔列朗，夏尔·莫里斯·德·塔列朗-佩里戈尔，是欧坦主教。阁下可能也知道，跟大多数高级教士一样，也是个不堪为教士的家伙，典型的俗不可耐啊。

"总之，我有机会跟那家伙天南海北地聊嘛，这家伙说话，那可不是一般的有意思啊。"

"这有意思是……"

"是这样的。说什么，要是能由财相内克尔、外相塔列朗、内相米拉波来组阁，施行三头政治，那法国不就万事大吉了？"

"这玩笑可就开得太讽刺啦。"

"也半是认真，很认真哦。"

呀，叨扰啦。可能把您座位也给弄湿了吧。如是赔礼之后，米拉波冲车夫道，停车！慢点停喔，别让后面的马车给撞了。

"那，财政大臣阁下，万事就烦请您费心啦。第三等级并非国王之敌。此事，望如实转告陛下。"

"会的。"

"愿您战斗到底！"

言毕，米拉波下了马车。终于像是发起烧来了，刹那间，就感觉忽悠一晃，立脚不稳。但紧接着，便觉察到了一股清爽的草香。

不知从何时起，大雨滂沱已然化为小雨淅沥了，可这脚下却还是又粘又滑、深及脚踝的阴冷泥沼。那双配以东方进口丝带的意大利产高帮靴是特别定做的，就这双靴子，够买一个月的面包了。可惜，这下就再也没法穿了。就在米拉波一边想，一边向路旁待命的自己那辆马车走去时，罗伯斯庇尔表情复杂地问道：

"半是认真吗？"

"嗯？什么呀，罗伯斯庇尔老弟？"

"就是，伯爵要做大臣的事啊。"

米拉波没有回答，而只代以豪气冲天、响彻云霄的朗声大笑。要连隐藏在话里的真意都能彻底明白，到那时，罗伯斯庇尔就能独当一面啦。这话，越在心里琢磨，米拉波就越是忍不住开心地大笑。

5

御前会议

"就只会这么干吗？干也无用，怎么就不明白呢？！"

罗伯斯庇尔再一次怒了。但在米拉波看来，这怒气中像有做戏的成分。

六月二十三日，星期二。第三等级的议员们，不，现已是国民议会的议员们，不得不站在了公共娱乐礼堂的后门前。开会时间是上午十点，大家又接到通告，要从后门入场。尽管感到愤怒，但还是按规定时间集合了。可到会场一看，就连那扇小门都从里面反锁了。外面还有荷枪实弹的近卫小队把守。

一句话，又被关到了议事厅外。这真是辱上加辱啊。不过，罗伯斯庇尔老弟，先别忙着丧气。他们也只能这么干了嘛。

"这不正是那帮家伙也被逼得无路可走的证据吗？"

这也是米拉波尽己所能的回答了。但是，根本就无需这样去鼓励。一眼便知，罗伯斯庇尔及各位议员的表情并无横遭屈辱打击之感。既然表情会被别人看到，那一个个更要抬头挺胸了。不只如此，笑得连白白的牙齿都能看到了。原因也很简单，如此，就可以蔑视对方为只会这么干的无聊之辈，而这蔑视，就能让大家得到十二分的弥补，相应也就心有余力了。

谈笑没完没了，人数既是这么多，那可就有点吵了。在连不自觉的吵闹与嘈杂都转换为无形的压力的同时，第三等级的优势地位实际上也终于不可动摇了。针对六月十九日的教士会议决议、六月二十日的网球场宣誓，特权等级的反动议员的确做出了反应，策划了反击。但这反击的形式，却至今

165

都是一尝到甜头就用起来没完的"拒之于议事厅外"。

六月二十二日，也就是昨天早晨，国民议会也被丢到了凡尔赛的大街之上。当时，都到公共娱乐礼堂门厅集合了才被单方告知，原定周日休息一天后于周一重启的会议，突然就延期了。

既如此，那就再找其他地方！可是，虽有如此打算，但不知是出于贵族们的恫吓，还是朝廷的命令，这回，连网球场也是大门紧闭了。好在圣路易教堂为大家开放了圣堂。

教士等级分会决定与第三等级合并不只是表面意思，已经落实为实际行动了。多数教士代表议员加入其中，要与第三等级勠力同心，共同守护国民议会，就为大家准备了议事的会场。

——所以说，那帮家伙已被逼入绝境了。

且越逼越紧，情势一意恶化，今后的趋势也已然明朗。正因迎来了这一动向，第三等级的姿态已然一反而为从容，所以，才不会因为又在后门受欺负就大吵大闹。

"可这天，真冷啊。"

米拉波嘟哝道。这一天，凡尔赛又下雨了。雨虽不大，但露天在外，动弹不得，帽子、假发全湿，也就只能受冷了。

——都感觉冻得直打哆嗦了。

米拉波的身体终究是有些异样。夏雨也无济于事的阴冷，是因这烧发得非同寻常了吧。

米拉波已是难以忍受了，而内心的焦躁也压制不了了。

"巴伊阁下，还没联系上吗？"

米拉波大声问道。再说米拉波喊的这位国民议会议长，正站在被拒之门外的议员队伍的最前列，与坚守后门的近卫士兵交涉呢。啊，正在商量。

"说现场的人作不了主，所以就问了近卫队长，可近卫队长也作不了主。现在，正让他们问大司仪官德勒-布雷泽侯爵呢。"

"大司仪官也该抓紧啦。不想被我们免职的话。"

议员队伍里响起了笑声。这话虽是把大家逗乐了，但米拉波自己却是笑不出来。身体太差了。可心情却比身体还差。这帮家伙，就只会干这等无聊之事。虽说这只是事实的一个方面，但另一方面，事到如今仍不识时务的傲慢本身又让人感到，似在暗示某种重大事态的发生。

虽认为是自己想多了，但米拉波也不由自问，这实际上意味着，他们仍能继续侮辱第三等级？至少是贵族，仍然在耀武扬威，或依然留有耀武扬威的余地？还是说，就像这些议员同伴一样，只应视此为苦于政治权利被不断剥夺而作出的泄愤之举？还是应视为经过周末的一番活动，那帮贵族确信，他们能够逆转形势，重新获得了自信的表现？

"啊。这都到齐啦？"

伴随着这句装糊涂的话，后门开了。但也仅此而已，来人并未致以特别的歉意。假发，异常显眼的额头，还有那稍有些厚的施妆，无不显出一股风雅之气的这位朝臣，好像正是大司仪官德勒-布雷泽。啊！终于开门啦！

"下次再磨磨蹭蹭，可就要革你的职啦。"

有人开了句玩笑。第三等级的代表议员们便在笑声中步入了会场。

待进到公共娱乐礼堂大厅，抬头一看，第一等级、第二等级都已双双落座了。

这也没什么好大惊小怪的。且不说对一如既往的歧视早已是无气可生，这可是久违了的全体议员大集合，甚至会令人回想起全国三级会议开幕时的情景。之所以如此，是除三大等级在三方议席中各自就座之外，剩下的一方再次挂上了百合花壁毯织锦，并安放了御座。

——陛下到底是亲临会议了。

这，也没什么好大惊小怪的。这既是前天，即星期天就已决定的，且对第三等级这边来说，昨天的会议最终被取消时也被告知，下次会议，陛下将御驾亲临。退一步说，事态也已然恶化到若非陛下亲临，走上前台，那就无法收拾的地步。

——到如今，也只能是御驾亲临了。

此前并没有这样的惯例。不如说，全国三级会议也好，新近宣布成立的国民议会也罢，代议制，本就没在法兰西王国的土地上扎根。

取而代之的是在高等法院中业已看到的，类似于"御前法庭"的事例。这是一道程序，如果王室政府提出法案后高等法院拒绝登记，束之高阁，那国王就要作为国家主权的体现者亲往法庭，作出最终性裁决。

换句话说，国王用来厉行孤意的传家宝刀，就是御前法庭。

——如此说来，在这次会议上，国王要厉行的孤意又是什么呢？

国王路易十六也已落座以待了。不用说，瞻仰陛下龙颜也是时隔已久，而印象也是依然未变，还是那张毫无主心骨的面孔。要光是背后说坏话，那就是既迟钝无力，又优柔寡断，因此而面无表情的脸，则任你再怎么凝视都窥不出吉凶！

既如此，那就把目光转到其他人身上看看。低御座一阶，一字排开，就座其上的，是阁僚、朝臣及王室政府的官员们。比较着，一张张脸看过去，看过去……哎？奇怪啊……再一张张脸逐一确认，可就连米拉波都不禁咂嘴了。

——喊！内克尔……不在！

缺席的，是倚为命脉，亲口千叮咛万嘱咐的大臣！

不对。不可能。这回可是要打出分水岭，一决胜负啊！不登此台，偷偷藏起来……没这样的道理！虽是咂嘴，但米拉波仍是无法接受。是因为什么事迟到了吧？啊，紧张过度使然，小解去了？有可能，有可能啊。既然本非政治家之器，只是个小家子气的商人，那就完全有可能啊。正这么想着呢，国王路易十六怎已站起来了！就这时候动作麻利！

6

最坏事态

"今日济济一堂之诸位议员，蒙神恩而为法兰西王之路易，天赐此氏之十六代国君，先向各位致以朕之敬意与问候。今日本会到来之前，朕深思熟虑，有几项决定，特此公宣。诸具体事项，烦请掌玺大臣巴朗坦在此宣示。"

这段话，毫无感情色彩，亦无半点抑扬。路易十六甫一落座，掌玺大臣巴朗坦便如言登台。只见他徐徐展纸，又扶了扶眼镜，这才开始宣读。开口第一句便是——

"一、陛下圣裁，第三等级代表议员所做之种种决定，悉数无效。"

这一通告，宛如晴天霹雳一般！可话说回来，王室政府内部像是的确经过了深思熟虑。而证据，就是另一方，即两大特权等级的主张也并未予以全面认可。

巴朗坦继之宣布，一切强制委任全部取消。所谓强制委任，是指选区选民让当选议员执行承诺的一种委任，当下产生的问题就是禁止两大特权等级采用按人数投票的强制委任。

——将之取消，也就意味着要按人头投票。

而审议，也要采用共同审议的方式。话虽如此，但王室政府也无意采纳第三等级的主张。

关于令三级会议陷入空转状态的议员资格审查问题，巴朗坦提出劝告，应由各等级分头进行。若某人议员资格没通过认定，待到进入抗议程序时才由三大等级按人头共同投票决定其可否。而其结论，则由各等级分会分别就便讨论，若以三分之二多数提出异议，就将该结论退回，由国王调停。

——等级区分并未消除。而投票，实际上也是采用由各等级分会分别投票的方式。

一句话，这是纳入了双方主张的折中方案。巴朗坦总结道：

"即，仅限于攸关整体利益之问题，认可共同审议与按人头投票。"

也就是说，实质上，上述方式仅限于财政问题的有关审议与表决。这就意味着，只要能向贵族与教士课税，王室政府就满足了。

而事实上，巴朗坦也接着说道：

"以下问题，由攸关整体利害问题中剥除：有关三大等级古有基本法之权利问题、全国三级会议今后应有之组织形态问题、封建性及领主性所有制问题、两大上位等级之实利性权利与名誉性特权问题。此外，关于教士等级之组织与宗教的一切要事，均需征得教士等级之特别许可。"

会场内响起了掌声。不用说，这掌声来自第一等级与第二等级的议席。

明白了。两大特权等级以早有思想准备的最小限度的牺牲保住了自己的权益。换句话说就是，要进行的只是财政改革，像第三等级所要求的政治改革，不复存在了。归根到底，与表面上的折中相反，平民的所有愤怒均遭抹杀了。

"吵死人啦！"

米拉波冷不丁一声大喝！自鸣得意，没完没了地鼓掌的那些人，在这无异于雄狮咆哮的断喝下，音息全无，鸦雀无声了。什么平民议席，根本就没把你当回事！可唯独这怪物，那可实在是令人恐惧！或许是因此而刹那间惊惧不已了吧。

可要说这米拉波，却是刚喊出口便为自己感到惭愧了。再怎么说也是自己隐忍不住，怒气外泄了嘛。不能自控，那就是软弱啊。身体不适，以至头晕目眩，就连将焦躁控制在心里的力气都没有了？

——可是，今天这会议还没结束呢。

掌玺大臣走下台去之后，路易十六好像又要金口玉言了。

"朕以为，施恩国民而至如此地步之王者，古今未有。"

甫一开口，便是以恩人自居之语。兜头一股更为不快的预感袭向了米拉波。不管那么多了，听下去吧。侧耳一听，明白了，法国人民似要得享诸多的幸福了。

"一、朕将支持税收与国债并为之提供协助之权，包括宫廷用度在内的用于各类公共事业的临时上缴款项之分配使用权，交与三级会议。

"二、若财政负担之平等由两大特权等级表决通过，朕将恩准。

"三、将残留之徭役地租更易为通常税赋。

"四、保障人身及出版之自由。

"五、大区三级会议之选举依等级进行，然，认可第三等级定员之倍增，且将其权限扩大至行政。

"六、全国三级会议将有权讨论国王领地之管理运营、盐税及消费税之实施、民兵制度与司法制度等改革事项。

"七、全国三级会议亦可废除境内各区域间关税。"

米拉波都快要吐了。政治改革，到底是没有啊。有的，只是把就算砍掉也不痛不痒的"权利"挑出来，然后夸张地称之为让步，向所谓无知平民释放烟幕弹的姑息骗术！

政治主体——不变！今后也一样，将由那一小撮人继续掌权。第三等级只得到了一些配额，但依然是配角。可是，只要第三等级不成为主角，那这法国就没有重生的可能！

政治运作之寸步难行，明明已让法国全境怒气冲天了，却还想靠这些小聪明来解决！且惭愧不堪的如此宣言，路易十六竟能以那确实读得下去、毫无顿挫可言的口吻亲自发布！可问题是，为什么会这样？

——内克尔这个蠢货！

就这样，米拉波终于忍不住唾弃了。看来不是迟到，内克尔是真的没来！不如说，是逃了。逃离我米拉波！尽管我恳切叮咛，但还是悲惨地失败了。

到最后，国王被拉拢到贵族那边去了，没能争取到平民这边。或许，内克尔也在那帮贵族的包围之下动弹不得，可就算如此，那也不会是毫无办法啊？

——我不是说过，要利用你在大众中的声望吗？

平民大臣内克尔是庶民的希望之星，被我们视为救世主！只要将这非同寻常的声望用为后盾，就是让贵族收声，强迫国王做出决断，那也绝非办不到。

——还是说，平民终究不过是平民？

当换为如此骂语时，米拉波当真一口唾沫吐到了地毯上！就因如此，才会被小看！才会被侮辱说，政治是平民力不能逮的！因为，他们没有大事临头时所需的胆魄。

又或许，内克尔思虑欠周，在心里为自己开脱：就算不为第三等级考虑，也能重建财政。在此施恩于贵族，只要快刀斩乱麻的手段因此得以施展，那作为当代头号投资家，就能像变魔术一般让国库赤字一转而为黑字。

——愚蠢！愚蠢啊！

牛角尖直钻到了这里，米拉波突然对自己说，嗯？且慢……啊！且慢作如此之想。或许，内克尔努力了。不管怎样，我米拉波在背后推过他。事前给他开过处方，告诉他，平民终究是平民，像一决雌雄这样的强势，连指望都不应该。还说第三等级是你的朋友，且你有大众的声望。进而，大臣之位亦可保无虞！我这样鼓励着他，"啪"地拍了一下他的背！啊！内克尔一定尽最大可能劝导过国王了。

——可若即便如此国王都没听，那……

路易十六还在宣读。

"朕所提之企划虽如此卓绝，但若诸位议员仍不认可，朕则不惜以一己之力而谋人民之幸福。然亦唯朕一人视己为人民之真正代表。务请诸位注意，无论诸位议员订立何种计划，进行何种审议，不经朕之特许，均不具备法律效力。最后，望诸位议员即刻就地解散，明晨，按自身等级各赴会场，重启审议。勿负朕望。"

法国国王的演讲，在露骨的恫吓与高压式命令中结束了。归根到底，国王是要解散国民议会。但只要不直接把这话说出来，那就依然留有诠释的余地……无妥协之路可走的对立之势，尚不至于鲜明到此等地步……

——事态的发展坏到不能再坏啦。

就像无视米拉波的叹息一般，国王都没再坐回到御座上，而是就势退场了。一当那群阁僚跟在后面往外走，议席中的空气也就乱哄哄地动起来了。约半数反对国民议会的教士代表议员，及除去一部分开明派的几乎所有贵族代表议员，全都匆匆离开了公共娱乐礼堂。

7

但非因刀枪之暴力

之后，会场里乱哄哄一团，果然还是吵。但这次，议员们的表情可就黯淡了。白色的牙齿轻易是看不到了，何止如此，脏兮兮的唾沫倒是吐到地毯上了。

国王、贵族与教士们出去了，代之鱼贯而入的，是挑着工具箱的工匠们。且一进来便径直向御座走去。再一瞧，像是要十万火急地将那被近乎执拗地装饰得过于繁复杂乱的御座解体。不用说，叮叮咣咣的作业声很是刺耳。

"出去！还在审议呢！"

有人冲他们怒吼了一声。从那天生的急性子来看，或许是像勒沙普里安这样的吧。但米拉波没去确认。实在是太难受了，脸都抬不起来了，就那么蹲在椅子上，还是先照顾眼看就要昏厥过去的自己要紧。

但米拉波也并不担心会孤零零一个人被落下。虽然大家都站起来了，但周围却没有一个人要离开议席。国民议会的议员一个不落，全都在公共娱乐礼堂里留下了。

布列塔尼人俱乐部提前做过工作，商量到最后的结论是，若御前会议的结果令人无法接受，到时就一起协商善后之策。现在，这善后协商也就很自然地展开了。看来，不像是搞错了。啊！如此过分的宣告甩过来，那无论如何都不能这么放过去了。

"可是，还是不敢相信啊。陛下……是我们的敌人吗？跟那群贵族是一伙儿的吗？"

"怎么可能! 贵族不正是国王的敌人嘛! 退一步说, 路易十六也不同于此前的历代法国国王。他可是颁旨召开全国三级会议的陛下啊! 是要倾听第三等级心声, 大慈大悲的明君啊! "

"可是, 既如此, 那降予我们的宣告又怎么解释? 啊, 明白了! 路易十六想起来了, 自己也是特权等级中的一员! 看来, 一到这最后关头, 陛下自己都意识到了, 自己是日耳曼民族后裔, 这贵族之首, 正是自己啊! "

"且慢, 且慢, 你先冷静一下。总之, 我们没理由这么心神不宁。就算不只是贵族, 连国王都是我们的敌人, 那又怎样? 我们是国民的代表! 既如此, 今后, 我们也继续发言就可以了, 如此而已! "

"这个……不好意思, 各位正忙着讨论, 抱歉打扰……"

议员们齐唰唰转过身来, 突然插进来的, 是这场讨论的局外人。随之前来的两名近卫士兵刚一分开人墙, 来人就像滑到近前的一样, 脚步声都听不到。是大司仪官德勒-布雷泽。这个……是这样的。木匠到我这儿来抱怨, 是以鄙人只好来走一趟。

"这个, 有谁能近前说话的吗? 啊, 该称呼什么来着, 是议长先生吗? 这样称呼的代表, 在没在啊? "

"找我何事? "

巴伊应声问道。

啊, 是您啊。德勒-布雷泽手指一竖, 然后就像茶店里发现了常客的茶房一样, 一脸殷勤地躬身走到巴伊近前。

"国王陛下之圣意, 想必您也听到了。"

虽说话说得沉静, 但却是明显的恫吓了。巴伊的目光游移了起来。这就是学者秉性, 要是展纸泼墨那还是很大无畏的, 可一当大活人站在面前, 可就不由他不踌躇了。

话虽如此, 但在身为学者的同时, 毕竟还是代表国民议会的议长, 既在这位子上, 虽有些腰软无力, 但似也不会乖乖地去打退堂鼓。

巴伊没有回答大司仪官, 而是斜脸向身后的朋辈议员确认, 各位怎么看呢?

"我们是成立这议会的国民代表! 除国民之外, 无由听命于他人! 这就是我的想法……"

如此引导之下, 所有在场议员可就一齐喊起来了。是的。议长说得没错! 像大司仪官这样的, 没理由听他发令! 回吧回吧, 人妖侯爵!

再看这德勒-布雷泽, 两手颇为婀娜地放耳朵那块儿挠了起来, 那表情就像在说, 啊! 好烦! 哎呀, 这可就不好办啦。明明提醒各位, 说这是陛下圣意, 可这就难办啦。

"就鄙人来说, 也想尽可能稳妥地处置此事, 可是……"

不用说, 德勒-布雷泽无意就此退让。难怪, 作为无时无刻不与王侯贵族打交道的大司仪官, 所谓自称的议长或内心惴惴不安的学者之类, 根本就不入其法眼。同理, 就算议员们再怎么齐声高叫, 对这傲慢的宫廷贵族而言, 或也只会视之为来路不明、没见过面的下等人的大惊小怪罢了。

这一切, 这边的米拉波都看在了眼里, 都想试着深吸一口气了。

事到如今, 国王的态度已经很明朗了。但尚不能确定哪些是周围施加的影响, 哪些又是其自身意志, 也不能认为他会在一朝一夕之间改变想法。我们这边才是想温和地处置问题的那方, 可既已闹成这样, 那就由不得人袖手坐视了。

——不让他吃一记老拳, 那就无法可想!

决心一下, 哎, 管它呢, 米拉波两脚一用力。头好疼。恶心。真能站起来吗? 泄气话刹那间在心里闪过, 但却即刻被他捏碎了。无他, 哈! 我米拉波还能站起来! 就以这反抗之气势, 那任何时候都能站起来!

"要说国王陛下之圣意, 那是知道的。可这如此荒唐的风, 又是哪位在陛下耳边吹的呢?"

米拉波知道, 就从这第一句开始, 会场里的气氛变了。不只是吵吵嚷嚷的议员们噤声了, 连德勒-布雷泽的浅笑也立时僵在了那里。不出所料! 我米拉波, 还是能作为狮子站起来的!

"这且不谈，先来说一说阁下的资格。大司仪官阁下登上这全国三级会议的舞台，不知何故，就俨然化身为陛下的代理人了？"

"这个……"

德勒-布雷泽已经是心虚了。米拉波没有放过这一微妙变化，此时不追，更待何时！便就势一劲儿追逼了下去。啊。阁下没有任何资格。在这里，阁下既无议席，又无发言权，因此，也不能强行要求我们去想陛下所言。既是阁下走错了门，那还是快快请回，禀告遭您来此的那些人为好。

"我们在这里，是因人民的意志，而非刀枪之暴力！既如此，就断不会离开！"

这就是议会的誓愿！身后的朋辈议员继之一唱一和，这回，德勒-布雷泽可就真是狼狈不堪了。只见他点了下头，便就此像虾米一样倒退着出了会场。

这一退法，何等样的贵族都是不会用的。按理说，这是由国王面前退下时才用的一种礼仪。但又不见得就错了。为什么？因为这国民议会是并不亚于国王的国家主权者。从道理上来说，受到与国王一样的礼遇也不足为怪。

——只要有领导者，那这国民议会的力量也是非同小可！

回禀此事就好。对着逐渐远去的大司仪官，米拉波都想近乎啰嗦地给他讲一番道理了。

可是，没搞明白这道理的，却又并非只是敌方。

"好。国民议会审议这就开始吧？我们还是我们嘛，跟昨天之前并无变化。"

改变话题的是西哀士。这神父，果然是没搞明白啊。米拉波苦笑着心里说，看来，我米拉波还远不能倒下去啊。措词还是这等天真，说什么跟昨天并无变化嘛。可明明如此天真，国民议会还是很为这话感动啊，就说这热闹劲儿，还不是益发地高唱凯歌了？

就连跑过来的罗伯斯庇尔都是一脸的感动。米拉波伯爵！您这番话说得简直是痛快淋漓啊！不不！是太精彩啦！伯爵的话，将永垂青史！不，定会成为不朽的传奇！对着竟至于如此脱口而出的兴奋，就像兜头泼去一盆冷水一般，米拉波以毫无抑扬的口吻撂出一句：

"罗伯斯庇尔老弟，这等心醉神迷，究竟是为哪般啊？"

"哎？"

"你在说我说的话，可你根本就没听啊。"

"您是指？"

"而非刀枪之暴力。是这句啊。"

"啊。这可是精彩的譬喻啊。"

"不是譬喻。"

"……"

"接下来，战争就要打响啦。名副其实的战争……"

话音未落，米拉波便猛地转身，挤到了兴奋不已的漩涡正中。正是时候！米拉波想着，借助那天生小山般的庞大身躯和极具穿透力的宏大音量提醒所有人：啊！静一下！诸位议员！听我说几句！

"我想紧急发起动议！"

"这动议，是什么呢，伯爵？"

议长巴伊应道。米拉波将此一应解释为获准发言，就势发起了号召。

"我想申明，国民议会议员之生命与肉体不可侵犯！"

侵犯即为叛国！无论是什么人都断不容许！望将此意采为宣言，公之于世！

虽是如此呼吁，但米拉波也并不抱有太大的期待。不只如此，他甚至认为，呼吁也几无用处。只为稍能心安也好，感到为时已晚也罢，这些想法顷刻之间便全都化成了绝望。可即便如此，那也只能提议。

"即便是稍有牵制……"

米拉波越说就越加感觉，像是已然听到了军靴之声！

8

暴力

——原来如此!

现在,理解更深一步的罗伯斯庇尔内心被震撼了。发布宣言,宣称议员之生命肉体不可侵犯,是希望以此明确国民议会迄今所取得的成果。最先如此呼吁的米拉波的洞察力,也同样是令人不禁为之惊叹!

御前会议之后,米拉波便紧接着发起动议,说实话,当时并未明白他的意图。不,不只是罗伯斯庇尔,无疑几乎所有的议员都会感到唐突。

实际上,就连议长巴伊,一开始也是示以难色。

"哎,理解米拉波伯爵所言。是的,没错,就原则论而言,我认为完全正确。所以并非是我反对。但是,现在,就这时候来表决,是不是……说起来,我们刚把单方通告强推给了王室政府啊。而对大司仪官德勒-布雷泽的态度,也像是恫吓一般。这时候,要是表决通过方才所提之宣言,他们就会以为我们这是示怯。"

明明连反驳的声音都不令人满意,倒挺能说。心里虽这样想,但就形势判断本身而言,即便是罗伯斯庇尔的想法也与巴伊完全一样。

米拉波给巴伊的回答毅然决然。你说什么? 小心驶得万年船! 谨慎为上! 我是说,对于在陛下耳边嘀嘀咕咕、搬弄是非之辈,事先提出警告方为明智!

"首先一点,如不在此采纳我的意见,巴伊议长,那以您为首,连同约六十名的议员,不出今晚就会被逮捕! "

大家都知道,米拉波是蹲过大狱的。那宛如男中音的厚重嗓音,说到

"逮捕"时也比平素更添了气势,几令人感到恐怖。

但话说回来,正因人生之路非同寻常,才会毫无必要地神经过敏吧。这道理也是通的。是以在议员们中间"这也太夸张了"的嘟哝声,也就越发地此起彼伏了。可是,正这样闹轰轰地议论着呢,那天真的乐观轻易便被碾为了齑粉。三支近卫小队奉命赶到了公共娱乐礼堂!说什么"而非刀枪之暴力"这等威风有加的话,那好,这就如愿把武器顶你们身上!这,就是王室政府的常规回应。

一当威风凛凛的军装再度要求即刻解散,这下国民议会也是全员僵直了。不慌,不闹,知道该如何行事的,还是唯有米拉波。

"诸公,那该你们上场了。"

米拉波招呼的,是有开明派之称的部分第二等级代表议员。像拉罗什富科公爵、利昂库尔公爵、拉斐德侯爵等。几名贵族决定,御前会议结束后不要走,要跟国民议会一起留下来。

这些响当当的人物一到门厅应对,近卫兵们真就踌躇了。当然,罗伯斯庇尔没在当场,自然不了解当时的详细情况。但综合米拉波的解读与贵族的报告,大致上似乎是这样的: 近卫军兵只是奉命驱散毫无规矩的平民议员,但要说是否连贵族都一起赶走,至少现场的军官难以定夺。

不多久,近卫队就撤回去了。至少是暂时撤回去了。利用这段空隙重启审议时,问都不用问,米拉波的动议自然就被采纳了。赞成四百九十四票,反对三十四票,以压倒性优势表决通过。

几个小时过去了。虽已是下午,可就是现在,公共娱乐礼堂的议员数量也可以说几乎是没有减少。有的怒形于色,慷慨激昂;有的笑容满面,虚张声势;有的抱头凝眉,烦闷不堪……虽说是姿态各异,但总之是没在审议,尽是乱乱哄哄,没完没了的私聊。

国民议会议员之生命与肉体不可侵犯!侵犯即为叛国!无论是什么人都断不容许!此一要旨的宣言已经火速排版,拿去印刷了。因必须即刻制造社会舆论,向王室政府施加压力!虽已做出了一当印好便在市区、宫殿甚至是近郊乡村大量发放的计划安排，但为待命于此一人海战术，议员们还是继续留在了会场。

——就算不为待命，那大家也无心解散。

所有人都陷入了极度的不安之中。近卫队会不会回来啊？跟上面一请示，结果会不会是再度受命，连同贵族一起，将所有议员一并抓捕？下回是不是要不容分说地强行带走了？一想到这些，那要起身离去可就无论如何都办不到了。要是一个个散开了，那正在客栈里休息，或正在咖啡馆里讨论的时候遭到近卫队袭击，那才叫全无招架之力呢。

——只是稍一想象就怕到不行，抖个不停了。

也算是为按住喀哒哒直抖的手指头，总之罗伯斯庇尔没想忍住自己的坏习惯——咬指甲。

个头本来就小，对体力也没自信。以一当千的武斗之类，就算作为男性特有的浪漫那也是做梦都不敢想的。如此说来，就连一直为之自满的仅有的那点能言善辩也是迅即萎缩，影子都找不到了。

罗伯斯庇尔一动不动地缩在椅子上，连在头顶上你来我往的讨论都无心参与。

“说根本的，所谓派遣近卫军，那可是不容许的呀！”

“这还用说。我们可是议员。是人民的代表。说我们就是法国都可以！”

“虽然不知道是何人唆使，但毫无疑问，这帮家伙无异于背叛法国！用法律术语来说，我们才是这国家的主权者嘛。”

用法律术语的话，是吧？也就是说，只是纸上谈兵的话，是吧？一言不发，语带讥讽地在心里嘀咕着，罗伯斯庇尔都想哭了。这都什么呀！再怎么议论也没用嘛！一旦刀枪相向，终是只有闭嘴了事嘛！

说我们是国家的主权者？再怎么振臂高呼，一切也是无从谈起……现实中，我们并不是什么主权者嘛！

——主权，至今握在国王的手里。

王之为王，换句话说，就是以之为一国统治者的原因，现在可真是痛切感受到了。不是因为国王是对的，而是因为，在这法兰西的土地上，他比任何人都要强大！要用通俗话说，那就是因为他能动用武力！

——所谓国家的本质，无非就是暴力。

罗伯斯庇尔感觉，自己就像彻悟了天理一般。

明白了。国王也会去追求正确吧。谁也不希望别人在背后戳指头说自己是恶人嘛。这一点国王也是一样的。也正是因为对这一心理寄予了一线希望，议会才采纳了米拉波的动议。绝不容许对议员——法国人民的代表动手！想通过此一宣言制造社会舆论，也是因为这会形成一种压力。可是！

听得进去还是听不进去，最终就全看国王怎么想了。又是大臣，又是顾问的，要是被他们逢迎拍马的甜言蜜语摆布了，那这希望消失于无形也只在一瞬之间。

——就算不是这样，那所谓的正确也只是说说而已。

就算要武力弹压国民议会，那粉饰此一恶行，将之修饰为正义的话，也是要多少就能编多少！就算是冷血无道的暴君，在后世史书中也会被描绘为全然不同的大无畏的名主！

所以，国王是忤逆不得的。只要其握有压倒性的武力，那就别无他法，只能尊奉其为支配者了。

——只要没有相应与之对抗的力量……

罗伯斯庇尔越是在心里唠叨，那来自无力感的打击就越是惨重。这样的力量，议会是没有的。依古罗马之风称之为"人民"也好，或裹以法国这一国家的厚重称之为"国民"也罢，又或者，依美式风格称之为"市民"也罢，这力量是不会交到无名无姓的人们手中的。

虽说是与王为敌，但如果是贵族的话，也并非无力反抗。就说自去年以来聚焦于所谓财政平等性的斗争，现在回头想来，正因为贵族是中世纪骑士后裔，拥有以武力说话的传统，这才成其为可能。这可不只是唯心论，就是在现实中，贵族也是将军、指挥官，在军事当局中的地位坚不可摧。

——就算在被穷追猛打的国民议会中，只要是贵族……

突然被这自言自语狠狠扎了一下，罗伯斯庇尔仰起脸来！啊！是的！若是贵族，或仍可一战！紧接着，他便以求助的目光四面八方地环视起了议事大厅，可映入眼帘的，全都是一本正经的黑衣，这毫无指望的景象，只能让罗伯斯庇尔再次陷入了绝望。

要说其华丽着装令人联想到孔雀的开明派贵族，倒是看到了几个。这几位，会不会是响当当的厉害角色呢？可再怎么自问自答，也无法让悬着的心回到肚子里。

——米拉波不在！

要说因此而来的失落感……没有。那令人不由自主地预感到暴力临头的庞大身躯，一反其超常之势，"咕咚"一声就往一旁倒下去了。驱逐大司仪官，动议国民议会，面对近卫队出动又驱使开明派贵族出前应对，真可谓三头六臂，大显身手！可在这之后，米拉波自己却昏倒在了当场。

——烧得太厉害了。

几个人合力把他抬出了会场。现在这会儿，应该是在府里静养吧。可是，当米拉波就这样离开会场之后，罗伯斯庇尔也并未感到太多的不安。

——不。不能只是撒娇了。

罗伯斯庇尔提醒自己，并将这话铭刻在了心里。为什么？尽管米拉波已是满身疮痍，但还是无人能够模仿地出色完成了自己的工作！所以，再也没有理由说，你做得还不够，望你继续留在议事厅里这样的话了。

——要靠自己，非努力不可！

如果有"我才是法国的代表，才是这新时代的主角"的自负，那要靠贵族就更行不通了。可在巨大无比的暴力面前，就是这自负也会像薄薄的纸片一样飘然落地……这眼下的困难局面，平民出身的小个子，就凭对法律的一知半解，就凭学了点革新性的思想，此等程度，那是无论如何都打不开的。要说唯一能做到的，就是两眼含泪，哆哆嗦嗦，抖作一团了。

"……"

　　那声喊突然飞入议事厅，在头顶上炸开时，罗伯斯庇尔的呼吸当真是停止了！因过于惊慌与恐怖，毫不夸张，当即就跳离座椅足有一法尺（约三十厘米）之高！那声喊，是伴随着慌乱的奔跑声一起传来的。就从那喊声的腔调来说，也显然不是寻常事态。啊！出大事啦！真出大事啦！

　　"宫殿那边，出大事啦！"

9

意外事态

太阳眼看就要落山了，进了建筑物的阴影，都轻易看不清东西了。可只要迈到外面一步，那股骚乱气息自然就会扑面而来。那声音，说不清是怒吼还是欢声，唯一能确信的，便是其非同寻常的宏亮，听到的人，不安与好奇会不由地交织到一起。

只是，那声音又全无闭塞之感。不在建筑物屹立左右的地带。一片哗然的，是虽已黄昏但仍留有一抹紫色光亮的广阔的天空。果然是凡尔赛宫。先不说那就势与森林连成一片的庭园，就是通往宫殿建筑的前庭，也是非常宽广。

一跑出公共娱乐礼堂，罗伯斯庇尔便直接沿巴黎大道飞奔起来。可能是好奇心占了上风，连他自己都感到不可思议的是，竟然毫无不安之感。既是骚乱，那就不可能全然无缘于暴力与危险，可即便如此，还是动身了！之所以毫不犹疑，或许是缘于某种预感。

宫殿的铁栅栏刚一跃入眼帘，那混乱的源头也就连问都不用问了。是人。且人数之多可谓人山人海，从远处看，宛如一条黑色的巨蟒一般。

——这究竟……得有多少人啊！

用离开会场一起前来的议员同僚的话说，至少也有两千人。不，说三千人都保守，要往多了说，得不下五千人。虽说是这么多人在高声叫喊，但令罗伯斯庇尔自己都不解的是，一点都不觉得可怕，且这回，同样是毫无犹豫。

挤到人群里一看，四周全都是布衣打扮。那被夜以继日的劳作弄脏的衣服，全是与光彩照人的丝袜无缘的直筒长裤（没有贵族所穿的真丝及膝马裤）。不用问，他们既非贵族，也不是一心想模仿贵族的资本家。要说等级，那就跟自己一样，都是平民，但很明显，这些人又无疑是家计有别的下层贫民。

他们不只将前庭挤了个水泄不通，还雪崩一般涌到了宫中。所有的房间都被他们挤满了，所有的回廊也全都是他们的队列，真就是占领凡尔赛宫的感觉。

说是占领，但也没带武器，连写满标语口号的牌子都没有。人们只是在高声叫喊。原则上，宫殿是所有人都可以自由出入的，只要有此原则，人们又并未示以危险行动，那即便是尽皆精锐的近卫军兵，也无法随意就把他们赶回去。

——可这也……

横穿过几个房间，就在终于抵达镜厅时，罗伯斯庇尔站住了。镜子被一排排的人挡住了，今天这会儿，窗户对面那井然有序的庭园是半点都照不进来。

——这可不是往日的凡尔赛宫。

那直抵绘以壁画的圆形穹顶的大理石柱，那配以半裸雕像、依次排开的金制烛台，那不断迸发出闪闪烁烁的透明之光的玻璃装饰，还有那璀璨夺目的各类装潢……这些布衣群众虽是与这一切的一切为敌，那也完全没有落败的印象。

虽说他们的穿着与这地方不合适，但比起落后于潮流的乡巴佬，这样倒显得机灵多了。举世闻名的凡尔赛宫，就像在一瞬之间便沦为了滑稽。罗伯斯庇尔甚至感觉由里到外地痛快，周身上下也终于轻松起来了。

这些群众至少不是敌人。虽说现在混到了小资产阶级这条线上，但罗伯斯庇尔本就不过是个穷苦的孤儿，确实也不该害怕，且一当在人潮中被推来挤去，强烈感受到的反而是同胞意识。

喂，这怎么回事啊？您是做什么的？又是从哪儿来的呢？

"这还用问，当然是从巴黎啦。"

在场的几个人答道。综合他们的话来看，蜂拥到凡尔赛的这些巴黎人，不只是一开始便为参观议会而来的旁听者或者凑热闹的那伙人。大部分人反而是后来拥到凡尔赛的。傍晚渐近，人也越来越多，似乎是因听说了六月二十三日上午举行的御前会议的情形，进军凡尔赛的行动便就此展开了。

"是这样啊。从巴黎到凡尔赛，步行得花六个小时啊。"

既是不辞远途特意赶来，也就不可能老老实实呆那儿闷声不吭了吧。的确，这样的话，那就不可能满足于旁观了。国王将不利于第三等级的答复摆上了桌面啊。也就是说，国民议会被迫解散了，可另一边呢，令人作呕的教士、贵族们的特权地位却得以继续保留。

尤其令人受到打击的，是财政大臣内克尔缺席此次御前会议的事实。

"不会是被罢免了吧。"

"呀！我听说，是被逐出法国了。"

"笑话！没有内克尔大人，法国可是维持不下去噢？"

"啊！这么胡来，不向国王抗议能成吗？"

在巴黎的大街小巷，大家这么一嘀咕，不知什么时候，也不知是何人发起，群众便已动起身来，就这么越聚越多地大举拥入了凡尔赛。

"国王在哪儿？"

"会说法语的话，王后也成！"

"总之是要出来，我们有话说！"

人们之所以又喊又叫，就是为让他们听到。而之所以挤满每一个房间，排满所有的回廊，想法也只有一个，即抓住国王夫妇直接上诉，要让财政大臣留任，或是找到内克尔本人，恳请他继续担任财政大臣。可正如前文所说，虽是怀有如此善意，但这人数可足有两千人以上！

这显然已经构成了一种威胁。若所站的立场不像罗伯斯庇尔，不是抱有亲近感，而是一直对其蔑视乃至欺凌的话，那面对这些群众，对会遭其报复的恐惧心可就只能招致恐慌了。

事实上也的确如此，尽管有这么多的人，但感觉像宫廷要人的却是一个都找不到。躲到其他行宫避难去了？就是继续留在凡尔赛，那也是屋门紧锁，躲到分配给他们的私室里了？

——虽然说，就算声音能传进去那也是毫无办法……

罗伯斯庇尔的身体又一次沉重起来。内克尔只是单纯的缺席，还是财政大臣一职已被他人取代？真相不得而知。

且也不想知道。因为，无论其是否留任大臣一职，毫无用处这一点是不会变的。唯一拿手本领就是拖延时间、迟迟不下结论的胆小鬼，既是这样，那就恳切激励一把，可到头来，还是没有完成工作！逃了！躲起来了！

——这是可忍孰不可忍的无能，巴黎人并不知道。

平民大臣内克尔依然是庶民的希望之星。这个华美偶像的光芒毫发无损，至今都光彩照人。可是，这是不对的。

大家一直信奉的所谓改革勇士，仅是个假象而已。不要说救世主了，根本就是给第三等级招致危机的祸首！无论以何等梦想相托付，内克尔均因一己之便轻易忘诸脑后，不过是个轻薄至极的投资家而已！

——这一真相，应该告诉大众吗？

要不要把群众一个一个地抓住，逐一向他们揭穿内克尔的真面目？满腔愤懑的罗伯斯庇尔思前想后，不知该如何是好了。就在他焦急之下又要去咬手指甲时——

回廊镜子间突然闪来一声喊：露台！对面中庭的露台！

"那儿！内克尔在那儿！"

"国王也在！"

那是步出国王寝室可到的露台，背对镜厅，但通往露台的大门却被锁死了。要确认露台上的情形，这又非得穿过一个又一个的房间，返回左边或是右边的偏廊不可。

可即便如此，群众也是毫不犹豫。所有人都动起来了，罗伯斯庇尔也跟着跑了过去。

内克尔在那儿！国王也在！这突然飞来的消息是真是假，没有人能确证。就算是真看到了，但会不会是那人做了什么梦啊。尽管基本不相信，可罗伯斯庇尔也只能跟着跑了。

在他心里，生出了一种朦胧的期待感。是预感到新事件要发生？像要把直到方才都挥之不去的绝望感一扫而空一样？还是寄望于夺回希望的天真？那至今都无法割舍，直到昨天还拥有的希望？此时在心里涌动的感情，自己都无法解释。

实际上，要是内克尔真与国王在一起，或许可以说尚有局势已然挽回的一线可能。不管怎样，今天早晨的御前会议内克尔连面都没露嘛。而贵族们则视此为大好时机，紧紧抱住国王不放，挑拨他抛弃了国民议会！

——可现在，若内克尔再次走上前台……

一跑到外面，马上就能看到刚才说的露台了。要说这对面的中庭，最有名的就是遍铺其内的黑白两色大理石了，可现在人挤人挨，连其是否光泽都确认不了了。

抬头看露台高处，果然站着一个人，正在大幅度摆手回应群众。内克尔哭了！真是马上就要下台了吗？还是感动到泣不成声了？可就像在背后相护一般，站在他旁边的，正是国王路易十六。

报到镜厅里的消息是真的。证据就是如雷的呼声，如不双手捂耳，那就难保鼓膜无虞了。

"内克尔万岁！国王万岁！"

当时并立于露台之上的两位，无一不是英雄！感觉他们的嘴像是在动，可人们太闹了，要听清在说什么那根本就是不可能的。听周围人嚷嚷，好像是内克尔向公众保证永远留任，而路易十六则表明了不拘前言之意，等等。

——得救了？

罗伯斯庇尔自问。第三等级，得救了？国民议会，得救了？眼看就要被压倒性暴力摧毁于无形的希望，完全像被施以魔法一般，只在一瞬之间，绝望的枷锁，脱落了？

——倘真如此，那砸开这道枷锁的，就是民众的力量！

罗伯斯庇尔生出了大彻大悟之感。啊！我们是有力量的！即便内克尔难负期待，但若其幻象在强烈地吸引着人们，那因之而结为一体的民众，就会化为不可估量的巨大力量。

"我们并不是软弱无力的！"

"喊！嚷嚷什么呢那个蠢货！"

这声音不大。何止是不大，不过是低声嘟哝而已，低到几被人们的兴奋消抹于无形。可不知为什么，与传入耳内这话同时到来的，是几令罗伯斯庇尔胸腔轰鸣的巨大震动！

一惊之下转身一看，果然是米拉波！那庞大的身躯坐在轮椅上，由随从推着。看样子，身体情况依然不令人满意。米拉波面色苍白，唯有两只眼睛充血发红，形容可怕，甚至可以说是阴森逼人。米拉波用那唯一在动的嘴接着往下说，简直就是骂了：

"内克尔这蠢货！被国王用作烟幕弹了！"

罗伯斯庇尔跑了过来。米拉波伯爵！不安心静养，不要紧吗？

虽是上来就这一问，但马上就为这愚蠢的一问感到惭愧。怎么会不要紧呢？按理说，目前这身体状态是不能离床的，之所以强撑着急急赶来，是因为眼前发生的事件，是即便身体如此那也非确认不可的决定性事件。

如此说来，罗伯斯庇尔并没看出这一事件的重大。对于事态的发展，米拉波显然并不开心。何止如此，甚至毫不隐讳内心的不快，骂语不断！

"可是，路易十六已经表明要妥善处理了呀？"

"哼！这大半不过是因王后不停地尖叫，为难已极而已！"

对于眼前这一幕，米拉波也下了如此断语。哼！是玛丽·安托瓦内特吱吱吱地叫个不停，让国王把那些贱民给赶走吧。作为安抚民众的苦肉计，被国王推到露台上给大家作样子的，就是平民大臣内克尔。只要亮出这位红人，群众就一定会乖乖地撤回去嘛。

"可是，如果路易十六重新考虑，不是再好不过的事吗？是的，我们并不是软弱无力的！强迫国王作出让步的，正是民众的力量！这……"

"就更糟了。"

扔下这句断言，米拉波动了动下巴指示随从。轮椅在凡尔赛宫那凹凸不平的石阶上上下左右地晃着，他头也不回地出了铁栅门，远去了……

10

适得其反

内克尔的声望持续高涨。虽说并没做什么了不起的工作却又人气不减，原因就在如下的评价：

"内克尔让国王改悔了！"

国王之变节至少是事实。六月二十三日，一当情势再三变化，事态发展便就势向希望中的方向进一步迈进了。

六月二十七日，"身为国父，为实现朕之目的"，路易十六分别劝告教士代表会议长与贵族代表会议长，与国民议会合并。这一消息传来，罗伯斯庇尔都不由怀疑起自己的耳朵来了。

——这已不只是妥善处理的问题了。

国王在御前会议上所发布的通告，又被他亲手作废了！虽说关于各个小点仍有解释的余地，但可以说，主要争执点都被抹消了。退一步说，至今被斥为非法集会的国民议会，已然得到了国王的认可。而对一直坚持的全国三级会议，国王则亲自宣告了它的终结。

凡尔赛再一次被欢呼声包裹。同样挤满宫殿各处的群众，这一次却是伴随着乐队演奏的音乐开心地载歌载舞，连那令人不安的火药味儿，唯有这天也化作了节庆的爆竹。听说，巴黎那边连烟花都放起来了！难怪，法国迎来了政治性的巨变嘛！

此前的六月二十四日有过半教士代表议员决定与国民议会合并，二十五日，贵族代表议员中也有以王族奥尔良公爵为首的四十七名开明派贵族做出同样的决定。针对国王变节的原因，议员们的主流看法是，与其说是内克尔的感化，不如说是基于既成事实的政治性决断。但不管怎么说，国民议会打出了一片新天地却是确凿无疑的。

作为三大等级合并的落实举措，七月三日，议长进行了改选，一直担任议长的巴伊卸任。之后，虽然出现了贵族代表议员推举奥尔良公爵继任的一幕，但因巴伊卸任最终登上议长之位的，是教士代表议员——维埃纳总主教让·乔治·勒弗朗·德·蓬皮尼昂。

七月七日，又选出了三十名宪法制定委员。正如六月二十日网球场宣誓表明的，就国民议会本身而言，应视为当务之急的最重要课题便是宪法的制定。在重新更名为"国民制宪议会"的同时，相关具体程序也得以展开。

就像做梦一样，一直以来不见进展的局势难以置信地好转了。明媚的阳光也终于洒向了连日阴雨的凡尔赛。

"这已经是革命了！"

近来，甚至于这样的话都甚嚣尘上了。罗伯斯庇尔也予以认同的是，至少，国政改革可期。啊，这样，议事就能向前推进了吧。堆积如山的问题，也会逐渐找到建设性的答案吧。啊，只要集合大家的智慧，群策群力，法国就会不断向好。通过建设性讨论的不断积累，法国就会脱胎为一个全民幸福的国家。

——但是，这真的可以这样相信吗？

在激动、乐观的同时，罗伯斯庇尔内心的疑窦也是挥之不去。在忘乎所以的兴高采烈中，总有一种过于顺利之感。虽说三级会议开幕了，但之后，便是没完没了遭受不公正的侮辱，仅有的一点期待也惨遭背叛，沮丧之余又添绝望的打击。还有一点，越是没有可疑之处，罗伯斯庇尔就越是无法保持天真的乐观。

尤其令他不得不在意的，是有人对这一系列的好转侧之以目，无意表示欢迎，且面有不快地一次又一次地咂舌头。

"我不是说过，糟就糟在宪法上吗？即便国王的变节是真的，但要是因为屈服于民众压力，那就只会适得其反了！"

虽是几次前往相问，但每一次，米拉波都不惮于极为不快地如是倾吐。从把内克尔喊出来开始，路易十六所有的"妥善处置"，就都不过是表面文章，是欺骗人民的烟幕弹。这，就是他自六月二十三日以来从未变过的观察结果。

正因罗伯斯庇尔本身就有疑问，米拉波这话当然就有可听之处。但就算因有怀疑而采取行动，该说不出所料呢还是什么，那行动也无不令人费解。

六月二十五日，巴黎选举人——选举辖区代表议员的四百名实力资本家——集会，将其代表尼古拉·德·博讷维尔送入了国民议会。选举虽已结束，但陈情书仍未完成，一直在为这陈情书的推敲集会的人们一听说凡尔赛的事情，就无论如何都要提案了。

"也就是说，巴黎想由有志之士组建民兵队伍。"

骚扰频发，社会愈加地动荡不安。像蜂拥而入凡尔赛这样的鲁莽举动，今后也要防患于未然。在他们看来，要压制群众，由资本家们建立自卫组织，即充分利用民兵队伍的力量是最为有效的。并且，作为同胞也能够对暴徒动之以情地进行劝服。听说，在震撼普罗旺斯两大城市马赛与艾克斯的暴动中，民兵队伍平息事态的表现就非常出色。

既是如此阐明理由，那在这背后教唆和策划的，就是米拉波了。

对于巴黎的这一申请，国民议会这边不知所措。就是罗伯斯庇尔也一劲儿纳闷，实际上也曾就此事问过米拉波，因为他搞不明白为什么要压制群众。

"我知道，伯爵对今日之改革持怀疑态度。但至少，国民议会摆脱了危机。这不正是得益于民众的力量吗？"

"正如老弟所言。我也无意否定民众的力量。"

"既如此，那为什么非要压制群众不可呢？"

"为抹去王室政府的口实。"

"口实？到底是什么口实？"

罗伯斯庇尔感觉，米拉波那雷鸣般的声音就像老鹰正张开利爪向自己的心脏抓来一般。恍然大悟地倒吸一口凉气之后，要不用力把这口气吐出来，那罗伯斯庇尔就连呼吸都办不到了。

日历已经翻到了七月八日。依六月二十七日之王命，三大等级本应已合并于国民议会了，但公共娱乐礼堂中的空席却依然刺眼。

令议席显得稀稀落落的，还是贵族代表议员。这帮人当天给出的借口是，并非不认可国民议会，而是要就答应按人头投票一事向支持者们解释说明，所以，不得不暂时返回各自的选区。

但又不见得这是在撒谎，因为有路易十六的许可。但此前，他们就以各种各样的理由推托，会场根本就从未全员列席过。就算做做样子出席了，根本就不参与投票的议员也绝非少数。

与表面的和解相反，令人不安的空气至今在会场里飘荡。可虽说所有人都感觉到了，却也没人评论此事，特意去弄个水落石出。为将这说不清道不明的郁闷驱散，米拉波主动登台，向议员们发出了强烈呼吁。

"大量部队已然将我们包围！现如今，已公然动员军队逐渐集结，每天都能看到新部队的到来。而证据，就是到处都有士兵在昂首阔步。也有一种说法认为，在巴黎与凡尔赛之间，已有多达三万五千人的兵团在各处分兵驻扎。也有人预测，还将进一步动员二万名士兵陆续抵达。接下来，可能炮兵部队也会继之而来。我们所有倚为枢要的地方，正在逐一被大炮瞄准！"

米拉波所说的问题值得提出来，也并非夸张，而是正在面临的严酷现实。

11

呈报书

如今的局势，已不再停留于出动近卫军的程度了。路易十六正在动员驻屯于国境线一带的各个连队，稳步向自己身边集结。说是部队，但再怎么样，法国人也不会向法国人开枪吧。可令人无法如此乐观的是，至少有超过三分之一的士兵是花钱请来的雇佣兵，像瑞士兵、德国兵等。

——这样的部队，当即就会向我们发动袭击。

米拉波的英明得到了证实。罗伯斯庇尔也只能是确信无疑了。啊，无他，内克尔只是个烟幕弹。而国王的让步也不过是伪装。这就是放松警惕的后果。

据说，路易十六向各将领发令，实际上是在六月二十六日。命三大等级合并是在二十七日，那也就是说，在作好武力扑灭一切的准备之后，才佯装发布妥善处置之策的！就在二十七日这天，委以指挥权的法国元帅布罗伊也抵达了凡尔赛宫。

"这就更糟了！"

啐出此话的米拉波真可谓是远见卓识啊。利用民众力量的确是糟透了！事到如今，罗伯斯庇尔也不禁想象，国王下定决心，说不定就在六月二十三日的那个傍晚。啊，尽管宫殿被群众占领，路易十六却并未现出怒色。何止是没怒，反而示以姑息之态。之所以如此，是因为已然有了大致的打算，过不多久就要一雪此辱，调集大军，一气扫除！只要能争取到动员部队的时候，那就上演一回突然变节！

——并且，还为国王制造了口实！

关于毫不掩饰的军队动员，路易十六也给出了解释，说是为恢复并维护王国之和平与秩序。

的确，群众并非只是蜂拥到了凡尔赛，在巴黎，暴乱也是接连发生。尤其是六月三十日这天，甚至还发生了这样的事件：四百名暴徒大举拥入修道院监狱，将以不服从的罪名投监的十几名法国卫队士兵强行释放。

如此下去，人们的日常生活都会受到影响。身为国王，那就必须守护国家的安宁了。因此就有了王室政府动员部队的说辞，而先行一步试加抵挡的，就是米拉波开展背后工作制定的巴黎民兵组建计划。

无需特意烦劳陛下，群众暴乱这等事，就由我们来平息好了，用不着陛下的部队出击。只要以此举抹消其口实，或许，至少这动武之念国王也会作罢。可再说这国民议会，却并未完全理解此一意图。

"呀！米拉波伯爵，还是再稍微稳妥一点吧。"

既是漫不经心地如此"忠告"，或就可以说大半议员相信，路易十六真的是改悔了。

虽然仍在不断增兵，但就现在这会儿，公共娱乐礼堂也已然处于近卫军的包围之中了。王室政府的说辞是，哪怕是万一，只要群众中出现了令人不安的举动，那就会妨碍重要的议会活动了。为规避这一不利局面，就让近卫军来保护你们吧。可部队就这样出动之后，再说这会场里令人窒息的气氛，又当如何呢？

"此一军队动员，不只是对人民构成了威胁！对议会而言也是同等威胁！我个人不禁怀疑，解散议会，这才是政府方面的最终目的！事实上，现在，就在这一刻，议会中的贵族议员也是缺席的。这也是我甚至会猜疑背后是否隐藏着某种阴谋的原因！"

米拉波这话，几乎已令人感到痛苦了。贵族议员不在。经国王许可缺席一事，是不是为避免累及自己事先就商量好的？也就是说，这回，非把那群令人恼火、毫无规矩的平民议员一举荡平不可……还有自称开明派、实则思想败坏的贵族，这种时候那也对不起了，实在是没办法……

停！停！罗伯斯庇尔心里虽这样想，但也委实停止不了自己的想象。

——无数的枪剑在握，严阵以待……

说不定，那些需抬头仰视的大块头近卫军兵马上就会突击会场。宛如大地轰鸣般的脚步声响起，转瞬间那武力威吓的枪声便已爆响，无计可施，只得举手投降，可也没用，脸盘大的拳头仍是暴雨般落下。一定很疼吧？一定很痛苦吧？但这不过是地狱的入口而已。被带往大牢之后，等待自己的，一定是望他们干脆把自己杀了才好的严刑拷打！

"……"

罗伯斯庇尔突然感觉，两股之间猛地抽缩了一下。六月二十三日那天，近卫军出动来到会场时，也是怕得实在受不了。但现在感受到的恐怖，却非当日可比。因为，近卫军就在近旁严阵以待！因为，只需指挥官一声令下，他们随时都会出动！

已然成为现实的不是理想，而只有那露骨的恫吓。米拉波继续说道：

"已经是人尽皆知的事件，仍在隐瞒下去的情由，或是密令，或是慌忙撤消的命令，或者不如说就是战争的准备……不。现在这一刻正在步步推进的行动，若用一句话来概括，那就只能说，令所有人头晕目眩的那个刹那，就是让所有人满怀悲叹与激愤的极度的恶意！"

话说得越是笼统，对恐怖的切身感受就越是强烈。最好的证据，就是没有一位议员想要发言。理所当然的。都吓到要死了，发表被政府盯上的演讲？哪位议员还愿意做呢？

——至少，我罗伯斯庇尔做不到！

如此吐露时，罗伯斯庇尔的心底忽地生出了一股燃烧般的情绪。不甘啊！这多么可耻啊！可即便如此，那也不得不承认自己的斤两。正因如此，才会由衷致以敬意。就算会被指控也敢登台演讲的勇士，可能就他一个了吧。就是寻遍法兰西，除了这位充满反抗精神的英雄，就再也找不到第二个了吧。

米拉波一直因病缺席。自六月二十三日起就一直扶病在床了，不要说正经起身了，甚至会偶尔陷入昏迷。但七月八日这天，他又再次站了起来！一回到议会会场便睥睨四方，因怯懦而蜷缩成一团的人们一个不剩，全遭其斜视。而一当领悟到再无他人，自己便毫不犹豫地行动了起来。

——既如此，那就只能跟他走了。

既然自己站不起来，那至少，非支持英雄不可！不知何时伸出去的手紧紧地攥住了袴间，罗伯斯庇尔以必死之念下定了决心！而米拉波的演讲也进入了动议阶段，像是很快就要结束了。

"因此，我想以国民议会的名义，向国王提交呈报书！"

为消除人民内心之不安，也为消除议会不得不起的疑心，我想严正劝告政府，正在集结的军队即时解散！就在话音将落未落之际，罗伯斯庇尔一脚就把椅子踢到了后面！

"赞成！"

破音走调的这声高喊，罗伯斯庇尔也是毫无犹疑。啊，我心已决。哪怕就我一个，那也要赞成米拉波。就算因此而被政府盯上那也无妨！既然没有勇气发言，那就权当赎过，这点危险我要领受！

可再一看，鼓舞自己发出的这一声，并未就此而告终。

"赞成！"

赞成！赞成！赞成！其他议员也以络绎不绝的怒吼之势跟上来了。咣当！咣当！一当椅子倒地之声不绝于耳，环视会场时，目力所及已是满目高举的拳头了。赞成！赞成！赞成！大家鼓掌到两手生疼，仰望掌声回响，绘以壁画的天花板，不知怎么，甚至看到了无数纸片在飞舞，飘荡。

被逼到极限状态的恐怖，一转而成了反抗！这也难怪，再这样下去，就只能是被恐怖摧毁了。大家的神经被一点一点地啃噬，离心脏瞬间崩溃于无形已只是时间问题了。

痛苦，难受，已到令人无法忍受的地步。既如此，就算大家只是想摆脱这一折磨，也不由不就势迸发了！甚至会不由自主地生出一种焦急——既有人作为英雄率先挺身而起，那我也非跟上去不可！

会场就此陷入了狂热之中。没过多久，零乱的叫喊也合而为一了：啊！提交呈报书！将申诉呈报给国王！

"陛下偏离常轨！必须让陛下清醒过来！若不让陛下成为原先那位慈悲为怀的明君，那可就真麻烦啦！若不让陛下就此取消那无法挽回的鲁莽行动，法兰西决计会就此毁灭！"

米拉波那洪钟般的声音并不输于爆炸性的会场，语气也是不容置辩。无数拳头高高举起，业已没有表决的必要了。

12

等待回音

拉斐德侯爵是里永辖区当选的贵族代表议员。

马里-约瑟夫·保罗·伊夫·罗奇·吉尔贝·迪·莫捷·德·拉斐德，这冗长啰嗦的名字意味着，其教父、教母为他举行了相应次数的幼儿洗礼。

这中间，已经透露出了其出身之高贵。实际上，拉斐德降生于世代皆为奥弗涅大区名门贵族之家。

据说，其领地的地租收入每年可达十二万里弗尔，又因迎娶诺瓦耶公爵的千金阿德里安娜为妻，宫廷之中也拥有广泛而有力的人脉。自十四岁被提拔为近卫火枪手起，一直到晋升为幕僚长，军旅历程也是辉煌之极。

但话说回来，令拉斐德大名远扬以至于无人不知的，反而是在美国大显身手的经历。

自遇到在欧洲游说的本杰明·富兰克林，拉斐德的人生就完全改变了。当时，恰逢美洲殖民地在策划摆脱英国而独立。而一当事态演变为独立战争，血气方刚的拉斐德便横渡大西洋赴美。他自费组建了军队，所有人以个人名义登陆费城。

刚飞身跃入美国独立战争，拉斐德便率领"弗吉尼亚骑兵部队"各地转战。而与独立后的美利坚合众国首任总统乔治·华盛顿交好，也是在这一时期。

返回法国后，拉斐德便有了"两个世界的英雄"的美誉。这两个世界，一是美国的新世界，一是法国的旧世界。拉斐德不但以破格待遇重返法军，还被王室授予辛辛纳图斯勋章。且不只如此，还被报纸大幅报道，其事迹也成了戏剧题材。一句话，拉斐德已然是祖国法国活着的传说了。

不，不只是在法国。拉斐德还被普鲁士国王腓特烈二世迎往波茨坦，神圣罗马皇帝约瑟夫二世也不服输，又将之迎往维也纳……可以说，拉斐德已是名扬全欧洲的人物了。

可是，在最为重要的法国，拉斐德也遭受过冷遇。一般认为，其军中高官之职被解任，源于与王后玛丽·安托瓦内特不合。但是，拉斐德也不愧是拉斐德，并未因此就走投无路。别的不说，就这"美国归来"也是举世无双。

之后，便打出了自满的自由主义大旗，这回，又以开明派贵族的身份名声大噪了！作为全国三级会议的议员，因顺利当选为第二等级代表就要受制于选举人的命令式委任，所以，唯有与国民议会的合并不得不推迟到了六月二十五日。即便如此，只要他提出要一起战斗，那就会受到无不举手赞成的热烈欢迎。

再怎么跌倒，拉斐德也是代表当代的英雄之一。

就是这位拉斐德，七月十一日，终于登上了国民议会的演讲台。

"是的。宪法制定必须抓紧。"

这，就是拉斐德特别提出的议题。

既已是国民制宪议会，那就不能拖延，要尽快推进宪法的制定。所以，三十名当选委员已然着手于条文的起草了。而与之平行推进的，则是以拉斐德为首，新近加入国民议会的开明派贵族迪波尔、拉梅特、克莱蒙-托内尔、拉利托勒达勒、蒙莫朗西、艾吉永、吕内、拉罗什富科、利昂库尔等人，像要趁此机会将心灵之自由主义不留遗憾地彻底发挥出来一样，不时在议会中提出全新的论点。

——但这些地位显赫的人物，总给人一种说不清的轻薄之感。

这，就是罗伯斯庇尔对他们的印象。不由令人赞叹的是，他们的主义主张思路清晰，博学多识也给人以不愧是视野开阔之感。并且，他们不但抛弃了自身特权，且欲实现理想社会的诚挚热忱，也会令人生出非同一般的敬意。因此，虽不能说他们是漫不经心，但有时候，特别是与第三等级代表议员相比，可就欠缺紧张感了，甚至，会让人感觉不够谨慎。

——拉斐德就是典型。

的确不愧是贵族，拉斐德生得身形修长，典型的高个儿美男子。本以为是一位豪迈的猛士，不料那总是蹙起于眉宇之间的皱纹、略施薄妆的青白色面颊，又会给人一种极其神经质的印象。但又不失协调，给人的感觉非常自然。原因在于，说起拉斐德的容貌，那比起到九月就已三十二岁的实际年龄就显得远为年轻了。

——或许应该说是天真稚嫩吧。

在宫廷中，拉斐德像是出了名的不擅社交。这也是能感觉到的。虽说自己也不是什么机灵家伙，但即便在罗伯斯庇尔看来，拉斐德也太不够机灵了。

就单说这演讲，无论是语言的选择还是声音的使用，从自以为是的语速之快，一直到举止手势，所有的一切都给人以有失周密之感。这也会令人产生不快，因为从结果来看，异常惹眼的，就只有颇为任性的信念与横冲直撞的气势了。

由此看来，那破天荒的经历也没什么不可思议的了。的确，毫无节操的蹦蹦跳跳，还有几至于单纯、幼稚的武断。总之就是思虑欠周。就升华为冒险境界而言，那是要鼓掌喝彩的，但在议会里可就要憋气了，不是很行得通。啊！真是令人不耐烦到极点啊！

——最重要的是，居然在这种时候提什么宪法……

军队的动员还在继续，公共娱乐礼堂也依然处于近卫军的包围之中，紧急事态并未缓解。但就是这样的威胁，贵族与平民的看待方式似乎也很自然地出现了差异。

既然从祖先开始，世代均为佩剑贵族，那就没有恐惧感了？还是料到会像六月二十三日那天一样，唯独不会向贵族出手？抑或只是单纯的漫不经心？不管怎样，贵族们一个个全无紧迫之态。

"哎，就是为制止国王发动武力之念，当务之急也是宪法的制定。因为，连国王之言行都要加以约束的公法，才是最为有效的抑制力量。"

虽是一脸严肃认真地大言不惭到如此地步，但他们就是这样推进宪法讨论的。

哼！刀枪顶上胸口那天，什么样的条文不都形同废纸？稍有些不客气地啐出这句，罗伯斯庇尔甚至有些生气了。

说到底，在国民议会业已成立的今天，贵族代表议员势头正劲，这本身就很奇怪。为什么？所谓贵族，连法国人口的一成都占不到嘛，既只是这一小撮人的代表，发言权也会变小才对，可这边的第三等级呢？不少议员都谦恭地认为，能与诸公一同列席即为无上之光荣！呀！这可真是让人怒火中烧啊。

"算啦。什么样的人都有嘛。"

跟只有第三等级的时候不一样啦。国民议会的形态也不得不改变嘛。米拉波总结着，可就是他，这回答也显得心不在焉。既然自己也是贵族，就不会把这事拿出来批评吧，但看来，他也无心与那些开明贵族为伍。啊！现在不是谈论宪法的时候！可即便这样想，要是拉斐德劲头十足，那也没有理由去竭力阻止宪法的讨论。除了讨论宪法，议会也无事可干嘛。

七月九日，议会宣读了由米拉波起草，要求军队即时解散的呈报书草案，议员们认可之后，便作为正式文件表决通过了。次日十日，议会又分别从教士、贵族与第三等级中选出了共计二十四人的代表团，赶赴凡尔赛宫。最终，呈报书提交后，国王要对其内容斟酌之后再作答复。今天是十一日，公共娱乐礼堂正在等待国王的回音。

"路易十六会作出什么样的答复呢？"

几乎所有议员的脑子里就只有这件事了。可话虽如此，唯独今天，却没人风言风语地猜东猜西。目前正处于近卫军的包围之中，玩笑是开不起来了。但至少，能做的也已经做了。接下来，就全看国王怎么想了。

"因此，美国人杰斐逊的智慧值得学习。在这新生的法国，若有可称之为诸如《人权宣言》这样的文件，以简洁、明了的语言作为前言，申明宪法的基本精神，我们是否该……"

会场里嘈杂起来了。不是对拉斐德的此番演讲深铭肺腑，所有人的目光一动不动盯住的，是坐在更深处的议长席上的维埃纳总主教。他今天所穿的教袍很简朴，直到刚才，把教袍撑得圆滚滚的那身肥肉都纹丝不动，泰然自若呢，可一当像是用人的人悄无声息地弯腰近前，并附耳嘀咕几句之后，总主教的表情忽地就变了。

"侯爵，停一下可以吗？"

议长打断演讲，对拉斐德说。确认其点头后，议长接着说道，是的，各位，没错，就在方才，国王路易十六陛下对呈报书的答复送来了。

13

最后通牒

"朕召集军队，意在保护议会之自由。然若议会仍感自身安全有虞，朕可将议会移往努瓦永或苏瓦松。"

这就是路易十六的答复。这段文字所要表达的意图，又该如何解读呢？

"不管怎样，这都意味着国王不会解散军队。"

罗伯斯庇尔先开口了。啊！根本就没有解读的余地。说到底，还是要发动武力。还是要武力解散议会。

急促的呼吸令烛台的光炎晃动起来，橘光摇曳，人们的面孔也在刹那间若隐若现起来。

声音虽小，但叮叮当当的餐具碰撞声却是不绝于耳。夏季昼短，夜幕已经降临了。国王的答复在议会中宣读之后，有志之士们便自然拥进了阿莫利咖啡馆。虽说这是布列塔尼人俱乐部的根据地，但之所以到这里来，当然是因为议会会场被近卫军包围，连悄声讨论都办不到了。

"我说，罗伯斯庇尔老弟，声音是不有点大啦。"

提出批评的是前议长巴伊。四下里张望一番之后，巴伊又压低嗓音，用几乎听不到的声音，再次提醒罗伯斯庇尔注意。啊！虽说不是在公共娱乐礼堂了，但政府密探混杂在哪里，我们可不知道啊。

"就算让他们听到又有什么关系呢？"

罗伯斯庇尔并没听从巴伊的劝告。话虽如此，可越是提高声音就越是想哭，眼看泪都要下来了。现在这心境已是破罐子破摔，自暴自弃了嘛。明摆着，答案很明确了。到头来，国王还是想靠武力把议会给解散了呀。

"什么把议会移往努瓦永、苏瓦松啊，这种措词就等于是恫吓！把议员隔离到努瓦永或苏瓦松，幽禁起来，直到你们听话——就这意思嘛！"

"罗伯斯庇尔先生也暂时冷静一下。"

这回，说话的是巴纳夫。啊。让我们静下心来，冷静地斟酌一下国王的答复。在我看来，值得注意的措词已经找到了。"国王明确表明，'意在保护议会之自由'。以往可只会过于笼统地说'为保护王国之和平与秩序'之类。因此，我们也作过各种各样的猜测。但这回，既然已经明言，那作为国王来说，是不是已经真有心尊重议会了呢？"

"哼！照你这说法，那公共娱乐礼堂的近卫军兵们，实际上是出于亲切，为我们安排的护卫了？"

"虽不至于说是护卫，但发生妨碍议事的什么事件时……"

"你是想说，巴黎群众下次会袭击议会吗？"

"虽然不会，可……"

"就算是基于主观愿望的推测，这也乐观过头啦，巴纳夫。在这样的现实面前，再怎么不愿接受，若只是撇过脸去，那就只是逃，一切都无从谈起了。"

"既如此说，那就请罗伯斯庇尔先生指教。就算直视这恶劣已极的事态，现在，我们到底又能干什么？"

"这……"

这一张口结舌，从喉咙深处涌起的，就只有丢人的呜咽了。什么都做不了。国民议会什么都做不了。归根到底，我们所拥有的只有法。

但这法，却没有力量作为后盾。拥有这一后盾的是路易十六，但这位国王马上就要对议会武力相向了。

"好啦好啦，别那么冲动。"

出言相劝的，是拉利托勒达勒侯爵。从眼角微垂，似有睡意的表情，到鼻梁上挺的鹰钩鼻子，无不给人以高雅之感，果然是开明派贵族中的一位。相对于三十八岁的年龄，多少会给人以老成之感。但同时，到底是巴黎选区当选的议员，言行举止中似又颇有高雅都市所特有的周到。但就罗伯斯庇尔的感觉而言，这正是贵族议员轻浮和不负责任之处，根本就喜欢不起来。

"呀。巴纳夫老弟的看法，我也认为自有其道理啊。"

拉利托勒达勒接着说道。没错，国王明确表明，"意在保护议会之自由"。这不是可以解释为，不向议会发动武力的某种红色官印吗？

"就算将武器指向群众、暴徒之类，那也不会对议会怎么样。"

"您的意见是，若是无名无姓的民众被杀，那就没什么关系了？"

"不，我没这么说……"

"但听起来，就只有这样的意思。难道，这就是开明派贵族的想法？若是无名民众，那就但杀无妨，是这样吗？哼！要这样，那所谓自由主义，也不过是自我满足的玩具而已。退一步说，也只不过是纸上谈兵……"

"好啦。住嘴吧！"

米拉波插了进来。这回，罗伯斯庇尔也勉强放弃了固执，听话地闭了嘴。

米拉波也到阿莫利咖啡馆来了，但扑通一屁股坐到椅子上之后，就架起胳膊在那儿闭目沉思了。直到方才，一句话都没想说。这就让罗伯斯庇尔，不，恐怕是让所有在布列塔尼人俱乐部集会的人更为不安了。

——就算被他责备也没关系。

啊，终于开口啦！罗伯斯庇尔这才感到松了一口气。根本就不想听所谓基于主观愿望的推测，而自说自话的所谓贵族意见，又越是洗耳恭听越反胃，但又不想陷入绝望，所以，才想听米拉波说。

"现在，什么都别说啦，先等拉斐德侯爵回来。"

劝完这句，米拉波便再无二话，又闭起眼睛沉思起来了。

拉斐德是大名鼎鼎的贵族，就算议员没有资格进宫见驾，但换成他就能。也正是因为看好这一点才让他去见路易十六的。这是事实。

而组建巴黎民兵队伍，由拉斐德任指挥官，为监视暴徒负起全责，如此国王就没必要养兵，望速速将之解散。米拉波指示拉斐德面上时如是进言，这也千真万确。

——可是，这哪还像米拉波？

罗伯斯庇尔并未释怀。像拉斐德这样的轻薄贵族，根本就不值得期待嘛。至少，不值得米拉波这样的人物视之为王牌般的人才。可要说伯爵本人，却是决意保持沉默，连句解释都没有。这就更让人接受不了了。

罗伯斯庇尔回了一句：

"拉斐德这人，最大的本事，就是兴高采烈地尽说废话啦！"

"要这样，那就好啦。"

米拉波眼也没睁地答道。罗伯斯庇尔以为自己听错了。居然说，要这样就好啦……

"伯爵这话到底什么意思啊？"

就在这时，哗啷啷铃声响起。

有人进了阿莫利咖啡馆。不会是奉命逮捕议员的近卫兵吧？可瞬间战栗之后又想，没有抓人的那种吵闹和嘈杂啊？反而是几无声息，既没按响门铃，怕也是没人注意到。

事实上，石像般立于门口暗影之中的，是宛若幽灵、有气无力的"人"。

"怎、怎么啦？拉斐德侯爵？"

拉利托勒达勒问道。一惊之下，他那嗓子都岔了。也只有交往密切的贵族朋辈才能勉强认出来，换作其他人，就是报上名字，也轻易不会相信来人就是拉斐德。

——为什么呢？侯爵不是反应几至迟钝，性情开朗之人吗？

至少，也不该这么快就回来了呀！虽说步行至宫殿也不过十分钟，可这前脚刚离开阿莫利咖啡店，连一个小时都不到啊。

"侯爵！怎么啦？侯爵！"

拉利托勒达勒的声音比方才更为急迫了。难道说情况不妙？还是哪儿受伤了？

"啊！难道是中途遇袭了吗，拉斐德侯爵？"

拉利托勒达勒说着就要跑过去。拉斐德摆手拦下，这才终于开口了。不，不是的。唉。哪儿都不痛……

说这话时，拉斐德也是面色苍白。就算没伤，那样子也终究是非比寻常。

而拉利托勒达勒的声音也近乎悲鸣了。到底怎么啦？要不是这样，侯爵，那到底是怎么啦？

"国王决定改组内阁了……"

拉斐德说了下去，声音很小。

布勒特伊男爵被陛下叫去了。由布罗伊元帅接替皮斯格，出任国防大臣。蒙特莫兰、圣普里耶、拉鲁塞伏他们都下台了。

罗伯斯庇尔不明其意，闭口无言。既然几乎所有的阁僚都是贵族，那对拉斐德这样的人而言，这几位就是形同亲属的故交吧。但对这边来说，就算报出名字，该大臣是何来历，已然明确的内阁改组又意味着什么，却又完全搞不清楚。

可即便对作如是感想的罗伯斯庇尔而言，也有他知道的名字。拉斐德继续说道：

是的，没错。再没有比这更反动的内阁改组了！

"尤其是，内克尔被罢免啦……"

"也就是说，这是最后通牒啊。"

米拉波接话了。由这低低的声音中得到灵感，此事全貌也终于在罗伯斯庇尔的脑海中浮现了出来。

且不说人物是非，内克尔在民众中的声望那是极高的。对国王而言，这个名字就是抵挡群众攻击的一面万能盾牌。但就在今晚，国王却决意扔掉了这块盾牌。在已濒临极限的最后关头，国王与内克尔的声望诀别了。且不只如此，这也意味着，从今往后，国王要与内克尔的声望为敌！

换句话说，国王已经做好了与人民一战的精神准备。也可以说，国王已然准备停当，几无让步的必要了。

"终于，国王要动武了？"

米拉波也如是断言。

巴伊慌忙确认道："可是，这能向巴黎的群众动武吗？"

"也只能祈祷这'可是'了，作为议会而言。"

米拉波的态度已经是放弃了。在其激发下回想起的，就是御前会议那天早晨的绝望感了。当时，内克尔也是缺席的，结果国民议会就被否定了。就像是一条不成文的潜规则一样，内克尔被无视之时，便是议会之存在被否定之日。

"这可如何是好？如何是好啊！"

恐慌，袭向了布列塔尼人俱乐部。连贵族都抛弃了从容不迫的天性，全都吵嚷了起来。可再怎么嚷嚷也拿不出什么好主意。啊，真是黔驴技穷。议会已是无计可施。我们这些议员能做的事，没了。

就像无视这一哀叹，弃之不顾一样，这一次，米拉波是声息全无地倏地起身离席了。看着那个庞大背影把议员同僚的狼狈抛到一边，要就此离开咖啡店，罗伯斯庇尔追了上去。

"是不是应该再次提交呈报书？"

不管三七二十一这一问，米拉波的回答当然是否定的。

"这不成啊，罗伯斯庇尔老弟。"

"既如此，那议会又该如何是好呢？"

"我不是说了，无能为力啊。"

"这……"

"啊！就算出席议会也不是办法。"

"这么说，伯爵您……"

"议会这边，我想暂时缺席。"

里面的座位，这些够买单吗？把几枚金币交给侍者，米拉波像想起了什么似的说，啊，对了，罗伯斯庇尔老弟，麻烦你帮我把缺席表交给议长阁下，可以吗?

"缺席原因……对了，就说家父病危，前往探视也成。"

罗伯斯庇尔纳闷儿，令尊不都去世了吗? 米拉波告诉自己都是上个月的事了。说令尊依然在世，现在病危，这就是说……

罗伯斯庇尔灵光一闪! 紧接着便宣称自己也绝不落后——不。这事，请伯爵委于他人。唉，议会这边，我也缺席。我父亲也一样，正身染重病，危在旦夕。

"不过，我可是个孤儿。"

罗伯斯庇尔冲米拉波一笑，笑得牙都看得到了。米拉波这边的表情虽然相似，却更像是苦笑。

"一语成谶啊!"

"就是。我们的父亲所住的医院，在巴黎那边对吧。"

米拉波大手搓着下巴，像是在琢磨措词。这回，罗伯斯庇尔可就确信无疑了。啊，没错。那支力量，伯爵也是相信的。他已经明白，能依靠的，也只有这支力量了。啊，这不是我自以为是的臆想。

罗伯斯庇尔想起来的，是昨天傍晚呈递给路易十六的呈报书内容。米拉波所写的话，既可理解为忠告，也可理解为威胁，还可以理解为……预言!

"是的，我们只是人民中的一员。但是，正因我们自己毫无自信，正因怕被视为软弱，才做出了超出目的的鲁莽之事。粗暴，且曾被不合情理的耳语附体。在暴乱、混乱与反叛的漩涡中，温和的理性也好，安宁的知性也罢，均不足以引导我们。归根到底，巨大的革命洪流，每每起于微不足道之事。对人民而言，对国王而言，即便是致命性事件，看上去也并无不吉，不值得惊叹。但这乍看之下无关紧要之事件，正是革命的开端! "

等完全来到路上，米拉波冲罗伯斯庇尔打了个手势。算啦，也行吧。既是这样，那就一起去巴黎吧。

14

贵族的阴谋

臭气扑鼻而来，便知已到巴黎。

特别是与凡尔赛这样的地方相比，那可真是一股股的恶臭扑面而来。

不管是哪里，只要有人生活其中，东西臭了那就只能扔掉。但在凡尔赛，这一点之所以不明显，与其说是得益于光辉灿烂的宫殿，不如说是被广袤无边、生态富饶的森林包藏进了她那胸怀宽广的香气之中。

但反过来，巴黎却没有森林。至多，也是穿过城门后看到的，人工植树勉强造出来的那点仅有的绿意。代替森林决定风景的就是塞纳河了，但因下水道不足，人们的尿粪也就流入其中，以至把这条河弄得黏黏糊糊，连河水都轻易净化不了了。

巴黎，毕竟是法兰西王国最大的城市。无论是数量还是生命力，均不亚于凡尔赛那片郁郁苍苍的繁茂密林的人，密密麻麻地蠕动其间，群居于此。

——臭气冲天也是在所难免。

一七八九年七月十二日，米拉波抵达的，是位于塞纳河右岸，从巴黎往东去的圣昂图万大道。

因稍有逆光，端坐于眼前的巨大建筑遮出的阴影也就更大了，一眼望去，甚至会有阴森之感——因为，这是监狱。尤其是因该监狱一直用于政治犯的关押，也就每每被视为专制统治的象征了。

——这就是巴士底狱啊。

心情终究是不好啊。米拉波移开了目光。接着便从怀里掏出表，瞥了一眼。时辰尚早，刚过午后二时。

大白天在城市里，路上行人不绝也没什么奇怪。要说巴黎这一时间段的日常景象，那就是乱哄哄的叫卖声正起劲地回响于建筑物之间，到熙熙攘攘、吵吵闹闹的人群散去，那还早着呢。但今天，十二日周日，是安息日。人们会前往街区的教堂作弥撒，不去的话，那按理也是静静地呆在家里才对。

——可今天，却到处都是人声嘈杂。

米拉波不得不认定，看来，到底是不同寻常啊。沿路之上人山人海，交通几乎瘫痪。有几辆马车拥堵在路上，寸步难行，车夫要是怒吼"让开"，路人便回以怒吼"吵死啦"，但也并未因此而生出特别的举动。

人们只是在没完没了地交谈。早晨出门前往教堂，一跟邻居碰面可就挪不动步了，就势在路上高声谈论起来。

"到底想怎么着咱们啊？"

"这还用说？就是要咱们老实点呗。要咱们老老实实道歉呗。"

"老实了该当如何？道歉了又会怎样？"

"不会怎么样。啥也得不着。所以，只能一下子给他个下马威！这刚才不是说过了吗？"

的确，如是作答的男人手里，正握着一把焦黑的火钳呢。每豪言一句，就不自觉地挥一下。既然这样的人并不少见，那这巴黎可就不只是闹腾了，还能感觉到一种说不清的危险。

——不如说，巴黎已经乱了。

好！好！米拉波静静地握起了拳头。匆忙之中确认无误的，是巴黎这不坏的感触。

在凡尔赛纷争的波及之下，从上月底开始，这座大城市就越来越骚动与嘈杂了。这给政府动员武力制造了口实。实际上，国王的军队已然重兵入驻圣但尼、圣克卢及塞弗尔，对巴黎已成包围之势。不只如此，巴黎方面军总司令贝桑瓦尔男爵还在战神广场稳步集结德国雇佣兵，那里可是一步即可跨入市区的西南方外围练兵场。

——这就无异于已经把刀架到脖子上了。

巴黎也不可能保持平静。部队荷枪实弹，随时都会突击入城，这种恐怖与凡尔赛不差分毫。

"并且，这比在凡尔赛时想象的远为闹腾啊。"

罗伯斯庇尔又情不自禁地叹息了。

在凡尔赛市内的宅邸与这位年轻议员碰头是在吃完早饭以后。跟他说用不着那么急。要赶到巴黎，步行虽需六个小时，但要坐马车，却只要两个小时左右。因眨眼之间便已赶到，这年轻人像是为这两座城市差异悬殊的气氛而深感意外。

"是不是认为，凡尔赛才是寻常景象啊。"

对于罗伯斯庇尔的反应，米拉波的话中稍有讽意。在凡尔赛，王侯贵族那异常的生活感已然渗透到了每一个角落。即便自己不是王侯贵族，但只要置身城内就会中毒，导致自己的感觉逐渐失常。但要从常识考虑就明白了，那座宫殿之城怎么会是寻常之处呢？就算同样战栗在军队的威胁之下，那也仍与巴黎不同。

"忘了吗？罗伯斯庇尔老弟？现如今这法国，无处不在苦难中挣扎啊。"

"是的。正如伯爵所言。"

罗伯斯庇尔霎时眼角一红，现出自愧之色。因为一个小男孩儿不早不晚，就在这时候靠到了近前。

"大人，行行好，一点点就可以，给我口面包吧。要没面包，那钱也行。要是钱，那就得多要点才行。"

虽是身着布衣，但也几乎可以说是半裸了。那孩子看上去五岁上下，但较之于年龄，嘴可就过于好使了。怕是专门乞讨的成年人教唆的吧：那两位风采可不一般，在这一带几乎看不到，快去！

法国遭遇了歉收之年。粮食匮乏与因之而起的高昂物价，特别是人们因面包昂贵而无奈陷入的困境，半点都没得到解决。说凡尔赛异常，也是因她对此漠不关心，正在讴歌丰衣足食呢。但巴黎，却正处于漫延于法国全境的困苦之中，不可能有任何的例外。

——不，情况比这还糟。

要是歉收了，那就从丰收的地区调度，或是从国外进口就可以了，但对依靠塞纳河水运的巴黎而言，谷物的确保就愈发困难到了极点。无他，皆因国王军队的不断集结。不让士兵吃饭是不行的，于是，仅有的一点储备也不由分说征收殆尽。

既如此，那这军队是不是就来保护我们了？不。不但不来保护，反而要伤害我们。至少也会用刀枪恫吓我们，不只是要把吃饭的嘴堵住，甚至连说话的嘴都要封起来。

"巴黎不可能不愤怒啊。"

米拉波一边总结，一边以贵族特有的大方把金币扔给了布衣男孩儿。

"但是，要说这是贵族的阴谋……"

再次迈开脚步，罗伯斯庇尔的口气可就有些辩解的味道了。像是想说，这种种情由自己也很清楚，可就算如此，巴黎这边是不也有些过火了？

——贵族的阴谋……吗？

此事正在四处流布是真的。也就是说，目前所遭遇的困境都是贵族害的，不如说，是贵族蓄意策划的结果。

也就说，粮食不足是因为贵族在囤积居奇，或是征租之后便大量囤留于自己的城堡之中，再不外放，以此哄抬物价，蓄意将人们置于物价高涨的困苦之中……可他们这么做又意欲何为呢？

"哪怕是硬逼，也要让不懂规矩，令人恼火的平民屈服！"

让国王动员军队，甚至连外国的军队都唤入法国，到最后，贵族们再以手中的粮食为诱饵——名副其实的诱饵，召集被迫失业的人们结为党徒，袭击不合己意的那些家伙。

"实际上，听说在圣但尼那边，勒弗朗先生目击了多达六万之众的山贼啊。而其头领，居然是韦克桑侯爵不是吗？"

就这样，煞有介事的议论在巴黎的大街小巷不绝于耳。

饥饿与在眼前不断膨胀的恐怖，加剧了人们的迫害妄想症。所谓贵族的阴谋，纯属无稽之谈。就那群家伙？桀骜不驯就是唯一优点，要策划执行此等阴谋，他们有这能力吗？本就是明显不过的歉收，去年夏天天降冰雹不还记忆犹新吗？但任你再怎么晓之以理地如此劝导，也没人会听。

"啊！那群混蛋贵族，一定是想狠狠地修理我们平民！就现在，在凡尔赛，不就一直在藐视第三等级吗？"

虽然同是以贵族为敌，但对巴黎，却既不会心生同情，也不会产生同感。在全国三级会议上，第三等级的代表议员被逼入了窘境，脱胎而为国民议会之后，事态也并未轻易好转。之所以无法忽视这一情况，本就是因为在巴黎这地方，庶民感情占据了统治地位。上一世纪，一当王室移居凡尔赛，贵族们也大举离开了巴黎，留下来的就全是平民了。而把这座王国境内首屈一指的巨大城市运营到今天的，也正是这些平民。

"唉！就连负责市政的巴黎市当局，现在都只会'贵族的阴谋！贵族的阴谋！'这一招了。"

罗伯斯庇尔接着说。

15

爆发前夜

实际上，两人赶到巴黎时最先前往的，就是端坐于市政厅广场的巴黎市政厅。

建筑虽然壮观，甚至令人误以为是宫殿，但就是这市政厅内，也并未摆脱市井中的骚乱气息。啊！贵族的阴谋实实在在地推进到了这一步，我们到底该如何是好？老老实实跪地磕头？可那又能怎样？看来，只能是拿起武器了。必须尽快组建民兵队伍！作为巨型城市巴黎的指导者，也是如此地高声议论，而事情相应也就说得大了。

望着罗伯斯庇尔那一脸的困惑，米拉波答道：

"说是市政府当局，但那也不是正式的嘛。"

从传统上来说，巴黎市政是由巴黎商人领袖与四名下属参事运作的。既是商人领袖，那就是工商行会的代表。之所以被授予广泛权限，为巴黎行政负起实责，就因王室不希望在天子脚下出现一个强有力的自治政府。而授权之后，这就成了巴黎的传统了。换句话说，一直以来，巴黎市政厅就是王室庇护下的组织。

表面上，商人领袖一职每年都要通过选举轮流坐庄，但实际上实行的，却是由有限的几个世家操控的寡头体制。并且，他们还向高等法院安插人才，所以也可以说，他们之中多数是贵族，至少，也是持贵族立场。

——这就有违巴黎气息了。

虽说从上月底开始巴黎发生了骚乱，但其内部的实际情况却又很难一语道尽。不过，作为运动旗手，施加的影响力忽视不得的，无疑就是巴黎选举人集会。

身为各街区代表，这四〇七人就是将巴黎的当选议员送入议会的母体。该集会以选举推迟，陈情书的完成也就相应推迟为由，在选举结束后也无意解散。而向议会提出申请，要组建民兵队伍的，虽说也是这个选举人集会，但说实话，其得以实施的基础，就是该集会实际掌控了市政。

六月二十五日，选举人先是在多菲内街缪斯公共礼堂集合，但当天便移往市政厅，而市政厅也为他们安排了圣让大厅作为会场。就是以此为契机，集会扮演起了市议会的角色，由此插手市政。在抗议王室施政的气氛日益强烈的过程中，集会便自行充当起了巴黎的舵手。

"也就是说，是那种非正式的自治委员会。"

"但是，选举人的集会并无变化吧。一说选举人，那就是了不起的资本家啊。既然是有产阶级，生活就不像庶民那般困苦，至少是接受过相应教育的有识阶级。可就是他们，居然说什么贵族的阴谋，这种荒诞无稽之事也讨论得煞有介事……"

"当然会讨论啊。再怎么说，从凡尔赛那边传来的消息也太震撼了嘛。"

"这，这是……是的，或许是这样。"

罗伯斯庇尔的语气畏缩了起来。是啊，什么样的自制心都会化为齑粉啊。

"要是听到内克尔被罢免的消息……"

王室政府改造内阁的事实也传到了巴黎。

谁传的不知道，可是，尽管这一人事变动发生在昨天深夜，但似乎在今日午前便已不胫而入巴黎的城门了。

因消息未经确认，巴黎政府方面也进行了管控。但当逐渐确信像是真的，不到下午，便已成为全巴黎经久不息的话题了。

"的确，不可能不愤怒。也的确是无法保持所谓良知。"

在米拉波眼里，这也没什么不可思议的。巴黎，是第三等级的城市嘛。天天生活于困苦之中的人们会想，我们奉为救世主的就是平民大臣雅克·内克尔，此前一直相信，可以把愿望寄托于期待中的明星，这才能勉强安抚自己。可这回，内克尔竟真被换掉了，不只如此，还处之以海外流放。

"巴黎，已经处于爆发前夜啦。"

罗伯斯庇尔的如是评语，其形容无疑是一语中的。是的，庶民的真实情感就不用说了，连富裕的资本家们都因愤怒而失去理智，那也毫不奇怪。内克尔被换掉之后，紧接着便有了银行宣告破产的传言嘛。终于，法国要陷入绝望了，甚至会爆发金融危机嘛。

"事实上，证券交易所已经自行决定关闭了嘛。"

"可是，这有什么不好吗？巴黎爆发的话。"

一听米拉波如是回话，罗伯斯庇尔一脸吃惊，"哈？"两眼中紧接着浮现出来的却又是怯懦的探寻之色了。不，伯爵，在回答您这一问之前，且容我问一下您的意见。

"爆发，即假设巴黎发生了暴动，那能战胜国王的军队吗？"

"当然能啦。"

米拉波并未只是语焉不详地如是断言，断言之后，米拉波甚而至于哈哈大笑起来。哈哈哈，当然能战胜啦！哈哈哈，一定会战胜啊！可能是认为被米拉波取笑了吧，紧咬不放的罗伯斯庇尔语气就有些不甘了。

"可这是军队啊！是训练有素的士兵啊！"

"这个……你看，就那样。"

在米拉波催促之下，罗伯斯庇尔转眼看去，只见威风凛凛的军装正与工匠模样的围裙勾肩搭背呢。

那两人的嚷嚷声也不可能传不到这边。啊，所以嘛，到那时可就全看你的啦，兄弟！没问题，咱们经受的苦死人的训练，可不是为了杀法国人呐！什么国王陛下之圣意，什么元帅阁下的命令，哈哈，这东西，喂狗狗都不吃！为啥说这话？把枪口对准巴黎那天，老婆的下场会多悲惨？该多害怕？

"说一千道一万，她原来可是家具匠的女儿啊。从父亲那儿遗传的，又是性子急，又是性子慢的，我说，明白吗兄弟？"

米拉波给后面的人让开道，又边往前走边说，就是士兵，也是法国人啊。

"说不定，那就是驻守巴黎的卫兵吧。因兵营宿舍离得近，就娶了工匠家的女儿吧。的确，非将非校的普通小兵，大多数都是第三等级啊。"

"所以，就不可能向人民开枪。这就是您的看法吗？"

如此确认之后，罗伯斯庇尔也暂时停嘴了。诚然，法国卫兵或许真是如此。实际上，卫兵反抗上级的骚乱也发生了嘛。卫兵们被投入修道院监狱，但又因巴黎群众的运动而获释，所以，或许还会感受到群众的恩义。

"但是，米拉波伯爵，现在不断向练兵场集结的，可全是德国兵、瑞士兵啊！他们只是纯粹以金钱雇来的雇佣兵，根本就没有身为法国人的所谓同胞意识啊！"

"这就更好啦，罗伯斯庇尔老弟。"

"什么'更好'啊？"

"忘记了吗？国王召集三级会议的原因？"

"为重新打理赤字财政……"

罗伯斯庇尔倒吸了一口冷气。就在这段空白里，米拉波抛出了答案。

"你想想看，明白了吗？既是纯粹用金钱雇来的士兵，又有什么理由非得开开心心为欠钱的陛下一战呢？"

说什么法国卫兵士气不振，根子上，配给不足就是原因啊。肚子正饿的时候，有钱的资本家为他们大摆筵宴，盛情款待了一番。就这么回事。虽说是本就有同胞意识，但不管怎样，身为军人竟会轻易地改旗易帜，说到底还是因为肚子饿啊，几乎是不费吹灰之力就被收买啦。米拉波的话沉着而又冷静，实际上也的确如此，他并不像所说的那样为国王行使武力而感到恐惧。

从国境线一带移兵巴黎，士兵的确在陆续集结。但那行军速度，就是在外行人眼里也实在是太慢了。士气低落啊。说到底还是给养不足，不足到了士气没法不低落的地步。

又是国王官吏的征收，又是贵族的囤积居奇，就算盛极一时的风言风语是真的，但大家也知道实际数量并没多少。原因也很清楚，法国遭逢了歉收之大不幸，生活状态近于饥馑，食量不足是绝对性的。

要想让士兵吃饱，政府就要从国外进口粮食，但就算要进口，也是要十万火急，且必须频繁、大量地采购。可是，这又是赤字财政力不有逮的。

"军队的状态，机能并不健全。正如古语所言，'兵马未动，粮草先行'啊。"

"明白了！"

罗伯斯庇尔点头之后，像要整理自己的想法一样，暂时沉默了。又刚巧走到了巴士底狱，所以，或许是在穿过那片不吉利的暗影之前等待米拉波的下文吧。

再次开口时，罗伯斯庇尔的表情已经满是愉快，光彩照人了。哎，伯爵问过，巴黎要爆发了，有什么不好吗？对于这一问，现在，我就能回答了。

"没什么不好。是的，一点不好都没有。反而该表示欢迎吧。是的。没错。只是多少有些担心，但从一开始我就在期待，要打破目前这一困境，那就只能依靠民众的力量。米拉波伯爵也是这样想的吧。"

"这还用说。民众的力量不可估量嘛。"

"是吧。啊。虽不知为什么，但总算是松了一口气。这么说是因为，我一直以为伯爵是持反对意见的。认为诉之于所谓暴动实为下策，会有反感。"

"这倒的确如此。能避则避。这想法可是至今没变哦。"

"为什么能避则避？"

"若无需暴动，国王就能对动武之念重新考虑，那就再好不过了嘛。可事到如今，也只能期待民众的力量了。就算路易十六现在改悔，那也为时已晚啦。"

"为时已晚？米拉波伯爵，在事态严重到这一步之前，该紧急采取什么措施才对。"

"采取措施？什么措施呢？罗伯斯庇尔老弟？"

"这……所以，要是伯爵不出手，这就……"

"哈哈哈！让别人去采取吗？"

"但是，伯爵不正是为此而来巴黎的吗？"

"没错。可是，之所以说能避则避，就是因为这很困难。要是无论如何都必须如此，到时就非要万事周全，尽于至善不可了。"

可即便如此，无法预料的就是暴动啊。归根到底，这是极度危险的赌博嘛。

两人就这样往前走着，米拉波突然打了个手势。

16

民众的力量

耸立于眼前的建筑，窗玻璃全被砸碎了，形同废墟。不。既然院内没有太多杂草，那就是说直到最近还有人居住，并且，墙上还有浓烟熏就的黑色污迹，所以，与其说是废墟，不如应该说是遭遇了火灾吧。

米拉波接着说："就这儿吧，雷韦永事件的现场。"

"啊。都到城郊圣昂图万路了嘛。没错，与之交叉的是蒙特勒伊路，是的，没错，的确是雷韦永先生以前的府邸。"

这就是发生于四月二十七至二十八日，震撼巴黎的雷韦永事件。雷韦永先生经营着一家壁纸制造厂，因之提及削减工资，导致自己的府邸被数千名暴徒袭击。

念及此事，罗伯斯庇尔突然有些激动。

"听说这是个大事件。呀，看来民众的力量果然是不可小觑……"

"但却在军队的镇压之下结束啦。"

米拉波毫不客气地兜头一盆冷水，打断了罗伯斯庇尔。真让人头疼啊。是职业性质使然，还是年轻之故呢？某种程度上虽说是难以避免，但罗伯斯庇尔往往是观念先行……

"失败啦。暴动之类，大多都会被平息了事。"

米拉波重申道。发起暴动本身并没多难，但靠不值一提的煽动点起火来，没着多大就被熄灭，那可就本息全消啦。

实际上，米拉波的心里也是矛盾重重。

只有民众的力量可以依靠了。舍此，世界不会改变。打在普罗旺斯时起他就一直这样想。自己之所以能够当选议员，也是拜马赛、艾克斯这两大城市接连发生暴动所赐。退一步说，如果人们不诉诸暴力，无疑，那块保守的土地至今都在大区三级会议的控制之下，贵族们还在耀武扬威。

——可是，这同时又令人感到沉痛。

暴动会被平息，轻易就会被平息。为什么这么说？马赛也好，艾克斯也罢，仅在几天之后，狂怒到那般地步的群众便复归于平静了。并且，还是在并未武器相向的情况下，只靠我米拉波这张嘴就被安抚下来了。

民众的力量之大的确是无法估量。但是，既容易热，也容易冷。某个微不足道的原因就会让他们陷入狂热，可稍给他们换换样儿，那就算是生死攸关的大问题，也会被他们轻易忘诸脑后。正是基于这一认识，米拉波不禁总结道：

"不能愚蠢地相信所谓民众的力量。暴动之类，并非切实可靠的王牌。"

这些话不断抛过来，再看罗伯斯庇尔的脸，就已然是面色苍白了。可能是明白了吧，还是被观念先行局囿了。民众之中蕴藏着无法估量的巨大力量，只要能调动起来，那就什么都不怕了，所以，就把它看得像根魔杖一样。但也正因如此，要是理论脱离实际，草率闹将起来，那可就全完了。

"话虽如此，可要是放弃，那就毫无办法了。"

米拉波接着说道。罗伯斯庇尔闻言，流露出了求救般的目光。

"伯爵，那该怎么做就……"

"先要静待时机成熟。"

"啊。就是因为这，伯爵……"

罗伯斯庇尔忽地现出了得救般的表情。原来如此，对啊，现如今，巴黎正处于爆发前夜嘛。粮食不足，且连军队都动员了起来，在对贵族公然抱以敌意的一刹那，又传来了令人震惊的消息……

"是啊，宣布内克尔解任的当前正是时候，是以伯爵便亲自……"

"我可不是领路人哦！至多，这巴黎也是微服而来。"

米拉波先把自己洗清了。身为议员，怎么能教唆暴动呢？这才叫为国王弹压议会制造口实呢。如此一来，事后可就无法跟国王和解啦。

"跟国王和解？"

"不然，事态就无法平息。幸好，蒙受策划阴谋之责难的只是贵族，大家还都以为国王本人尚且无罪呢。"

"……"

"话像是说得太早了。算啦。议员、和解云云先放到一边，总之这事我不适于出头。"

"您的意思是……"

"所谓时机成熟，并非只是单纯地愤怒到了极点，还需要巴黎上下众志成城，团结一心啊。"

这又是米拉波在普罗旺斯得到的教训。虽说都是第三等级，但其内部又各不相同。既有无异于贵族的法官，也有富过贵族的资本家。而在他们后面，则既有律师、商店主、工人师傅这样的小资产阶级，又有用人、学徒、体力劳动者这样的庶民。到最后，连失业贫民都是第三等级。

——各自利害有别啊。

所以，第三等级无法轻易就能成为铁板一块。何止如此，甚至常常会敌对起来。一旦无产的贫民阶层暴动，有时候，有产的富裕阶层也会出手镇压。普罗旺斯两大城市的暴动就是一例。又是大领主，又是主教，资本家也一样，都成了暴动的攻击目标。如果不是米拉波介入其中让他们和解了，资本家们会引兵镇压暴徒也是毫无疑问的。

——但也没有这等蠢事。

若从以贵族为敌的大局来看，这上演的，就不过是第三等级间的互相残杀了。如此，可就真是赔了夫人又折兵啦。

"就说贵族阴谋这件事，不只是市井庶民深信不疑，连富裕的资本家们都非信不可。如此就能团结一心，即以共有大同之怒，忘却各有小异之利害，这才能够说时机成熟了。"

罗伯斯庇尔又因这一结论现出了振奋之情——所以说，就是现在？

"就是说，现在，所有人都为内克尔被撤换而愤慨，巴黎要团结一心，那就没有比这更好的机会了……"

"真的能团结一心吗？"

米拉波问道，也是在问自己。

的确，就像在吵吵闹闹的市政厅里看到的一样，资本家们也愤激起来了。只要受到某种刺激，或许这些家伙也会果敢地采取行动。但是他们又全无自发行动的样子。

在罗伯斯庇尔看来，市政厅内的情形似已偏离常轨，但要让米拉波说，却又感觉远远不够。从根本上来说，他们都是有钱人，就阶层属性而言也不会轻举妄动。他们既不为每天的生活发愁，且又有丰富的教养，也就是社会上常说的稳健派。

——既如此，那由谁来点燃那根导火索呢？

之所以一出市政厅就沿圣昂图万路往东走，实际上，就是出于能在这一带点上火的期待。原因也很简单，这一带，是众多无产劳动者的生活区嘛。处于领导地位的至多是工人师傅或商店主这样的小资产阶级，要说，就是无产一身轻。

——但是，一当走过这一带……

往东穿过塞纳河右岸，这段路程也没什么差别，可当直走到城郊圣昂图万路再一看，此前的喧闹气息也就渐渐趋于沉寂了。不是说恢复了平静，而是无处不在的火爆气息已然令人感到了杀气。

实际上，每走一步，沿途投来的视线几乎都像刀戳一般。虽不像贵族一样炫耀华美，但米拉波与罗伯斯庇尔都是议员，装束打扮大致还算整齐。但人们投来的仍是怨恨的目光，就像在说连这都不喜欢！并且，人们也无意掩饰这样的心情。

难怪，要说他们的穿戴，与其说多是劳动者，那就不如说多是失业者了。讨饭的乞丐也是越来越多。对施政的不满也罢，对罢免内克尔的愤怒也罢，根本就谈不上这类高级别的情感。在莫可名状的饥饿的逼迫之下，现已是形容可怕，宛如饿兽一般了。

——真是一触即发啊！

暴动之类，似乎轻而易举即会爆发。至少像雷韦永事件这种，马上就会再度发生。并且听说，当初所谓降薪的话不过是恶意中伤的谣言。可即便如此，穷困已极的人们仍会轻易丧失理智。

——但是，绝不能让雷韦永事件复发。

因为，人们的袭击对象是资本家。若让市政厅地方政府想起此事，那就算发生了暴动也不会欢迎。弄不好，他们自己都会出手镇压。尽管现在正是让整个巴黎团结一心爬将起来的千载难逢的大好时机。

米拉波说了下去。是啊。的确，现在是机不可失，失不再来。

"正因如此，那就绝不能徒劳无功，付之东流。所以，必须准备一个环，以将贫、富两者融合到一起。要领导暴动，能成为这个环的人就是最合适的人选。"

"这个环……又在哪里呢？"

罗伯斯庇尔一问，米拉波停下了脚步。若暴动发生，那就只会在这杀气腾腾的东部。但也正因如此，应点燃导火索的那个人，或许，就绝不能在这东部。所以……啊！看来，只能返回去了。

"西边。"

米拉波答着，转身往回走了。还有一个，也并非没有可能。但是，这也不能寄予太多的期望。正在米拉波犹豫，是道明去向，还是该藏在心里时，罗伯斯庇尔毫不犹豫地接话了：

"巴黎皇家宫殿！"

冲着米拉波的背影，罗伯斯庇尔点了出来。啊！是巴黎皇家宫殿吗？像意识到了什么一样，罗伯斯庇尔的表情刹那间明快起来。

这罗伯斯庇尔，可能猜错了吧。但就在这同一个瞬间，某种预感式的感慨也在米拉波的内心深处回荡起来……啊！说不定，这回真就让他猜对了！

17

巴黎皇家宫殿

　　一回到圣昂图万大道，大城堡便现身眼前了。城堡端坐在兑换桥边，自中世纪以来，便一直守护着该桥通往的城岛。既已行至右岸，也就是说，已到巴黎的中心地带了。

　　由大城堡往西，就是圣奥诺雷路了。不可否认，走到这一带，喧闹气息也趋于缓和了，毕竟，已到巴黎的富裕区了嘛。即便有腥膻之气，那也是因中央批发市场①近在眼前之故。既是夏天，也就在所难免了。不。在这粮食短缺的时下，若是来自肉店、鱼店的腥臭四处弥漫，那就不得不说，这一带是丰衣足食了。

　　圣奥诺雷路虽小，但整洁舒适，街道两边的商店和房屋时尚而又雅致，刚在连成一片的屋顶对面看到卢浮宫的烟囱，一道威严的围栏便赫然出现，几与这一带的氛围格格不入。窄窄的便门两侧，一左一右，派有两名哨兵把守。这就是巴黎皇家宫殿了。

　　面对圣奥诺雷路的宫殿，正面宽度为七十托阿斯（约一百四十米），进深二百托阿斯（约四百米），就拥挤不堪的巴黎市中心而言，其用地之宽敞就几乎是不合常规了。作为私人宅邸来说，虽是大到了不合常规，但从其王室宫殿的来历来看，那就略有狭窄之感了。

　　最初，这是上世纪红衣主教黎塞留的私邸，人称"巴黎红衣主教宫"。之所以更名为"巴黎皇家宫殿"，是因其去世以后便被让渡给了王室。

---

① 今巴黎大堂。译者注

国王路易十三虽受让此宫，但不久就驾崩了，于是，年幼的路易十四便移居于此。成人后在凡尔赛营建宫殿的路易十四对巴黎并无贪恋之念，便将之让渡于王弟。这一次，未易其名，一直以巴黎皇家宫殿之名延续到今天，而其所有权，也属于由波旁家族正支中分家出来的亲王了。

"原来如此。那个环是奥尔良公爵路易·菲利普殿下。"

刚来到便门前，罗伯斯庇尔便立即开腔了。明白了。原来如此。伯爵是想让奥尔良公爵担当此任，对吗？是的，没错。无论是其王族权威，还是民众的拥戴，作为将所有人团结到一起的旗帜，由殿下来担当，那就无可挑剔啦。

就像自己担心的一样，罗伯斯庇尔果然是猜错了。

"开什么玩笑！"

米拉波当下就否定了。罗伯斯庇尔当然是一脸不服气。

"为什么说是开玩笑啊？伯爵不喜欢奥尔良公爵吗？"

"不是喜不喜欢，是合不合适。奥尔良公爵路易·菲利普，不是觊觎王位的最右翼吗？至少，一直以来，巴黎百姓每对王室心生不满就会嚷嚷，干脆让奥尔良公爵登上王位算了。要是这样的人挺身而起，事情就不一样了，不是吗？"

就算是路易十六，对政敌也是毫不容情。倘如此，那才要拼死一战呢。哪个傻瓜会乐得煽动国王的战心？听到此番回答，罗伯斯庇尔的脸上就更为不服了。

米拉波补充道：

"既非如此，奥尔良公爵也是不行的。对公爵，要说喜欢还是讨厌，我并不讨厌，而是说，就算我们想让他委以重任，但其本人也只会消极以对。"

"这……是的，或许是这样。国民议会议长一职不也被他辞谢了嘛。的确如此。明白了。对我来说，只是因为奥尔良公爵以自由主义信念闻名遐迩……仅此而已。"

"这一点，确实可期。"

这一次，米拉波给予了认可。

可能是与本家对抗的反叛使然，奥尔良公爵虽为王族，但老早就标榜起了自由主义，也无意掩饰对该主义的保护立场。这一姿态越是广为人知，具有革新思想的人们就越往公爵身边跑，而这巴黎皇家宫殿，也逐渐带上了自由殿堂之风。

就算被当局视为危险思想盯上，但只要跑进这巴黎皇家宫殿，那就无被捕之忧了。之所以被颂扬到如此地步，就因为基本而言这是亲王私邸，只要奥尔良公爵拒绝，那任谁都无法步入其内。

——所以，放下心来扯起嗓子喊的那帮人，今天也会在，且大有人在。

但是，虽说这是奥尔良公爵私邸，但另一方面，她又是一座公共设施，会被哨兵拒绝入内的只有官府衙门与狗，其他人均可自由出入。或者不如说，因亲王家已将房屋出租，寻常百姓在这里经营起了各种买卖吧，与其说是自由之地，不如说是下流杂乱的所在。这就是巴黎皇家宫殿。

由便门穿围栏而入，忽地现出一片晴空，里面就是植树井然的里院了。为讨赏钱，白妆涂面的滑稽演员在表演杂技，乐队在演奏时下流行的乐曲，而木偶剧则在那里讽喻时事……这也是此处的日常景象。但今天，却不是做买卖的日子。就这天，包括摆弄着单薄衣衫物色嫖客的妓女在内，所有人都与想象中的不同。

——看来，大家今天所关心和谈论的，还是内克尔、内克尔……

将里院团团围住的公寓下层是回廊。回廊里，出售陶瓷器皿、香水、宝石、贵重金属等高级品的商店一家挨着一家，也有裁缝店、假发店、眼镜店等打理日常所需的店面。这边的书店、乐谱店、绘画用品店等刚把你的艺术感性调动起来，那边的点心店、餐饮店、腊肠店就把你的胃口吊起来了……但却并无客人光顾，一派冷清。

生意火爆的，是桌椅由店内直摆到里院的德·瓦卢瓦咖啡店、德·沙特尔咖啡店、德·富瓦咖啡店、米勒·科洛纳、意大利咖啡店、机磨咖啡这样的社交场所。

——好吧。

米拉波边在拥挤的回廊里艰难穿行，边凝目四望。且说，会有人扯起嗓子演讲吗?

处处满座的咖啡店内，政议正在热闹时候。不用问，之所以将目标定在巴黎皇家宫殿，就因这里聚集了大量的唾星四溅抨击当今大道不行的年轻思想家。

要是律师、作家、记者这样的，那智慧水平都很高，他们能巧妙地运用当今时事用语，不仅是市民和是爱国者，连接受过良好教育的资本家都会受到他们的强烈影响。但另一方面，又几乎所有人都在自称律师、作家或记者。

但这些职业都是自我标榜而已，无以正经谋生。确切地说，生活方面这些人很贫困。因有这方面的真切体会，对庶民，他们也能施加很大的影响。

——因此，他们就是那只绝好的环。他们能豪言全局大义。

虽是看好这一点才赶到巴黎皇家宫殿的，但说实话，米拉波也并不抱以太大的期待。

就像罗伯斯庇尔说的，巴黎，已然处于爆发的前夜。将之带往爆发的那一刻本身并没多难。只是，要爆发就想让它爆发到最大限度。只要这火能首尾呼应燃将起来，至少也希望它能持续地燃烧几天。就是从其所需能量这层意义来说，盘踞于巴黎皇家宫殿这些人的年轻气盛也很吸引人，但米拉波又并不认为可寄望太多。

——年纪虽轻，但若心境已是老人，那也就无从谈起啦。

或许是读书过多的知识分子性质使然，就米拉波的观察而言，巴黎皇家宫殿这些人似有一个倾向，即只要能热热闹闹地激辩一番也就心满意足了。有时候，只是为争论而争论。而这类争论的大致归宿便是沦为纸上谈兵。

　　说到争论内容的质量那就无所谓了。空谈也好，过激言论也罢，就算存在逻辑矛盾那也无所谓。

　　——只要能毅然决然挺身而出就成……

　　就是把期待降到如此之低，米拉波也仍然担忧，原因在于这群人往往不想走到巴黎皇家宫殿之外。

　　安居于不会被任何人伤害的言论圣地，自始至终，只是厉声责难这家伙愚蠢透顶，那家伙卑劣无耻，外面那些家伙啥都不懂，等等。如此而已。只不过是摆出一副了不起的样子评点他人的工作，说到自己，却决计无意于行动。

　　若不掩轻蔑之心据实而言，那这些人就大半都是偷奸耍滑的胆小鬼。哼！既然他们认为什么都不做就行得通，那也就是说什么天赋人权，是不是对卢梭讨论太多了？

　　——这等贪生怕死之辈，女人是不会理睬的噢。

　　并非人人生而有女人嘛。女人，可是非靠自己的力量才能到手的嘛。米拉波心里这样嘟哝的时候，目光注视的是德·富瓦咖啡店露天席上的一桌。

18

落水狗

并椅而坐的是一男一女。女方身上透着一股可爱的千金之风，且并非要讨男人欢心的卖春表演，而是真正的良家之女。

——另一方这男的……

头发卷曲得厉害，就是奉承也难言雅致，那瞪大的眼睛也好，有失严谨的嘴角也罢，总给人一种莫可名状的粗野之感。虽是如此风度，但却不知为何竖起手指，议论得劲头十足的神经质的侧脸，就给人一种作态之感了。

——朽木不可雕的知识分子典型啊。

米拉波刚这样想着哼了一声，罗伯斯庇尔像是注意到了米拉波的视线，确认道，米拉波伯爵，您认识那位？

"怎么说呢，那不是卡米尔吗？"

"是你认识的人吧。"

"认识。卡米尔·德穆兰，路易大帝中学的学弟。"

"噢？那他是做什么的？"

"在剧院附近开了一家律师事务所，怎么……"

既是读书时的学弟，那同为律师也毫不为怪，但罗伯斯庇尔却突然口齿不清起来。不，该说是开着门歇业好呢还是……最近，好像也在从事像作家这样的工作……话虽如此，但想不到竟会出入于巴黎皇家宫殿……

米拉波全都明白了。不如说，自己的观察好像没出差错吧。也就是说，除了动嘴就一无所能，即刚才所想的窝囊废。

"啊，明白了。卡米尔出现在巴黎皇家宫殿，也不见得有什么不自然。"

罗伯斯庇尔说了下去，那口气像是突然想起了什么。

"不过，这只是传闻，说卡米尔最近对政治也产生了浓厚的兴趣。且一发不可收，今年三月还在其故乡吉斯参加了全国三级会议的议员选举。"

"噢？结果如何？"

"遗憾的是，听说是落选了。"

"落水狗？"

"这话就过分了。"

"这是溢美之词啊，罗伯斯庇尔老弟。"

米拉波回道。这话里并无挖苦之意。实际上，落水狗并不可耻。尤其是在这巴黎皇家宫殿，反而是值得骄傲和自豪吧。一在咖啡店里坐下，屁股都不想抬的那帮家伙被自己甩在身后了嘛，至少是行动了嘛。仅凭这一点，就可以蔑视并抛弃那群连胜败本身都讨厌的胆小鬼！

——但也无意说他们完全是另一人种，可是……

米拉波嘴角一歪，想笑一下。啊！卡米尔·德穆兰不错。若真是巴黎皇家宫殿的典型，或许反倒是好事。实际上并无骨气的人却要壮起胆子入世一搏的原因，也是若隐若现啊。

"不管怎样，为我们引荐一下吧。"

米拉波对罗伯斯庇尔说，但未等这边答话便已向德穆兰那桌走过去了。

或许是又高又壮、身躯庞大之故，又或许是那张气势夺人的丑脸不引人注目也办不到，在阳台席间穿过的米拉波每从一桌的旁边经过，那些极力吊起嗓门，如同叫喊一般的争论便无不立即收声，沉默下来了。只是唰地瞟一眼米拉波便又迅即伏下脸去……看来，巴黎皇家宫殿里果然全是懦夫。

无时不战战兢兢，总在担心什么时候会遇袭，何时会被伤害的兔子一样的家伙，当然会在米拉波这边打招呼之前便先行注意到。宛如觉察到危险的小动物一般，德穆兰唰啦一下从椅子上站起来了，且从远处都能看到那表情中现出的惊慌之色。

但那脸色即刻便转为安心了。

"哎？啊！不是马克西姆吗？"

"呀！卡米尔，久违啦！"

"怎么？你怎么会在这儿？"

老友重逢，两人的手握到了一处。但就这会儿，德穆兰的心也在这米拉波的庞大身躯之上，不停地偷眼观瞧。唉，虽说不在意是办不到的，可这德穆兰也太不从容了。我说，唉，小兔子先生。我可没想抓到你一口吞下去噢。

罗伯斯庇尔也不得不赶忙介绍。

"对了，这位是……"

"你是……米拉波？！"

刚这样脱口而出，德穆兰便倒吸了一口冷气。虽已觉察到这只跳蚤的心脏已然要爆，但米拉波也无心去安抚，只是一脸泰然地听罗伯斯庇尔介绍。啊，是吗？你知道我？"难怪，德穆兰先生也是作家嘛，我们是同行嘛。这个，听罗伯斯庇尔老弟说过一些。"

"说过一些……"

德穆兰责备般的目光唰地飞向了罗伯斯庇尔，但未等罗伯斯庇尔回应，米拉波已经高举起微曲的食指。喂，伙计！这边追加两杯咖啡！

"我们也一起在这儿喝一杯，可以吗？"

这先斩后奏的请求德穆兰未加拒绝。米拉波认定，只要这"肆意妄为"的是狮子，那兔子就断无拒绝之理。米拉波这样想着刚坐下来，又把手高高地举了起来，这次是吩咐花店订花，但落座之后也没有自己先开口的道理。

"这，到底这怎么回事，马克西姆？真是的！"

德穆兰开口了，给人感觉像是在摇摇晃晃地飘忽游移一般。还有，唉，米拉波伯爵也是，现在这会儿，两位应该在凡尔赛嘛……刚说到这儿，德穆兰脸上突然现出了想起什么的神色，很在意地看着坐在旁边的那位女士说，啊，啊，对，对了。

"总之，露西尔，今天还是回……"

米拉波强行把话拦下站了起来。呀，这位小姐，失敬。

"米拉波伯爵奥诺雷·加布里埃尔·里克蒂。普罗旺斯区艾克斯选区全国三级会议议员。"

不过，全国三级会议现已更名为国民制宪议会了。米拉波说着便把手掌伸了过去，而那位女士也把自己的小手放到了上面。行过了吻手礼，寒暄已毕，米拉波也没把那只小手放开。而那位女士也顺其自然，并未强行把手抽回去。

"有关您的传言，早有耳闻，米拉波伯爵。"

"品行败坏的放荡贵族，不堪入目的怪物，是这类传言吧。"

"怎么会呢……米拉波伯爵在凡尔赛工作出色，就是在巴黎，也是大名鼎鼎，广受好评呢。"

"深感光荣啊。特别是，能一无遗漏地传到像您这样的美妇人耳边。"

啊。这位是马克西米连·德·罗伯斯庇尔老弟，阿图瓦选区议员。米拉波接着说道。但这介绍怕也是雨后打伞，这两位中无论哪位，露西尔都应该听德穆兰说过了。可既然没有略去，那米拉波就是自有打算。

实际上，德穆兰已经是沉着尽失了。因想赶紧插话进去，那火烧火燎的心情全都写在不知如何是好的脸上。啊，啊，对，是的，马克西姆的事已说过多次，对吧。嗯，对。路易大帝中学的学兄。

"总之，露西尔，今天就……"

"您全名叫露西尔……"

"露西尔·迪普莱西。"

"露西尔·迪普莱西小姐？对吧。好，我记住了。"

就在这时，花店的人过来了。米拉波这才终于把露西尔的手放开，捧起了刚刚送来的花束。在有市价三倍之称的巴黎皇家宫殿，米拉波点了五十支深红色玫瑰。呀，说什么呢，这，不过是今日幸会的小小纪念。

"礼物虽小，但务请允许我趁兴重复一句，我是米拉波伯爵，若日后能成相识，不胜荣幸之至。"

"总、总之，露西尔！"

今天还是回去的好。德穆兰说着，甚至生硬地推了一下露西尔的肩头。这明显是不想让她跟米拉波说话。

再自然不过了。米拉波想。作为男方来说，不由会感到自卑嘛。就连跟罗伯斯庇尔相比的时候也不由会意识到，自己是在议员选举中落选的一只落水狗嘛。

——又或许，是不想意中女友盘问自己这副惨烈形象吧。

这不是很了不起吗？米拉波心里再一次送上了赞誉之辞。这才叫男人！跟那些又是活法不同啦，又是价值观有异啦，又是那群家伙不过是俗物啦地倒打一耙，面不改色心不跳的大话精相比，这才是真正的潜力股不是吗？

"我说，露西尔，这附近也有些闹腾起来了……"

"可是……"

两人小声说了起来。要这样，那就什么都无从谈起了，米拉波赶忙让德穆兰安下心来。

"没错，小姐，我也不能办坏事。真的是感觉有些危险了。今天，还是回去为好。如不嫌弃，请让我用马车送您回府。"

"不，不用了。"

德穆兰抢先答道。"不是，伯爵，谢谢您！不过，我会送她，请勿担心。"

"可要连德穆兰先生都走了，我们可就难办啦。听罗伯斯庇尔老弟说，好像您对巴黎的事情很精通。就是想就此向您讨教，这才过来招呼……"

　　"既是这样……"

　　德穆兰在露西尔的背上推了一下。啊。我想，不会花太多时间，好吗露西尔？你到里面，等我们把话说完，好吗？德穆兰把露西尔推到了微暗的德·富瓦咖啡店内。看来，还是无论如何都不想让她同席啊。

19

挑衅

"好吧。您想问的是什么事呢？"

让露西尔回避后，再次回到露天席来的德穆兰看起来已经恢复了平静。呃……只要我能回答的，什么都可以，请随便问。啊！不，在这之前，马克西姆，还没来得及说呢。

"恭喜当选！太厉害啦！居然是议员啦！"

这真是前言不搭后语。米拉波苦笑。也就是说，德穆兰的平静只是表面的，内心里依然是波澜起伏啊。要么，就是自卑感太强烈，只好假装大度，认可并祝福对方，结果就意识不到自己这话有多蠢了？

米拉波还说得过去，只是苦笑一下就完了。罗伯斯庇尔不一样，可能是因年轻而有失从容，或是天生性情所致，唰啦一下，脸就黑下来了。

"卡米尔，你这什么意思。局面都困难到这步田地了，居然恭喜我当选，是要讽刺我还是什么？"

"不不。不是这意思……这、这个，我并没恶意……"

"没恶意怎来这荒唐话？"

虽是路易大帝中学的校友，但这两位毕竟是学兄、学弟关系，两位立场之异也可能来自优等生与差生之别，总之，罗伯斯庇尔的态度是居高临下的，是单向进攻式的。德穆兰闻言也垂下眼睑，默不作声，而全无起而反击的样子。

罗伯斯庇尔语中带威地说，算了。没什么。这事就到此为止吧。

"说正事，卡米尔，你也知道，现在，内克尔被换掉了。"

"马克西姆，是真的吗，这事？"

"说什么梦话呢。"

"不，不是。听说倒是听说了，但也可能只是谣言，听听就完了嘛……"

"不是什么谣言。不。就算是谣言，那也听说了吧。听说之后，巴黎这边的实际反应如何？"

"这……这个……当然是愤怒啦。啊。有能力改变当今法国之人才，只有内克尔一人嘛。大家都很愤慨，就算是国王的蠢举，那也超出可容许的限度了。也有人认为，路易十六已经完全成为贵族的俘虏了。也就是说，贵族的阴谋也已进入最后的阶段……"

"那该怎么办呢？"

"哎？"

"最后阶段什么的，没让你为我们分析现状。我们想问的就一件事，那该怎么办？这巴黎该怎么办？"

"怎么办？就是问我，可连消息是真是假都确认不了……"

"现在已经确认了吧。那该怎么办？"

"这、这个……"

"不起事吗？"

"说、说什么呢，马克西姆？"

"明摆着，只有这一个办法了不是吗？"

"可是，有军队呢！正在战神广场集结呢！"

"怕吗，卡米尔？"

德穆兰不作声了。米拉波看在眼里心里嘀咕，罗伯斯庇尔还真能说。暴力当前，退缩得比谁都快的小个子既说得如此坚决，那就是把刚才国王军队之类不足为惧的话照单全收了吧。但要是不了解这一情形的人，那就决计会有轻率之感了，至少也会感觉不自然。尤其是对罗伯斯庇尔素有了解的人，甚至会不由生出反感。

"马克西姆这话,我可不想听你说。"

虽说会反击,但也很节制,对罗伯斯庇尔,德穆兰究竟怵到了什么地步呢?不是的,不是害怕军队。

"我本人没什么好怕的。"

"那就是说,起事了?"

"不。这、这个,也就是说,起事这事没那么简单。比如说,如果奥尔良公爵起事,到那时我也不会不跟。可是……"

"也就是说,只要奥尔良公爵不起事,那就纹丝不动。"

"你、你先打住。为什么是我呢?"

"那就是说去找别人?哼!卡米尔,看来,你的想法就是让别人去做,对吗?"

德穆兰被问住了,再次陷入了沉默。虽有几分怒从心头起,但也绝不至于爆发。巴黎皇家宫殿这些家伙就这样吧,可罗伯斯庇尔也是,全无斗志这一点早就预料到了,要只是严加责问,那就会一直兜圈子,拔不出来了。

——差不多该换我啦。

米拉波调整了一下坐姿。我说德穆兰老弟。可能这卷发小子一心要摆脱学兄的诘问吧,米拉波把话往自己身上一引,德穆兰一下子就把求助的目光投到这边来了。

当然,米拉波无意温情脉脉地施以援手。何止如此,其追逼比罗伯斯庇尔更为残酷。

米拉波有些粗暴地直接跳脱话题,毫不客气地扔出一句:

"不想让我们跟那女的聊吧。"

"哎?"

"也就是说,担心那女的会被我们两个中的这个或那个抢走吧。"

这下,德穆兰的目光只游移数秒便眉头倒竖了。这就是说,怒了!是真被逼急了。对方地位高也好,低也罢,已是寸步不让了。啊,看好了罗伯斯庇尔老弟。挑衅,得这样子来。

德穆兰先以再明显不过的虚张声势哼笑了一声，继之说道，抢走露西尔？就你们？哼！谁会担心这个。

"我们可是恋人。相互爱慕之情可没那么脆弱。是的，我和露西尔彼此相爱，也互相尊敬，并发誓相爱一生。居然说这样的女孩子会被你们中的一个抢走……"

"没可能吗？老弟说的是心情，要说心情，至少放我身上我是有自信的。"

"无聊！"

"哈哈。明白老弟想用这话了事的心情，可实际上，露西尔小姐把小手放我手上时，不是很开心吗？"

"你、你、你小子，我绝不容许你侮辱露西尔！"

"我并不认为这是侮辱。并且，这也不是侮辱。如果她已为人妇那或许是，可露西尔小姐还不是你的吧。"

"这、这个……虽然还没结婚……但相互间的心意，是的，相互间的心意彼此都是明确无疑的！可居然被像你这样的……"

"放荡贵族，是吧？丑陋的怪物，是吧？"

"虽不会这么说……"

"女人，更喜欢稍坏一些的男人啊。"

"……"

"女人越是纯洁、规矩，反而越会被品性败坏的人吸引。越是像白玫瑰般美丽的女人，反而越会委身于野兽一样的男人。不就是这样吗？所谓男女？"

"未必如此。并且……"

"啊，并且我还不只是坏，还是堂堂正正的国民制宪议会议员。在罗伯斯庇尔老弟眼里，还是参与国政的英雄之一。"

这样的男人，说不定露西尔小姐也会屈从呢。德穆兰被这通反击打得无处可逃，只好紧咬下唇了。

因自己是个唯一优点就是诚实的无趣男人？因自己是只会高谈阔论，却连议员都未当选的无能男人？总之，其反复咀嚼的，应该是越来越不快的自卑感。但你接受这些吗？将自己定位为一事无成的男人，放弃那个女人，办得到吗？

——根本不可能！

要能办到，就不会做什么议员候选人了。啊！之所以想成为议员，不是想实现什么理想社会，也不是想为法国工作，而完全是因为想证明自己，好堂堂正正站到那个女人面前，对吗？这番追问，米拉波没说出来，而只是低头看了一眼怀表。哎呀，都三点半多啦。

"呀，跑题啦。罗伯斯庇尔老弟，我们说到哪儿了？"

"啊！是的。就内克尔罢免一事，说大家都很愤慨。但因奥尔良公爵不举事，也就无法转化为具体行动。说到这儿了。"

"是嘛。总之，就是交给别人去做啦。哼，要这样，那干脆连女人也交给别人不好吗？"

"……"

"算啦。没办法嘛。就说这奥尔良公爵，为人也是犹豫不决嘛。哼，总之，不是捕获女人芳心的那块料啊。"

不用说，米拉波根本就没把话绕回去，而是磨磨唧唧地接着折磨德穆兰。既做到这分儿上，那这回就期待他能猛烈反击了。啊，成败在此一举啊。在这巴黎皇家宫殿，要说有人能起事，那就非这心事重重，想退不得的德穆兰莫属了。

"所谓犹豫不决，是说我德穆兰吗？"

果不出所料，德穆兰发问了。为故意激起这股怒火，米拉波装起傻来了。啊呀，你这什么话。我说到你了吗？

"装什么蒜！"

咚——！一声巨响，德穆兰两只拳头就狠狠地砸在了小小的咖啡桌上！应声飞落的杯子刚一落地，便啪啦啦摔了个粉碎。

能感觉到所有的视线都集中过来了。但米拉波仍是一脸平静，举起了稍稍弯曲的食指。伙计，收拾一下。完了，换杯子上来。

"对了。这回，还是来极品白兰地吧。"

德穆兰像是在意起周围的目光来了，并因此重又压低了声音，但那内心的激愤却是再也憋不住了。伙计刚把杯子端来，德穆兰就立即再度开口：明白了，是马克西姆跟你说的吧。也就是说，你全都听说了吧。

"是的，没错儿伯爵。是的，我至今无法跟露西尔结婚。但并非是我犹豫不决，我堂堂正正地求过婚了，只是被拒绝了！可不是被露西尔拒绝哦，是被她的父亲大人给拒绝了！作为女儿的结婚对象，一介卑微的律师可就……"

"既如此，那就做一回英雄！"

咣！重重的声音响起！这表演不错，米拉波随话一起从怀里掏出来的，是拍到桌上的一支短枪！

"啊，既如此，那就拿起武器！要手无寸铁，那连露西尔的父亲都赢不了！"

20

拿起武器

德穆兰又一次哑口无言，表情不知所措，眼看就要哭出来了。但也正因如此，全无慈悲之念的米拉波才从胸腔最深处发出近乎可怕的声音接着说道，好了，就把这枪给我拿起来！只要往空中放一枪，仅此一举，整个巴黎皇家宫殿的目光都会投向你德穆兰！只要你在寂静中喊一声，将愤怒倾吐一空的你德穆兰的演讲就会化为灵感，深入到所有人的心灵之中！

"要说的，已经满满登登塞得装不下了吧，在你脑子里。"

"……"

"我是说，要给那些话赋以血肉。啊，把暴动掀起来吧！不，掀起一场革命都可以！"

"可是……"

"不想成为英雄吗？"

只要成为英雄，就能跟露西尔结婚啦！就会成为让她父亲点头的最好武器啊！说到这里，米拉波故意浮起了卑鄙下流的笑意。你是背对着，看不到。知道吗？露西尔小姐可正透过窗玻璃看着呢。

"让她感觉到吧，美男！只是看到，就让女人情不自禁地扭动身躯，想要你想得受不了，就去发表这样的激情四射的演讲！"

"露、露、露西尔，不是这样的女……"

"你也是拎不清的男人啊。这样做，怎么？女人会为你描述的理想兴奋？会说你的政情分析了不起就想让你抱在怀里？只是闷声不响静等奥尔良公爵起事，女人就会对你说要抛弃父亲跟你私奔？"

"这……"

"不说废话，那事，已经做了？"

"……"

"还没有吧。啊，要这副样子，可能到死那天都做不了吧。这样也可以？坐在女人旁边，偷偷瞧她的乳沟，拼命闻她那甘甜的汗香，然后到此为止，这就能满足了？"

要是我，不说绝对，但真就是受不了。米拉波就以这种故意挤兑，让德穆兰难堪的口气一停不停地说了下去。啊，忠实于肉体之痛的男人，女人才想让他抱啊。实际上，你看，目光对上了。就现在，露西尔小姐都只看我一个哦？啊！避开了！那怯怯的眼神，可真让人受不了啊。真是让人现在就想侵犯。忽地把她裙子掀起来，紧身胸衣的扣子，干脆就用剪刀咔嚓咔嚓给剪了，一把她扒个精光就像狗一样从后面……

"住嘴！"

"就不。女人也希望这样哦。"

"胡说！"

"这可不是胡说。至少，比起只会自吹自擂而毫无行动的男人，女人的欢喜不知要多出多少倍。"

"……"

"算了。没什么。你要不去，那就由我米拉波来……"

"我去！"

德穆兰的手向桌上的枪伸去。

"啊！我干！"

米拉波看着他那大难临头般布满血丝的眼睛，把极品白兰地的酒杯推了过去。德穆兰一把抓过酒杯，一仰头，一饮而尽，站了起来！只见他大步流星到了植树围拱的庭院正中，不顾其他客人正在享受茶饮时光，鞋都没脱便忽地蹿上了桌子！

"嘭——！"一声干燥的枪响。未等枪声在建筑物间的回响停歇，德穆兰便大声疾呼起来。各位市民！听我说！时间，已是分秒浪费不得！凡尔赛已传来确切消息！

"啊，这不是谣言。内克尔确已被罢免。这一更迭剧，就是又一次圣巴托罗缪之夜的预兆！无疑，那帮瑞士、德国雇佣兵恨不能今晚就突袭巴黎，将我们赶尽杀绝！"

嚯？闻听此话，米拉波难抑自己的钦佩之情了。"圣巴托罗缪之夜"发生于十六世纪宗教战争期间，当时的王室将具有反叛性的新教徒屠杀殆尽，巴黎尸体成山，血流成河……德穆兰用无人不知的故事强化了人们对眼下危机的印象。不愧是知识分子——这可不是米拉波的钦佩之处。

——要说那阴气逼人的可怖神情，该怎么形容呢？

米拉波实在是难掩吃惊。那粗野不堪的容貌，无需雕饰便已形同野兽！话一出口便张牙露齿，完全就像在撕咬肉块一般！这一刻，自卑、屈辱、焦躁，还有那一直隐藏在心里的自负、郁积在心底的所有块垒与情感尽皆释放、爆发的德穆兰，跟那个提心吊胆、战战兢兢的德穆兰，真是同一个人吗？

——不是一般的喜欢啊，对那个女人。

越是带有几分嘲弄地想下去，很自然地，米拉波两颊的笑容就越绽越大了。啊，说不定，这就是偶然捡获的宝贝。

"是的！啊，没错！出路只有一条！"

德穆兰接着说道。

"拿起武器！"

这声号召，让巴黎皇家宫殿的地面随之轰鸣起来！紧接着，建筑围拱出的狭小的四角的空地中，顷刻之间便已是沙尘飞舞。

所有人都站起来了！乖乖呆在椅子上的人一个都没有！扯起嗓子，高举起拳头，那群瞻前顾后的孬种燃烧起来了！忘我地狂热起来了！啊！施虐者与受虐者正面激烈冲突的可怕瞬间，到来了！束手待毙？还是要赢取永远的自由？！当这一选择被甩到面前，我们的口号不就只有一个了？好了，那就发出你的号召吧！

"拿起武器！"

呀！堪称大器啊。不，是太让人吃惊了。德穆兰这人以成为作家为志向，并非很多人会有的对自己能力的高估，他当真具有真正的语言天赋和才能。作为天生的煽动家，具有出色地激发人们热情的能力。米拉波一在心里不住地感叹，罗伯斯庇尔便从旁问道：

"可这是真的吗，伯爵？"

米拉波不知所言何事，一脸不解，罗伯斯庇尔便示以背后的建筑。就是您方才说的，如能做出这等激越行为，女的就会开心这事。

"露西尔像是一脸担心啊。啊，您看一下。都不知道该怎么办啦。就这样，您还说开心……"

"这还用说，当然是瞎说的。"

"是、是这样的吗？"

"明摆着的嘛。与其说这是女人的事，反而不如说，这是男人自己的事啊。男人，是摆脱不了强迫症的，非强大不可，非野蛮不可，非勇武雄壮不可啊。要证据的话，那罗伯斯庇尔老弟看一眼就知道。"

人们不只是狂热而已。在漫天飞舞的沙尘中，在卷扬而起的漩涡中，巴黎皇家宫殿这回可是要投入真正的行动了！那群只会高谈阔论、屁股却抬都不想抬的家伙，至少已奔到种在院子里的树木前薅起了树上的叶子！

啊，我们要一拥而上，投入战斗！在前后莫辨的混战中克敌制胜！为到时辨认出战友，现在就确定好标志！

"内克尔家的用人穿的是绿色。大家把树叶插上帽子！就以绿色辨认战友！啊，绿色，才是希望之色！"

"是啊！内克尔大人也来啦！"

"奥尔良公爵也一起！"

呼应着德穆兰，人们抬来了两尊胸像。胸像是巴黎主教宫七号馆库尔提斯蜡像馆内的展品。内克尔与奥尔良公爵的蜡像逼真得吓人，就像他们本人一样。

人们抬起蜡像为前锋，蜂拥而至巴黎皇家宫殿的便门前。便门窄小，一次只能容几人通过，虽不能如愿快点出去，但也没人想退回去。

"这是暴动。米拉波伯爵，暴动真的发生了！"

罗伯斯庇尔一脸兴奋地大声喊道。

"好像是的。啊，要只是倡导卢梭，只把天赋人权挂在嘴边，那一切都无从谈起。既祈愿被赋予，那就非靠自己的力量去赢取不可。这一点，作为男人，德穆兰意识到了。自己意识到了，并唤醒了其他男人。"

倘非如此，历史的巨轮不会前行。总结完毕，米拉波已转身往回走了。我说罗伯斯庇尔老弟，我们也抓紧行动吧！议员有议员必须完成的使命。必须在军队封锁塞纳河桥面之前返回凡尔赛。毕竟，再呆在巴黎也毫无意义了。

"Alea iacta est.（骰子已被掷出。）"

剩下的，就是祈祷了。愿这暴动能升华为革命！

为避开拥挤的人群，米拉波迈步向后门走去。宫殿后的小场街上一派宁静，直令人感觉巴黎皇家宫殿这场骚乱不是真的。身后，跟自己的脚步声重合在一起的，是小碎步一样的脚步声。米拉波知道，罗伯斯庇尔还在后面跟着。

21

路易大帝广场

都八点多了，但却并无入夜之感。既是夏季，此时的空中就仍留有一抹明亮的紫色晚霞。即便没有这道霞光，这也毕竟是大城市巴黎的市区。

卡米尔·德穆兰站在了路易大帝广场上。四周那铜墙铁壁一般的高层建筑连成了一片，就像在守护着广场一样。尽管白亮的日光已然换化为昏暗，但所有建筑的窗口中都透出了灯光，无论到夜里几时，都不会完全没入漆黑的夜色之中。

——广场上那橘黄色的光温柔地抚慰着疲惫的双眼。

德穆兰呼地长出了一口气。可能是神经在不知觉间已处于极度紧张的状态中了吧，就感觉一直停止的呼吸终得解放了一般。再加凉爽的夜风吹来，全身上下的汗水倏忽消去，意外一股虚脱感也袭上身来。可也由不得一直躺在这样的抚慰感中就此解脱。

——事情闹大了！

自言自语一样冒出的这句话有些颤抖。不管愿不愿意，现实都仍在眼前，德穆兰再一次不由窒息起来。占满八角广场的，几乎全是连名字都不知道的群众。

——到底有多少人啊！

一千人？两千人？还是三千人？总之，路易大帝广场之上已几无立锥之地，密密麻麻全是人。德穆兰之所以无法平静，是因这些人的头上全都插有绿色的树叶。

——就是说，是我把他们引领到这里来的？

在巴黎皇家宫殿发表演讲，就势呼吁听众起义……这种事，直到真做前的那个瞬间想都没有想过。一当这世界动起来，直到抵达这路易大帝广场，这一切推进得太过迅疾，感觉就像只过去了几分钟一样。

——这其实只是一场玩笑吧?

还是我做噩梦了? 实际上，要是有人这样挑明，德穆兰无疑会毫不犹豫地相信!

——也就是说，这一切，竟是真的……

就像在告诉德穆兰，都到这一步了，已经容不得自问了一样，这会儿，群众已经把德穆兰团团围在了正中。令人毫无办法地席卷而来的是人们争相前来握手的巨大涡流。

"是德穆兰先生! 德穆兰先生在这儿呢! "

扯起嗓子特意告知大家的，是头戴白色厨师帽、身裹大围裙的一位中年男子。之所以认识德穆兰，是因为他在巴黎皇家宫殿门前经营点心店"拉古诺"，与德穆兰彼此熟识。

"啊，这位先生可是律师啊。是一位熟谙正义之言的先生啊。"

"噢，是的! 真是正义之言啊! '拿起武器! '这对现在的巴黎而言，就是唯一要说的话啦! "

一脸兴奋跑上前来，一把抱住德穆兰的，是一条腿安了假肢的男士。或许与其说拥抱，不如说差点跌倒吧。这且不说，既然上身披一件旧军装，那就可能是不得已因伤退役的老兵。

"干得好啊，为我们挺身而起! 是的，是的! 德穆兰先生，您才是真正的英雄! "

激动之余，竟跑上前来强吻德穆兰的，是一位身着黑白两色法衣的教徒。看样子姑且算是多明我会的吧，但实际上，就是一名居无定所的乞食修士。因身上气味袭人，只要可以德穆兰就想退避三舍，可就算把一个两个人推回去，但人们接二连三地拥上来，真可谓无穷无尽。

"啊，我决定了，一辈子都跟定您啦。您就是巴黎的领导者! "

"不不，不是的！德穆兰先生是整个第三等级的领导者。是引领我们走向新法国的预言者。"

人们抬起奥尔良公爵与内克尔的胸像在前头引路，一拥而出巴黎皇家宫殿，这是七月十二日下午三时半之后的事。直到现在，晚八时，这支队伍一直在一条又一条的巴黎大道上行进。

"给我们面包！"

"降低物价！"

"贵族阴谋绝不能容！"

"解散军队！"

"我们要让内克尔官复原职！"

就这样齐声高喊着，队伍每到一条街上都会有新的群众加入，就像滚雪球一般，参与的人越来越多。

要换句话说，那就是眼瞅着带上了起义之风。虽不至于要诉诸某种暴力，但只是里三层外三层的震天喊声，就足以让人感到危机四伏了。

就在这支队伍刚刚进入香榭丽舍大街的时候，前方赫然出现了一队红色军装，就像有意拦阻行人一样严阵以待。据退役军人说，似是一支瑞士雇佣兵联队，还拉来了约四门大炮。

现在回头想，这样一支军团是极为可怖的，但在当时、在那个瞬间，或许是兴奋所致吧，人们竟一点都不害怕。

不用说，瑞士雇佣兵居高临下地下令即刻解散，但这命令却没到任何人心里，也没人会做应声解散的胆小鬼，反而连桀骜不驯的嘲弄精神都发挥出来，齐声怒骂予以回击。

"吵死人啦！瑞士人，回你们自己国家去！"

"噢，内克尔阁下除外啊！"

"说一千道一万，该怎么在城里走路，还轮不到山国长大的来教巴黎长大的哦！"

不清楚到底是哪方先出的手，但就在双方的怒吼声中出现了小规模冲突，直到进入肉搏阶段人们都无心退却。但不多时，耳轮中就听"啪"的一声，干燥的枪响拖着长长的尾巴回荡在了香榭丽舍的林荫道间……

"……"

瑞士雇佣兵开枪了！或许这一枪不过是吓唬一下而已，但德穆兰还是感觉自己惊出了一身的冷汗，全身上下一下子就凉了，甚至感觉到了一丝寒冷。

——这，再怎么也玩笑不得。

似乎所有人都是一样的想法。就像相互之间事先示意过一般，枪声刚响，所有人便一起脚底抹油了。拼尽全身的力气沿香榭丽舍大街一路狂奔，一直跑回到东边，德穆兰边掠过杜伊勒里宫的庭园边想，都逃到这儿了，应该安全了吧！当终于有心停下来的时候，就站到路易大帝广场上了。

"哎哟！"

德穆兰这才留意到，小腿那块儿疼得厉害。尽管乱得一塌糊涂，但德穆兰还是确认了一下，只见白色的袜子上渗出了微红的血迹。毫无印象，但可能是撞到哪里了吧。

跑了这么远，那这点伤也真不算什么，但却突然感觉有些疼痛难忍了。德穆兰越回头想就越明白，这是在暗示自己军民冲突已然发生的事实。

"拿起武器！"

德穆兰喊着，但却马上意识到——没武器可拿！

这边的人墙之中，虽有不少人又是棍棒、又是拔钉钳、又是火钳搅火棍地紧握在手，但再怎么说对方也是军队，所有人都配发了最新式的火枪啊。

据游行时沿途收集到的信息，眼下这巴黎，士兵的集结并未仅仅停留于军方辖管的基地。像陆军军官学校附属的战神广场，像接收退役伤病员的荣军院等，还包括刚与军方遭遇的香榭丽舍大街，而据刚刚传来的信息，就连近在咫尺的路易十五广场等地，似都出动了一支或数支联队。

还有消息称，路易十六桥上运来了四门大炮，炮台都已筑好。对暴徒的歼灭战已经发动，这情况虽然丝毫不奇怪，但"配发"给人民这边的武器，却只有正确但又虚无的语言，再就是毫无来由的愤怒了。

——上当啦!

面对着不断涌上前来的群众，虽然德穆兰仍是殷切地笑脸相迎，但心里却已是追悔莫及，肠子都悔青了。上当啦! 让米拉波彻头彻尾给骗啦! 就给我这把短枪，究竟要让我干什么? 连像样子的武器都没有，什么暴动，根本就从无谈起! 漫天空谈的，到底是你还是我?

——马克西姆也真是!

跟那种大骗子搞在一起，把这样的轻率之举硬推给我，这还能说是真正的朋友吗? 啊，是了! 自打从前，这秀才罗伯庇尔就是个冷血学兄。

就这样不停地嘟嘟哝哝到最后，德穆兰已是满腹牢骚了。

——想回家了。

在自己这话的指引下，德穆兰的心又跑到了另一个地方。

——露西尔安然到家了吗?

自己虽被兴奋中的人们推出了巴黎皇家宫殿，但还是把恋人拜托给了一位本想一起跟来的朋友。不好意思，希望你把露西尔送到家里。朋友嗯了一声点头接受了请求，像是返回到了德·富瓦咖啡店，但之后，巴黎可就乱了。这样子，亲爱的露西尔真的能……

——好想你。

真恨不能马上就见到露西尔! 不只是心跑了，连身体都要情不自禁地被拉过去的时候，德穆兰又以自问按压住了。我能见到露西尔吗? 兴高采烈跑去见她，可到头来，我能被接受吗? 我这可悲的男人真……

"德穆兰先生! 德穆兰先生!!"

人们在不停地喊着自己的名字。德穆兰拭目一望，在这里，我被大家接受了! 何止是接受，所有人都争先恐后地伸出手来恳求我德穆兰!

"德穆兰先生! 接下来该怎么办?"

近前来问的是刚才的拉古诺。包括这位点心店主在内，人们并未因香榭丽舍的开枪事件而生退缩之意。当然，危险是相当危险，要逃也是拼了命逃，但却无意因此就将起义的意志扔到一边。

"要不要再一次聚众游行？这次就前往塞纳河左岸，比如到拉丁区一带！"

刚才那位教徒接话道。可到了左岸，就靠近战神广场和荣军院啦。

——太可怕了！

部队、士兵，到底是可怕啊。枪，到底是可怕啊。尽管这样的话瞬间涌上心头，但德穆兰还是连同这怯懦一起，随一口干唾咽了下去。啊，我德穆兰不能怕！之所以能被大家接受，就因为我是他人无以取代的英雄！就因为有勇气起事的不是米拉波，不是罗伯斯庇尔，而只有我德穆兰一人！所以大家才会恳切以求到如此地步。

"啊，既如此，那咱们走。把整个巴黎都给唤醒！"

一当明确作出这一回答，周围便响起了一片欢声！这欢声就像一石入水，千层浪翻，一层层散去，遍及路易大帝广场的每一个角落。不久，那震耳欲聋的欢声便汇聚成了一个人的名字：

"德穆兰！德穆兰！德穆兰！德穆兰！"

德穆兰就感觉一股火焰在内心深处腾地燃烧起来，紧接着他就确信，这股火焰将会燃成红莲般的熊熊大火。小腿处的什么伤痛都不疼了嘛。何止如此，就觉得全身上下一阵阵发烫，连指尖都像充满了力量！

——就这感觉！就是这感觉！

德穆兰想起来了。不如说是无法忘记吧。啊，是的！在巴黎皇家宫殿放响短枪的那个瞬间便已被其虏获的感觉，这浴火重生一样的昂扬之感，我德穆兰并不讨厌。

直到刚才那一刻都让自己疯狂吼叫，激发自己的四肢剧烈摆动的那股火焰，似乎仍在不停地燃烧。好，我们走！德穆兰扯起几要哑掉的嗓子，将正义宣扬到底！好，那我们就用这双脚踏遍巴黎！

"等、等一下啊！"

　　一只手强硬到近乎粗鲁地直伸到了德穆兰的鼻子前。这可真是不折不扣地自挫威风，也不由德穆兰不感到失望。但那位假肢退伍兵却毫不在意，接着喊：请等一下，请等一下，就现在，听不到军鼓声吗?

　　德穆兰自己都能感觉到，脸一下子就僵硬了。但心底那团火却并未熄灭，仍在燃烧。德穆兰又能动了。安静，安静，大家安静! 都竖起耳朵听一下!

　　当嘈杂逐渐退去，代之而起的的确是军鼓声。哒哒哒! 哒哒哒! 哒哒哒! 哒哒哒! 就在军鼓依一定的节拍不断敲击时，连与之重合一处，马踏石阶，颇为厚重的无数马蹄声都听到了。

　　"又是军队! "

　　德穆兰开口道。

22

没有武器

军队太可怕了！根本无法与之对抗！因为，我们没有武器！

——但即便如此，那也绝不逃跑！

刚对自己这样说完，德穆兰的膝盖就哆嗦起来。当然，以怯懦为耻的男性的好胜，德穆兰来也是有的。太丢人了！就这哆嗦，再怎么也得止住才成！可尽管这样想，膝盖的抖动却远比想象的剧烈，左右两边的大腿里子都叭哒哒直响了。

——如此下去，可就要被恐怖卷走了。

不是就要被卷走，而是已竭尽全力站稳脚跟，好不被恐怖卷走，连向同伴们呼喊什么的从容都没了。再看军队，已在建筑物间的狭小缝隙中身影毕现，就是他德穆兰，也是连说话都感到恐惧了。啊，究竟是怎么回事？这一次是蓝军装。且高高端坐于马背之上，头戴铜色头盔。也就是说，全是大家所说的龙骑兵。

"怕是德国雇佣兵哦！"

退役军人接着说。就是大家听说的，在路易十五广场集结的那支连队。

德国雇佣兵组建的龙骑兵以马这一大型动物的胸铠传递出了无言的压力，步伐悠然地分开人墙，一到路易大帝广场正中，鼓声骤停，换成了高音喇叭。

出列的像是一名下级军官。大家的目光都集中过来之后，便以德国口音说道，下面，请朗贝斯克大公夏尔·欧仁·德·洛林阁下训话！

应声一提缰绳，驱马前行几步的是一位将官，身着配有华丽金丝的戎装，将官的法语中虽无德国口音，但那惺惺作态的口气完全就是令人厌恶的贵公子之风。

"呃……特此知悉路易大帝广场之集会群众。因国王路易十六陛下委我以平息骚乱之权，特此赶赴巴黎。话虽如此，但如有可能，我也不想硬来。呃……这个……丑话我就不说了，还是速速解散，各自回家为好。"

就在朗贝斯克大公说这番话的过程中，乱哄哄的窃窃私语声也在波浪般此起彼伏，但也无人出来正面作答。反过来，德穆兰却不由意识到，所有人的目光都投到了自己身上，几令人疼痛了。就是说，领导者要代大家上前答话；就是说，虽然我们没勇气答话，但只要你率先扬起反旗，我们就会欣然跟进！

——交给别人去办……吗？

毫无疑问，这要是昨天之前，就算这些家伙施以压力，自己也会当即逃跑。从前的自己，本身就是个交由他人去办的家伙嘛。

——但现在，我已经脱胎换骨了！

说实话，此刻的德穆兰直觉得后背发凉。非因胆怯，而是因某种快感。啊，就由我德穆兰来回应大家的期待！作为英雄正面迎敌！德穆兰越是在心里自语，就越感觉全身上下热血倒涌，忽地一下，意识就麻痹了。

朗贝斯克大公的口气不容置辩，再次催促路易大帝广场上的群众。

"此等无意义之集会，即刻解散……"

"我们绝不解散！"

毅然出列作答时，德穆兰高高地举起了拳头。

你说什么！朗贝斯克大公这话一出口便瞪眼没词儿了。说不定，是被我这气势给震住了？啊！是的！我可不是什么落水狗，厉害着呢！再看这德穆兰，那可是越来越振奋了。

"我是说，要解散的不是我们。你们这支非法军队才该先行解散，是你们！"

保护人民，才是军队的真正职责！被贵族的阴谋利用，被他们巧妙用为打头阵的炮灰，这样的士兵，与那些山贼何异？德穆兰虽是气息尚存便说个不停，但再看背后那些人，半道上就没心思再听了，都没必要号令，一当意识到反击的狼烟业已升起，便即刻投入了行动！

怒吼声起，沸反盈天，同时响起的，是宛若悲鸣的马嘶！这支兵团虽是分开人墙强行插入了人群，但反过来，就是打一开始便被群众包围了。人群已不会乖乖地呆立不动了。有的将手伸向了士兵长靴上的马刺，有的去拽军刀的刀鞘，有人要夺弹药袋，还有的，粗暴地上下拉扯马嘴边的马嚼……慌乱中，龙骑兵就是想制止，可连掉转马头都办不到了。就数量来说，群众不在兵团之下嘛，本就把路易大帝广场挤了个水泄不通……当人们利用这一人海优势一哄而上，根本不费吹灰之力，那些马就动弹不得了。

"噢！就势把这些德国杂种给拖下来！"

"对！绝不让他们老是一副了不起的样子坐在马上！"

"这就好好告诉他们，竟一脸若无其事，也不看看闯到了谁的怀里！"

当然，德国雇佣兵也不会乖乖被他们整，哗楞哗楞摩擦声响，马上的士兵们也是相继军刀出鞘。

"哼！这可吓唬不了我们！"

叫喊的是只有上身着军装的退役军人。不会被砍到的！只会被刀面砸到。哈，这就是军队里灌输的方法，用来驱散群众的。

"会疼，但不会砍到你肉里去的！"

退役军人的话是对的。所有的德国雇佣兵全都把刀一横，露出了刀面。阴暗中，一道道白光闪起，的确营造出了十二分的可怖景象。可这"机关"经口口相传，在群众中不断扩散，也就立即失效了。

用不着害怕！知道了这一点，人们就更来劲了，根本不会停手。暴露在一意高涨的怒吼声中，就是这般威武的龙骑兵也越发现出了狼狈之色。

马上的士兵们当即便不知所措地目光游移起来，四下里探寻，最后就全都投向了朗贝斯克大公，只见他正在下级军官的保护下，一脸茫然！

只要指挥官示意，即可竖刀露刃，砍将下去！甚至，提枪开火都可以！如此，驱散群众即在弹指之间，但根据部队规定，这也得有上面的命令才行。

——反过来说，只要指挥官不下令，那士兵也是有力无处使。

朗贝斯克大公似也明白，士兵们在要求自己做出决断。他那唇须高雅的嘴角像是动了动，但却未发一声。尽管就算他全力高喊，在这怒吼声四起的广场也未必能将命令传达到队尾。

——机不可失！

德穆兰拔出了一直藏在怀里的短枪！当他迅速摆好架势，都将枪口对准朗贝斯克大公了才想起来，没子弹了！在巴黎皇家宫殿打出那一枪之后就没了，没让米拉波装填备用的子弹！啊，是啊！我们这边没有武器啊！畜牲！

"开枪！谁要带枪了，就往那张装腔作势的脸上开！"

德穆兰指示道。但这回，朗贝斯克大公也不甘落后，冲下级军官耳语之后，高音喇叭吹起，下达了命令！

"撤——！全体撤退！暂退到路易十五广场！"

可这龙骑兵连撤退都已是困难重重。好在群众没加阻拦，这才总算从路易大帝广场解脱出来。跟端坐于马背之上，英姿飒爽地进入广场时比，那给人的感觉可就远为矮小了。人们面带优越感地望着这支骑兵远去，这回当然就要爆发出一片胜利后的欢呼了。

"太好啦！太好啦！把他们赶跑啦！"

"好好瞧瞧自己样子吧！德国佬！"

"什么军队！就这两下子，我们可不怕啊！"

大家尽情表达着各自的喜悦。

应该说必定如此吧，最终，这些声音又汇聚成了一个词，准确地说，应该是一个人的名字：

"德穆兰！德穆兰！德穆兰！德穆兰！"

不用说，德穆兰四周是一片沸腾。干得好啊！德穆兰先生！是啊！多亏德穆兰先生啊！呀！您真是太棒啦！德穆兰先生！是啊！要是女的，一下子就迷上您啦！德穆兰先生！

当极尽赞美之声不绝于耳，最开心的就是德穆兰了，但表面上却与这心情相反，又装得稍有难色。一方面，脸颊马上就要欣喜地绽开，但另一方面他又即刻自戒，要这么轻薄，那可就不像英雄了。到最后就吐出了这样一句——事在人为！

"不，我的事暂且不提，真是车到山前必有路，船到桥头自然直啊！啊！原想，我们根本无法与军队对抗，可令人意外的是，不管什么事，总会有办法的！"

"没错！那帮家伙也没什么了不起的！就会在稍一吓唬就让步的软蛋面前耍威风！说起来，就是只会欺负弱者，一旦你怒目以对，那腰立马就软啦！"

拉古诺点心店主出口辛辣，一反常态，而另一边的乞食教徒则像在硬逼自己一样，不停地划着十字：我主保佑，阿门，阿门……可这又有过谦之感了。

"啊，虽说是军队，但也用不着太害怕。"

德穆兰总结道。并且，军队虽不可小视，但我们越不畏缩，它就越不是强敌，并非难以制胜。

"真不愧是德穆兰先生！"

完全像您说的一样！接这话的，是假肢旧军装。

虽然还没问其姓名，但从刚才开始就为自己提出宝贵意见的，正是这位。连有部队经验的人都支持，看来，我德穆兰还是有眼力的，说不定，我真就是天生的英雄呢。就在德穆兰刚因昂扬的自尊心又要放松下来时——

"那，接下来，我们该怎么办？"

退役军人问道。不用说，朗贝斯克只是暂时退却而已。那帮德国龙骑兵在路易十五广场调整之后必会卷土重来。这回，可就是下定决心啦。他们会把刀竖起来真砍，也会开枪，甚至会连大炮都拉来啊。

"当然，没必要过分害怕，可……"

德穆兰就感觉兜头一盆冷水泼了下来！也就是说，虽然嘴里在说不可轻敌，但还是过于乐观了。也就是说，自己到底只是个外行，并不晓得军队的真正可怕之处。

话虽如此，但德穆兰的底气也并未就此夭折。因为，周围的目光比自己还要胆怯。一当这些目光求救一般看着自己，那作为领导者就断无怯懦后退之理了。

"继续呆在这广场里很危险啊。"

德穆兰开口了。啊，同样的招数，第二次可就不好使啦。这一次，他们极有可能开枪。在这无处可逃的地方与他们对阵，那就只会成他们的活靶子了。

这番话虽未经深思，但退役军人还是点头道，是的，的确，换个地方，的确是个好主意啊！对那帮德国雇佣兵而言，这就是棋先一着啦！

"那，我们去哪儿呢？德穆兰先生！"

"是啊。嗯。从距离来看，得先到杜伊勒里宫附近吧。"

"原来如此！好主意！"

退役军人再次点头。嗯，这可真可谓卓见啊！呀，真不愧是德穆兰先生啊！

"抱歉，能不能请您说明一下，让我这开点心店的也明白怎么回事。"

拉古诺插话道。这一问，德穆兰就感觉自己像得救了一般。不明白的，我这律师兼作家也算一个！虽是被退役军人一通夸奖，但也是内心不适，只好在那里暧昧地干笑呢。

"那边庭园里有假山啊！"

退役军人如此回答。就是说，我们先走一步占据制高点再说。可以把假山作为临时阵地。这就是德穆兰先生的作战设想啊。

"没错，正是这样！"

出于心虚，德穆兰赶紧应声作结。啊，一旦演化为真正的战斗，不构筑阵地那就无从谈起了。别的不说，我们手里连武器都没有嘛。首先一点，如不能固守，那就谈不上战与不战啦。当然，仅能固守还是不够的。并且，敌人不可轻视。虽然说好多遍了，但我们的敌人，的确是响当当的军队。

"与之为敌，要说我们还有优势，那就只有人多了。"

人数，就是我们的武器！德穆兰一边说，一边偷看了一眼退役军人的表情，见他在无言地点头，那看来，我这分析也不见得不对。

这就是从刚才的对峙中得到的唯一教训。正常情况下，被高坐于马上，须仰视才见的大块头德国兵瞪着，要正面对视都非易事，但只要拥有压倒性的数量也就没那么可怕了。也就是说，单个的人虽很弱小，但只要大家结成队伍，甚至都可能对对方构成威压。

"所以说，我们需要支援啊！"

"就由我四处招呼一下吧！"

教徒自告奋勇。是的，我去把整个巴黎都招呼起来！"起来，巴黎的健儿们！德国兵与瑞士兵正要将人民赶尽杀绝！"就用这样的话去高声召唤！

23

杜伊勒里宫

转移到杜伊勒里宫轻而易举。虽说途经之路宛如迷宫，但距路易大帝广场终不过是几分钟的路程。

可这杜伊勒里也太大了。从宫殿建筑往西，是呈几何图形延展开去的庭园，由庭园尽头再往西，就是植有街树的步道。也就是说，其用地一直延伸到了塞纳河畔，绵延竟达半里格（约二公里）之长。

而所说的假山，就位于庭园与步道交接处。庭园这边大约高出二托阿斯（约四米），沿阶而下，有一个小广场，由广场继续沿阶而下，就是步道。

德穆兰构筑的阵地位于庭园西端。就地势而言，只要在假山后筑起路障，那敌人就只能从大家俯视下的前方，即由低处发起进攻。大家一边在这阵地上燃起篝火，一边一声不响地拉开架式，静候一战。阵地上的群众尚有不下千人。

——都过九点了吧。

到这时候，四周真就暗下来了。因杜伊勒里的广阔，巴黎的窗口也已远去，能隐约瞥见的，就是那边无数的小点，要么就是投到塞纳河中，朦胧模糊，摇摇曳曳的灯影了。

也是因枝繁叶茂的街树不断地延伸开去，对面已是连目光都穿不过去了。即便如此，聚拢于假山之上的群众还是全都在刹那间陷入了极度的紧张。所有人都确信，敌人来袭了！又一次传来了军鼓声……

应说是不出所料，朗贝斯克大公找到集会转移的杜伊勒里宫来了。

马蹄声越来越响，当终于踏阶而上时，这一次，德国雇佣兵可是把队伍组织得密不透风了。

虽只能看到黑暗中的剪影，但也知道指挥棒在大幅度挥舞。一声号令，部队刚在广场入口处停下，便有约三支中队滚鞍下马，士兵们一俟干净利落地排成一条横线，便单膝跪地架起步枪，拉开了架式。这第二次，果然动真的了。

"趴下！"

德穆兰命令伙伴们。刺眼的红光刚在那边闪起，接着便飘起了雾一样的白烟。

"呜！"

德穆兰低低地哼了一声。只为让身体稳在同一个地方，就是俯卧也不得不在沙土中将脚趾竖起来——假山在微微颤动。连大地都为之震颤的杀气，由不得人们不为之战栗。

虽然人们已然陷入过度的恐怖之中，但枪声还是在空中拖起了长长的尾巴。太可怕了！再怎么说，这都太可怕了！诚然，这是极为近距离的射击，破坏力非同寻常。

——你们以为，只有自己持有武器就……

就想怎么来就怎么来了？尽管，作为龙骑兵而言，这是理所当然的攻击，尽管，这样的阵势预先已经料到，但就像对方做了什么卑鄙之事一样，德穆兰腾地就火了！虽自以为冷静，但或许该说是激情迸发到极点，丧失理智了吧。畜牲！混蛋！你就瞧着吧！啊，我们会大干一场！好好地大干一场！

"哼！你们那什么枪击，没啥了不起！"

实际上，晃动的也只是脚下。退役军人夸赞的卓见，说的就是这个。之所以说假山是绝妙之选，就因要从低处水平射击，无论德国雇佣兵多优秀，子弹也只会钻入土石之中，伏在山顶阵地上的人却一个都伤不到。

接下来，虽又传来几次枪击的轰响，但无论哪次，随之摇动的也只是地面而已。而枪击次数越多，人们因恐怖而僵硬的脸就越是放松。对面虽完全没入了黑暗之中，具体情况不得而知，但似乎能隐隐窥到德国雇佣兵与这边形成对照的狼狈之色。

——莫名其妙，这很有意思嘛。

德穆兰心想。直到昨天都从未想过，我这人居然很享受这样的战斗。一直以来，越是为军队的集结而愤怒，就越是蔑视暴力之流为愚劣。不，就是现在，也并不认为暴力本身就是对的，但也无法否认，自己思考，自己行动，最后克敌制胜的这一行为，甚至会为自己带来某种快感。

——比起在对方听不到的地方空喊，真不知强出多少倍……

德穆兰忽地扑棱棱摇起了头。冷静！冷静！卡米尔，你是不有失慎重了呀！退一步说，要放松警惕那也为时尚早。对面的敌人不可能轻易战胜的。

——最重要一点，啊，下一波攻击要来啦！

枪声停下来了。取而代之的，是感觉到了对面黑暗中越来越急剧的野兽的喘息。怕是朗贝斯克大公吧。虽只能看到晃动的影子，但指挥棒似乎从马上更高地举了起来，继之一挥而下！

"冲啊！"

冲天的喇叭声煞是猛烈，接连不断的马嘶告诉人们，龙骑兵们一齐踹动了马刺！天色虽暗，但仍能看到一股尘土漫天飞舞起来。迅猛前冲的马蹄叩击地面的轰鸣，带来的是不亚于枪击、甚至更胜枪击的威胁。眨眼之间，骑兵便冲到了这边阵地中烛亮暗夜的篝火前，那身影真可谓气势逼人！人们毫不怀疑，这支骑兵会就势一气冲到假山上来！

——可，谁让你冲啊！

德穆兰挠起了没戴帽子的脑袋，他想在拍落蒙头沙尘的同时，连强压过来的恐怖都一起拍掉。啊，我们没枪。也无力借由马力发起冲锋。啊，无名人民依然没有武器！那也不要侮蔑我们说，虚无的语言就是你们唯一的武器！要说语言，让·雅克·卢梭我可不知读过多少遍了！都快把书读破了！

"最后的箴言，那就是回归自然！你们这群混蛋！"

竖立着脚趾，德穆兰心急火燎地在地面上摸索起来，感觉碰到的东西硬硬的，圆圆的。啊，只要回归自然，就能找到原始武器！人类的第一件凶器，就是在进入文明社会的当代也能找到！

"我说，听好了，现在就拿石头砸他们！"

嗖——！嗖——！嗖——！风声接连不断划空而去……这些石头是大家甫一占据杜伊勒里便一起捡来的。为与草坪形成美丽的对照，撒在庭园里装饰用的白色小石块可不只适于装点，那大小，扔起来也刚好顺手。

说到庭园，那陈列其中，依古代神话众神而制的无数石像，只要用随手带来的铁锤、拔钉锤将之敲坏砸碎，这又足以用来砸那群德国兵了。数量远超士兵的群众纷纷抓起这样弄来的大量石块，一齐砸向了那群士兵。

"怎么样？"

咣一声闷响，这就是命中龙骑兵那自鸣得意的铜盔的证据。咕！嘎！呜！含混不清，接连不断的呻吟中，伴着咴咴儿直叫的马嘶。只要战马乱扬起前蹄，那士兵就只得接二连三地滚落马下了。

有几个士兵刚倒在凉嗖嗖的广场上就一动不动了。原来，冲锋前来的德国雇佣兵一踏进篝火烛照的橙色光晕中那就完了，立成石块下的牺牲品。因太过痛苦而紧闭双眼，要么就四仰八叉，更何况又掉落马下的那些家伙，可就立成乱石下的活靶了。

原始武器那也是武器！说实话，应该是很疼的吧。不开玩笑，应该是很痛苦吧。只要不是步枪，那任何人都伤不到自己？要压根儿就这么不屑一顾，那就让你们领教一下，这想法，正是你们这群混账被文明毒害的证据！

"砸！砸！狠狠地砸！"

德穆兰站起来了。没等自己扔石头，先鼓舞起大家来了。啊，大家不要停！现在加把劲儿就能战胜他们！军队当前，无名之人民将赢得最后的胜利！

德穆兰又感觉好玩起来了。只觉得全身上下无一处不在燃烧，自己的身体究竟有多热啊！就像亮光一直漫至指尖，这是多么地充实！

最后，连脑袋也早早幻化为一片荣光了！啊，说是无名人民的胜利，但这不正是让我德穆兰扬名的壮举吗？不是米拉波。更不会是什么罗伯斯庇尔。率领人民奋勇一战的英雄，是我卡米尔·德穆兰！

"……"

德穆兰意识到，自己汗流浃背了，因全身上下忽地发冷，从经验来说，这只会是不祥的前兆！

"哇！"

这边阵地上也传来了短促的呻吟！且这呻吟近在咫尺！一惊之下甩眼一看，只见距离自己仅几步之遥的人倒了下去，动作剧烈，像在痛苦地挣扎、翻滚。可这挣扎连两秒都不到，那痛苦挣扎的四肢就全然没了力气。死了吗？但却并未听到临死前的叫喊。怎么回事？自问时，德穆兰注意到了。

——那人的脸半边已经没了！

剩下的半边，现出了被压碎的石榴一般的黑红色。有东西涌了上来。德穆兰拼死把像要决堤而出的呕吐强压了回去。

枪声不断，连成了一片。德国雇佣兵们又展开了新一轮射击。刚刚死去的那个人，就是被子弹击中而脑浆崩裂的！很可能当即就殒命了，但因身体仍执着于生命，这才无声地挣扎了几秒。

——可，为什么……

德穆兰以跳水的动作再次趴到地上，啃了一嘴沙子，喀嚓喀嚓直响，只因已经吓得嘎嗒嗒上牙直打下牙了。所以说，绝对不能站起来！再怎么占据假山，但要得意忘形站起来，那就立成枪击的靶子啦！

"太可恶啦！"

啐出这句话时，德穆兰的两只眼已经只能盯着冰凉的沙子了。脸，是抬不起来了。根本就没心思抬起来了。因为这太可恶！因为死都不能死在这种地方！要是非死不可，至少，那也要看露西尔一眼，只一眼……

"……"

要想见她，那就做个男人！德穆兰的手像突然发作一样划拉了一把沙子，塞到了自己的嘴里！呜、呜、呜、呜！德穆兰就这样掩住了自己的悲鸣，又哗啦一声吐将出来，德穆兰就势尝试的，是再一次高声呼喊！

"大家小心！低下头，小心敌人的枪击！"

退役军人跟着说，啊，德穆兰先生说得没错！那帮德国雇佣兵换成掩护射击了！

——掩护……

德穆兰战栗起来了。所谓掩护，那就是说龙骑兵再一次果敢地冲锋了？子弹在这边头上嗖嗖横飞，压制住投石攻击，同时让龙骑兵攻上假山。这就是朗贝斯克大公的作战计划吗？

——娘们儿似的贵族，竟来这一手……

谁会让你得逞啊？虽是这样想着就要扔石头过去，可只抬起半身，子弹就嗖嗖嗖掠过去了！

德穆兰感觉到，有血噗地喷到了自己脸上。未等用手确认，德穆兰就不得不再次趴了下去。

"啊！"

"哇！"

后排悲鸣不断。敌方枪手们一刻不停地轮番射击，就连装弹的时间都不想浪费，枪击现已进入齐射阶段了。德国雇佣兵们动真的了！可再看我们，却连扔石头都不让我们如愿！甚至连头都抬不起来了。

24

需要武器

——根本不可能取胜。

就在吐出这句泄气话时，枪声停了。刚"啊"一声惊呼，一骑骑兵便已闯上了假山。所以说枪击是掩护嘛。他们是想以突击了结战斗。

白刃带着篝火的橘红一飘，军刀便翻飞起来。看动作，这一次不是用刀面拍，而是竖起来砍了。但就在眼看就要砍下时，耳中传来了悲鸣般的马嘶。

一惊之下抬眼望去，不知是谁全力撞向了战马的腹肋，接着便是一股黑红色的液体哗地流了出来！可能是手握菜刀撞过去的吧。

腹部被捅，疼痛之下马也惊了，冲上来的龙骑兵翻落马下。这可是我们的阵地！无数的群众可就围上来了，那光景直让人联想到爬满水果的蚂蚁！咕唧！咕唧！令人不快的声音响起，不用问，德国雇佣兵的身体已成碎鱼酱了……可这些人又成了敌人的目标，立即成了他们枪下之鬼……

——说过不要站起来啊！

乱枪射杀之下，他们的身体就像提线木偶在舞蹈……最后，又像断了线一样，无力地瘫倒在地……斜眼看着这一幕，明明还伏在地上呢，德穆兰却下意识地当即就把头抱住了。啊，枪声又停了，又有龙骑兵冲上了假山！

且这次是两骑。假山上的人们已经只能爬着四处乱蹿了。

有前车之鉴啊。要像波浪一样这样轮番攻击，那这边可就束手无策了。就算心一横与德国雇佣兵奋勇肉搏，也只会再次成为步枪的靶子。

——看来，这根本就行不通啊！

我们不可能与军队作战的。不，暴动之类不是轻易就能发动的。泄气话虽又在心头涌起，但德穆兰拼死压制着，不让自己被最终放弃之念压扁。啊，我德穆兰打不得退堂鼓！绝不能做回昨天之前的胆小鬼！

——因为，我德穆兰已经是英雄了！

龙骑兵正前仆后继地冲上假山，可能他们以为这边再也扔不了石头了吧，那自然就会不断地冲上来！

奥尔良公爵与内克尔的两尊蜡制胸像无一幸免，都被马踏了个粉碎，再看炫耀一般挥舞军刀，四处追赶只能四散奔逃的人们的那帮士兵，甚至都感觉到一种令人不快的从容了。

——可你们这群混蛋，究竟又能有多少人呢？

德穆兰用手掌由下往上推了一下脸颊，粘在脸上的沙土和着泪水，几乎全成了泥巴。但我不会哭了！

"哇——！啊——！啊——！"

德穆兰高声喊着站起来了！啊——！啊——！啊——！啊——！只见他忽地冲过去，站到了一名龙骑兵前面，像要挡住其去路一样，一把掏出了米拉波交给他的短枪！

"混蛋！去死吧！"

这样喊着一端枪，瞬间扣动了扳机，而那龙骑兵的脸也即刻痉挛起来，目光狼狈躲闪，当即动作的不是挥舞军刀的右手，而是紧拽缰绳的左手。掉转追赶人们的马头，立马就溜之大吉了。原来如此！你们这群混蛋，就这熊样儿！一当拔枪相向便立即开溜！除了欺负弱者便一无所能的愚劣之徒！

"那就去死吧！"

喀嚓！喀嚓！不断响起的，只是小小的金属撞击声。德穆兰的短枪是空膛的。这点事还是知道的。可被目击到狼狈相的龙骑兵却像是容不得这秘密了！这一次，那可是怒目圆睁，狠踢马刺！逼近前来的马蹄就像要暴打德穆兰的头一样，那就是一挥而下的大榔头！得赶紧跑……

"去你的！胆小鬼！"

德穆兰冲着那铜色头盔就把短枪扔了过去！连命中与否都来不及确认了，只感到疾驰而来的战马在背后紧追不舍，德穆兰不管不顾地跑了起来。

不能死在这里！死，还早着呢！德穆兰抱着这一念头没头没脑地狂奔，可现在，龙骑兵团已在假山阵地之上四处昂首阔步的了，正以乱跑一气的群众为目标挥舞军刀，想怎么砍就怎么砍了，有的士兵脸上甚至浮起了笑意。

篝火的光亮朦胧起来了。德穆兰又掉泪了。可这回，油然而生的是不甘就此作罢！起义，并非不可能！士兵这样的根本不值得怕！啊，我要大战一场！啊，这么不中用的那群家伙，真就是无足挂齿！

——只是，我们没有武器！

德穆兰前脚踏空，摔到了地上。手着地的地方有块石头，德穆兰一把抓起来扔了出去，可也只打到了四散奔逃的同伴身上。啊，不管邀集到多少人，仅只如此，战胜不了那些士兵！

——我们需要武器！

德穆兰不由祈祷起来了。啊，我们需要的不是石头，不是铁锤，也不是菜刀，而是真正的武器。跟士兵们手里一样的武器。能让那群混蛋知道分寸的武器！

——啊，我也需要枪。

可现实中却没人给我们。只要枪不到手，起义，终究只是轻举妄动。不应向所谓军队张牙舞爪吗？就在杀气终于逼向头顶，德穆兰举腕抵挡时——

有什么不同寻常的事发了。证据，就是龙骑兵的军刀像被施咒一样定格在空中，不动了！马上的那铜盔扭头回望的，是杜伊勒里石阶下的步道。就在那里，似乎发生了什么事。朗贝斯克大公在下命令。那里，不全是你们这群混蛋的阵地吗？

可就是想亲眼确认发生了什么，那边也完全没入了黑暗之中。即便如此那也知道，有节奏的军鼓声正越来越响地传到耳边，哒哒哒！哒哒哒！……

这可不是喜讯。又是军队！队列军靴声响，这回是步兵。

"万事皆休……了吗？"

只是龙骑兵，我们就眼看要被赶入绝境了，这会儿又来新敌！恐怕是应朗贝斯克大公请求而来的增援部队。啊，这下可真完啦！当不知不觉吐出这句绝望的话时，德穆兰轻声地喊起了一个女孩儿的名字：

"露西尔……"

露西尔，露西尔……还是想看你一眼，只一眼也好。就算实现不了就被杀，但也是作为勇于一战的斗士而死，所以，若在眼帘中浮现起你的笑容，露西尔，你也会原谅我的，对吗？德穆兰闭上了眼睛。

枪声，果然响起来了……悲鸣，果然响起来了……

"哎？"

德穆兰擦了擦眼睛。不太对劲。

别的不说，龙骑兵拨转了马头。不只是一直在追自己的那个家伙，所有的龙骑兵都面现惊慌之色，争先恐后拨马往假山下冲去。

不明所以地站起身来，跑到这边阵地的最前沿一看，只见无数红光频闪，那边的黑暗中的确发生了枪战。但子弹飞向的，却是由假山上撤退的龙骑兵！

失去骑手的马匹也成了没头苍蝇，四处乱蹿。而掉落马下，在广场里乱滚，血染军装的，无疑是那些德国雇佣兵。

误射吗？德穆兰心想。要么就是被流弹击中了？不！不对！

在这同一轮枪击之下，龙骑兵不断落马。被子弹击穿的只有龙骑兵，且并不止于冲锋到这边阵地来的德国雇佣兵，一直在后方掩护的三支中队也从一直藏身的暗处跑到了篝火的橙色光晕之中。

——是在逃跑？

那帮家伙一边全力逃命，一边不住地往身后看，偶尔也有士兵转身开枪射击。看来真是在逃跑。可为什么会这样?！再有,杜伊勒里步道那边蜂拥而来的,究竟是何方神圣?

——那里,应该只有军队……

军鼓声越来越大,都要压过德国雇佣兵的悲鸣了。当鼓声越来越近,终于看清他们的身影时,果然是身着蓝色军装的步兵队!约两支中队列队前进,所有士兵都端枪在手。刚才的一波攻击,无疑是这支新到的部队发起的。

——可是!

有一个士兵离开了队伍,一走到因痛苦而昏厥的龙骑兵近前,那大个子步兵就用刺刀给了他致命的一击。可你小子不是国王军队的吗?虽说是德国人,但那个士兵不也是你兵营中的战友吗?

“哎?那小子不是罗贝尔吗?”

将身子探出假山栏杆高声喊叫的,是点心店的拉古诺。啊,没错儿!那傻大个儿,不会看错的。

德穆兰跑了过去。拉古诺,这到底怎么回事?

“啊,德穆兰先生。呀,这还用说,那小子是我女婿啊!”

“女婿?”

“我把独生女儿嫁给法国卫队的大兵了嘛。”

“法国卫队?”

“是啊。蓝军装里面是红背心吧。那就是卫队的制服。”

的确有传言说,法国卫队被收买了,取代欠饷的王室为他们发饷的,是巴黎的大资本家。

“就算这样,军队也不会有变吧。这不是宣誓效忠于国王的军队吗?

“不。所以说,值得拥有的还是美貌姑娘啊。回头想,连胸脯都给养得那么丰满,结果就把国王的士兵都给迷住啦,到最后,还为人民倒戈一击!”

是这么回事吗?德穆兰自问道。这样理解并相信这一幸运,可以吗?

拉古诺以理所当然的口气接着说：

"哼！要把他们与什么德国雇佣兵当成一伙，那可就不好办啦德穆兰先生。从根本上说，他们可是法国的军队，不会把枪口指向法国人的。"

"是这样的，拉古诺大爷。"

德穆兰也承认，非将非校的普通一兵，多数都是第三等级。只要父母是第三等级，那兄弟姐妹也是第三等级，只要新婚妻子是第三等级，那降生的孩子也是第三等级，所以，实际上巴黎人一直与部分士兵建有友好关系。

特别是说到这法国卫队，当士兵因反抗上级而被投狱时，以巴黎皇家宫殿的有志之士为中心的巴黎市民便掀起了市民运动，最终让他们获释了。两者间的关系之友好到了这种程度。

——也就是说，这一次，是报答巴黎人的恩情。

枪声还在继续。没错，中枪倒地的全是德国雇佣兵。哎？激战正酣时，甚至看到了不合时宜地兴高采烈、手舞足蹈的法衣！是的，没错！法国卫队成了我们的友军！一当得知我们的困境，便火速赶来了！

是要说服整个巴黎来帮忙，干劲十足地跑去活动的那个教徒。啊，全都明白了！德穆兰大声喊着，又一次捡起了脚边的石头。既如此，那我们也加入战斗吧！这回，我们要合力一战！

第三卷　攻占巴士底狱

Les hommes naissent et
demeurent libres
et égaux en droits.

"在权利方面，

人们生来是而且始终是自由平等的。"

（引自《人权和公民权宣言》第一条　1789 年 8 月 26 日）

1

市政厅广场

"卡米尔，醒醒，卡米尔！"

有人在拍自己的脸，德穆兰醒了。扑棱一哆嗦，才意识到背部的剧烈疼痛，脸都歪了。这才想起发生了什么。有点晚，但还是忍不住苦笑起来。

——尽管是夏天，但露宿还是够受的。

一七八九年七月，波澜起伏的十二日像已过去，现已是十三日的清晨了。动作虽有些鲁莽但态度亲切地唤醒德穆兰的，是个令人联想到巨树的大块头。肩宽背厚，且不管什么时候都显得很自信，真就是一位气势十足的伟丈夫。

要说野性十足的大汉，这位倒是跟米拉波伯爵有相通之处。但那位是贵族出身，身上散发着某种品味。可再看这位，给人的整体印象可就野蛮了。脸上虽没有难看的疮痕，但上唇却竖着留下了一道开裂的伤疤。还有那已被压扁，一左一右摊向两边的鼻子，据说都是年幼时被牛踩踏所致。这段逸话虽真假莫辨，但这面相却透出了一股强烈的，无懈可击的豪杰之气。

"呀！早上好，丹东。"

德穆兰赶忙打了个招呼，继之便伸着懒腰接着说，啊，天都亮啦。

"时间过得好快啊，明明感觉刚睡着。这么说来，丹东，你可真不愧是农民的后代，想不到会起得这么早。"

丹东是与德穆兰交往密切的律师同行之一。乔治·雅克·丹东是由香槟大区进京，来巴黎闯荡的，二十九岁，与德穆兰同岁，但却早在两年前就结婚了。这可是件大事。因为他的妻子安托瓦内特·加布里埃尔是新桥边那家生意火爆的德·勒科尔咖啡店店主的女儿，德穆兰经常在那里吃请。从这个意义上来说，虽说两人同岁，但丹东就像个大哥一样。

丹东闻言苦笑着答道，真有你的卡米尔，你也是个糊涂蛋啊。

"这跟农民、商人，还是木匠没啥关系吧？不管是谁，今天都会早起的。从早六点钟开始，全巴黎的教堂就咣咣咣地撞起钟来了嘛。"

"哎？这么吵啊！一点都没听到！看来真是睡得太死了。昨天太累啦。对了，现在几点了？"

"八点啦。"

这次作答的是一个小个子。不，要说实际体格也没那么矮小，但因总是弯腰猫背，看上去，就跟路易大帝中学的那位秀才不相伯仲了。

"啊！马拉？你也来啦！"

德穆兰应声道。若继续跟罗伯斯庇尔对比，那这马拉也是个优秀人物。

让-保罗·马拉，本职医生，长期留学英国，甚至取得了医学博士学位。有一段时间，还在阿图瓦伯爵那里担任护卫队军医。但自被免职之日起直到四十六岁的今天，就一直是郁郁不得志。

不，相应地，他也被选举人推举过，但就社会评价而言，至少是并未达到与其本人自负相同的高度。或许就是这个原因，尤其是作为优等生与总在阳光下昂首阔步的罗伯斯庇尔相比，无论是那颇显多疑的眼神，还是那总显偏执的言行，还有那毫无来由便勃然大怒的急性子，就明显带有浓厚的乖僻扭曲的色彩了。

——虽说与之交往也不坏，可……

今天的马拉也是一脸的不高兴。不知为什么，一直不停地挠胳膊肘那块儿。据德穆兰平日观察，这皮肤病的宿疾可能也是其性情乖僻的原因之一。

闲话少叙，丹东与马拉也住在法兰西喜剧院一带，与德穆兰都是近邻，相互间交往密切，情深意厚本身并不值得大书特书。只是交游日深，德穆兰也知道，这两位对当今政局都有自己的一家之言，彼此间这也不行、那也不对地交换着意见，也是时事讨论的伙伴。

马拉接话了，脸上时或现出殷切，让人联想到鸵鸟。总之，卡米尔，还是抓紧得好。

"市政厅的官老爷喊你去呢。"

"什么？官老爷喊谁去？"

"不说了嘛，卡米尔，喊你呢。"

"为什么？"

"为什么？！"

马拉没有回答，只目瞪口呆地耸了耸肩。虽无意装出一副煞有介事的样子，可当忽地想起来，德穆兰还是不由生出了一股自豪之情。啊！对啊！我都是英雄啦！虽说一不留神就会忘记，但我，已经不是昨天之前的那个德穆兰了！也就是说，市政厅直接来招呼也毫不奇怪，我都是这样的大人物啦！

但也无需特意来喊，因为已经在市政厅了。昨天夜里，德穆兰最终没有回家。不如这样说吧，德穆兰带领群众深夜抵达的正是市政厅，就这样在办公楼前的广场上露宿了。

"好啦，至少也得擦把脸吧。"

丹东说着，递来一条手帕。一惊之下伸手一摸，脸上还真是粗糙啊。汗？泪？泥？还是黏糊糊的血？怕是都有，混到一起，又干在了脸上。总之，无疑这脸是脏得可以了。

德穆兰接过手帕用力地擦着脸，一瞬间，昨夜的恐怖苏醒了。但只要克服了，紧接着苏醒的就是兴奋了。啊！我胜利了！虽说有法国卫队助战，但毕竟是率领群众将德国雇佣兵漂亮地赶出了杜伊勒里。

好像这都已成热门话题了，就连走向市政厅门厅的一路之上，也有很多人向自己打招呼。啊，德穆兰先生，早上好！就是那位先生吗？带领巴黎起义的？都这时候了，说什么呢？没有比德穆兰先生更英勇的英雄了！是啊，没错！昨天，真是令人拍手称快的壮举啊！耀武扬威到那般地步的军队都被击退了，这可是会载入巴黎史册，不，是会载入法国史册的壮举！

"就是我，也在皇家桥与士兵对决了呢。"

头前几步的马拉站住，坦白道。

闻听此言，德穆兰确认道，"德国雇佣兵，还是瑞士雇佣兵？"

"谁知道呢。没确认，但总之是一群大块头。当然是些虚有其表。外强中干的家伙，不费吹灰之力就给赶跑了。"

"丹东，你呢？"

"我倒没碰到士兵，只是听人说，贝桑瓦尔男爵会从战神广场攻过来，但不知道会在什么时候。于是就去喊街区的居民，一直在喜剧院附近构筑路障。"

"是嘛！那大概有多少街区构筑了路障？"

"已经很难找得到铺路石没被掀翻的街区啦。"

看来巴黎的人们各自都采取了行动。这也是理所当然的，巴黎早就进入爆发的前夜，内克尔大臣之职更迭的消息一传开，那不起事都不可能了。

——不。

一直以来，巴黎虽是两眼冒火，咯吱直响，但却一直未能迈出那一步。说到已然陷入狂暴之中的城郊圣昂图万路，乱发脾气都到极点了，可骂得再凶，也无人能与军队为敌奋起一战。就说七月十二日那令人眼花缭乱的事件，说到起点，还是巴黎皇家宫殿。

——也就是说，是我德穆兰！

无比自豪之下，德穆兰鼻孔喷张。

这是事实，自豪也在情理之中。啊！是我卡米尔·德穆兰！要不是德穆兰挺身而起，今天的巴黎，也仍在困于怯懦的沉默中郁闷而已。

2

哄抢事件

"回头想，真是不得了的一天啊。"

德穆兰接话说。心想，再被稍稍捧一下也是应该。可丹东虽点头认同，却也没再夸奖。

"哼！不得了得都有点过头啦！"

"过头？为什么这么说？"

丹东没有回答，只是努了一下下巴。德穆兰会意，望向远处的天空。几股黑烟仍在向空中飘升，有的还红光隐现。德穆兰知道，大火仍未扑灭。

马拉接话说，没什么的，不是我们不好。

"只是军队太没用而已。"

说到底，这就是昨夜的结论。不知是因被迫败走杜伊勒里而心生动摇，还是法国卫队倒戈的冲击，王室政府的部队突然就软弱了。

在那之后，与群众间的小规模冲突仍在巴黎各处不断发生，一直持续到了深夜。但在这类冲突中，军队自始至终未开枪，都让人讶异他们到底在打什么主意。但实际上，军方像是一边在牵制巴黎群众，一边毅然决然地偷偷撤退了。

大约到凌晨一点左右，找遍市中心都看不到士兵的身影了。据那些消息灵通的人说，好像是巴黎方面军总司令贝桑瓦尔男爵命令分散于各处的部队撤回，所有兵力暂时集结到了战神广场。

"要说现在的局势，那就是一直戴在巴黎头上的金箍脱落了。如此一来，可就毫无顾忌了，巴黎人也是当即就爆发了……"

口气中虽无苛责，但丹东承认，群众这边也有过错。事实上也的确如此，深夜的巴黎完全陷入了混乱与无序之中。一当刀枪的恐怖远去，人们就再也不想忍着了……

先是抢粮。忍饥挨饿早就超出了限度，人们率先袭向可能有粮的所有地方，寻找可以吃的东西。

面包店、肉店、鱼店，还有贵族府邸、高级教士所在的修道院，撞到哪里算哪里，这些地方也就相继成为了群众扫荡的目标。尤其是圣拉扎尔大教堂，损失相当严重。教徒们积存粮食的传言一当流布，饥饿的群众便不由分说地对修道院大肆破坏，大麦、小麦、黑麦、葡萄酒、醋、油，甚至还有奶酪，实际上，只要是被人们找出来的，全被抢了个精光。

"可以说，巴黎的饥荒已是紧急事态啦。无视信徒困苦，一劲儿存粮，但修道院应该是修道院才对嘛。可那些脑满肠肥的教士，却不只是自己吃得肚大腰圆，可能还在送粮给军队啊。说起来，这就是有可能在贵族的阴谋中合谋出力了。"

德穆兰用这番话为群众辩护。说实话，自己当时就在现场。带领群众一直忙到深夜，就是在干哄抢这件事。

当然，当时不分对象地哄抢，德穆兰并不赞成。但另一方面，他又不得不认为应视之为必要之恶。

"算是吧。粮食短缺是没办法的事啊。"

丹东也表示认同，前提是不追究那件事的话。再怎么说，那件事都太糟糕啦。

所谓那件事，就是指飘荡于巴黎上空的黑烟。这事也一样，德穆兰并非不知情。

若抢粮是头等大事，那第二件，就是武力平息一直以来对物价高涨的忿恨。作为物价上涨的原因之一，大家老早就在议论的，就是在商品实价之上加收的入市税。趁货物短缺导致物价上涨之机，那些包税人若无其事地大张旗鼓提高了税金。

　　这一愤恨所向，便是总计达五十四处之多的城门。现在的城墙，就像那些留于市内的中世纪遗迹，并没有军事意义，是包税人行会协商之后于一七六六年建成的，目的是对出入巴黎的人、物进行管制。要说，这就是入市的海关。如此胡作非为，我岂能容！于是，愤怒的群众便把里面的家具、日用器物及税收簿全都搬了出去，最后，一把火就把整个房子都给烧了。

　　这火，映红了巴黎的夜空，直到天亮之后仍在冒着一股股的黑烟。

　　"可为什么说这事办得糟糕呢？或许是有些乱来，但入市税理当废止，既然这是人民的意见，那连城门都破坏了就是不得已而为。"

　　"说得没错，卡米尔。啊！对下等人来说，诚然如此啊。可在官老爷眼里，这事，还是有些复杂啊。"

　　言行虽然鲁莽，但丹东还有精通世故的另一面。这话里的暗示，德穆兰当然明白。一说包税人，那就是头号大资本家。并且，既然这一工作承接于王室，那从理论上说，他们还是王室的心腹。而巴黎市政厅一直在这些守旧派的掌控之下，也是事实。

　　"可是，官老爷不也全换了吗？废除旧制度，设立自治评议会，这不都表决通过了吗？"

　　德穆兰确认道。昨天夜里很晚的时候，有人告诉了他市政厅的这一动向。也就是说，市政厅为选举人集会提供了地方，其作用已形同市议会，也就是说，终于，要由自己来掌控巴黎了。而其主体，就是由选举人推选的自治评议会。今后，巴黎行政就由以评议会为最高机关的自治团体来掌控了。

　　丹东答道，是啊，自治评议会的确是设立了。

　　"可还需要办手续啊。也就是说，到评议员选举这一关，还要经过几道手续。但这风云突变、形势危急的巴黎，又不能处于无政府状态。所以，就临时全权委托给什么常设委员会了。商人领袖弗雷塞尔及其手下四参事，也在委员会里占有席位。"

　　"这不是守旧派吗？他们就是王室政府的走狗，不是吗？"

　　那群贵族崇拜狂，居然顽固到……像要倾倒一空一样，德穆兰不停地说了下去，归根到底，就因旧市政的懦弱，这才发展成了今天的事态，不是吗？虽说受到王室照顾，可再怎么样也不能让军队进驻巴黎，当时就该向王室抗议。正是因为这任人摆布的可悲状态，巴黎人民才义愤填膺的，不是吗？而选举人集会，不也正是因为这怒气才挺身而出的？

"那些选举人呢？他们至少也是委员吧？"

"这个嘛，确实。是啊，谁会让他们被拒之门外啊！"

听丹东如此作答，马拉一脸挖苦地笑着从旁补充说，就是这选举人，也是资本家嘛。

"比起商人领袖这样的人，选举人是新派，可究竟能新到什么程度就不好说了，也就是说，不知道会在多大程度上站在人民的立场上。"

"马拉先生自己就是选举人，您这一说，倒真是个问题呢。好啦，卡米尔。这事，商人领袖也好，选举人也罢，都一样。"

丹东总结道。事情是这样的，好像巴黎市常设委员会的紧急会议开了个通宵啊，并且想在市政厅广场公开宣布会议的结论。但德穆兰老弟的社会评价很高，有一事，想事先征得你的谅解，这才拜托我们把你本人找来。

3

市政厅

白垩圆柱一根根在眼前排开。不,印象中有着些许的蓝色,不知是屋檐的石板瓦之故,还是石材本身的材质所致。

巴黎市政厅,也是巴黎这座大型城市的代表性巨型建筑之一。因其立于广场东侧,感觉就像有意张开双腿挡住去路,独占朝阳一般。这不是借口,德穆兰之所以睡了懒觉,的确与这一带完全裹入阴影之中,迟迟不亮有关。

而那巨大阴影的形状,就像野兽一左一右伸出两只大耳,脑门上则突兀地擎出了一只尖角,透出了一股恶魔般的不祥之气。为什么会是这样的形状呢?因为南北两栋为庑殿式顶檐,分外高出一层,而将两者连为一体的中间栋,则是悬山式顶檐。

南、北两栋的下层都有拱道,北栋拱道用铁栅栏封住了,平时开放的是南栋拱道。本以为,这就是通往市政厅的门廊了,可在拱道的阴暗中走向深处,到达的,却只是设有回廊的里院。

市政厅的正面门厅在哪里呢?就在中间栋悬山式顶檐上伸出的钟楼与时钟塔的正下方。若将视线放低,那就是在左右白柱夹持之下,一字排开的第三面玻璃窗旁边,即正中间那扇大门的后面。静心一想,只能说这一设计是理所当然,但对不熟悉巴黎的人来说,可能是会被市政厅的庞大身影震慑吧,一时真搞不清哪儿才是门厅。

但今天,就算是初次到访也断不会搞错。人山人海黑压压一片,到处都是人群的市政厅广场,却唯独把那里给闪让了出来。不只如此,那边还起了小小的争执，有人正扯着嗓子高喊。

"说过了嘛。我是说，不需要烦劳大家动手啦！"

分开人墙近前一看，就是刚过来的德穆兰也即刻明白怎么回事了。

一群穿着寒酸的人嚷嚷着把一个老人围在了中间，老人腆着圆滚滚的肚子。这重量感，就是以一对多自也是岿然不动。不止如此，那整理得有条不紊，甚至有不合时宜之感的白色卷毛假发，也像在睥睨帽子都没戴的群众。

无需确认，这位，就是传说中的商人领袖——弗雷塞尔。

"再重申一遍。巴黎市已决定创建民兵队伍，六十个街区，将分别选拔八百名民兵，组建起一支总兵员为四万八千人的民兵队伍。这不就足够了？到底有什么地方让你们接受不了呢？"

该说是意料之中吧，与缜密周到的措词相反，弗雷塞尔态度居高临下，自下而上地强加于人。有几个人也真被这态度震慑住了，目光游移起来，但一个围裙上沾满油污的人仍不屈服。这个人看上去很年轻，应该还不到师傅级别，那也脱不了手艺人惯有的急脾气。啊，怎么可能接受！真是畜牲！

"一句话，那什么民兵队伍，只会选拔有钱人吧！"

"并非有意如此。又是制服，又是军刀，又是火枪，从自带装备的意义上来说，也需要有相应的经济能力……"

"还有，这民兵不是要迎击国王的军队，而是要敲打我们穷人吧？"

"谁说过这话？真是！就算要恶意曲解，这也太过分啦。我只是说，巴黎必须恢复正常秩序。"

"既是这样，那拥有武器就是我们的自由了吧。"

"话是这么说，可要是为此而抢掠就难办啦。"

弗雷塞尔所说并非虚事。人们没有武器。就是想迎击暴政部队，没枪也是无从谈起。在十二日不断发生的小冲突中痛感到这一点后，群众便四处奔走，寻找武器。于是在昨天夜里，人们便趁乱袭击了枪炮店、武器商，甚至是兵器作坊等所有可能拿到武器的地方。

"巴黎起义了！情况紧急，望能无偿提供！"

嘴上是这么说，但就另一方来说，这就是名副其实的抢劫之灾。再加又是棍棒，又是剑，又是手枪、狙击枪的握在手里，到了最后，就"找粮食！"这一嗓子，人们便四处乱闯，哄抢起来，"要回多收的税金！"又一嗓子，便火烧海关……这样一来，作为巴黎市当局，那就不可能宽容默视了。守旧派中心人物弗雷塞尔就不用说了，若认可马拉的推测，那么选举人那样的资本家们也一样。

——正因觉察到了这一点，也由不得我不心生忧惧。

德穆兰感觉，这位年轻手艺人的怒气自己也能理解。就此前一直统辖着巴黎的气氛而言，会让人不由作出这样的推测：决定创建民兵队伍，但这武装力量要保护的又是谁呢？说是维护秩序，可这又是为了谁的和平？最大的目的，就是让有钱人手持武器四处巡逻，以监督、约束下等人吧。

——很难啊……

只要英雄登高一呼，大家就会团结一心，云集而来！然而，事情没这么简单。德穆兰也算是有识之士，洞察一番之后，不由越发苦闷了。因为，所谓只要将一方视为正义而力挺，将另一方视为邪恶而击退就能求得安定，是不成立的。

也就是说，即便力挺市政厅的官老爷巴黎就能太平如初，但到那时，王室政府可就正中下怀了。但话说回来，要只是无名市民，就算毅然决然强行行动，到时候，最多也只会被视为毫无大义的暴动镇压了事。

无论是哪种情况，在一旁窃笑的只有卑劣的贵族。在平民之间挑唆，让他们自己打败自己。而要阻止这一阴谋，唯有必须避免第三等级的分裂！所以我……

"啊，你们回来啦？"

留意到近步前来的三个人，弗雷塞尔招呼道，脸上甚至浮起了喜色，就像在说，面对群众难缠的追问，这正是顺利摆脱的大好机会！对了，找到了吗？那位卡米尔·德穆兰先生？

"啊！莫非是中间这位年轻的先生？"

"是的，就是我。"

德穆兰答着话迈步向商人领袖走去。

那就是德穆兰先生？啊，没错！就是带领大家，让巴黎站立起来的那位先生啊！从巴黎皇家宫殿冲出来的勇士啊！人墙在窃窃私语中唰地分开，给德穆兰让出了一条路。这一次，德穆兰没在大家的赞扬声中天真地任由自豪感飞扬，而是越来越痛切地感受到了压在自己身上的责任。

弗雷塞尔接着说，啊，是嘛。啊，啊，就是您啊。

"呃……这个……德穆兰先生，找您非为别事，听人说，昨天从巴黎皇家宫殿出发游行时，好像是您决定以绿色为同志标志的。"

"是的。因为这是内克尔阁下的颜色。"

"这，是啊。可绿色，也是阿图瓦伯爵一族的颜色啊。"

阿图瓦伯爵是路易十六的亲弟弟，虽与信奉自由主义的奥尔良公爵同为亲王，但两人的立场却是两个极端，前者以守旧、反动的化身而闻名。有传言说，全国三级会议中诸多蓄意令人不快之事，实际上都是阿图瓦伯爵在幕后搞鬼。还有传言说，这一次的贵族阴谋，他就是那只最大的幕后黑手。

"在我看来，只能认为这并不合适。常设委员会讨论的结果，就是以巴黎市的传统颜色，即红蓝两色制作帽徽，分发给新设的民兵队伍。此事，德穆兰先生，您能体谅吗？"

"可以的。没关系。"

德穆兰当即答道。当时决定用绿色，本就只是临场想到的，并无特别的深意。尽管如此，委员会还是就颜色的变更来请求他的同意，还是身为巴黎商人领袖的大人物出面，且态度恳切。

要说德穆兰的心情，何止是没有不服之念，反而像自己强大的存在感得到证实一样，喜不自胜了。啊！现在，就连巴黎市政厅的官老爷对我都无视不得了，我德穆兰也是巴黎的大人物了，拥有如己所愿的巨大影响力。

4

直接谈判

德穆兰接着说，好，是的，我没什么异议。

"红蓝两色不单是巴黎市的颜色。红色，也是为自由而洒的热血之色，而这热血要祝福的上天的神圣政体之色，就是蓝色。"

"原来如此，您形容得太好了。真不愧是作家先生啊！"

您是作家吧，那您的本职是？见弗雷塞尔问，德穆兰点了下头，但紧接着，他便感到脊背一阵发凉。那凉意让他想到了一下下刺入体内的尖刀，蓄满了杀气。

德穆兰无法不在意人们的视线。不妙！一得意，都逢迎起委员会的决定来了。绝能忘记，弗雷塞尔是旧制度下的人。事实上，他对广场群众的态度，直到方才都很轻慢。

一念及此，有一个疑问忽地涌了上来。在弗雷塞尔眼里，昨天的事件就是下等人为所欲为的闹事，令人非常厌恶，而我又站在群众的最前列……既如此，为什么会对我偶然想到的同志标志如此尊重呢？

——哈哈，这是要怀柔我吧。

德穆兰看穿了。创建民兵队伍，将今后的主导权握在市政厅手里，不过是富裕资本家的作为，必会激起平民的反感。为抚慰平民情绪，就想作一下表面文章，说这事卡米尔·德穆兰也认同了，说他们认真听取了下面的意见。

——可是，这可以吗？

无需如此自问。德穆兰接着对商人领袖说，对，我是作家，改变帽徽也没什么问题。绿色也好，红蓝两色也罢，都在其次。

"该说是交换条件吧，我们也要拥有武器。"

背后嘈杂起来。但德穆兰能感觉到，这一次，汇集到背上的视线是温暖的。不，已经是滚烫的了。啊！巴黎滚烫起来了，任何人都阻挡不住了。

相反，弗雷塞尔的目光可就冷下来了，不只如此，甚至透出了一丝焦躁。

"我说德穆兰先生，正如我方才所说……"

"只有民兵队伍，人们会担心的。"

德穆兰抢话道。是的，会担心的。对方是货真价实的军队，且背后有贵族操纵。总之，都是身经百战之徒。有传言说，就在今天也将增兵三万，进驻城郊圣昂图万路。令人不安的消息一个接一个，又是德国雇佣兵占领了路特郎门，又是敌人要攻破小教堂门……

"相对而言，如果说巴黎还有优势，那就只剩人多了。是的，巴黎是法兰西王国最大的城市。既如此，不就应该让尽量多的人拿起武器吗？"

没错！说得好！说得好啊德穆兰！身后群情激昂，又是拍手，又是跺脚，眼前的弗雷塞尔可就面带不悦地支吾起来了，等、等、等、等一下！

"你到底在说什么？不不，先把心静下来。我们的共同目的，不就是要解散军队吗？"

"这倒是。"

"既如此，那就不应该过分刺激军队嘛。最需要我们为之努力的，是恢复巴黎的秩序，这由民兵部队来做就可以了，军队无需担心，让他们退出巴黎。如要解散军队，舍此，别无他法对吧。就是你们，也没想与士兵们为敌，当真动手吧？"

"不，我就是这么想的，军队只是在形式上解散了的话，我可说不出个'好'字来。总的来说，粉碎贵族阴谋才是我们的真正目的。倘非如此，所谓第三等级的未来就永无来日，且连凡尔赛的议会都会依然如故，无法完全运转。"

没错，说得好！说得好德穆兰！身后的群众再次激昂起来，这回，弗雷塞尔像要平复内心的不快一样露出一丝浅笑，大大地耸了下肩。

"这话是怎么说的呢。可能，我们之间存在着严重误会……"

"总之，我们也要拥有武器。"

德穆兰无视弗雷塞尔的话，将军了。话音未落，弗雷塞尔的嘴就动了动，像要说唯独这点不敢苟同，但德穆兰未等他出声，就连珠炮般地压制了过去。

"当然，我们不会用于掠夺。秩序的重要我也完全认同。是的。我们是为第三等级而战，不应做让第三等级落泪之事。所以，请市政厅也将武器提供给我们。"

"哈？"

"要是大家非掠夺不可，那就是因为没有武器。"

可是，就算硬抢也没什么像样的武器了。全巴黎的枪炮店、武器商、兵器作坊都被大家搜遍了，就是再去袭击，能搜到的也只有一些老古董了，相较于作为武器的性能，更多的是工艺品价值。也正因如此，德穆兰才直接谈判的。是的。请以巴黎市常设委员会的名义提供我们枪支。

"我认为，这不是件坏事。因为，如此我们也就无法擅自行动了，我们已经在市政厅管理之下了嘛。"

"但是啊，德穆兰老弟，……"

"只是市政厅内现有的就可以，请提供给我们！"

"市政厅内？不不，没有啊。这里没枪啊！"

"此话当真？"

紧跟着质问的并非德穆兰，也不是群众中的某一位。插话的这位是从弗雷塞尔背后出现的。

此人一派墩实的中年气象，很是庄重，虽因事态紧急没戴假发，短发乍立，但自领巾而下，着装做工的精致却是一望而知。

诚然，即是由弗雷塞尔身后出现，那就是市政厅方面的人了。

"啊，失礼啦。敝名桑泰尔。"

"桑泰尔？就是经营酒厂的那位……"

最先确认的是丹东。真不愧是咖啡店主的女婿。对方点头之后，马拉说话了。

"资本家中的资本家，在选举人中，也是中心人物之一啊。"

"不如说，是因贵族阴谋而内心不快的巴黎人之一。"

既如此形容自己，那其心境就近于平民了。反过来说，就是巴黎市政厅也并非铁板一块，就是常设委员会，也并非全是弗雷塞尔一党。

事实上，桑泰尔接着说道，"这几周，我虽作为选举人集会的一员开始出入巴黎市政厅，但实际上，直到上个月，我都是局外之人啊。"

对市政厅当然不熟。也就是说，武器在哪里，又是什么样的武器，全无把握。坦陈到这里，桑泰尔转向商人领袖，说回到武器，诚然，市政厅并非军事基地，我也并不认为会储备有大量的武器弹药。但多少应该是有一些的，却什么地方都看不到。对此，我也心存不解，所以请容我借此机会，向弗雷塞尔阁下确认。

"当真没有吗？不会是秘密藏于市政厅的某个地方了吧？"

"不是的。真没有啊。顶多就是卫兵手里那几杆老式步枪……"

"倘如此，问题可就严重了。为什么呢？要这样的话，可就连民兵队伍武装都不如人意。武器严重短缺，又非有钱就能买到。无论由谁负责，武器弹药的置备都是当务之急。"

"这、这个，倒确是如此，可……"

"有吧。在什么地方，有武器吧。"

"怎么说呢。卢森堡宫附近，对，后面有个沙特尔大教堂吧，那里多少有一些。"

"其他地方呢？"

"若请查尔维尔兵工厂帮忙，多少会通融一部分吧。"

弗雷塞尔言之凿凿地答道。

5

找武器

"找武器!"

现如今,这已是巴黎的口号了。虽是"拿起武器,拿起武器"地喊,但要到手却并非易事。但只要没有武器,就无法与士兵作战。所以才要寻找武器,先要置备武器弹药。豁出命去也要找遍巴黎,哪怕是一枪一弹也好,一定要准备更多的枪弹。

"所以啊! 要快! "

快搬出去! 德穆兰高声喊道。

七月十四日清晨的巴黎云幕低垂。正值盛夏,自是毫无神清气爽之感,但就这时间段来说令人意外的沉闷,却在预示着白天的闷热。

眼看就要十一点了,实际上,随着太阳渐渐升高,人们热得有点受不了了。所有人都汗流浃背,内衣都能拧出水来了。

几辆手推车碾压着草坪上的青草来回奔走,一停到门厅,从地下室里搬上来的东西就往上装,一装满就往铁栅门那里赶。铁栅门前则是一排停车待命的马车,一把东西装上去,腾空的手推车便扭头再回门厅……马车呢,则是一装满就即刻出发,把门前的位置让给下一辆。

大家分工合作,如此反复了都有一个小时了。鼓舞人们奋力搬运的德穆兰情绪正高,可心里却一直捏着一把汗,心脏怦怦直跳。

"快! 快! 士兵随时都有可能闯进来! "

德穆兰担心得不得了,这么大动静,会不会招致责难?!

一早赶到的就是这荣军院。荣军院位于巴黎左岸,沿塞纳河边往南约四分之一里格（约一公里），刚好走到坡上的地方。虽说这一带的建筑连成一片，挡住了周围的视线，可距西边的战神广场却只有七百法尺（约二百二十米）！那可是巴黎方面军总司令贝桑瓦尔男爵部队集结的练兵场啊！

不知道贝桑瓦尔什么时候会注意到，不知道士兵什么时候又会蜂拥而至。

事到如今，德穆兰直气得肺都要炸了，都快气死了。

——弗雷塞尔这个大骗子！

不用问，昨天，也就是十三日，一整天都在找武器，但也只在兵工厂找到了若干火药，在圣尼古拉港找到了三十五箱弹药，此外就没什么可称道的收获了。尤其令人恼火的，是在弗雷塞尔指点下紧急赶往的沙特尔大教堂、查尔维尔兵工厂根本就没藏武器。

——即刻会被拆穿的谎，为什么要撒呢？

勃然大怒的群众返回了市政厅广场。刚逼近市政厅，弗雷塞尔就浮起暧昧的微笑，重新指示大家去荣军院。毫无疑问，既是收治伤病士兵的医院兼车间，那就是军方设施。但是，可以以巴黎市常设委员会的名义，要求其交出枪支弹药。

于是，十三日傍晚，德穆兰便与有志之士赶到了荣军院。当大家想着不惜诉诸强硬手段蜂拥到铁栅前时，荣军院守备队长索布勒伊的态度却真挚得令人意外。明白巴黎市的请求了，我会火速征求凡尔赛的许可。枪支弹药需要捆包，还望明天早晨再来。这就是索布勒伊的答复。

——相信了他的话，结果就这样？

十四日九时不到，便有约三万人拥到了荣军院。尽管巴黎市常设委员会派出正式使员再度要求交接，可再看出前相迎的索布勒伊，却是懒洋洋地闪烁其辞，就是不想开门。可谁都知道，战神广场近在眼前，没人有心思没完没了地磨牙。

群众很快就失去了耐性，直接爬上了铁栅栏。医院过而不入，又穿过杳无人迹的车间，拥入主楼的地下仓库一看才知道，这里进行过紧急行动。

"哎哟！好疼！"

一进地下室，德穆兰就感觉踩到了硬物上。挪脚一看，是令人联想到鸟嘴的黑铁块，像是枪的扳机。

四下一望，零零乱乱的还有其他一些小零件。索布勒伊命守备士兵通宵作业，不是精心捆包，而是拆解枪支！也就是说，既是非交不可，那就让你们用不了！

——既如此，一开始拒绝交接不就好了？……

为什么一个个地要撒这一眼就看穿的谎呢？就算当场应付过去了，可根本就无济于事不是吗？正这么愤愤着，德穆兰突然感到可笑。到头来，根本就拒绝不了嘛。一旦群众袭来，根本就无力抵抗嘛。

守备队只有二十人左右。且因是荣军院，守备士兵不是老兵就是伤病员，总之，全是退离一线的残疾士兵。也就是说，都是些名副其实的没有价值的士兵，但又没有其他工作，所以，这里的守备任务只是政府出于同情赋予他们的闲职。

但对巴黎人来说，事情可就非常不一样了。

——即便是残疾士兵，那也是法国人。

对折磨法国同胞的长官，他们也无意唯唯诺诺地三拜九叩。话虽如此，可他们又都是残疾士兵，无论如何都不会像法国卫队一样与政府正面作对，他们没有这样的气概。即便如此，能做的他们也做了。

虽受命拆枪，但残疾士兵们消极怠工，拔出一杆枪要一小时，拔出一把刀又要一小时，拧掉一个螺丝还要一小时……一晚上都拆不了一杆枪。

"那加起来，总共收缴了多少支枪？"

德穆兰问道。枪支弹药已基本搬完，只剩最后确认了。地下室里也只剩下一手拿账本、鹅毛笔，异味扑鼻的多明我教徒了。

"应该不下三万支。"

"大炮呢？"

"感谢神的恩宠，计有二十门上下。"

"好，不坏啊。抓紧时间，运到了市政厅广场也就告一段落啦。"

德穆兰跑了起来。待跑到外面的草坪上，只见最后一辆马车正在往货架子上搭车篷，刚要出发。

"呼——"

直到最后，士兵都没来！感觉就像活过来了一样，德穆兰也混入到了告别荣军院的群众之中……

到达塞纳河之前一直都是下坡，就算是装满了枪支弹药，马车也很轻快。德穆兰就像守护着这些车辆一样一路前行，虽说终于拿到了武器，却没什么成就感。汗水顺着下巴滴滴答答地滴着，德穆兰也没抬手去擦。可能，是那一直在发热的身体直觉到，事情还没结束。

"德穆兰先生，那接下来，我们该怎么办？"

假肢军装问道。不只是这位退役军人，问德穆兰这同一个问题的人是一个接着一个。寻找武器！寻找武器！这合唱般的喊声仍在附近的建筑间回响。

"是啊，武器还远远不够啊。"

听到这话，德穆兰也只得点头。

在荣军院筹措到枪支三万有余，感觉已经足够了。可又转念一想，就算凑到了十万支也无法安心。巴黎的危机感日益浓厚，集结于战神广场的部队阴森依然地保持着沉默。他们没向市内出动，可就连眼皮子底下的荣军院的这通折腾，明明看在眼里，也是自始至终保持了静观。

这就只能推测，贝桑瓦尔不想仓促行动，而是要一气呵成，发动总攻。也有人煞有介事地说，现在，他正在蒙马特忙着修建炮台。总之，离双方的殊死激战已然不远。

——到那时，要是枪支不足，弹药耗尽……

越想，这巴黎就越是焦躁不安。啊！不够！完全不够！趁现在大战未起，必须尽量多弄一点。

"要不然，运到了市政厅广场都不够眼前那些人分的。"

点心店的拉古诺还表明了这样的担忧。的确，虽说在荣军院弄到了三万余支，但民兵部队的数字是四万八千人，只是他们人手一支都不够，根本不可能发给那些无名市民。作为这边来说，这当然不满意。可是，以巴黎市常设委员会名义收缴的物品又不能随意拿走，拿走了，可就连本是同党的市政厅都要高声叫骂非法暴徒了。

"喊！好不容易才到手，给了那些有钱人可就完啦，下回这些枪要是被指向我们？还是免了吧。"

退役军人接话说。这可不单是迫害妄想症，事实上，昨天夜里，巴黎直到早晨都处于全城戒严的态势之下。所有角落都燃起了篝火，或点亮了灯笼，刚刚组织的民兵部队连法国卫队都叫了去，整夜都在严加巡视。

问都不用问，这是针对非法抢掠的，要防患于未然。巴黎全城上下的相互猜疑仍未拭去。上面骂下面是一群打砸抢的暴徒，下面则怪上面是只会自保的骗子，团结奋起却依然是仅仅停留于表面。

就现状而言，勉强将两者联系到一起的就是为第三等级之大义而行侠的法国卫队，或是以桑泰尔为代表，虽为资本家却积极支持抵抗运动的选举人，再就不是别人了，而是像自己、丹东或马拉这样的以律师、文人、学生为中心的巴黎皇家宫殿的志士。就这些人而已，数都数得过来。

——如要让巴黎团结一心……

这就更有必要去寻找武器了！只要所有人都有武器，那就不分什么穷人富人了，参不参加民兵部队也全无关系了。所有人都有战斗能力，只有到那时候，歧视才会消失。当所有的人民平等地排成一列，那么整个巴黎团结一心、奋起一战，就能实现。

"可这武器，还能在什么地方找到呢……"

"圣昂图万大道二三二号那块儿吧。"

退伍军人答道。是的，听说贝桑瓦尔这混蛋先下手为强，把全巴黎的所有火药全都运到那里去了。

"那你说的是……"

德穆兰一问才意识到，寻找武器、寻找武器，这一直持续到刚才的喊声，不知何时起已经变了。

不是谁教的，也不是谁的命令。非要说，那就像大家同时接收到了上天的启示。证据就是那句话不请自来，从所有人的嘴里冲口而出，且很自然地化为了高喊——

"去巴士底狱！去巴士底狱！"

"啊！走！去巴士底狱！"

德穆兰也提高了音量。要是去巴士底狱，那过塞纳河右岸，把枪支弹药送到市政厅广场之后，只需顺路往东走就可以了。

6

巴士底狱

"黑暗的中世纪永生！"

这点暗喻还是能明白的。对惯用讽刺的马拉的这话，德穆兰不由大赞妙哉！

圣昂图万大道二三二号。一到巴士底狱跟前，至少会让人不由自主地战栗。啊！真就是旧制度的化身啊！

"难怪。这外观也太过威严了嘛。"

丹东闻言道。人群中高出一头的大汉，自己身上就颇透出一股威严之风，但毕竟也会没入巴黎的街头。可这巴士底狱的风貌就太无风雅可言了，也是因地处玛黑区——巴黎城中时尚典雅的高级住宅区——就像硬不融入周围的景观一样。

即便与附建于北侧的圣昂图万门对比，也无法否认其异样之感。这座城堡共由八座塔楼构成，东西各四座——小教堂塔、特雷索塔、自由塔、贝尔托达尔齐尔塔、硬币塔、叙事塔、勒皮塔、拉巴兹尼埃尔塔。将这八座塔楼连为一体的，是高达十五托阿斯（约三十米）的城墙，像由南至北画了一个长方形一样。一眼便知，这就是中世纪的建筑样式。

的确是年深日久，石料都发黑了，这就是历史悠久的佐证。事实上，巴士底狱的营建可上溯至十四世纪，当时的巴黎比现在小一到两圈，而这座城堡，本是为守护塞纳河右岸的东门圣昂图万门而建。

几个世纪过去，巴黎城的规模不断扩大，连被称为城郊的昔日古迹都完全被新城墙包入了市内。作为历史遗迹留在市区的巴士底狱，其不自然感即由此而来。

"想想真是不可思议啊。"

丹东的语气中甚至带有有违其性格的感伤。啊！从某种意义上来说，巴士底狱也很宝贵啊。直到今天都没拆毁，不容易啊。不至于拆除，改装一下应该是不错的。

卢浮宫本也是为守护塞纳河右岸的西门——圣奥诺雷门而建，但经反复改建，其样貌已大为改观，再不是中世纪的威严城堡，而是新时代的优雅宫殿了。城岛上的王宫古监狱虽留有中世纪式的塔楼，但各处经改建之后，今天也已是庄严端坐的正义殿堂——高等法院了。只有这巴士底狱，至今保留着浓烈的昔日痕迹，将巴黎的洗练毁于一旦。

"莫不是有意保留的吧。"

要示人以恐怖之王的形象嘛。温柔洗练了，那煞费苦心的可怖面目也就白费了。马拉一撇嘴露出一丝浅笑，其含义也并非不懂，巴士底狱至今都归军方管辖，但已失去军事意义，长期以来，专用于政治犯的关押。说到底，巴士底狱，就是恐怖之王，就是专制统治的象征。

"哈哈。马拉先生不愧是讥讽挖苦的专家啊。"

再看丹东，这一次似是无意理会。诚然，上世纪大宰相黎塞留红衣主教之流非常喜欢巴士底狱，不只是发动政变的、企图暗杀的，包括宣扬危险思想的作家、揭露宫廷内幕的无聊文人在内，抓住一个算一个，悉数关到了这里。但现在，这都是传说了，就算有一些真实性，也不过是入狱经历者在手记中描绘的陈年旧事了。

换作胸无点墨的，或许至今都会心生畏惧，但至少在作家当中，这就只是拿来开玩笑的由头了。再怎么找，同行中也没人进去过嘛。

事实上也的确如此，巴士底狱里关押的犯人很少。两个精神病，四个伪造文件的，还有两个流氓贵族，一个是索拉加伯爵，一个是萨德侯爵。不，萨德侯爵因在小窗口那里喊些粗鄙下流的话破坏巴黎风纪，已被移往他处关押。所以，现在的在押犯人，总共就七个人。

“现在的巴士底狱，不过是个没用的老废物罢啦。”

丹东总结道。但还是令人感到可怕，想来很是逗笑啊，简直就是滑稽，不觉就想挖苦一下。马拉先生这心情，要说，也不是不明白。

“的确，唯独这个头儿倒是不小。”

“啊。作摆设是足够啦。”

马拉也不服输。他的意思是，用以储备武器弹药反倒是理想之处，甚至总听到传言说，这里藏有大量火药，逾二百桶之多。而德穆兰就正是为让巴士底狱把这些弹药全吐出来才来的。可一听这话，就不能只是乐呵呵地挖苦了。这么说来，就不只是个没用的老废物啦。

“何止不是老废物，丹东，这可是个棘手家伙啊。”

威严的外观与黑暗的传说，不只形成了一种不愉快的压迫感，作为一座真正意义上的堡垒，巴士底狱正在苏醒过来。

站在圣昂图万大道上抬眼便知，就像一根突兀的巨刺一般从圆柱塔楼顶上探将出来的黑影，就是大炮的炮筒。巴士底狱配备的大炮，仅能看到的就多达十五门，不折不扣的临战态势啊。

巴士底狱正端起肩膀，拉开架式，就像在遥远的中世纪耀武扬威时一样，再一次睥睨四方。只是，到了现代，其敌人不再是外部攻来的部队。被拉到巴黎深处的它所威胁的，已是置身内部的人民。大炮瞄准了堡垒四周的地带，城郊圣昂图路、圣昂图万大道、圣热尔韦路，还有迷你路。弄不好，连市政厅广场上的市政厅都在其射程之内。

——在这庞大的巴黎城内拉开阵势……

它那投向四周，漆黑一片的身影本身就是无言的压力，强行让人民叩拜。现在的巴士底狱就是旧制度统治者本身。

“所以马拉才说，黑暗的中世纪永生，不是吗？”

“既如此，卡米尔，那就如他们所愿畏缩成一团，速速夹起尾巴逃离这巴士底狱？或是干脆连起义都中止了？”

“哪有这种事……现在，已不是遥远的中世纪了。何止如此，我们的时代正在前行。只因这等程度的威胁就……"

"不会逃跑吧！啊，卡米尔，那就成！"

丹东以无敌的笑意撤回了疑虑，但德穆兰却无法这样子笑出来，意识到这一点，德穆兰懊恼地直咬大牙。到底有什么好怕的！我不是一直战斗到了现在？不，害怕再正常不过，但在杜伊勒里宫也好，在荣军院也罢，不是克服了恐惧，毅然决然地行动到了现在吗？

——可当面对的是堡垒，再怎么……

正因作为外行实战过，德穆兰才不由感到，这一次，很难。啊，不是成了怯懦的俘虏，也并未丧失斗志。就算再难对付，如此阴沉的堡垒也绝不会放过！

——话虽如此……

将巴士底狱的武装诠释为无法容忍的挑战而愤慨的人不在少数。德穆兰到达的时候十一点半了，巴士底狱前已是人山人海。

"明明是法国的军队，却把什么大炮对向法国人，真是岂有此理！"

"就是！不让他们撤下去，连个午觉都睡不踏实！"

"所以嘛，不能把大炮放在那些家伙那里！只要我们不占领巴士底狱，再怎么都安心不得啊！"

嚷嚷的，大多是住在附近市区，处于大炮威胁之下的人们。昨天即十三日天亮之前，巴士底狱便已进入警戒状态。

在众口相传中将异常情况扩散开来的，就是以卡巴莱剧组的大爷团为首不断扩散的木匠、家具匠、制帽匠、锁匠、鞋匠、裁缝店等住在附近的急性子手工业者，到最后，连为找口面包流入巴黎，就势囤居于城郊圣昂图万路的失业流民都怒上心头，蜂拥到了可以瞅见巴士底狱城门的地方。

沿圣昂图万大道往东，右手就是巴士底狱入口。那里，是连成一排的一座座公寓，看上去就像背起了堡垒的外墙一般。这些公寓是巴士底狱总督外租的，很多房客都是买卖人，既然定期收取的房租是总督大人的副业收入，那就不能限制行人往来，虽是威严的军事设施，但直到其前院，平时都可以自由出入。这一点，或许该说是被太平时期麻痹了吧。

　　但再往前，就是一道看一眼都令人眩晕的壕沟。城门设在深处，高耸着坚固的石墙，连通对面里院的，是大小两座吊桥。大吊桥供马车使用，小吊桥则用于单骑或步行。但现在，两座吊桥都收起来了，一座都没放下来。

7

焦急

　　天，依然阴沉。黑黑的云层压得很低，闷热难耐。真希望干脆来一场大雨啊。有人挥舞着火把喊，要火烧巴士底狱，实际上也确实点起了篝火，这就更是热上加热了。

　　——只是一动不动地站着就大汗淋漓了。

　　如此一来，大家就更为焦躁了。都到前院了，挤到不能再挤，却又只能停下脚步，那这群众的情绪可就更上层楼了。

　　话虽如此，可就算拿火把的人实在把持不住当真放起火来，那能点着的，也不过是巴士底狱的附属公寓，但要说这石筑的城堡，自然是安然如初。可要如此下去就会再次陷入无政府状态！可能更担心这个吧，巴黎市常设委员会像是抢德穆兰一步，主动派出使者到了巴士底狱，那才真叫及时，天不亮就到了。

　　巴士底狱总督是一位侯爵，名叫贝尔纳·勒内·德·洛奈的贵族，父子两代管理着这座城堡兼监狱。据说，一见巴黎市派来的三位使者，态度友好得令人意外。放下吊桥，将使者迎入总督府后便协商起来，甚至还顺便请来使吃了顿午饭。

　　"可那三位使者都已经走了吧。"

　　德穆兰确认道。为不让喧闹声淹没，只为能让人多少听到自己的话，都非得像怒吼一样大喊大叫不可。

　　越是分开人群往里走，听到的信息就越是错综复杂。这也难怪，混乱到如此地步，根本就不可能顺利地传递信息；兴奋到如此地步，根本就不可能准确地传递信息。

德穆兰打听到的情况也是众说纷纭，有的说，巴黎市的使者已成人质，至今都困在巴士底狱！有的说，不对，出来倒是真出来了，但在里面商量的，却是谋划背叛我们！一个个，全是啐着唾沫怒吼的架势。

跟德穆兰说使者像是被请午饭了的人，干脆把帽子摔到了石头铺的地上。我们这还饿着肚子呢！这帮畜牲！这话明显不冷静。我说，我想了解一下真实情况。可这就是真的呀。

"出来的时候，我直接问那三个人了呀！"

高声作答的，是选举人桑泰尔。钻到人群中一看，那位经营酒厂的大资本家也在现场。就其立场来说，他是巴黎市政的参与者，但归根到底，还是一位革新态度积极的人物啊。啊，现在这会儿，三位使者应该已经回到市政厅，正向常设委员会报告情况呢吧。

"我方提出了两点请求，一是望撤下大炮，二是望提供弹药。好像与总督的协商也取得了一定的成果。"

"这一定的成果是指……"

见丹东问，桑泰尔接着说了下去。啊！遗憾的是，提供弹药的要求像是被拒绝了。

"但双方约定，只要巴士底狱不发动炮击，巴黎市就不会攻击。反过来，只要巴黎市不开枪，巴士底狱就不会动武，等等。"

"这巴士底狱，也不像表面上那般自信呐。"

总结完，马拉哼了一声。因不太清楚他在取笑什么，感到这态度多少有失礼貌。但可能同为选举人习惯了吧，桑泰尔并未视其为恶意。的确是没自信吧。

"如此坚固的城堡，就我们这些人蜂拥而来，那也纹丝不动啊。但要说因此就能一直冷然以对，固守城池，那又是不可能的。好像，巴士底狱并未储备粮食吧。"

"不可能有粮啊，这法国正闹饥馑呢。"

马拉冲他耸了耸肩。德穆兰大大地点了点头，话锋一转。

"如此说来，桑泰尔先生，巴士底狱的守兵多吗？也就是说，是不是到了有必要储备大量粮食的地步？"

"基本上就八十人左右的残疾士兵吧。"

"噢？残疾士兵吗？"

应说是不出所料吧，用退离一线的残疾士兵敷衍了事，从这角度看，巴士底狱这座市中心的军事设施目的也不在实战。德穆兰感到，一股强烈的坚定意志在体内苏醒过来。啊，啊，是这样！虽说有八十人，但全是残疾士兵，对吧？

"倘如此，那就不是敌人啦。不，当然，真开枪那天，他们也不好对付。我的意思是，他们不会开枪的概率很高啊。事实上，荣军院守军也是残疾士兵。到了开战时才知道，他们是站在人民一边的。收缴武器的时候，反而帮了我们。"

"噢？是嘛。啊，那残疾士兵就不是问题喽？我们也想过，船到桥头自然直。只是，另有难处。有消息说，一个叫路易·德·弗留的瑞士人进了巴士底狱。"

"瑞士人？这就是说……"

"弄不好，是雇佣兵部队的……"

桑泰尔冲突然插话的丹东点点头。正如你的推测，此人正是雇佣兵部队的将校。虽是一支只有三十人的小队，但由此看来，巴士底狱像也配备了精明强干的现役瑞士雇佣兵。

"原来如此！这可就难对付了。他们可不会乖乖投降，也不能乐观地认为，他们不会向法国人开枪。弄不好，可能会发生一场战斗。"

"问题就在这里，丹东老弟。所以就我们而言，不想挑起战端啊。"

"明显对我们不利嘛。对方在城堡保护之下，可以躲在枪眼后面还击啊。"

"退一步讲，我们现在仍处于寻找武器的阶段啊。"

德穆兰强调说。连武器都不能人人有份的状态之下，再怎么说都难有胜算啊。马拉又哼笑着接话了。

"即便如此，一旦我们败了，仍会助长王室军队的威风。"

"没错！看来，关键还是在于能不能把群众的冲动给压下去。一旦他们冲了出去，那可就没人阻止得了啦。如此一来，就违反了刚才说的约定，也就是说，允许巴士底狱炮击了。"

有可能会出现死伤！

可再看巴士底狱前的群众，却已是杀气腾腾，对如是总结的桑泰尔的忧虑根本不予理会。像以往一样，每个人手里都挥舞着长刀短剑，还有拔钉钳子、大铁锤、火钳和手锯，凡是有可能当武器使的，全都搜罗来了。偶尔，还能看到扛枪的，也不知他们从哪儿弄来的。就这态势，真可谓一触即发！但正如桑泰尔所言，就靠这样的阵势，攻不下巴士底狱的。

"你们听着！乖乖交出武器！你们这群畜牲！"

"呀！一旦我们踏进去，怎么样？这巴士底狱的态度？"

"就是！要到这一步，只交出弹药可就完不了事儿啦！"

在德穆兰带领下由荣军院赶来的那些人也不去劝解，让人们以置备武器弹药为重，反而跟早到的那些人一起闹腾起来。看来，要一直压着的确是难比登天啦。

德穆兰接着说。那，桑泰尔先生。现在……

"圣路易文化街区的选举人集会已经自发行动，选了一个名叫特里奥·德·拉罗杰尔的律师为使者，这一次，像是要劝降巴士底狱的守军。"

也就是说向洛奈总督提出要求，先要解除武装，其次要把巴士底城堡让出来，再次就是让巴黎民兵部队驻扎进去。就在桑泰尔作这番说明的时候，突然听到有人高喊：

"特里奥回来啦！特里奥回来啦！"

可人山人海，水泄不通，很难看到。不过，能听到哗啷啷锁链声响，也能看到吊桥正被拉起来，慢慢回到了城门那里。特里奥从里面出来了，这倒是毋庸置疑。

德穆兰招呼大家，我们过去看看！桑泰尔、丹东和马拉三人都点头赞同。可所有人都想听特里奥的报告，厚厚的人墙挡着，根本就无法如愿。

"是德穆兰先生！给德穆兰先生让一下！"

巴黎皇家宫殿的英雄要过去，你们这些家伙，让让道儿！如此竭力分开人群的，是那位退役军人。是的，没错，不让巴黎的领导者过去，那你到底要让谁过去？拉古诺跟在后面一说，多明我会教徒也就不可能不上场了。

"要敬畏主啊！敬畏主啊！"

虽并不认为这会有用，但总之，教士特有的故弄玄虚还是产生了效果。这回，宛如左右分开迎接摩西到来的大海一般，人群中分出了一条缝隙。

"那位就是德穆兰先生？"

"桑泰尔先生跟他一起呢！"

"噢！看来这巴士底狱真是要出事啦！"

四个人一边听着人们的窃窃私语一边往前挤，总算来到了能确认空壕边上公寓下层是一家香水店的位置。

到底是费了些时间，特里奥报告的开头部分还是没听到，群众中已经响起了一片欢呼之声。不明其意，只是所有人都抬头往上方看去。自己也跟着抬头一看，德穆兰注意到了。

——大炮撤下去了！

德穆兰眨了眨眼。从圆柱形塔楼顶端探出来，黑黝黝的炮筒，真的不见了！一个，两个，啊！视力所及，全都撤下去了！就是说，巴士底狱答应了要求？就是说，洛奈总督答应解除武装，主动让出城堡，并允许民兵部队进驻了？也就是说，在巴黎市的督促之下，利利索索投降了？

"太好啦！太好啦！我们胜利啦！"

群众开心地手舞足蹈起来。可就像劈头盖脸的一通责备，吮吮吮就是一阵敲打锅底的响声，震耳欲聋。只是解除武装！巴士底狱只答应解除武装！如此提醒的人，好像也住在圣路易文化街区。

"听特里奥说！你们这些家伙！先静下来！听特里奥说！"

咂舌声接二连三地响了起来。马拉他们马上就批道，哼！一场空欢喜！人们根本就无心再听了，德穆兰也不是不明白。

官老爷们像是从早晨一直交涉到现在，但却并未取得实质性进展。话虽如此，但下面的人对协商的具体内容也并不了解。从根本上来说，要是这内容错综复杂，不简明易懂地解释一番就搞不清楚的话，那他们连听都不想听。他们想听的只有究竟是胜是败的结果。如不黑白分明，那就会令人闷热到现在这样啦。

——人们越发焦躁了。

当多少安静下来时，终于看到了可能是特里奥的那个人，脚下踩的不知是特意搬来的桌椅还是空酒桶，总之是高出了一层。不愧是单刀赴会而入巴士底狱之人，一望便知，那面貌长相透着一股大无畏的气概。

特里奥以警告的话再度开口，啊！掉以轻心为时尚早！连拍着胸脯说解除武装尚且不可，何谈其他？只撤下塔楼上的大炮，如此而已！

"我去看了。在巴士底狱城堡之内，另备有三门大炮。士兵们也是荷枪实弹，并备有大量弹药。虽说塔楼上的大炮撤下去了，但这并不意味着悬在我们头上的危险已不复存在。顶部瞭望塔上还有铺路石、炮弹与废铁，一旦冲突，随时都可以往我们头上砸下来！是啊，估计有六货车吧。总之，运上去很多。"

看来，他们还是在作交战的打算啊！开什么玩笑！巴士底狱要有这打算，好啊，那我们就干呗！面对忽地沸腾起来的群众，这回，特里奥可慌了。静、静一下！大家静一下！

"不可贸然下此断语！虽是如此，但巴士底狱方面也无意徒令事态失控。不管怎样，大炮是撤下去了，这不就是洛奈总督的诚意吗？"

"真是闹心！特里奥！你不是去巴士底狱劝降的吗？"

"这、的确，可……"

"他们拒绝了吧！所以，才依然是吊桥高悬吧！"

"事情没这么简单！这边的要求全都确切传达给了他们，解除武装，让出城堡，让民兵进驻。洛奈总督的答复是，此事，他自己个人无法决定，需向凡尔赛请示。"

单说交涉，的确是前进了一步。但在自我感觉依然冷静的德穆兰看来，这都不过是表面文章。所谓请示，无疑是虚与委蛇，无意抱以太大期待。这又不是第一次了。哈！旧制度下的那些家伙，有一个算一个，为什么要撒些立马就会被拆穿的谎呢？

当然，群众中透露出的气氛，也是不为巴士底狱总督所谓诚意而动，人们并未轻易信服。啊，再也不会上当啦。在荣军院就这样！什么请求凡尔赛，不过是争取时间的借口而已！

"最终，就是不投降喽！"

"就是！这是哪门子诚意啊！这种谁信啊？谁信谁就是犯傻的和事佬！"

"这还用说！再怎么说，巴士底狱内的士兵还是荷枪实弹嘛。想滚木礌石地扔下来，把我们砸个脑浆崩裂嘛！就是塔楼上的大炮，什么时候再伸出来，不也是根本就不知道？"

"总、总之，我必须火速向市政厅报告！"

常设委员会随后应有指示，接到指示之前，望各位保持理智。留下这几句话，特里奥就走下来，几乎像逃一样地走了。

8

冲啊

从结果来看，特里奥的报告只是煽动了群众。证据，就是四处传来的全是愤激之辞。啊！到头来，还是只能冲进去！只好听天由命，就由我们动手，干它一场！就是说，什么协商？只是浪费时间嘛！

"快要到极限啦！"

德穆兰这一叹，桑泰尔的表情也像嚼到了黄连一样。瞅着怀表，一开口，那语气也像要呸一声啐口唾沫一样。

"干脆心一横动武吧，但这仍非上策。还是要以稳妥为重，就算只是大量囤积在巴士底狱里的火药也行，得想办法让它吐出来！反正，要着力为此展开交涉！这、这怎么，都快一点啊。"

"什么意思，桑泰尔先生？"

"市政厅的答复太慢了呀！"

桑泰尔很是不快地重复道，啊，特里奥刚跑去报告，且不说他，可最初那三位使者该是早就回到市政厅了呀。现在可不是唠唠叨叨没完没了地开会的时候，这点事，就是常设委员会也该明白才对。该交涉就交涉，没关系。只是，得抓紧时间啊！既然巴士底狱作出了让步姿态，那就得趁热打铁，不断地送使者进去，反复交涉才成啊！

"民兵部队到底怎么啦？为什么不派到巴士底狱来？要是他们在，就能对城堡方面形成压力，也可以控制有可能冲动起来的群众。现在不正是民兵部队该上场的时候吗？"

"要说那些民兵，在荣军院收缴的武器已经在市政厅广场发给他们了。但我没等到最后就急急赶到巴士底狱来了，后来怎么样我也不……"

"哼！卡米尔！后来怎样这还用说吗？"

"马拉，你这话是什么意思？"

"依我看，民兵部队已被派往各个街区，设路障挖战壕呢。至于名目，就是备战贝桑瓦尔啊。"

"就是说，不能光纠缠着巴士底狱不放？"

丹东这一确认，马拉微微一笑，缓缓地摇了摇头。市政厅所主张的，只是恢复和平，维护稳定，就这个。什么巴士底狱，什么荣军院，这些根本就不算问题。要说常设委员会的愿望，归根到底，就是不要起任何纷争。

"不是委员会，是弗雷塞尔那家伙！"

一说出这个名字，桑泰尔真的啐了一口唾沫。但求天下太平的臭商人领袖！从今天早晨开始，就只带相熟的参事进了市政厅深处的圣让大厅里，大门紧闭。什么都不想听，什么都别来报告！啊，马拉先生说得没错，维持秩序，恢复和平，那家伙是死抓着这一点不放啊。

"所以，他们不会做出任何决定的！"

桑泰尔握起右拳砸向左掌，给像是自己公司员工的一名男子下了命令：你，到市政厅广场跑一趟。你火速到市政厅去。他们要磨磨蹭蹭，就夸大其辞威胁他们，就说大事不好，这边可要擅自动手啦！啊，就是动武那也在所不辞！快去！

"可是，老板……"

"少啰嗦！照我说的做就……"

"知道了、知道了。呃，现在马上就赶去，可在此之前，您先看看那边……"

顺这员工手指的方向一看，是巴士底狱的城门。壕沟边一字排开的公寓中，最靠近吊桥的是香水店，有两个男的，已经爬上了那座公寓的屋顶！

看样子像是要演讲还是什么，可他们却继续爬，一直到了卫兵岗楼的屋顶，其中一人呼呼呼地大幅度摆起了两只胳膊，以最大的反作用力跳到了从城门那里伸出来、高处能到壕沟边的两根圆木中的一根上！

他拼命用手扒住，吊在上面的身体就像在挣扎一般，爬到了用锁链起落吊桥的装置上。

"这人也太轻盈啦！"

"这当然啦。是马塞尔师傅的年轻徒弟吧。"

"马塞尔师傅？那位木匠？怪不得！爬高高的脚手架是拿手好戏嘛！"

这段对话一传入耳内就明白了，难怪身轻如燕，都习惯了嘛。

另一个年轻人则从卫兵岗楼的屋顶飞身跳到了高悬的吊桥上。两手一抓住边上的横杠，两腿就吧哒哒乱动，不停地靠反作用力横向移动，终于到了对面起落吊桥的装置那里。

"可以了吗？阿贝尔！"

"可以啦！我的好搭档！"

两人都坐到横木上之后，从这高处向大家展示的，就是偷偷插在背后的得意之物。德穆兰也凝目观瞧，不对，不是武器。当然也可以当武器用——木匠们平时使用的斧头。

"大伙儿看好喽！"

一声高喊引起大家注意后，两人便举起斧头向大铁环砍去！咣！咣！咣！那声音又高又尖。紧接着，便传来了咣啷咣啷的大音。咣啷咣啷！咣啷咣啷……城门深处那长长的锁链就像波浪一般起伏了起来。

——不会吧？

德穆兰刚倒吸一口凉气，耳轮中就听"咚"地一声，斧头砍进了木头！也就是说，在不停地砍击之下，锁链的大铁环终于断了！

事实上，紧接这一声响，拉起吊桥的锁链就哗啷哗啷跳舞一般"逃"到城堡里去了。而脱离锁链束缚的吊桥，也像作别城墙一般，应声向这边倒来！

吊桥落下的刹那，伴随着飞舞的沙尘，脚下的地面都震动起来。沙尘起处，德穆兰什么都看不清了，而当沙尘在前院里慢慢飘落，终于能看清时，首先跃入眼帘的，竟是一摊不断漫延开来的红黑色的污血！

可能是有人已到壕沟近前，吊桥突然落下不及躲闪，被砸到底下了！虽令人感到可怜和心痛，但被砸者本人可能是当场死亡，并都没感觉到痛苦吧。

周围静得可怕。在人民流出的鲜血面前，大家不由全都沉默了。可紧接着，所有人都留意到，眼前豁然现出了一个大洞！吊桥落地，城门洞当即现身！所有人的目光都向钢针一样，凝视着一直被城墙挡在后面的城内，没有一个人移开视线。

——没有人再能阻止了……

直觉告诉德穆兰，人们会一拥而上！会闯入巴士底狱！同伴既已流血，那就更不用说了！非要蹚着这尸体冲进去不可！

——可到那时，交涉该怎么办？

双方的约定又该怎么办？最重要的是，冲到里院之后，接下来又该怎么办？有胜算吗？不！在此之前，是不还能做些什么？德穆兰脑子里，一个又一个的问号接踵而至。可另一方面，内心又升腾起一股自己都大惑不解的决绝！

小智小慧的所谓善后之策瞬间乌有，取而代之的，是毫无畏惧的那一闪念——到底如何是好，去了，自然明白！这不期而至的闪念或是一种启示。啊，路就在眼前！这必是神的指引！

——并且，这也不只是我德穆兰一个人的错觉！

当时，德穆兰、马拉、丹东，还有桑泰尔，四人面面相觑。直到真正动手前的一刹那，大家都否定动武。可随后，便像相互得到了确认一样，一齐点了点头！

"还等什么？冲啊！"

相信眼前的路！一往无前地冲！德穆兰举起拳头，振臂高呼！

寂静瞬间化为直令人脊背发凉、胆战心惊的怒吼，而怒吼又化作了周围的空气，直震得那些公寓哗啦啦直响！之所以感到如有一股火炎腾空而起，定是群众的热情在前无去处的前院逾积逾高，终于找到了发泄口，并化为一股热风喷将出来!

——要么，就是那火炎再次驻进了自己的内心深处。

实际上也真有火星迸射。全不理会闪烁飞舞的小小红点，德穆兰用脸颊挡将开去，也跟着冲了出去! 啊! 毅然采取行动的时刻到了! 就算你千言万语说破嘴，靠语言游戏，事态根本无法解决! 就算是蠢举，即便是毫无胜算的一赌，既到了这一步，那就非做不可! 最重要的是，我德穆兰不是弗雷塞尔，不是洛奈，我也不想成为他们!

"快! 快! 冲入巴士底狱! "

9

突击

　　踏着木板奔跑的吧嗒之声不绝于耳。放下来的吊桥虽是较大的那座，但至多也就一辆马车的宽度，几逾千人一哄而上。

　　桥上拥挤不堪，你推我搡，有绊倒的，有跌跤的，那也无人面露不快之色，甚至浮起的反而是一脸的欣喜。因为他们能亲手操控自己的命运了！啊，没错！人，是不会唯命是从的！就算不明智，那也无法不依自己的意志行事！

　　里院东南方向的院边，也是一排呈 L 形排开的三层公寓。这就不是一般的出租公寓了，而是巴士底狱的总督府。大家率先冲入了府内，可一看，从传达室到问政室、起居室，甚至直到兵营、马厩与仓库，全都空了，可能是早就料到群众会闯进来吧。

　　诚然，这里仍非堡垒的主体所在。从里院往北，路就有些窄了，且东侧又有建筑物，感觉就像一条通道一样。再往前走，又有一条空壕拦住了去路。

　　将八座塔楼连成一体的巴士底狱主楼，就耸立在深处。隔着空壕正对通道的，是堡垒的南楼，城门则端坐在连接塔楼的城墙正中，一左一右，两座圆柱形塔楼严加"护持"。而连通壕沟两侧的，还是吊桥。可现在，当然是吊桥高悬，不许擅自通行。如不再次突破这道防线，那主楼可就一指头都碰不到了。

　　"目标就是那儿吧。"

　　冲进总督府后还没出来，假肢退役军人就在远望的窗边用手指着说。

所有人都看得明白，且一部分群众已穿过通向北面的通道，正往主楼城门那里赶。啊！或许，该毫不迟疑地冲过去！可能是绕远之故，一时间，德穆兰不由哼了一声。

"要想突破……"

"很难啊。要有大炮什么的另说，可……"

"大炮？市政厅连民兵部队都不派！"

"总之，必须确保阵地。"

"这就是路障了。"

一见退役军人点头，德穆兰马上往外跑去。是的！先弄路障！路既已看到，要做的，就只有即刻行动！

正往楼下跑，半道儿一股糊焦味儿扑鼻而来。有什么东西被点着了。对了，有人挥舞过火把。也就是说，因过于激动直接放火了？

"不要放火！不要放火！"

德穆兰冲着前后莫辨、混乱不堪的人群高声喊道。

"所有东西都搬到外面去，在主楼前构筑路障！"

没人听什么命令了，也听不到，大家的行动是各随己便。可即便如此，或许是意识到呆在总督府里也毫无用处，闯进去的人们又纷纷退到了外面，且很多人手里拿着什么东西。

或许，大家只是在到处瞎找，可实际上，马拉等人还跑过来，喊着找到短枪啦，给他看雕有草木图案的短枪逸品。我说，要抢那也等完事再说！

"家具！是家具！"

德穆兰站在里院，不断重复着这一指示。啊！只要是家具，什么都可以！桌子、椅子、床、酒桶、马槽，都可以！总之都给搬出来，大东西就几个人一起，都搬出来！

"火速构筑路障！战斗有可能打响！洛奈总督如不投降，那就立即……"

刚说到这儿，德穆兰的衣领就被人抓住了，旋即被一股可怕的大力往后一拉！德穆兰毫无还手之力地一屁股蹲到地上，抬头一看，正从高处俯视自己的，是丹东！

"干嘛突……"

还没等抱怨，德穆兰就把话咽了回去，因为，"啪"的传来了一声短促的枪响。几乎是与此同时，铺满里院的石块上也是一声闷响。

丹东开口了：

"卡米尔！你小子被盯上啦！"

下巴被丹东一掀，德穆兰抬眼看去，虽不清楚是哪个枪眼锁定了自己，但毫无疑问，巴士底城堡的圆柱形塔楼就耸立在那里！啊，原来如此！要以里院为射击目标，再没比那里更合适的枪台了！

鼻孔受到硝烟味儿刺激，德穆兰扑棱就是一个冷战！枪声不断地响了起来。不确定到底是哪方先开的枪，但就目前事态而言，先前的约定显然已被毁弃。

德穆兰摸了摸脸上的伤疤。在杜伊勒里宫的战斗中被子弹擦出的伤痕已经结痂了。啊，如此而已！枪击没什么好怕的。不如说，只要你怕都不怕，那什么枪弹，根本就打不到你！

德穆兰一跟自己讲完蛮理就站了起来。

"丹东，搬家具一事，就拜托你来指挥？"

丹东点了点头。可把什么家具搬出来干吗啊？

"在城门前构筑路障！"

"是这样！啊，明白了！交给我好了。我更显眼，块头大，嗓门儿也大。这要是还有人不听，那就用拳头让他听话！"

"那好！谢谢！"

"我、我，我该干什么？"

颤声来问的，是巴黎皇家宫殿门前的点心店主。对啊！德穆兰灵机一动。啊，对了！拉古诺，您女婿是士兵吧？

"能去找一下法国卫队吗？"

"让我离开巴士底狱，是吗？"

"是的！或许您会感到遗憾，可这同样是为了胜利！"

"说什么遗憾啊，千万别这么说。好的！我去！嗯，去把他们叫来！"

是的，这就叫术业有专攻。望着开心地转身离去的熟识的点心店主，德穆兰还没忘冲他背影提醒，一定要把大炮拉来！这话，切记要带到！

"那，丹东！我到前面去了！"

这边的大个子又一次点头。啊，那就在那边等我吧！我会以最快的速度把家具运过去！

"所以，卡米尔，在那之前，千万别被枪打到啊！"

"明白，那好……"

"啊！德穆兰先生！请等一下！"

拉住德穆兰的，是如此混乱都异味儿扑鼻的那位教徒。只见边做手势边唱圣歌，"O Crux ave, spes unica！（噢！十字架！我们唯一的希望！）"

"那么，走啦！"

这回，德穆兰跑了起来。

无数脚步声合到了一处。在这不断的踩踏之下，铺路石再硬也在靴下微微颤动了起来，跟德穆兰一起，在枪林弹雨中冲过通道的人不在少数。

脚下的铺路石被流弹击碎，石片也飞了起来。这要打到小腿上，那还是相当疼的！可比被子弹击中还是要幸运百倍。

子弹破空而来，嗖嗖直响，与终于传来的后到的枪声混于一处，在耳内闷响。

有几个人脱下上衣，举过头顶，一圈圈甩了起来。也不知谁想到的，是想以布料的柔软来缠绕并击落飞来的子弹吧。

究竟有多大效果虽令人怀疑，但德穆兰还是有样学样，脱下衣服甩了起来。多少有了些安心感之后，连只能称为怒吼的对话都能听清了。

"那群混蛋终于开枪啦！饶不了他们！"

"说得对！他们为啥放下吊桥？就为这个！把我们引到里院，居高临下定位射击！这就他们那鬼主意！"

"哼！这种事，爱搞阴谋的贵族干得出来！"

这样的对话，像是从人群后方传来的。可能是没看到那两位木匠徒弟的惊险作为吧。前面一冲，他们就跟着跑进来了。所谓巴士底狱一方先开枪，这事也并无确证，可冲到里院时头上就已经是子弹乱飞了，所以，就算是误解也无法苛责了。

——并且，也没理由去纠正它。

要是误解令愤怒暴涨，因此而将恐怖忘诸脑后，那为什么非要恢复正常意识才成？想到这里，德穆兰脸上甚至浮起了一丝笑意。可现实仍是现实，已然踏入死地的事实并未改变。

10

路障

枪声越来越短促。

这就是极近距离的射击，子弹，已无暇拖起长长的尾巴，而是径直飞来，且也无暇减速。

——再甩上衣，也不可能保护到身体了。

意气昂扬的怒吼声中，立时杂入了痛苦的悲鸣与呻吟，疾驰的人群中不少人掉队了。就算性命没丢，但只要某个部位被射穿，不疼得满地打滚是不可能的。

"所以说我们需要掩体！火速构筑掩体！"

一跑到可定睛瞅向主楼城门的空壕边，德穆兰就高喊起来。我们要有地方藏身。不然就只有被狙击的份儿啦。

"不想死的话……"

半道儿不得不把话咽回去，是因不意一股杀气袭来。脚下晃了起来，不知什么东西在地面炸裂了。被细小的碎片击中，德穆兰不由疼得脸都歪了。

不认输地睁开眼，迫不及待地四下一找，便在巴士底狱塔楼顶端看到了蠕动的黑影。像是高高地举起了什么，正要往这下面扔。好啊，这就是特里奥报告时说的，运到塔顶的那多达六货车的瓦砾！

"注意上面！上面啊！"

德穆兰改口喊道。拿枪的就往城堡顶上打！没枪的就捡石头，什么都行，往顶上扔！压制住巴士底狱的攻击！别让它扔什么破瓦片！他们要再把大炮拉来，那可就全完啦！

"啊，需要掩护！往对面公寓移动，从上层发起攻击也可以！总之要牵制巴士底狱之敌，为建立阵地提供掩护！"

带拔钉钳子来的，扛镐来的，火速把铺路石掀起来！尽量堆高一点！总督府那边马上就搬家具过来了！总之不要停，直到构筑起掩体！就在声嘶力竭地高喊时，德穆兰也能觉察到背后传来了几个人的脚步声，颇是威武，越来越近。

"喔！噢！"

大吼着跑近前来的，正是丹东！可能是想挡开子弹，这老友把似可围坐八人的大桌子高举过头顶，且是一路小跑着赶到了前线！

"噢！嘿！"

大桌子随声落地，光这，多少就有些掩体的样子了。其他人虽不能像丹东一样，一次搬不了太多，但也同样把家具高举过头顶，又是椅子又是桌子的陆续赶来了。

被掀起来的铺路石，再加家具，就像小山一样堆了起来。又听轰隆隆车轮声响，再连马车都堆上去，那这掩体就越发漂亮了！能藏身其后的掩体搭成之后，终于赶到前线，在掩体后拉开架式的马拉等人，便掏出洋洋自得的掠夺品——短枪，啪啪啪地向敌阵射击起来！

与巴士底狱的两座塔楼相应，这边也一左一右建起了两处阵地。以即兴突击开火的战斗，到这时，感觉也有些样子了。

——能行吗？

德穆兰自问道。就这样，能顶住吗？

这未必是德穆兰悲观。待多少沉下心来就明白，巴士底狱的迎击弱下来了，枪声已不像刚开始那般可怕。何止如此，令人意外的寂静，全然延缓的攻击，一时都让这边不知该如何是好了。

代替攻击的，是隐约传来的怒气冲冲的交谈。

"总之，你们这些家伙服从命令就可以啦！"

"办不到啊！法国人不杀法国人！所以，就依总督阁下之命，让那帮瑞士人也……"

"多嘴！照做就可以啦！闭嘴！你们这群窝囊废！"

看来，这计有八十人的残疾士兵似是斗志不高。当真应战出击的，是三十人上下的瑞士雇佣兵部队。

这边当然是士气高昂，战斗也因此而得以坚持下来。伴随着短促的枪声，子弹破空而去的嗖嗖声也是不绝于耳，这是人民一方的射击。

也不知道他们从哪弄来的，一当投入战斗，人们手里的枪支竟是多得惊人！只粗粗放眼一望，怕也在百支以上。因群众不下千人，看上去拿枪的就只是极小的一部分，可是……什么呀！这仗也不是打不了嘛！因为巴士底狱那边的态势也不太妙。事实上，不过仅有三十人而已。

——啊！或许能成！

没枪的就是没枪，但反而能以绝地反击之势嗖嗖嗖地扔石头。要说那边没法比的，就是这边全体人员的士气之高！之所以踏入这块死地，本就不是他人的逼迫，而是主动响应斗志的驱使！

——不，仅仅如此是不行的！

德穆兰耳边传来了一声直震得鼓膜生疼的悲鸣。那人就在近旁，扔石头的时候被击中了！白色的教袍脏得发黄，但眼瞅着渗将出来扩散开去的血迹仍是一片鲜红……身体被子弹正中击穿的，正是那位教徒。

"有人受伤啦！有人受伤啦！"

德穆兰喊了起来，有人吗？有人吗？快来救人啊！啊！血流得太多了！正一刻不停地喷洒出来！

飞身跑来的是马拉！这也是抢来的，可能是军医的吧！马拉边说边打开了一只大大的黑皮箱。这就是医生的随身家伙吧。啊，要说，这驼背的本职工作就是医生啊。

可刚松一口气，马拉就露出了难得一见的正经表情，缓缓地摇了摇头。

"断气了……来不及了。"

"可……可连他的名字都没问。"

只牺牲教徒一个，战斗是不会结束的，巴士底狱的枪击已经改为单发射击。也就是说，枪声不再响成一片，而是右边砰一声，短暂的静寂之后，左边又砰一响，随之而来的，又是短暂的寂静……

"这是定点狙击啊！"

退役军人告诉德穆兰。是的！对方有城堡保护，可以趴在安全的枪眼深处，不慌不忙，一枪一个瞄准了射击。

"但也只有三十个人而已！"

"可这三十个人躲在城堡里面啊！"

"我们这边也构筑起掩体啦！"

"话虽如此，但跟杜伊勒里宫那会儿相比，敌我双方的位置却反过来了。这次，是敌方占据了制高点。不能说掩体没有用处，但在巴士底狱的狙击手眼里，也只是有点碍事而已。"

"……"

"巴士底狱里还备有大量弹药。是的，没错，你是一千人也好，两千人也罢，一个一个地挨着来，全给干掉就可以了。"

这回，轮到这边陷入寂静了。好不容易建立起了阵地，但也并非安然无虞。这一点，看一眼牺牲者的数量就能明白，而刚赶到里院时的气势，也无奈地迅速削弱了下去。

尽管斗志仍在内心熊熊燃烧，但要气势汹汹地振臂怒吼，那越吼就越会成为对方理想的狙击目标被射杀了事。所以，尽管恨得咬牙切齿，那也只能先忙着低一点再低一点地蹲伏到隐蔽处了。

"我说，快点！你们这些家伙！快！"

声音中那根本无意躲藏的大无畏之气让德穆兰一惊！离前线越来越近的，这一次，是翻飞的马蹄声！同时传来的，还有轰轰隆震耳欲聋的车轮声！

是马车！且是三辆！或许是感觉到危险气息扑面而来，只见那些粗壮的马颈左右乱摇，硬着头皮往前跑。感觉就是拉着马嚼，小心翼翼，好不容易到了能窥到这场战斗的位置。可是老板，再往前就走不了啦！这些马可是动都不动啦！

"那就直接把马车卸下来！从这儿改由人推！"

"桑泰尔先生！"

德穆兰喊了一声。说来，自冲到里院就没看见他。可这身为大资本家的大积极分子断无轻易丧失斗志之理。只是硬要动员吓成一团的马，还有自己的员工，很费了些力气而已。

"掩护桑泰尔先生的马车！"

德穆兰赶忙下达了指示。一当确认枪声接连不断地响了起来，自己就跃出掩体跑了过去！桑泰尔先生，弄这些马车来干什么？就是再往上堆，也不能如愿挡住敌人的枪击啊！

"不不！这是在总督府的马厩里找到的！"

不知为什么，桑泰尔一边告诉德穆兰，一边用手捏着鼻子。的确，是有一股刺鼻的臭气。

"是铺在马厩下面的干草啊。连粪带尿，满满装了三车！"

桑泰尔接着命令员工。差不多该点火啦！啊！对了！把火把扔上去，自己就会着的！

"是要制造烟雾啊！就用臭气熏天的浓烟，把巴士底狱那帮小子熏个头昏眼花！"

"啊！如此一来，就狙击不成了吧！"

大家来帮把手！招来了帮忙的，瞅准时机，差不多可以燃起干草了，德穆兰就一口气力推起了马车。

可能是敌人不明所以，吓得双目圆睁了吧，真就是乱作一团地连射。巴士底狱这边，又送上了枪林弹雨。可当这三辆马车分别抵达中间及左右两边的掩体前后，那枪声也就只好慢慢地停歇了。

代之传来的，是不住的咳嗽声。这烟实在是太呛，根本就顾不上瞄准了吧。就是有心瞄准，视线也被滚滚的浓烟遮住，根本就确认不了目标了。烟雾战奏效啦！再不用担心会被打到啦！

11

举城起事

　　两边暂又回到了难分上下的状态。呼地长出一口气，德穆兰用袖子擦了擦额头的汗。

　　——好热!

　　虽会暂时忘诸脑后，但这天到底是闷热难耐。铺草燃起，浓烟滚滚，那火炎也随之刮起了热风，为把温度升高到"决战正当此时"的热度贡献了力量!

　　枪战还在继续。只要对方开枪，这边就还击。唯有这短促的枪声往返是没完没了，但却几乎听不到有人悲鸣了。

　　——无论是这边，还是那边……

　　因目前形势难分上下，也就无法否认哪方都无力给出对方致命一击。不，德穆兰不得不认为，人民一方还是明显不利。因为巴士底狱一方根本不需要致命性的一击，只要维持现状，这样子固守不出就万事大吉了。

　　——反过来说我们，那可就……

　　必须继续推进。要越过空壕，冲入城堡主楼，完全占领巴士底狱! 倘非如此，巴黎就脱离不了暴露于炮击之下的危险，也得不到大量囤积其中的火药。

　　这就要像冲入里院时一样，非把城门的吊桥放下来不可。这就得像上次一样，非把锁链砍断不可。但这可能吗?

　　最终，德穆兰没能找到那线光明。并不是爬不到从城墙上伸出来的装置上去。即便是冲出掩体，应该也能隐身于烟雾之中，而从公寓上层跳过去也并非不可能。但砍锁链的声音，却无论如何都会被对方听到。上一次突袭成功，是在对方并无警戒人员的情况下发生的，很偶然。

——但要前进不了……

德穆兰也想过，有没有办法就势将战斗拖入持久战。这巴士底狱虽固若金汤，但没有足够的粮食储备，对持久战来说，这倒是个有利因素。可这边也有一个致命弱点，那就是武器弹药置备不足。

弹药用尽，也就谈不上长期作战了。而一旦对方看透这一点，知道"那帮令人恼火的暴徒已无子弹可用"，到那时，对方就会速战速决，将我方一举击溃。啊，洛奈总督正在不慌不忙地为发动炮击作准备吧！又或许，贝桑瓦尔男爵正在从战神广场赶来。

"啊，怎么才来！"

这声怒喝，吓得德穆兰心脏差点跳出来！可当即就觉察到这是桑泰尔的声音，回头往背后一看，在大资本家的训斥下沮丧无语的，是两个政府官吏模样的系着领巾的人。

其中一个近乎辩解地答道，不是的，桑泰尔阁下生气也再正常不过。

"不过，常设委员会调整了方针。巴士底狱才是目下最重要的任务，并已做出决定，今后将倾全力于此。"

"终于要动了？"

"我们再试着以常设委员会的名义交涉一次。"

德穆兰也在内心深处重复道，真的是，怎么才来啊！原来，巴黎市政厅对今早的协商结果几经掂酌，答复直到现在才来！

"是劝降。巴士底狱要置于巴黎市管理之下，而其标志，就是让民兵部队进驻。这一次，我们将以常设委员会名义提出这一要求。"

"都已进入战斗状态了！要求？哼，随你们便，尽管去试好了。"

桑泰尔冷冷撂出一句，德穆兰也再一次无言地点头。啊，谁还有心正经跟你谈啊。什么交涉，这个阶段早就过去啦。上午达成的所谓约定，也早就撕毁啦。

"转告洛奈总督，我们是巴黎市常设委员会。"

即便如此，来使还是冲上面喊话了，尽管那表情难看得眼看就要哭出来了。这也是为官的难处吧，只能是奉命行事。

"重复一遍！转告洛奈总督！巴黎市劝告巴士底狱原地投降！"

此话一出，枪声停了。耳边传来的，只有噼噼叭叭的草秸燃烧声。

因要尝试交涉，这边已提前停止了射击。而为引起上面注意，还大幅度挥起了白旗。但浓烟滚滚，对方根本就不可能看到。可能，唯有这喊话巴士底狱方面还是听到了吧。听到之后，这是要答应交涉？

——可为什么呢？

德穆兰有些瞠目结舌。巴士底狱方面应该没理由回应交涉。更何况，目前也并非处于接受劝降的境地。要说唯一能想到的，就是一开始就缺乏斗志的残疾士兵们终于劝说总督了？不，看来并非如此。洛奈本就不予听从，决心靠那三十名瑞士雇佣兵应战了嘛。若现在会轻易转变，那一开始就不可能允许开枪。

或许，是自己想错了？刚心想该受责备，可紧接着，德穆兰就放心了。就像要打破这寂静一般，枪声又响了。最终，巴士底狱没说答应，也没说不答应，这就二次开战了。

"但那帮家伙的所谓攻击，根本就用不着害怕噢！"

"的确，放枪也是瞎放一气！"

"只要埋下头，根本就打不着啊！"

人民这边也并不特别沮丧。本来就没对什么交涉抱有期待嘛。这边早就决心已定，做好流血准备，一定要夺取最后的胜利！

——不只如此。

德穆兰明显感觉到，士气也比刚才更高了。

不挨个狙击了，此前的紧张也中途松懈下来了。现在想来，刚才的斗志是低落起来了。也可能是再次陷入明显的胶着状态，有点焦躁不安了。总之，是缺乏一往无前的斗志。但现在，这斗志再次燃烧了起来！

"让他们见识一下巴黎的潜力！"

"对！从上到下，举城雄起！让他们瞧瞧！咱可是法国最大的城市！巴黎人会怕的东西这世上根本就不存在！"

"啊！巴黎举城起事，就在此时！"

迟到的劝降也并非无用。对巴士底狱，当然是没起任何作用，但却意外地激发起了人们的斗志。

明白了。此前，这不过是一群擅自集合于一处的无名群众，既非基于谁的命令，也非征得了谁的许可，弄不好，还有可能被指为暴徒。不只是巴士底狱，在巴黎市政厅眼里也同样如此。

但既然市政厅宣布，要将之视为最重要的任务而倾注全力，那就是说，今后，市政厅要与市民并肩战斗了。换句话说，此前的努力已被当局认可。

——从以巨万资财为荣的资本家，到身无分文的失业者……

所有人定睛于同一个目标，第三等级现已完全融为一体。这简直就是奇迹啊！德穆兰如是想，目光中不由充满了力量。啊，现在，这一刻，断不能移开目光。应下最后通牒之敌，就在那里——巴士底狱，又名旧制度！

12

援军

"都让我们这般高兴了，不会就这些消息吧？"

桑泰尔接着说。是的，当然不止！一位使者当即答道。可另一位，看上去却有些犹疑，嘟嘟哝哝地接话说，喂喂，真的会派来吗？要说弗雷塞尔先生那架式，那可是坚决不给武器的！

这段对话声音很低，听不太清楚，也并未持续太长时间，因为，远处传来了军鼓之声。鼓声威武雄壮，越来越近，不多久，蓝军装、红衬袄的飒爽英姿便映入了所有人的眼帘！

"赶来了吗，法国卫队？"

德穆兰高声道，啊，就是说，杜伊勒里之战重演了？

这自问尚不及咀嚼，就看到了在一旁手舞足蹈的身影。德穆兰先生，德穆兰先生！如您所愿，把那混蛋女婿带到巴士底狱来啦！

"拉古诺大爷叫来的吧！"

发枪号令跟这低低的声音重叠到了一处：举枪！全体预备——放！

"砰！叭叭叭叭！砰！砰！叭叭叭叭！砰！"

虽然同是枪声，但也轻重有别。虽然结果一样，都被巴士底狱的石料挡了回来，但这回让人觉得好像能成功的气势却根本不在一个层次！暂时，瑞士雇佣兵的枪声被压制住了，那边沉默了下来。

"皮埃尔-奥古斯丁·于林，特奉市政厅之命，阵前指挥！"

戴肩章的军装军人上前一步，通名报姓。这位是埃利上尉，同样奉命指挥。派来的卫队规模约有两支中队，这且不说，不知何时，王室士兵竟成巴黎市士兵了?

"抱歉,迟到了。武器发放不太顺利。"

"三点半了呀,确实是迟到了。让我们好等啊。"

桑泰尔苦笑。算啦,也好。虽然不好,但也不该怪你们。

"那么,现在怎么办?巴士底狱的战况,就是你们看到的样子。"

"只能用炮击了吧。"

于林当即答道。现役军人既被赋予指挥之权,当即就向部下下令了。炮击预备——!目标:巴士底城堡正门正中大门!炮兵火速瞄准!其他人掩护射击!炮击号令全部下达之后,这才转过身继续说明——

"连接巴士底城堡塔楼的护墙厚达八法尺(约二点六米),什么样的大炮都轰不透。所以,要炸飞它的城门!只要是木头做的,再厚都不成问题。"

"原来如此!那我们该做什么?"

"那烟很碍事。请你们立即灭火,挪开马车。"

答一声明白,桑泰尔马上就吼起来了。灭火!灭火!把草秸的火灭掉!把马车挪走!总督府那边有水井吧,火速打水来!

一旁的德穆兰则因兴奋过度,终于忍不住笑了起来。为什么呢?因为沉重的车轮轰隆轰隆地碾着路石过来了,让人预感到一股粗暴野蛮的巨大力量,令人联想到巨人阳具的黑色铁块,终于被推上前来!啊,这可是真炮啊。终于来啦!终于,一决雌雄的武器,交给了一无所恃的人民!

——如此,僵持态势将一气跃动起来。

攻陷巴士底狱!突然跃入脑际的,是露西尔的笑容。德穆兰想起来了。啊,对了。只要攻陷这巴士底狱,我就能跟深爱的女孩儿结婚了!

实际上,只要稍微冷静一下想一想,这两件事根本就不成因果:只要成为英雄,就能得到想要的女孩儿;难伺候的未来岳父也会最终让步。即便这是真的,但若只是攻陷个巴士底狱,那起义也远未结束。解除巴黎之危,收缴大量火药,继之迎来的,将是与贝桑瓦尔男爵的决战!

尽管清楚地知道这一点，德穆兰也无意向直觉让步。啊，或许胜利仍很遥远。

——但决定胜败的关键，却无疑就在这巴士底狱！

既如此，那就拼死一搏！德穆兰心中暗自使劲。没时间琢磨这些，得赶紧投入战斗！随着浓烟渐渐散去，这边的炮击准备铁定会暴露在巴士底狱的眼皮之下。阻击越来越激烈，这已是显而易见的事实了。

"排成一列！"

德穆兰下令。分头打水，那要把火灭掉就不知要到什么时候了。所以让大家排成一列，一直排到井边，把水桶传给最前面一位，不断地传、不停地泼就可以啦！

哧哧啦啦蒸气陡起之声不绝于耳。刚才还冒个不停的黑烟瞬间化为白雾四处弥漫。但蒸气不像久久不散的浓烟，不一会儿就随风飘逝了。好长时间没看到的开阔天空一当出现，虽是阴沉的铅色，也在刹那间让人头晕目眩。

"挪开马车！挪开马车！"

在以卫队为首的射击掩护下，为炮击开路的作业继之开始。几个人一起去推德穆兰右侧的马车，但要挪开却是意外地困难。火倒是灭了，可一搭手上去，却仍是热得要命，能把人烫伤。

谁怕这个呀！德穆兰硬是把手按向了车后烧到焦黑的横木。近处一看，甚至能看到仍在木头内部闪烁的通红的炭火。可就算手烧伤了，那又怎样！比起以败家之犬告终，就算两条胳膊整个被扭掉，那又怎样！

"啊！嘎——！"

"嗯！噢——！"

又一个叫唤声飞到了耳边。用肩头稳稳扛住马车前来帮忙的，正是丹东。推！推！还差一点，还差一点！

马车忽一下横着一晃，终于动起来了！不，只要稍微动起来，那接下来，车轮自己就转起来了，就势滚落到了空壕的沟底。

其余两辆也分别在人们的努力之下撤除。德穆兰发出了清理完毕的信号：啊，好啦！

咔嚓——！砰——！噼里啪啦——！在跌落的冲击之下，支撑车轮的车轴也好，装载铺草的货架子也罢，都瞬间化为大小不一的碎片，有的还弹到了壕沟之上。可能这壕沟也不打扫吧，几秒后，一直积留在空壕底部的垃圾尘土，便都弥漫了上来。枯枝败叶、干透的粪尿，甚至还有颇有政治犯牢房味道、装订绽线的书籍散页……

一排大炮已然对准巴士底狱城门，摆开了阵势。于林大大地点了下头，举起了一面小红旗。装弹完毕！瞄准完毕！无风，距离二十法尺（约六点四米），无需微调！

就在确认之声返回，刚要发号开炮时，有人喊了一嗓子，等一下！等一下！

"等一下！看那个！"

就是听到有人喊"看那个"，刚开始也是不明其意。但因在清晰的视野之下巴士底狱更显其黑，就算是小小的白点也会映入眼帘。只见右方塔楼枪眼里伸出了一只手，捏在指尖，呼啦啦摆动的，看上去像是一条手帕。

"是拿这当白旗了？"

德穆兰眉头一皱，又听到那个声音重复道：我是说，看那个！

"那个啊！吊桥那儿呀！"

没错，吊桥上也能看到白色的物体。里面的大门稍微打开了一点，一只手探出来，从与吊桥间的缝隙中伸出了什么白色的东西。这次没有呼啦啦飘摆，那团白色又有折叠规整之感。

"书信？"

可就是想去接过来，前面也有空壕拦路。尽管火速搬来了木板，但也够不到对岸。丹东扑通一屁股坐到了木板的这一端。大家一起压着，不会掉沟里的，你去取一下，卡米尔！

"好的！"

　　德穆兰的脚踏上了木板。一开始很顺利，可当一步步到了离开地面，伸在空壕之上的部分，木板就嗡嗡嗡地上下直晃起来，脚底下极不稳定。

　　"噢噢噢——！"

　　极力保持着身体平衡，胳膊尽最大可能往前伸，总算指尖要够到了。啊，还差一点！还差一点就够到了！

　　"够到了！"

　　德穆兰返回了这边阵地。什么东西？巴士底狱说什么了？大家都围了过来，可德穆兰的头还晕晕的，根本就读不了字。不管是谁了，总之先要把信递出去。而这接信的，像是马拉。可以吗？那我可就念啦。

13

白旗

"巴士底城堡接受巴黎市劝告,有意交城并迎民兵部队进驻。但总督、总督候补及以下全体守备士兵届时概不问罪,可自由离去,此亦为应有之义。如若诸君不受此降伏条件,我方将引燃巴士底城堡所囤火药二百桶,将城堡及所在街区炸毁。

一七八九年七月十四日,午后五时,于巴士底城堡

总督贝尔纳·勒内·德·洛奈侯爵亲署"

信是这样的。马拉读完了。

倒吸凉气之声次第响起,战栗随之而来。把二百桶火药点上……真这么干,不开玩笑,那这巴士底狱也会化为齑粉!碎片如雨而下,至少圣昂图万大道必是尽毁无疑。

"骗人的,不过是要挟而已。"

这话,让德穆兰重又恢复了呼吸。啊!不可能真想这么做。你想,如此一来,他自己也会送命!洛奈像是能一本正经自杀的那种令人钦佩的人吗?

"首先,我们不接受这样的条件。如若接受,那就非无罪赦免他们不可。洛奈可是下令狙击,夺走十几个百姓性命的人啊!"

一说到这儿,应和之声可就响起来了。说得对,德穆兰先生!啊,洛奈这混蛋到现在才乞求活命,乱弹琴也得有个度!就是我们不接受投降,你们这什么巴士底狱也眼瞅着要沦陷啦!

大家一番豪言壮语,马拉抓住安静下来的片刻总结道:

"归根到底,就是这么回事啊。"

"什么归根到底啊，马拉？"

"人民正杀气冲天。这一点，巴士底狱方面应该也能看出来。反正自己是没救了，就是他洛奈也是明白的。既如此，与其陷落被杀，那就不如让巴黎为自己陪葬。这并非单纯的要挟，有可能真会这么做。"

人们再次陷入了沉默。丹东开口向桑泰尔探问道：

"巴黎市政厅意向如何？"

"可以的话，就抓起来带走。"

这就是桑泰尔的回答。呀！就是我，要说真心话，真是想直接把洛奈之流给打死算了！可是，如不逮捕归案依程序审判，并依法问罪，那我们就与邪恶政府无异了。我们一直憎恨的密信制度的牺牲者的去处，正是巴士底狱。也就是说，只需国王一提笔，那就可以不经审判地投入大牢，量刑也是荒唐之极。

"我们第三等级重复同样的事好吗？"

"关于洛奈总督之事，我也受命将其带走。"

于林接话道。连法国卫队的指挥官都赞成了，看气氛，这事就像是定下来了。但德穆兰却无法接受。

或许，接受洛奈的条件更为明智。若能让巴黎脱离炮击之危，还能得到大量的火药，那战斗下去或是愚蠢之举。可要说愚蠢，那如此发起的这场战斗，本身就是蠢举。做好于己不利的精神准备硬来，结果却距拿下巴士底狱仅有一步之遥……

——不可能输的。

因为路已经踏出来了。看来，这是神的指引啊！跟随内心的指引，采取行动，这非常重要，力求明智反而不成。

——退一步说，战幕既已拉开，那就只能冲锋到最后！

德穆兰甚至在心里喊道，不想再折来返去了，已经够了！今天，一定要求婚！要让父亲大人知道，我是认真的！就这样下定决心出发，但都到门前了又折了回来，反反复复这都多少次啦！

要在这种时候硬来，有可能触怒对方的神经。要被厌恶到禁止出入的份儿上，那可就本息全无了。最重要的是，不能给深爱的女孩子制造痛苦。虽在这样子假装明智，但德穆兰也逐渐明白，啊，除非不再强行卖弄小聪明以掩盖天生的怯懦，不然我跟露西尔是结不了婚了。满嘴都是似有道理的话，但不知不觉，也许某天就不得不放弃心爱的女孩子了。

"这样终究是无法接受的！这分明是一派谎言嘛！"

德穆兰老调重提。马拉闻言耸了耸肩。

"我说卡米尔，刚才我都说了，那未必是谎……"

"不！是谎话。且不攻自破！洛奈在争取时间。就现在这会儿，也一定在看不到的城墙那边准备大炮呢！"

这话一抛向马拉，在场所有人的脸色唰一下全都变了！德穆兰接着说道，啊，特里奥的报告都听到了吧。不只是圆柱塔楼的顶端，城内也有大炮，且已对准城外的多达三门。

"这炮要喷起火来会是什么情形？"

德穆兰用手势激发起了大家的想象。吊桥冷不防落下，沉重的城门左右一分，刚瞥到门后深处的炮筒，可怕的轰鸣便已响彻云霄！爆炸的气浪一过，睁眼再看，好不容易备好的卫队大炮已然化为一堆废铁！煞费苦心到手的人民的武器，就此成为废物！

"这可以吗？"

四周一片沉默。几秒之后，打破这沉默的，是行事果决的军人。

"没办法。炮轰巴士底狱吧！"

大家纷纷点头，巴黎市阵营再一次行动起来！一回到炮队旁边，于林便重又举起了红旗。就在这时，就听哗啷一声巨响，锁链号啕。巴士底狱的吊桥忽地落了下来！

德穆兰浑身战栗。不，在场所有人无不脸色苍白！不出所料，洛奈刚才在准备炮击！这可惨啦，万事休矣！

"……"

但炮声并未继之响起，寂静依旧，鸦雀无声。只是城门张开了大嘴。提心吊胆往城堡深处探瞧，但见在城堡的四面围拱之下，草坪上的确列有炮队。但这炮，却全无要喷火的迹象。

"都说啦，打一开始就不愿开这一仗啊。"

发出这声叹的，是胡子都白了的老兵。可能是巴士底狱的残疾军人。摇摇晃晃现身之后，直接就从吊桥上走过来了。一直都不想打啊。一开始就不想打啊。真的呀。我可一枪都没开。和着泪水出来的这些话，就像在辩解着乞求饶自己一命。

——就是说，赢了？

除正面之外的三面，全身憋足了力气的空气，似乎马上就要动起来了。紧接着，德穆兰就像听到了雄狮的咆哮一般！就像非要报复强加给自己的沉默一样，内院的群众声嘶力竭、并无字义地高声呼喊着一齐跑了起来，就像一股湍流，一气冲过吊桥，拥到了城中！但最终，巴士底狱方面也无应战之意。

"胜利啦！胜利啦！我们胜利啦！"

巴士底狱，名副其实地被占领了！有的闯入地下室，把火药箱抬了出来。有的打开牢门，擅自将犯人放了出来。也有一群人夺过枪来，就对瑞士雇佣兵动用了私刑，好一顿拳打脚踢。束手无策地被裹入这混乱不堪的漩涡之中，德穆兰的大脑一片空白，不知所以。赢了吗？我德穆兰，赢了吗？如此，我就能跟露西尔结婚了？

"啊！杀了！都杀了！这些畜牲！"

狂喜中的群众向巴黎市政厅进发了。在于林的拼死努力下，巴士底狱总督洛奈的人身安全暂时得到了保障，但在与市民同路押送市政厅的途中，到底还是被群众夺走了性命，就此命丧黄泉。

而在目的地市政厅广场上，巴黎商人领袖弗雷塞尔也被骂作叛徒，头部中弹而亡。且这两位死后，头都被从尸体上割下来，挑到了枪尖上。

举起散发着血腥的旗帜，整个巴黎凯歌高奏时，桑泰尔的怀表显示，是下午五时半。阴云密布的空中，稀稀落落掉起了雨点。

14

革命，还是暴动

"巴士底狱陷落啦！"

来自巴黎的报告，令国民制宪议会一派狂喜！快报送达凡尔赛，是在七月十四日深夜。

从傍晚开始，雨越下越大，噼里啪啦地敲打着公共娱乐礼堂的玻璃窗。窗外本就是漆黑的暗夜，只一动不动凝望着顺窗而下的水滴，并未跟议员们一起欢庆的米拉波，也不禁自言自语起来。

"办到了。"

巴黎，办到了。德穆兰这小子，终于是个男子汉了。啊！干得漂亮！在不停嘟哝的米拉波看来，某种程度上，这一事态发展已在意料之中。但话说回来，胜败未决的那几天，几乎就像在等待最后的审判。

当然，巴黎的情形也一一传达到了凡尔赛。听到内克尔被撤换的消息，巴黎的情绪越来越激动。十二日，市民们在巴黎皇家宫殿起事。入夜，到处与军队冲突的群众火烧入市海关，并开始哄抢。十三日，巴黎市终于行动起来，组建民兵部队。十四日，荣军院一大早被袭，武器交于民众之手。当日傍晚又传来消息，人们拥向巴士底狱，可能会发生战斗……

但要说这议会里的气氛，却并没抱以太大的期待。那座外观威严的著名城堡，未受过军事训练的外行群众是不可能去进攻的。拥到了外围的护城河边，只是大吵大闹一番也就到极限了。若当真开打，这才真可能成为危机事态的导火索啊。不只是巴黎民众会被一脚踢飞，巴士底狱响起的炮声，那就是王室政府正式武力镇压的洪亮号角！

"就连议会的解散，也只是时间问题了。"

这就是议员们的看法。

换言之，凡尔赛已然倾向于绝望了。议事厅依然处于近卫军的包围之下，要说国民制宪议会，该说是不出所料吧，在武力镇压的恐怖面前，仍是束手无策。

在任何时候被捕被抓都不意外的状况之下，议员也各自对自由活动做了节制。从十三日晚开始，大家就没回各自的住处，全都留宿在了公共娱乐礼堂。可就算如此团结一心，实际情况也并无变化，依然是什么都做不了的。虽说姑且做出了决议，宣告议会为常设而非临时，要求王室政府及早撤离军队，并让被撤换大臣官复原职，但结果，也只是被国王无视而已。

不安情绪越来越浓厚了。也不知谁先散布的，这段时间，怪异消息也是甚嚣尘上。

就是说，巴士底狱骚乱成了武力镇压的最好名目，王室政府将于十四日深夜发起总攻，并同时突袭凡尔赛！终于要逮捕议员了！且逮捕名单也已列好，这就是西哀士、拉梅特、勒沙普里安，还有拉斐德和米拉波。

正当大家战战兢兢，不知全副武装的近卫军兵何时会闯入议事厅宣读逮捕令时，巴黎传来消息，巴士底狱陷落了！

"国民议会得救啦！"

一直持续到方才那一刻的绝望迅即被大家忘诸脑后。诚然，大家理当狂喜。啊！这是神赐予我们的奇迹！正义终究在我们这边！我们掀起的合乎理想的潮流，赋予了巴黎巨大的力量！气都喘不匀的此等心情，要说，也不是不理解。但米拉波的心情却与这些议员同伴不同。

米拉波独自望向窗外……

——哼。轻浮也要有度。

什么神赐奇迹。什么我们掀起的理想潮流。像你们这样的，一言以蔽之，除了坐享其成，还不是一无所能？其证据，在米拉波看来，就是议会只会无聊地闹腾，连展开自己工作的影子都看不到。哼！只要稍有冷静思考的头脑，就不会一劲儿开心了。

——事实上，巴黎市民仍处于严阵以待的态势之中。

现场，不存在天真的幻想。只是攻陷个巴士底狱，人们是不会就此扔掉武器的。往开了想，那只不过是一座城堡而已。

贝桑瓦尔男爵的部队，仍在战神广场待命。之所以能攻陷巴士底狱，也是因这股兵力并未投入战斗。

—— 一切尚未得救。

只是拥有了一些希望，或许会得救的希望。可这一点，提起被困于凡尔赛的这帮议员……米拉波寸步不让的，是议会必须火速投入到只能由议会来完成的工作之中。这就是，必须将七月十四日确定为革命纪念日。巴士底狱事件，不能仅以暴动终结。

——革命，还是暴动？

这不是单纯的语言游戏。能否确立起历史性里程碑的地位，将极大地左右未来法国的走向。不只如此，若此事处理不得当，那就无人能得救了。就是高喊得救、热闹成一团的议会，不出十天，就有可能再一次跌入绝望的深渊。

——正因如此我才说，睁大眼睛，看清自己的使命！

就像要催促只知兴高采烈的所有议员，米拉波当天就采取了行动。事情紧急，顾不上已是深夜，米拉波当即遣使晋见路易十六，促请陛下再次考虑之前呈交的呈报书。

——结果，是这样的。

七月十五日，凡尔赛的雨仍未停歇。议员们有的过于兴奋没睡着，有的过于放心熟睡一夜，总之是一大早米拉波就把他们赶起来，又投入到了新呈报书的撰写之中。既然口头催促没有回音，那就要近乎执拗地去推动，无论如何，都要让国王开口！没想到，就这回，连一直缄口不言的路易十六也没怠慢。

毫无预兆，国王亲临议事厅了。因近卫军兵先行入内，议事厅瞬间结成了冰块儿！但这军兵却仅有两人，并且，随行人员也很少。最重要的是，路易十六一身便装，像要做他的趣味中事——制锁一样。

可能是什么都没顾上就匆忙赶来的吧。国王没登上演讲台，而是在入口附近，就那么被议员们围着，开口了。怎么说呢？总之，王国之安宁，方为朕之最大愿望。如何维持和平，当然，意见很多，这个，就是说，朕也并非无意听取议会之意见。当然，深思熟虑需要时间，但今天早晨，朕已确信最佳之策，是以要知会诸位议员。

"啊！朕打算让军队从巴黎还有凡尔赛撤离。"

静寂持续了数秒。但紧接着，议事厅内可就沸腾了！真是欢呼共拍手喝彩齐飞！至少，是对国王的决断表示欢迎了。像是多少放下心来了，路易十六也露出了令人深感陌生的微笑。米拉波呼地长出了一口气。

——马不停蹄推动此事，是做对了！

及早撤离军队一事，此前已多次催促，但一切都成了徒劳的哀求。唯独这一次，不同以往。

——啊！拜巴黎之赐啊！

之所以说攻陷巴士底狱干得漂亮，是因虽不过是一座城堡，但却给了王室政府以十二分的压力。这其中隐含的事实是，人民胜利了！被认为根本没有可能的胜利，一当摘取，巴黎带给世界的冲击可就无法估量了。尽管这胜利左右不了整体形势，但所产生的心理作用却非同小可。

——既如此，那就必须趁事件冲击仍然鲜活之际了结此事！

必须抓住国王心生怯意之机，一气解决！有时间开心不如赶紧工作。之所以这么说，端因一旦王室政府静下心来，冷静分析完战况，到那时，可就真没办法了！

米拉波并不认为巴黎的胜利会持续下去。倒不是说王室部队在贝桑瓦尔指挥下毫发无伤，保存了力量，这并不值得恐惧。时间拖得越久就越令人忧虑的，是自己一方的内部崩溃。

包括法国的大部分地区，巴黎也并非铁板一块。既有经营企业的大资本家，也有经营零售小店或作为师傅打出工匠招牌的，不然就是修习而入司法界的小资产阶级，最后，还有受雇于他人的劳动者、无产的失业者……这无数人屯居其中的大城市，就是巴黎。

各自的利害会永远一致，这根本就无法想象。这与全都是追求新天地的移民，几乎所有人都平起平坐的美国，有着决定性的不同。法国，不只有贵族与平民之分，就是平民也几乎无法以一个第三等级概括了事，其内部存在着巨大差异，这也是拥有悠久历史与深厚传统的法国的宿命。

全体市民团结一心，巴黎倾城起事，结出这一果实的七月十四日，只是个例外。或者，视之为奇迹更为合适。

——正因如此，才必须将这罕有事件升华为革命！

一旦涣散，那就只有一个结果，即被王室军队镇压了事！倘如此，就连好不容易到手的巴士底狱的胜利，也会以无聊的暴动之名告终。米拉波不得不认为，为赋予其革命之名的最低条件，就是尽快恢复和平！

15

谁的胜利

　　嘈杂并未轻易散去。待最初的沸腾归于平静，激动与兴奋也是难以平息。何止如此，越是真实地感受到了喜悦，本就有些兴奋不安的议员们真就是静不下来了。

　　或者应该反过来说，担心过度、六神无主的人们终于回过神来了。因这事是一大早发生的，大部分议员连头发都未及整理。当时，听到巴士底狱陷落的消息便入睡了，有的人睡乱的头发还在那儿翘着，一边听着国王让步的讲话，一边摸着头发顺了又顺，戴上假发，重新系好领巾……虽是临场收拾，但也都装束整齐，终于走上前来了。

　　这通闹腾才刚刚开始，根本就不可能静下来。

　　"人民胜利啦！"

　　也有人如是高喊。议事厅内的几位议员也继之呼应。没错！我们战胜了军队！显示了民众力量的伟大！

　　米拉波从座位上站起来了。之前，他一直抱着胳膊，时而闭目深思，但终于无法置身事外了。

　　——不可视此为人民的胜利！

　　因为，既然有胜利一方，那就有落败一方。这是理所当然的，而其本身也并无不妥。但是，这样豪言壮语地高呼人民的胜利时，就没人注意到路易十六的脸颊抽搐了一下？身为法国国王的自尊受到伤害，连内心深处并不清晰的情绪都可能因此而剧烈起伏，对这一征兆浑然不觉到如此地步，合适吗？

——落败一方，至多也只能是贵族！

不是国王，而只是贵族，强迫国王发动武力的谄媚贵族，因要守住自己的特权地位而对第三等级恶意报复的贵族。对他们非责难到底不可！因为，国王就是靠自身意志也能动员军队。作为自尊心被伤害的报复，下一回要坚决抗战到底的话，是有能力办到的！

——若第三等级能应此战，那高声讴歌胜利倒也无妨。

不只是将贵族打倒，连国王都予以废黜，彻底取胜，并将此一果实命名为革命，当然并无不可。但我说的是，这很困难。既然无法实现，那就应备好一个妥协点，以求万全。

米拉波看得很清楚。如不能基于高度的政治判断完美平息此事，那光荣的七月十四日也只会化为泡影。

"也知会巴黎吧！"

议事厅内的喧闹还在继续。但这回，是巴伊、西哀士等巴黎选区的议员。米拉波的想法冷峻依旧。哼！是想亲自将喜讯带往选区，讨好选民吧。是要告诉他们，多亏诸位，议会得救了，还是要一本正经地表达感激之情？

"这想法不错。那就组织议员团，前往巴黎！由我们亲自说服大家，已无必要全副武装，并一起祝贺巴黎的胜利！"

紧跟着高声提议的，这回，是拉斐德侯爵。成长环境优越，言行轻率的应声虫，热闹提案又出新花样儿了。如此轻率，实在是让人无语！终于，米拉波忍不住都想一口唾沫啐出来了。也生出了追问的冲动——

如此，又会怎样？

哄巴黎开心？这是要干什么？法国又会怎样？如要庆祝但做无妨。但我想说的是，终归是要做，那就稍动下脑子。

米拉波终于分开人群，来到了前面，并径直大步走到了似被议事厅的喧闹忘诸脑后，呆立在那里的国王路易十六面前。

米拉波谦恭地单膝跪地，开口道：

"陛下，臣有一事相求！"

虽无意吊起嗓门儿，但这狮子的咆哮，终究是令所有人闻之战栗。又或许，是瞬间预感到事态又有新的且决定性的进展了吧。总之，议事厅内的喧哗嘎然而止。确认这寂静可保一字一句准确无误地传达给国王之后，米拉波说了下去：

"请陛下同往巴黎，亲临庆典。"

这就是米拉波的恳请。是的，陛下要亲自庆祝巴士底狱的沦陷。如此，即可与巴黎市民和解。

"换言之，即望陛下对由第三等级发起的此次革命，示以恳切支持！"

话音落地，一片沉默。此事，本非议事厅当回应之事，而应予以答复的国王，又不由得一脸困惑。

代国王出前作答的是随行侍从。

"您的意思，是让陛下承认败北？要让陛下当众跪伏于巴黎膝下？米拉波伯爵，如是理解您的请求，不知可否？"

"断无此意！窃以为，视此为败北之误解，应借此机会是正为上。是的，请陛下公示于民，这非但不是败北，反而是胜利。应为胜利自豪者是人民，而最应自豪的，则是陛下！"

"……"

"与贵族为伍，抑或与平民为伴。陛下夹于中间，想必日日难抑逡巡。臣以为，陛下为傲慢贵族所迫，不得已而下有违本意之决断者有之。但如今局势已不同以往，陛下可断然明确态度，毅然站到人民一边。此事由陛下亲口告示于民，何如？是为微臣之提案。"

这是自议会纷争以来，米拉波一贯希求之事。国王要站到人民一边。如此，就不会容许贵族维护旧制度等行为，反过来，也为第三等级之革命盖上了官方认可的牢固印章。在此基础之上，挣扎于国难之中的法国，向新法国的重建与复兴迈进！

这同时又是所有法国人的愿望所在，也是平民大臣内克尔之能赢得广泛爱戴的原因所在。人们期待的，并非或多或少的财政手段，而是王室政府会重用我们自己的代表，国王会与我们并肩迈向全新国政。正因人民如是想，才难抑涌动于内心深处的狂热。

"是的！人民希望，法国国王路易十六才是与人民一道，强而有力地唤起新生法国的真的英雄！"

路易十六依然保持着沉默。侍从再次代为发言：

"但巴黎岂不危险？万一陛下有何闪失……"

"陛下安虞，我来保护！"

这回，米拉波宛如兽吼般断言道。失礼了。与其说是我，不如说，请允许我们举议员团全体之力，护随陛下同往巴黎！万一巴黎市民蜂拥近前，届时请允许我们挺身介入其间，甘为陛下肉盾！

"不。这正是显示我新生法国之盛大景象！"

先有人民，被推选出的议员为其核心。而被围于正中，倾听民意的国王，则立于世界的中心。如此，新生法国之安宁与繁荣可得保障。若议员负有制法之责，届时，国王将为万民正义之象征。

——为攻陷巴士底狱致以贺词，此一庆典，将成为君主立宪的象征！如此，七月十四日方能真正升华为革命，方不会徒劳一场，而是将作为开拓光辉未来的历史性里程碑，永远刻入人们的记忆。正因由衷如此确信，米拉波才提高了音量。

"是的，务请陛下前往巴黎！"

"朕将妥善处之。"

路易十六答道。巴黎之暴动热潮尚未冷却，朕亦难以即刻作答。但在此保证，朕必妥善处之。

米拉波抬起脸，忽地站了起来，用力叮嘱了一句：陛下所言极是。龙体之忧不言而喻。但陛下万勿忘记——

"陛下之安虞，我来保护！"

16

落败者

——到头来，就这样子？

米拉波独自一人再次望向玻璃窗外。

还好，这一天天气晴朗。颇有夏日午后味道的阳光闪闪烁烁地在绿叶间跳跃。除偶尔传来几声鸟鸣，就再听不到其他声音了。

借居凡尔赛的这处府邸，裹入了一派几近悠闲的空气之中。但正是这寂静，反让米拉波焦灼万分。又一次卧床不起了。因身体状况不如意，这巴黎之行也只得放弃了。

时间已经到了七月十七日，星期五。路易十六答应前往巴黎是在昨天，十六日，紧随内克尔官复原职的消息公布之后。

国民制宪议会的议员团，多半已先一步出发。曾任国民议会第一任议长的巴黎选区议员巴伊，则被迎入巴黎市政厅，就任新设立的巴黎市长一职。另一边呢？拉斐德则被迎为资产阶级部队"国民自卫军"的总司令。国民自卫军，是由组建于武装起义最高潮的民兵部队更名而来。

——国王终于要御驾亲临巴黎了。

由凡尔赛出发时，是上午九时，抵达巴黎，已是下午三时。听说，新任市长巴伊到巴黎城门出迎，并基于自中世纪以来的谦恭礼仪，举行了城门钥匙的交付仪式。

"是的，献于亨利四世陛下的即是这同一把钥匙。这位大帝把人民争取了回来，而这次，是人民争取回了国王。"

十六世纪末叶的法兰西国王亨利四世，即是建立波旁王朝的始祖。适逢宗教战争，因之曾任新教教徒的首领，巴黎并未轻易承认这位新的国王。而奉上城门钥匙的秩事，说的是巴黎人在军事及政治攻势的压力之下，最终开城相迎。把这事拿出来，哼，不通世故的学者先生，这不很会来事嘛。

路易十六接过钥匙，一行便在市内行进。拉斐德侯爵端坐马鞍之上头前开路，闹闹轰轰，队伍直奔市政厅广场。在这里，巴伊再次奉予国王的，是红白蓝三色帽徽。

红蓝两色为巴黎传统颜色。七月十四日，也被用于巴黎举城起事的标志色。新加入的白色，则是基于拉斐德的提案，因为一直以来，白色都是法国王室的传统颜色。

"是的。国民自卫军也用这一帽徽。此为新生法国的象征与标志。"

哼！没硬逼着采用星条旗，看来，那美国迷也长进不少嘛。又一次嘟嘟哝哝地挖苦着，米拉波一闭上眼睛，巴黎当天的情景就立即浮现出来。

佩上三色帽徽，路易十六登上了巴黎市政厅的露天凉台。臣民们，相信朕对你们的深爱！如此，人们就会连声高呼了。国民万岁！自由万岁！国王万岁！当国王以满意的微笑接受人们的欢呼时，一左一右肃立两厢，满脸"我才是今日主角"的人，不用说，正是……

——呸！

一当由急件中得知这一始末，米拉波就难掩不快地唾骂起来。畜牲！混蛋！巴黎市长一职，怎么就巴伊当选了？全无政治手腕，不过是个清廉学者而已！不是吗？国民自卫军总司令，怎么会是拉斐德？囫囵吞枣的美国迷，不过是笨拙地模仿华盛顿将军而已！不是吗？

——至少，将三色帽徽奉于国王的角色……

该是老子我！米拉波的肠子都要悔青了。为什么？将国王争取到人民一边的，不正是老子吗？换句话说，将这白色塞入红蓝两色之间的，不正是老子我的铁腕？可这隆重盛大的舞台却被他人抢走了！而我，却只能卧病在床，这究竟是……

——简直就是个落败者！

因过于荒诞，米拉波的感情爆发了！米拉波想用尽全身力气吼出来，大大吸了口气，却没吐出来，直接咽到了肚子里。因为啪嗒一声门开了，有人进了室内。

忽一股甜香飘来，连空气都含混了起来。什么呀，是凯瑟琳啊。

"哟！伯爵，您醒啦？"

"你才是呢，怎还在凡尔赛？"

"其他地方无事可做嘛。"

这女人，的确是只穿着丝制内衣。内衣太薄，根本挡不住她那丰满的肉体。看样子，是未出这府邸一步。

——但这并不是说她在忘我地看护米拉波……

女人手里端着托盘走了过来。上面有透出红色葡萄酒的玻璃瓶，装有奶酪片的小碟子。可能是吩咐厨房火速准备的吧。哼！就是说，即便情人病了，她那肚子还是会饿的。

在米拉波坐起半身的卧榻空处，凯瑟琳坐了下来，把托盘往旁边一放，果然是吃起来了。那嘴唇因奶酪油而生艳，再被葡萄酒色打湿，一声不吭，嚼个不停，真给人以怪诞的鲜活感。或许应该说，女人这一生物难以逃脱的浅薄全都体现在了这儿，淋漓尽致地显现了出来？

——哼！就是说，接近我的，只有这种厚脸皮女人？

嘲笑着自己的处境，米拉波虚弱地苦笑起来。实际上，其他人全都不在了。议员团倾巢而赴巴黎，连国王都移步前往，那凡尔赛的朝臣们自是随后跟上。被扔在凡尔赛的我身边有的，最终就是……

"我说凯瑟琳，你也去巴黎吧。那边像是很热闹啊。"

"巴士底狱陷落了，可喜还是不可喜，这种事，我可没什么兴趣。"

"我是说，你就是在这儿也没什么意思嘛。就是以这副打扮引诱我，不巧我又身体不适。今天这会儿，根本就没法跟你玩啊。"

"好啦，还说这种事。好你个伯爵，又拿女人取笑。"

"怎会是取笑啊。"

米拉波这一回答，凯瑟琳脸上浮起一丝浅笑，身子靠得更近了些，一把膝盖搁上床榻就爬上前来，两腿左右一分，就势骑到了米拉波的肚子上，把女袍的下摆都弄乱了。

这是要干什么呢？一看，凯瑟琳上来就把夹衣扣子给解开了。一旦敞开，那柔软起伏的乳白色肉团就会现身眼前。虽无意退缩，但连那酸酸甜甜的体香都飘将出来，到底是给人以异样鲜活之感。

"都说了嘛凯瑟琳，我今天……"

"你看，果然是拿女人取笑。不是那事啦，伯爵。"

凯瑟琳现出戏弄的微笑，说了下去。嗯，不是的啦。只是想宠宠你，就把伯爵当吃奶的孩子一样。

米拉波闻言，那笑可就更苦了。真搞不懂啊，你们女人的想法。凯瑟琳这边却现出了越发有趣的样子。是啊，一定是这样。实际上，伯爵连自己都搞不懂嘛。

"为什么弄得女人爱你爱得这么想宠你，伯爵，答得上来吗？"

"拜这丑脸所赐吧。女人，本就嗜粗奇之物如命吧。"

"哪有这种事啊。这可没有俘房女人的魔力。"

"噢？"

"对啊。一般情况下是不会被女人爱的。所以，并不像伯爵您想的那样，不管是谁，只要是男人，女人就想被他抱在怀里。"

"那想被什么样的男人抱呢？"

"这还用说。熠熠生辉的美男贵公子啊。"

米拉波的心被刺痛了。猛然涌入脑际的，是拉斐德侯爵。虽无强烈个性，但确是天生端庄的美男子。生于奥弗涅名门世家，再加美国归来的光环，真是名副其实的熠熠生辉的贵公子。

——这就是他深受喜爱的原因吧。

不是受女人喜爱，是大众。不如说，就属性而言，米拉波一贯认为，大众与女人相似。啊！作为熠熠生辉的美男贵公子，拉斐德现正被大众百般夸赞，现又是国民自卫军总司令了。

"就算感觉不那么疯狂，但若为人理性、诚实，那给女人的感觉还是不坏的。"

你想啊，这会让人放心嘛。凯瑟琳接着说。这回，巴伊又在脑际浮现了。虽没有太强的能力，但那位学者却有相应的丰富学识，且性格认真。有一点的确不容否认，其所以出任国民议会议长，就因众多议员对其稳妥寄予了信任。

"相比之下，要是不知会干出什么坏事的浪荡贵族，尽干世所不容之事，甚至还被迫入狱，经历既如此可疑，那这曾经的浪子就不能愚蠢地轻信。是这样吗，凯瑟琳？"

这回，米拉波未等答话就自嘲地笑了起来。要说其内心，实际上是遭到了沉重打击。因为，他不得不自问，就算身体状况理想之极，就算意气风发进入巴黎，那就真会被推选为国民自卫军总司令吗？就真会在万民喝彩的欢呼中，被推上巴黎市长的交椅吗？

——最终，根本就得不到什么回报啊。

要挽回失去的人生？或许为时已晚。就在米拉波沮丧得根本不像他自己，无以自拔时，凯瑟琳伸出她那纤细的手指，在米拉波未戴假发的头上游移着，像在梳理米拉波的头发。

"浪荡贵族啦，失足浪子啦，这些坏话就像丑脸一样，不过是伯爵的表面而已。只站在远处看的时候多少会有些在意罢了。"

"近处看，就不一样吗？"

"就因为不一样，女人才会为伯爵发狂嘛。"

"那近看又是什么样呢？"

"心疼得不得了啦。"

"哼。你个浪女，装得跟真懂似的，少在这大言不惭。"

米拉波驳斥着，这一次，是他自己把鼻子埋到了眼前那两座乳峰间去了。连手都摸了过去，再把那峰顶的樱桃含进嘴里，凯瑟琳的呼吸可就急促起来了。是的，是的，多少还是懂的。

"所以，也请伯爵不要拿女人取笑。"

米拉波没有答话，只在心里接着说道，哼，我自己都感觉，我米拉波是个胆小鬼呢。根本用不着真当回事。至多也不过是巴黎的事情嘛。只是愚蠢的大众一时被迷惑而已。啊！区区这等事，我米拉波还是能扳回来的。

17

既已是革命

八月四日，星期二，国民制宪议会统计议员投票以形成决议。若从议席来看，似是赞成票更多，但也可能反对票堆得更高。

总之，把这摞成小山的两组票分开，便进入了再度确认和确定票数的程序。依新设轮流制就任的新议长勒沙普里安正在计票，罗伯斯庇尔注视着他的动作，难抑内心的喜悦。投票结果暂放一边，令人高兴的是，不管结果如何，议会终于有了议会的样子。

——终于，有工作的样子了。

议员第一要义，即改革病中的法国，群策群力，解决法国面临的诸多难题，引领万民迈向幸福。但耗时数月，这都无法如愿。

——不用说，这几个月，一直在为贵族的恶意而苦恼，并战栗于政府的武力……

但这根本不是议员的工作！既已是革命，那现在，就必须履行议员的真正职责。在为此一意愿燃烧的罗伯斯庇尔看来，这半个月，虽有踉跄不易之感，但总算前行到了令人满意的阶段。

国民制宪议会终于回到了正常审议的轨道，这就是——制定宪法！

——就用我们的双手，为这法国打造新的柱石。

若此事能成，贵族的为所欲为就行不通了。王室政府的独断专行也会被掣肘。在法国，凌驾一切的新时代的绝对王者将是法律，而法律之根本就是宪法！有幸参与宪法制定的伟业，越想就越感到劲头十足！罗伯斯庇尔的身体因过于激动而前倾，差一点一头栽过去。

——为什么要为这股热忱泼冷水呢？

罗伯斯庇尔想不通。要说唯一的烦恼，那就是米拉波。

宪法制定程序议决之后，最初的讨论，就是在条文制定之前，应否先行通过一份类似于宣言的文件。

一方是持赞成意见的推动派，以拉斐德、巴纳夫为发言代表。在民主主义先行国家之美国也有独立宣言，其简洁的表述，为让国民理解新时代所应遵循的原则理据作出了巨大贡献。因此，法国也应通过可临时称之为《人权宣言》的文件，并通过这一文件，让广大国民理解议会的工作。这就是推动派一以贯之的主张。

"但这件事，需要如此着慌吗？再怎么说，重要的也是宪法，但却要先行打出人权宣言？倘如此，本来最有价值的宪法，反可能落入为宣言内容所困的窘境。到那时，若视此为本末倒置，仍以宪法为优先，那就会与人权宣言相矛盾。如欲让两者相调和，那么，先行制定宪法，继之发布人权宣言，这才合乎情理。"

屡屡如是反驳，持反对意见的另一方则是消极派。该论战阵营的代表人物是拉利托勒达勒、穆尼耶与马鲁埃，以及反对声尤其响亮的米拉波。

米拉波继续说道：

"当然，所谓人权，即人类与生俱来的各种天赋权利。这一点，毫无怀疑的余地，而高声宣告也并无不妥。但其精神，如不以法律形式明确限定，将不足以反应到社会结构之中。明明如此，却上来就提出一个笼统、模糊的宣言，称之为广泛适用也好，哲学性表述也罢，但总之，事后，当议会要作为法律加以限定时，就可能会有人以泛泛之论为由加以否认。这，就是我的忧虑所在。"

这番话，罗伯斯庇尔听得心情复杂。

——无法对伯爵产生共鸣。

从道理上来说，米拉波的忧虑也不是讲不通。如果米拉波说，因此要仔细推敲宣言内容，或干脆连通过宣言的提议都直接否定，那还听得进去。

可是，不反对通过宣言，却又认为以后再做也未尝不可，这种态度，有时会不由人生出过于悠闲之感。倘如此，那就断不能认同了。

要说罗伯斯庇尔是哪一派，那就是持赞成意见的推进派。当然，可能会出现各种问题，但也仍想积极推进。因为在他看来，先不说宣言内容，就是其通过的时期也同样重要。

——啊！必须抓紧时间啊！

从常识考虑，制定宪法是需要时间的。因为，每一条每一款，都必须彻头彻尾地仔细斟酌。一七八九年年内，恐怕是再努力都完成不了了。能在一七九〇年颁布，也只能说已经做得很不错了。正因如此，哪怕只是宣言，也应先行通过，必须以之为革命的实际成果。

——趁热打铁，只争朝夕……

这份焦急之情，罗伯斯庇尔也是有的。

贵族们正争先恐后地逃亡海外。以素有保守且反对变革之名的王弟阿图瓦伯爵为首，面对第三等级崛起极为不快的贵族们，已开始接二连三地逃往国外。

不用问，这一动向缘于七月十四日的事件。对贵族们而言，无名民众战胜军队并攻陷巴士底狱的事实，无疑是一次沉重打击。而决定性的打击，则是十七日继之举行的路易十六隆重盛大的巴黎出访。

这群人就是再顽固，一听到响彻市政厅的欢呼声，那也只能醒悟过来了。国王已经站到了议会与人民一边！被抛弃的贵族已无力回天。

——但是！

斜眼瞅着流亡的贵族，虽然这就像他们承认败北一样，但罗伯斯庇尔心里却无法保持乐观。因为，在三级会议纷争不断的日子里，多次领教过贵族们难以摆脱的特权意识，以及几近冥顽的执拗。他并不认为，因第三等级的势力无法否认，贵族们就会轻易打起退堂鼓。

——这帮贵族必会逆袭！

实际上，就现在，"贵族的阴谋"一词也在巷市之中不断被人们谈起。

贵族并不是逃往国外，而是他们知道，王室军队指望不上了，所以，就想把外国军队引入法国。这才提议奥地利皇帝、西班牙国王、英国国王等派兵，或是自行招兵买马，擅自应允，只要去法国就可以肆意抢掠。这样的阴谋论即便不能盲信，但风平浪静之后，贵族们确有可能厚颜无耻地返回法国，再一次神气十足起来。这一认识，罗伯斯庇尔终究是不愿让步。

——正因如此，才必须抓紧时间啊！

必须火速改革法国，就是贵族们回来，也再无余地供他们要威风才成。

——退一步说，这也不像米拉波啊。

此前，其非凡的政治才能随处可见。据罗伯斯庇尔观察，其令自己极为感佩的卓越资质之一，就是遇事果敢，绝不错失良机的行动力。换言之，大声疾呼抓紧时间、抓紧时间的，一直都是米拉波啊！

——或者是说，这一次，同样是有隐情？

的确，米拉波也有暗中活动、阴谋策划的一面。要么，就是另有凡夫俗子无能觉察的洞见？没错，迄今，他那宛如预言者的敏锐洞察力，已让自己惊叹多次。

——可即便如此，唯有这一次……

计票好像结束了。议长勒沙普里安一直看向手边的眼睛一抬起来，就向议事厅公布了结果。计票结果：以一百四十票之差，表决通过！"国民制宪议会决议，制定宪法前，先行通过人权宣言！"

如雷的掌声响彻公共娱乐礼堂。而八月四日的议会，就伴随着这一决议散会了。

议员们起身离席，一边跟两边的人说着话，很快就排成了长队。穿过门厅的通道很窄，一旦堵住，可就轻易插不进去了。罗伯斯庇尔小跑起来，在黑色法袍间灵活地穿行。他想喊住那个巨大的背影。

"米拉波伯爵！请等一下！"

到处都是乱哄哄的低语声，但似乎米拉波还是听到了。他站住，回过头来。还像往常一样，容貌气势逼人。不意被人叫住，冷不丁一回头，那后面的人就不可能不被这副容貌震慑，只是要赶到前面去，也在队列中远远地绕开了米拉波。

话虽如此，但回头看向这边的脸上，却并无明显的不快，全不见强压于内心的遗憾，反而是一脸的平静与温和，甚至，像马上就会浮起一丝微笑。

尽管如此，追上来的罗伯斯庇尔还是由确认开口了。哎，制定人权宣言的议案通过啦。

"遗憾的是，伯爵的意见被驳回了。"

"哈哈哈！罗伯斯庇尔老弟，嘴里说遗憾，但恐怕，驳回我意见的人里，你也算一个吧。"

"算是吧，可……对伯爵来说，这一结果，到底还是接受不了吗？"

"不。我也鼓掌啦？啊！议会的总决议，我是有意接受的。"

"尽管那么强烈地反对？"

"是这样的印象吗？哈哈。我音量大，所以就给大家造成了这样的印象吧。"

"实际上，您并不反对？"

"也不是，反对倒是反对。"

"那这……"

米拉波伸出大手，把话拦住了。

"看来，你并没理解讨论的规则。记住，罗伯斯庇尔老弟。重要的是，要能通过讨论得出最佳方案。可某个人的意见，不可能总是最佳的那一个啊。因此，就需要反对意见。如要补充，那所谓反对意见，就是唤起大家对疏忽之处的注意，或是弥补不足，以此提高结论的完美程度。发言者之间不是对立关系，反而是并肩斗争的关系。"

"这，是的，或许是这样……"

"不是或许，就是这样的。啊。这才是民主主义式讨论所采用的方法啊。反过来，你脑子里所想的，或许是论争吧。一位权威来发表高论，而其他权威则来发表其他高论。为分出哪方正确吵作一团。最终，强势一方的权威获胜，弱势一方的权威落败。这就不可避免地出现了胜方与败方。即便存在致命性缺陷，胜方的意见也会得以贯彻，而败方的指摘再宝贵也不被考虑。这，就是论争。也就是说，论争是封建性的。实际上，一直以来，那帮贵族就是这样让第三等级沉默的嘛。原因是，一直以来，他们只追求自己的利益。"

从道理上来说，只能予以认可。但同时，又有一种说不清的被蒙之感。这是米拉波的真心话吗？就罗伯斯庇尔而言，仍不由心生疑窦。

18

再见了，贵族

"就是说，还是不喜欢拉斐德？"

罗伯斯庇尔直言道。在标榜美式民主，赞成通过宣言的推进派中，尤其是那位拉斐德侯爵，可谓急先锋，现又兼任国民自卫军总司令，于是，在议会中一跃而为数一数二的实力人物。米拉波呢？则既有有幸得国王路易十六器重的传闻，又以称雄议会者舍我其谁而自居，在他看来，拉斐德无疑是个令人不快的角色。

——要说，就是政敌了。

为把拉斐德拖下来，不管怎样，只要是他提出的意见，那就反对。倘是这样，那米拉波的动机也就可以理解了。

"啊！没错！"

拉斐德实在是令人讨厌啊！尤其是那副美男容貌，真是令人无法容忍！就这样，米拉波一笑了之。但罗伯斯庇尔却仍不能信服。

既以玩笑搪塞，这就是打定主意，非巧妙地甩开不可了？还是认为，像我这样的小人物，没必要坦言真正的想法？虽因感到被嘲弄多少有些失望，但罗伯斯庇尔还是打破砂锅问了下去。我所说的，是即便您并不认同拉斐德，即便伯爵不会为自负痛心——按理说，其位置该是您的……

"可即便如此，不也必须去推动革命吗？"

"说的是啊。"

这一次，米拉波并无特别的抵抗之意，甚至有随意应付之感。看来，无所谓才是其真正想法了？接受议会的最终决议也好，反对只是为得到最佳结果也罢，能一直淡然以对，就因宪法也好，人权宣言也罢，甚至连革命都已经无所谓了？

"不。唯有伯爵，断不会如此。"

因两人是边走边谈，这会儿，已经走出公共娱乐礼堂门厅了。一穿出建筑物间狭窄通道的暗影，议员们便向凡尔赛的各处散去了。

现在，也无需担心会被人听到了。罗伯斯庇尔想了想，既如此，那要确认米拉波的真意，就该将那件事挑明了。

有过这样一个动议，即由在布列塔尼人俱乐部集会的百人左右秘密推进议事，而罗伯斯庇尔也是主谋之一。应挑明这一计划，拉米拉波一起战斗，还是要予以警戒，就此打住，以免计划被化为废纸？

嗯！罗伯斯庇尔点了点头。隐瞒也毫无意义。这可是米拉波啊，说不定，已有人先向他开口，这事，他已经听说了。

"米拉波伯爵，关于废除封建制的法案……"

"哦。布列塔尼人俱乐部的议案吧。倒是听说了。"

果然如此！稍放下心来，罗伯斯庇尔说了下去。

"那伯爵怎么看呢？"

"并无特别反对之意。"

又是没什么兴趣的回答。米拉波真已经无所谓了吗？倘如此，那这本身就是背叛，断不能容了。罗伯斯庇尔焦躁起来了。

"这就是说，您也并不赞成？可以这样理解吗？"

"这，的确，突然就'再见了，贵族'，也没这样的道理嘛。"

贵族不只是在流亡。所以，要利用这一机会废除贵族本身，即废除等级制度本身的动向，确实是有的。

而所谓废除封建制的法案就是重中之重。要将贵族所依凭的领主权，即祖祖辈辈继承下来的领地所有权、征收地租权，还有对领民的裁判权，就此废弃。

"是说，伯爵自己就是贵族出身，该法案令您不快？"

"我可是第三等级的代表议员，贵族身份早就抛弃了。就算要贵族、贵族地要威风，就我而言，也是个已被剥夺继承权的浪荡子，一块领地都没给我嘛。"

"既然如此，那问题是……"

"非要说，就是稍感性急了吧。"

"是嘛。"

罗伯斯庇尔打住了。无须米拉波指摘，操之过急之感，自己也是有的。

新法国不需要贵族。所谓封建制不过是历史的遗物。作为理念虽可下此结论，但一当落实，进入实际改变社会的阶段，就会立即生出无尽的担心，如此匆忙地坚决实施，合适吗？会不会出现意想不到的事态？

——为什么？因为法国不同于美国。

在法国，贵族可不只是存在于遥远的英国的一个概念。就在几天之前他们还近在咫尺，与自己擦肩而过，俨然这个国家的主人一般昂首阔步，大摇大摆。就是这副形容让人憋气，干脆消失了才好！可再恨，他们也是有血有肉的真实存在。

——如要砍掉，疼痛不可避免。

但如不超越，就无法建立一个新的法国。啊，不是犯了什么错误。对其正确性也没有丝毫怀疑。

——与其说是不安，或许不如说，是不知该如何是好。

对自己的心情，罗伯斯庇尔也曾做过这样的分析。直到不久前都未曾想到革命真会发生。全国三级会议召集时，也不过是认为这就能表达第三等级的不满了。贵族会消失？这种事当然是想都没有想过。就是宪法的制定，也不过是书本里的故事而已。第三等级竟能掌握主导权？这更是做梦都没想到的。有时候，越是想到终于可以如愿改变世界了，就越会不由得陷入茫然。

——现在，正是需要舵手之时！

可就在这时候，本应是依靠的米拉波，那言行却突然漠不关心起来。在内心愤怒的激发之下，罗伯斯庇尔仰起脸来。

"早也好，晚也罢，理想社会都是非实现不可的啊！"

只要能实现，肮脏也好，痛苦也罢，这都有精神准备。运用策略，开展背后工作，也都在所不惜！这全都是为了理想的实现啊！罗伯斯庇尔说到这儿，米拉波冷冷地耸了耸肩。都说了，我不反对啊。

"只是，不是很在意。"

"什么？"

"这真的是为了理想？"

罗伯斯庇尔哑口无言了。米拉波话语间不经意的暗示，自己也并非意识不到。

以七月十四日的巴黎为榜样，整个法国都动起来了，很多城市发生了暴动。就像巴黎将以商人领袖为最高领导的寡头体制打翻在地一样，人们纷纷废除了旧制度，且在驱逐统治阶层的同时，各自建立起了新的自治机制。

农村也不甘落后。不，农村地区所经历的混乱反而更为严重。宛如巴黎起义一般，人们抓起手边的武器，袭向了他们自己的巴士底狱——领主的城堡！人们嘀咕着"贵族的阴谋"，直面着贵族会将外国军队引入法国的恐怖，而越是直面，其行动就越加过激。人们袭击城堡，找到视为领主权之类证据的旧文件，并相继烧毁。不只如此，就像火烧入市海关的巴黎一样，人们还把鸽子窝给点了，要么就把兔子窝给毁掉。

这就是最近被命名为"大恐怖"的非常事态。米拉波接着说，现在的法国，几乎就是无政府状态啦。虽以革命打倒了旧制度，却未能启动一个新的法国，要说，就是催生出权力真空的状态。

"话虽如此，但要武力镇压全国各地的暴动，我们立即就会陷入自我矛盾。就是说，不能像动员军队进入巴黎与凡尔赛的政府一样，不能做同样的事。最后想到的苦肉计，就是宣布废除封建制，让万民静下心来。国内的和平，无论如何都要恢复。啊。因为没有其他办法，所以，我并不反对。但也不能理直气壮地说，为了理想云云，所以，也并不由衷赞成。"

"可是，废除封建制并非坏事。并且，也没有欺骗大众啊。"

"倘如此，那我就要问了，人们乱来这事，坏不坏呢？"

"要是极端破坏社会秩序，那就……"

"哈哈。这语气，很像被枭首示众的巴黎商人领袖啊。"

"……"

"也就是说啊，罗伯斯庇尔老弟，议员中的大多数，就算不是贵族，那也是资产阶级。城市乱了，公司经营就无从谈起。"

"这……或许是这样……"

"并且，多数资本家本身就是地主啊。"

"这与废除封建制没有任何关系。就算是地主，那也不是领主。"

"可是，会为农民乱来而头疼，这是一样的吧。"

罗伯斯庇尔再次无言以对了。米拉波也并没停下。说是通过废除封建制的法案，但其动机，就是想平息社会动乱，如若不成，那资产阶级利益就会受损。要说，就是骨子里的利己之心。

"这真对社会有利吗？"

"有啊！"

"要有利于社会，那就不利于资产阶级。事后后悔的议员可就不在少数啦，他们会说，当初，不通过什么废除封建制法案就好了。到最后，要么想抽去法案的主干，要么悔弃前言，如此一来，民众这边就不会开心了。未必不会大呼上当，怒火中烧。"

"……"

"就是人权宣言，也一样啊。高声讴歌理想的心情，理解。但是，愚蠢地豪言壮语，过后就会成为谎言。一当成为谎言，就会有人动怒。革命之类，自欺欺人啊。贵族在的时候还好些。旧制度下更适于生活。要是这样子闹情绪就能回到从前……"

"回不去了！是的！废除封建制度也好，人权宣言也罢，决不让它们成为谎言！"

"但愿如此啊。"

米拉波终止交谈时，马车也靠到路边来了。车夫走下车来，一打开车门，这庞大的身躯便即刻低头，上车了。这车像是来迎接伯爵大人回府的。

临别时，米拉波叮嘱了一句。不过，罗伯斯庇尔老弟，有一事，你要记在心里。利害的协调，是极为困难的。所谓人这一生物，本就满脑子只有自己。明白了这一点，若仍要让万民认同，那就必须得施魔法了。

19

人权宣言

八月四日，国民议会决议，废除封建制。紧急动议是夜里八点发出的。

大部分议员不明所以，总之是迫不得已而被塞入了议事大厅。在演讲台上迎接大家的，是被世人称为开明派贵族的议员们，拉斐德侯爵的内兄诺瓦耶子爵、以首屈一指的大领主闻名法兰西的艾吉永公爵，等等。而他们嘴里猝不及防蹦出来的，就是废除封建制的动议。

议事厅示以狂热支持。再怎么说，这些人，本身就是封建制度的体现，可他们竟大方提案，要主动放弃领主的权利嘛！

布列塔尼人俱乐部的策略奏效了，且超出了预期。最终废除的不只是贵族特权，就连赋予城市、大区等的各类特权，也被废除尽净了。也就是说，从今往后，不再分免税市、三级会议大区，全法国将在同一法律的支配之下，每一块土地、每一个角落，都是同等国土。

当然，领主权、贵族特权这类特权的废除赢得了全场喝彩。

废除贵族免税特权，废除领主裁判权，废除农奴制、强制性赋税徭役等一切人身性贡赋。只有物质性贡赋的废除是有偿的。因地主收取年贡的权利可视为一种所有权，所以，这一封建制度的废除，要以农民购回土地的形式加以推进。

——虽然不满意，但也可以吧。没办法。

总之，废除封建制这句话大显神通，法国全境的暴乱逐渐平息了下去。就这样，在逐步重归平静的八月二十六日，议会在连日的草案审议中提出来了《人权和公民权宣言》，即所谓人权宣言。

——这是法国人的，不，堪称是全人类的一座金字塔！

罗伯斯庇尔很感动。无论重读多少次，都会在昂扬之情的裹挟之下呼吸困难。

"前言：组成国民议会的法兰西人民的代表们相信，对于人权的无知、忽视与轻蔑，乃公共灾祸与政府腐败之唯一原因，遂决定以一个庄严的宣言，呈现人类与生俱来、不可让渡而又神圣的权利。"

这一切，肇始于法兰西王国的财政困境。因贵族拒绝负担税金，国政纷争不断，事态发展的结果，就是全国三级会议的召集。那些家伙认为，自己享有免税权。是时，第三等级要求发言权，这又让议事陷入了纷争。因为他们奉行的信念，是只有他们才有权干预国政。

归根到底，他们的脑子里有的，要说权利，那就是特权。他们认为，继承于先祖的权利、国王赋予的权利，即只有他们被特别赋予的权利才是权利。而所谓全人类与生俱来的权利，他们根本就未曾想过。但这不过是蒙昧时代的陈腐想法。在人权开化的现代，若不纠正这一谬误，一切都无从谈起。

从今往后，社会建设不再基于少数人的特权，而是万民所有的人权。这一点，必须明确宣示。

"其目的在于，通过这一随时呈现于眼前的宣言，不断提醒共建社会的所有成员，其所拥有的权利与应尽的义务；随时将立法权、行政权的行动，与政治制度的应有目标相对照，如此，权利将更受社会全员之尊重，并因此而升华；让公民明白，今后，若有要求，必须根据此一简洁而无争辩余地之原则提出，且无时不将之导向宪法之维护与全民之幸福。"

在对开拓新时代的意志作出如上阐述之后，便是正文了。

"第一条　在权利方面，人们生来是而且始终是自由平等的。社会差别只能建立在事关公共利益的基础之上。"

不甘于任何支配的自由。没有贵族，也没有平民，所有人同为国民、公民的平等。罗伯斯庇尔甚至认为，这宣示全新价值观的第一条，就是全部！实际上，其余条文不过是第一条的详细诠释。

　　"第二条　一切政治结合之目的，均为维护人类与生俱来且无时效限制之权利。这些权利是：自由、财产、安全与反抗压迫。"

　　也就是说，政治，也不是为某人支配他人而存在的。今后的政治，将基于卢梭式社会契约理念运行，而政治主体，则是无名的人民。若感到利益受损，强行实施，这样的政治才是明显不当，而与之战斗，就是人民的正当权利。反过来说，就是——

　　"第三条　主权本源之根本在于国民。未经国民明确授予之权力，任何团体及个人皆不得行使。"

　　在这样的社会，自由将得到最大限度的认可。就是法律，也不能违背国民、公民之意志。

　　"第四条　自由是指，可从事一切无害于他人之行为。即每个人行使其天赋人权时，只以保证其他社会成员享有相同权利为限制。而其限制范围只能由法律决定。

　　"第五条　法律仅有权禁止有害社会之行为，未经法律禁止之行为不得妨碍，且任何人不得被强制从事法律并未要求之事。

　　"第六条　法律是公共意志之体现。全国公民都有权亲身或经由其代表参与法律制定。无论是施行保护还是处罚，法律对于所有人都是一样的。法律面前，所有公民一律平等。故人人都能平等地按其能力担任一切官职、公共职位和职务，除德行和才能上的差别外，不得有其他差别。"

　　最后的部分，如不废除卖官制这一恶疾，一切都无从谈起。在法国，一切公职都能像股票一样买卖，并且，也能像土地一样由后代继承。身履此类公职之辈往往都是贵族，但就算政府不喜欢，想把他们免掉，届时也必须按其职务的市场行情买回来。

　　正所谓国家公器的个人私有化。更严重的是，如此下去，法国就不可能向好。只要你是官吏之子，就算连读写能力都没有，同样能成为官吏；只要你是将校之子，就算连马都不会骑，仍能成为将校。相反，就算你能力再强，但只要不是贵族出身，只要没出生在公职之家，那至多也是以在下面打杂而告终……

一言以蔽之，有为人才之能力无法发挥。

若让罗伯斯庇尔说，那这就不只是个人的不幸了，更是国家的损失。

"第七条　除非有法律规定，并依法律规定手续，否则不得控告、逮捕或拘禁任何人。凡动议、下令、执行或令人执行专断性命令者，应被处罚。但若依法传唤或扣押，公民当立即服从，抗拒则构成犯罪。"

该条文的制定，我罗伯斯庇尔也参与了！一想到此事，罗伯斯庇尔的昂扬之感就越发激烈了。议员塔尔热提议，"专断性命令"应为"妨害自由之一切专断性命令"，我反对，没必要这样限定。虽只是自己的意见被采纳了，但即便是些微贡献，也是参与了伟大的人类金字塔的建造！

"第八条　法律只应设立确有必要和明显必要的刑罚，且必须依据犯法前已获通过、颁布且正确实施的法律，否则，不得处罚任何人。

"第九条　在宣告有罪之前，任何人均被推定为无罪，即便认为应予逮捕，但为扣押人身而施行不必要之残酷行为，法律必须严厉制止。"

法国政府的恶癖，即只需国王一封逮捕密信，就可不经审判而被拷问或投监的制度，也必须借此机会予以纠正。不管怎么说，直到上个月，连国民议会的议员都不得不担心，随时会被违法逮捕。在这种情况下，就算发言对法国再有益，也不可能畅所欲言。

"第十条　任何人不应因其意见甚至其宗教观点而遭到干涉，只要他们的表达没有扰乱法律所建立的公共秩序。"

围绕着条文中"甚至其宗教观点"的表述出现了纷争。因为全体教士代表议员提出要求，不应限于如此程度的消极表述，望另设一条，表明将天主教定为国教之意。

对此，拉博·圣艾蒂安基于新教牧师立场极力反对。但让罗伯斯庇尔来说，这一争论也是离题万里，应追究到底的论点在于，是神，还是自由？

不管你是什么宗教，都不应另眼相待。宗教性意见分量重了，这才有可能扰乱公共秩序呢。持有这一见解的议员不只是罗伯斯庇尔，于是，就此掀起了一场将议会一分为二的大论战。论战虽以列入第十条的内容而平息，但也只是达成了暂时的妥协，大家都认为，在审议宪法条文时，该问题应重新考虑。

"第十一条　自由传达思想和意见是人类最宝贵的权利之一。因此，每个公民都有言论、著述及出版自由。但在法律规定的情况下，必须对滥用此一自由而负起责任。"

对此，罗伯斯庇尔是不满意的。草案中的限制还只是"只要不损害他人权利"，所有人的表达自由均被认可，但正式条文中，反而依拉罗什富科公爵的提案，法律云云、滥用云云地进一步加重了限制。不，我甚至认为，不应设定任何限制。

"第十二条　保障人权需要武装力量。该力量是为万民利益而设，不是为受托管理该力量者的个人利益而设。

"第十三条　为维持武装力量，为维持行政管理支出，公共赋税必不可少。赋税必须因应经济能力，由全体公民平等分摊。

"第十四条　所有公民都有权亲身或由其代表确定分担赋税的必要性，并基于自身意志加以认可，确认其用途，决定税额、税率、征收方式及时期。"

草案中，这一条上来就表明，"税金负担是指由每位公民的财产中收取的一部分"。若是从以前的庶民意识出发，这一表述也并非理解不了，但罗伯斯庇尔还是与迪波尔派一起，将议会意见导向了删除该句。迄今为止，财产，只不过是为公共利益而委于公共机构处理的，但从今往后，国家主权者将是每一位国民、公民。不仅主动负担税金是出于真心，且在社会运作中也决不能被动。

"第十五条　社会有权要求所有机关公务人员报告其工作。

"第十六条　凡个人权利无切实保障、分权未确立的社会，就没有宪法。

"第十七条　私人财产神圣不可侵犯，除非合法认定公共需要确有必要，且在公平并预先赔偿的条件之下，否则任何人的财产均不得被剥夺。"

最后这一部分与封建制度的废除有关。但决议并不彻底，也就是说，罗伯斯庇尔并不完全接受。但最终也是毫无办法。没有充裕的时间，完美本就可望而不可即。最重要的是，就算不完美，人权宣言的崭新内容也仍为人类的飞跃性进步提供了保障。啊，已经尽了全力。值得夸耀于世的伟业已然告成！我们国民制宪议会完全有理由抬头挺胸！

20

国王否决权

——问题是在于国王。

一被拉回这一现实，罗伯斯庇尔就难抑怒火，感觉就像光彩夺目的宝物被涂上了污泥。他甚至认为，这就是背叛！

废除封建制也好，人权宣言也罢，路易十六根本就不想认可。当然，人权宣言并非严格意义上的法律。这且不说，但至少，废除封建制，这可是八月四日议会的正式决议。但就是这一决议，国王却不想批准。

"路易十六不是支持革命的吗？"

"不。国王只是尚未理解而已。"

只要恳意解释，陛下必会示以支持。

这一意见安抚了目下的议会。或许应该说，是以其音量之大将反驳压了下去吧。

"啊，交给我米拉波就可以了！"

但米拉波的胸脯拍得越响，罗伯斯庇尔就越是想不通。

啊，国王就不说了，他米拉波也……

——总感觉不太对劲。

越来越不对劲。八月四日的议会，米拉波缺席了。表决通过废除封建制法案的这天夜里，米拉波说"这等事，根本就无所谓"，罗伯斯庇尔被他嗤之以鼻。这事当然令人不快，但也在预料之中。

——无法理解的，是八月十七日的议会。

米拉波竟亲自执笔，拿出了人权宣言的草案！条文的制定程序是将议员分成几组，各组分别起草，再提交议会审议。一分好组，这大汉就摆开架式，并提交了自己组撰写的条文，且行文缜密，几乎跟他那大块头不相称。

问题不在其内容，而是米拉波在亮出草案后所说的话。

"但是，最后，请允许我附加几句。在正式宪法制定之前就发表这样的宣言，还是不禁会担心，这将对议会不利。正因亲手拟定条文，甚至会不由地感到危险。因为，形成文字就会保留下来。若与宪法发生摩擦，这文字，就很可能被用为挡箭的盾牌。"

米拉波在热情洋溢的演讲中主张，人权宣言应延期通过。但在制定宪法前通过人权宣言，这事都已经决定了呀。一句话，他是要推翻已然形成结论的讨论。

——特意拟定草案，就为要将之推翻？

其膂力之可怕令人目瞪口呆，回头想来，甚至会令人不寒而栗！

总之，罗伯斯庇尔的疑窦是越来越重了。什么为得出最佳结论，什么提反对意见是为弥补缺陷，更接近于完美……无论如何都要阻止人权宣言的通过，这才是你米拉波的真正用意吧！说是要说服国王，让他批准废除封建制的法案，内心想的，不会是要把这法案捏到自己手里，好一点点把它变成废案吧？

当然，米拉波的提案被驳回了。其草案也未被采纳，作为《人权和公民权宣言》的备议原案表决通过的，是以尚皮翁·德·西塞为中心组成的第六组的草案。

——当然会如此。

此前，米拉波甚至会让人感觉，他在如愿垄断议事，但现在，却已被议会主流抛弃了。这样的感觉已是无法否认。啊，当然会这样。对大家的热忱侧目而视，所有的尝试，他都要挑毛病！

——声音的洪亮依然健在。

九月一日那天，米拉波也是一挤进议事厅就向议长请求发言，登上了演讲台。

"嗯，我之前就讲过，唯有国王之否决权，应赋予其绝对地位！"

自八月底开始，国王否决权的议题就被提上了议事日程。也就是说，今后应制定的宪法条文中将涉及到一点，应否将否决权交予国王。即对议会表决通过的法案，国王有权否决；作为具有实际效力的法律，有权不予颁布。

从某种意义上来说，这是左右新生法国国政方针的重要议案。这一议案一摆上桌面米拉波就主张，作为国家元首，国王拥有无条件且不受限制的法案否决权，即绝对否决权。

——是可忍，孰不可忍！

罗伯斯庇尔紧咬牙关。确定人民的权利时，无所谓的轻视态度一贯到底，并且那言行就像背信弃义一样；可一到确定国王权力的阶段，马上就热情起来了。啊，看出来了。这米拉波，果然是那种人！

"但如此，国家主权不就在国王手里了吗？"

咣当一声，声音刺耳。罗伯斯庇尔一踹椅子，站了起来。连同那脚尖都踮了起来的小个子，将这疑问掷向了议事厅。啊，再不能容许他为所欲为了！啊，必须有人阻止！

"对！说得对！"

起哄声继之而起。主权在民，却轻视代表国民的议会，这想法不是荒谬绝伦吗？

罗伯斯庇尔感到，自己被这应和声激励了。我并非孤军奋战。看来，很多议员都抱有同样的愤慨。一旦鼓起勇气发声，示以支持的议员就会不断出现。

"我并不这么认为。"

那边的米拉波也是勇敢应答。是的，主权在民。但我认为，运作国家之权，应由国王与议会分而有之。

不会上当的！罗伯斯庇尔拉开架式回道：不对！分而有之，这是无法想象的。

"到最后，议会无法以一己之力制定法律。只要国王反对，人民意志便无以体现。换句话说，只因一个人的意见，多达数百万之众的全体法国人的愿望，就会被驳回。"

"这不是人数问题。若议会为国家立法权，则国王就是国家行政权。应在各自承认彼方权利的基础上相互协调，共同前行。应尊重对方意见，时时倾听对方意见，这才对吧。"

"根本不可能！若最后通过的是国王的主张，这就根本不可能！"

"为让议会主张最后通过，赋予国王的否决权是带条件的，何如？"

发言的，是佩蒂翁议员。

骨碌碌的大眼珠子，配上完美的鹰钩鼻，其相貌虽会令人想到鹘、鹞等猛禽，但其为人脾性却很沉静，反而是典型的理性派。就是在议事厅里，那态度也并非是表现欲强烈，强要出头的人物。但反过来，却又每每被周围的人推出来——你，就是你，表达你的意见。

热罗姆·佩蒂翁是在沙特尔辖区当选的，因于一七八二年发表了与民法及审判行政相关的论文，在当地早就是大名鼎鼎了。其内容的先进性也是令世人瞠目，听说他早就预见到了今天的革命成果，如诸多封建性权利将有偿废除等，人们自是会心悦诚服。

——沉静的实力派。

跟某人真是截然相反啊。为人诚实，理想高洁，正可谓秀逸之才的佩蒂翁三十三岁，从年龄来说，也只比罗伯斯庇尔长两岁。

而从同为律师出身来说，彼此间的亲近感也是不言自明。在议会的有志之士中，也可以说是值得特书一笔的盟友了。再加上另一位，即小罗伯斯庇尔两岁，时年二十九岁的埃夫勒辖区当选议员比佐，在当时并称三杰。最近一段时间，这三人很突然地共同进退起来了。

三杰中的佩蒂翁发言了。对罗伯斯庇尔来说，这是期待中的发言。

是的，即加以时间性限制，是不是也是个办法。

"比如可以这样限制，国王否决权，仅在议会的两个会期之间有效。

嗯。如此，协商的时间也有保障。"

"不！国王还是要拥有绝对否决权！"

米拉波寸步不让。是的！倘非如此，议会就会过于强势。若国王没有监视、牵制议会之权责职能，一当议会独断专行，那就无人能够阻止了。

"要说，国王否决权，就是法国这个国家的安全阀！"

"什么安全阀啊！"

"反过来了，刚好相反！应该受到监视的，反而是国王的独断专行吧！"

"一旦国王独断专行起来，到那时，究竟由谁来阻止？"

起哄声争先恐后。向米拉波倾倒而出的反驳来势凶猛，甚至颇有要倒米拉波更待何时之感。在其气势如虹的相貌与宏大音量的震慑下，一直以来，议员们都处于压抑之中，就像要趁其孤立一雪前耻一般，议员们落井下石般地狂吠起来。

——但就算发起全体总攻，若至多不过是一群狗……

虽有违本愿，但这，就是罗伯斯庇尔的临场印象。啊，就算家犬们一哄而上，可再怎么汪汪狂吠，对手也仍是一头威猛无比的狮子啊！

事实上也的确如此，米拉波毫无动摇之态。何止如此，他那一直扬起的下巴，越发笔直的站姿，就像在展示正因处于孤军劣势，反会卓立于万人之上的勇气！

——明明是如此卓绝的人物，可惜……

罗伯斯庇尔又一次狠狠地咬紧了牙关。而他咀嚼到的，却是一番别一样的情感……

21

新的危险

"阻止国王？无此必要！"

米拉波也是全无停嘴迹象。虽有谬论之感，但被其如是断言时刹那间的气势所吞，一时间竟无人出声了。在恢复如初的静寂中，米拉波淡然地将其道理抛向了会场。不如说，本就无所谓阻止或不阻止。

"因为，就国王陛下而言，其本人什么都做不了。是的，已经革命了。现在的情况已不比从前。今后，新法律的制定者将只有议会。而国王，只是通过自己的内阁、官僚与军队默默执行法律。或者说，就算国王要动议，但若议会不予通过，其所提法案也无以成为法律。在法律至高无上的今天，国王根本就没有独断专行的可能！"

从道理上来讲，罗伯斯庇尔也并非听不进去。的确如此。今后的国王就是如此。但这也并不构成赋予其绝对否决权的理由。议会独断专行？这样的忧虑根本就无法想象！

米拉波接着说，我们不应自觉意识到，新的危险不在国王，而在议会吗？因为，议会是由很多人聚集而成的集团。有时，责任会暧昧不清。有时，流于随声附和之嫌也无法否认。而不知不觉陷入过激等情况，不也同样存在吗？

"明明有这种种可能，自行制定的法律却完全不用担心会被否决。换言之，到无任何惧怕之日，议员自己未必不会妄自尊大。倘如此，就只会通过利于自保的法律，构筑起实质性特权。之前气势汹汹地责难贵族，而自己却化身贵族了！"

"不会有这种事！"

这一次，罗伯斯庇尔当即就回应了。心里越来越急切，非回应不可！因为，米拉波像个预言者一样喋喋不休起来了。一直以来，米拉波这类话也往往会成为现实，但唯有此事，断然无法认同。

"是的，议员不会成为什么贵族。议员并非世袭，而是要通过选举产生的。"

"可是，罗伯斯庇尔老弟，有望当选的，只是有钱的资本家吧。"

且不说这一次的选举，在此后不断改选的过程中，越是改选，就越会有事实上的世袭之感！米拉波这番话一出口，再次掀起了起哄的狂澜。

"资本家当议员有何不可？"

"是要讥笑我们，说我们是花钱买议席之辈吗？"

"富裕不是罪。我们不想徒劳无益地放荡淫逸。何止不会如此，反而会通过读书提高教养，基于引导国家向好的热忱，日日锤炼正确的判断力。这样的资本家，究竟哪里不好了？"

"说根本的，米拉波伯爵，你不就是个贵族吗？并且是流于怠惰，生活放荡，结果弄得债台高筑的无望贵族的榜样，不是吗？"

罗伯斯庇尔困惑起来了。撇开道理是非不谈，当那些资本家议员拼命地自我肯定时，他们那侧脸，就是恭维也难说是美的。莫非是被米拉波言中了？也就是说，今后，想把法国打造成一个以有钱人为中心的社会？难道，这才是他们的真实想法？

越是比较，就越感觉孤高的米拉波浑身上下散发着一股威严，且远为美好。

——但是，自己却无法认可他。

终究是办不到。不能被其魅力裹挟！或者不如说，他是有意要显得美。倘有此念，那我自己也会被迫立于孤立之境……这样想着，罗伯斯庇尔介入了一片混乱的会场。静一下，大家静一下！这样下去，讨论只会越来越混乱，只会让议题迷失！

"肃静!"

米拉波用尽全身的力量，大吼一声。虽本想趁机紧咬不放，但这一声断喝，议员们又把已到嘴边的起哄咽了回去。

罗伯斯庇尔只冲讲台默施一礼以示感谢，便在重归静寂的议事厅内讲了起来。是的，总感觉，我们的讨论像是偏离了本题。米拉波伯爵，您的发言并非没有道理，但另一方面，却又总给人以蒙蔽大家的印象。

"因此，让我们回到正题。且要把话讲清楚。"

米拉波保持着沉默，以眼神代答。啊，他接受了。

"为什么非讨国王欢心不可呢？"

抛出这一问时，罗伯斯庇尔看到了。虽不易觉察，但米拉波的脸色确有变化。无论何事都不会心神不定的狮子，第一次，现出了狼狈之色。

且这狼狈之色很是丑陋。果不出所料！罗伯斯庇尔进一步确信之后，说了下去。是的，米拉波伯爵，说起您最近，只会给人以奉承国王之感。

米拉波浮起了一丝苦笑。你是说……讨好？奉承？

"就我而言，只是想向国王示以敬意而已。"

撒谎！话音未落，起哄声便飞了过来。是想巴结国王，好掏一点养老金吧。要么就是想入阁？就是说，想当大臣？对！说得对！米拉波先生的真实想法，是要取代拉斐德！

——已经到了所有人都这么看的地步了？

这事，罗伯斯庇尔早就在意了。米拉波责难国王之意全无，甚至还说过这样的话： 只要自己成为大臣，那法国就会一帆风顺了。尽管那口气，说不出是认真还是玩笑。

——看来，米拉波的态度，是野心使然了？

并不是说这有什么不好。是啊！大臣之位，想坐也好，不想坐也罢，这都是米拉波自己的事。但有一事，却不能为其一己之野心而牺牲。

米拉波毫不畏惧，并试图转换话题。这个……要这样，那我也有一事相问。

"莫非诸位议员的意见，是连君主制也要干脆废除了事？"

"怎么会……"

罗伯斯庇尔的心被刺痛了。猛然袭上心头的情感，是如同什么神圣之物被玷污一般的自责。正因如此，我罗伯斯庇尔非拼死否认不可！

"连君主制都予以废除一事，我们未曾想过。此等无法无天之事，也不可能考虑。"

"嗯，是这样吧。是的，是的，大家也并没这么想。的确，法国只能是君主制。当然，借革命之机，一气转向共和，这也是一个选择。但就像那位卢梭所明言的，共和是为小国安排的政治体制。所以，并不适合法国这样的大国。说一千道一万，法国只能选择君主制。正因如此，我们才要打造一个公正的君主立宪制。"

这话，没有一个议员能够反驳说，不，错了。尽管自己也被这一波浪头冲击到了，但罗伯斯庇尔还是站住了。啊，再也不会上当了！米拉波又想以废除君主制的冲击性发言蒙混过关！

"是的。这是非常非常基本的常识。不用说，国王在君主立宪政体中不可或缺，且占有中心地位。既如此，那示以相应的敬意，不就是顺理成章的吗？"

"但是，倘如此，国王就会产生错觉。"

罗伯斯庇尔回应时，两眼直视着米拉波：我这话的意思，你是明白的吧。他想让这一事实从米拉波嘴里说出来，想让米拉波自己承认，他这是在狡辩。但米拉波却仍冲他从容地耸了耸肩。是说八月四日的决议未被批准一事吧。

"正因如此，废除封建制一事，我们才非让路易十六同意不可。之后，还必须让国王颁布宪法。正因如此，我们才应将相应的敬意表现出来，且要以一种具体的形式。我是这样认为的。我既被委以说服陛下之任，那从我的立场来说，这不应被视为理所应当的吗？"

"……"

"若国王不予认可，这样的法律，海外各国也不会承认。何止如此，还会成为他们武装侵略的口实。他们会叫嚣说，军事干涉，是为纠正那个国家的不法行为。退一步说，逃亡海外各国的那群贵族，也天天在让这些国家干涉法国的内政。"

"外国的事就不用说了。我说过，请不要转移话题。"

如此回应时，罗伯斯庇尔自己都感到，那语气已几近于悲鸣了。是的，我所提的问题，至多是国王的错觉。七月，国王虽然支持了革命，但其后，他甚至出现了变节的嫌疑。这可不只是个法案批准的问题。

"嗯，米拉波伯爵，所以说，就请您不要再含糊其辞了。"

正因是个胆怯的小个子，罗伯斯庇尔也就非常敏感。火药味儿，再次飘荡起来。看来，法国的革命，不会因攻占一个巴士底狱就轻易成功……

22

又是巴黎皇家宫殿

十月四日，巴黎的皇家宫殿再次暴怒！

耀眼的阳光透过枝叶，洒在地上的光斑轻轻摇晃，这样的夏天过去了。吹来的风也有了凉意。喝咖啡要是露天而坐，那就得竖起上衣的衣领了。脚边积满了茶褐色的落叶，喀嚓嚓直响。时令虽早已入秋，但人们满腔愤懑无以倾吐的激烈程度，却仍与之前的那些日子无异。而就是那些日子，最终导致了巴士底狱的陷落。

"这还用说？居然又调集军队了！这不倒退回七月了？"

占下一个席位，德穆兰也不甘落后。三日，也就是昨天，大家议论不休的就是这个话题。

九月十四日，法国国王路易十六将驻囤于边境杜黑一带，总兵力一千人的法兰德斯联队调到了凡尔赛。不言而喻，一当该连队二十三日抵达，巴黎的神经便即刻紧张起来。

不只如此，王室还有意触动巴黎的神经！

十月一日，在凡尔赛宫歌剧院为法兰德斯联队随军将校举行了欢迎会。这次宴会，是由近卫军将校主持的，这帮人在招待国王夫妇时，竟当面大声咒骂革命，甚至对人民出言不逊。

"听说最后，还狠命地踩踏红白蓝三色帽徽呢。"

也有人说，被踩的，就是巴伊市长在市政厅亲手交给国王的帽徽。

德穆兰忍不住说了下去，这就意味着，七月十七日的巴黎被践踏了。所谓国王支持革命，也就成了一派谎言。

"而就此放下武器的我们，则成了他们的笑料！"

代替三色帽徽发下去的，是白色或黑色的徽章，白色即用以称颂路易十六的法国王室，黑色则用以谄媚王后玛丽·安托瓦内特的奥地利王室。既如此，这些家伙可就再无辩解的余地了。

"凡尔赛到底在干什么呀！"

德穆兰厉声道。德穆兰嘴里的凡尔赛不只是王宫，也包括议会。

这层意思，至少聚集在巴黎皇家宫殿的人们都明白。也就是说，似要将革命一笔抹杀的王宫自不待言，而未能掣肘的议会也同样令人失望。哼，说一千道一万，那帮家伙全是无能之辈。发言没什么内容，就知道汪汪汪狂吠，一无用处！

"哼，什么议员，耀武扬威的，这都什么呀！"

将君临天下的国民制宪议会批驳一通，故意高声恶语相向的刹那，要说德穆兰的感受，甚至生出了某种快感。

七月十四日英勇作战的是我们！这样的自负已然形成，且已到了堪称强烈的程度。德穆兰甚至认为，议会之所有还是议会，全是自己这些人的功劳！当然，虽然自己悲惨地落选了，但相比于议员，现在也没什么自卑感了。

——说到底，时代的主角是我们！

再不寄望于什么议会了。就算撇开日益昂扬，以致出此断语的自负不说，最近的议会，的确全都是令人无法接受的事情。所以，国王才会日益自大！贵族才会图谋卷土重来！到最后，连军队都再次调来了！

事情起因于国王的否决权，即对于议会制定的法律，国王有权阻止其颁布。九月十一日投票表决，议会决议赋予国王带有条件的否决权，国王有权延期颁布法律，延期期限为两个会期。国民代表制定的法律，国王一个人就能令其无效？如此机制，荒谬绝伦！巴黎虽如此愤愤不平，但听说，那边的凡尔赛却连绝对否决权都拿到桌面上讨论过！

要说无法容忍，还包括对两院制进行了审议，认为应将国民议会划分为上下两院，就是说，要为特权等级保留上院议席。这一意见，正是无视为抗击贵族的阴谋而战的巴黎人感受的动议！

虽说到最后，这一动议也被否决了，但德穆兰的愤怒却无法平息。

"也就是说，议会已然沦落为王室的私人谄媚工具了？"

没人认为这一遣责夸大其词，因为，议会已特意做出决议，发布了令人惊诧莫名的宣言：王族身份神圣不可侵犯。

"做这一切，是不是为了让陛下批准八月四日的法案……"

在桌子斜对面接话的，是露西尔·迪普莱西。这是个带恋人一起来喝咖啡的周日午后。德穆兰自己也不是没有想到，按理说，两人应享受一下更有情趣的会话，可那嗓门儿还是大了起来，根本收不住。所以我才说，一旦纵容，就只会蹬鼻子上脸嘛！

"国王根本就不会洗心革面。不反过来强势以对是不成的。太软弱啦，议会那边！这样子根本就不可能打开局面。"

"也就是说，巴黎还是要自己采取行动吗？"

"巴伊市长本也是一位议员啊。一样的无能。"

德穆兰总结道。这样说巴黎也是有原因的。在紧接着七月十四日的狂热中，巴伊虽被推选为市长，但却很难把实权握到手里。

以选举人集会为前身的自治团体及其代表机构自治评议会突然转变了态度？不是的。是巴黎的街区集会迅速强大了起来。

所谓自治团体，实质就是富裕资本家的集会，相对而言，街区集会则是由六十个街区的居民分别组建的自治组织，基本上没有有产无产之分，活动主体是人多势众的中下层居民。既然人权平等已被认可，那就没理由谦让了，于是便很突然地加强了发言力量。

像作为首领代科德利埃区出面，为街区居民负责的丹东等人，现在，就是在巴黎市政方面也拥有了一定的发言权。当各街区每区五人，共计三百人的街区代议人选举产生后，就出现了将自治评议会推到一边，由他们占据市议会位置的动向。

至少，也要严密监视市政运作。如此，市长巴伊也就无法如愿施政了。值得同情，但与正在崛起中的巴黎的活力相比，其手足无措之感也无法否认。

德穆兰一口否定了。

"没用的。就是期待巴黎市，也是无用。"

"我的意思不是让市长先生采取行动，怎么说呢，就像七月十四日一样，由巴黎人自己……"

的确有类似的声音，这是事实。那位讽刺家马拉就通过自己的报纸《人民之友》呼吁过武装起义。就是丹东，也率领科德利埃区同伴拥入市政厅，进行过多次谈判。

"但是，说起来简单，做起来难啊。"

德穆兰的口气像在压制着自己的愤懑。也就是说，凡尔赛那边又调集军队了，只要起义，那就非钻到枪林弹雨里去不可。毫不夸张，非以命相搏不可啊。

可能是因自己的话把恋人赶入险境而自责，露西尔语气发慌，语速也加快了。那倒也是。就是我，那么危险的行动，也是再也不想有第二次了。

"但是，只能如此了。卡米尔，你现在不也是这样想的吗？"

这一次，德穆兰张口结舌了。

实际上，八月三十一日已经试过一次。又是认可国王否决权，又是为特权等级设立英式上院，传来的消息无不令人怒火填膺！既如此，那巴黎就再次挺身而起，向凡尔赛进发，向议会施加压力！就这样，德穆兰又一次在这巴黎皇家宫殿发出呼吁，应该毅然采取行动！

当时，一想到别无他法便毫不犹豫地采取了行动。现在想来，或许有尝到了七月甜头的成分吧，很容易就想到了武装起义。

但事实上，八月三十一日的起义无疾而终。所以说，并非什么时候都会像七月十四日一样取得成功。

"八月那次就被国民自卫军驱散了。是被国民自卫军啊！"

德穆兰加强了语气。他说的，是因革命而组建的巴黎民兵组织。

拉斐德侯爵被迎为总司令，国民自卫军一步步整编就序。以法国卫队为代表，七月十四日参战巴士底狱的斗士们集合起来，名为"选拔军""巴士底狱义勇军"等。除这六千人的带薪部队外，还有由志愿军组成的二万四千人预备役。可以说，这支队伍具备相当实力。

但这支力量，却未必是巴黎的"自己人"。原因在于，至少志愿军是只有能自备武器与军装的富裕阶层才有参军资格。也就是说，这是有钱人的民兵。他们虽是巴黎人，却无法否认有为资产阶级利害代言的倾向。

——这样一支部队，若不希望起义、暴动之类发生，那就会毫无犹豫地予以摧毁。

看来，巴黎终究不是铁板一块。或许应该说，团结一心、举城起事的七月十四日，反是一次例外。

23

必须行动

自此，资本家们迅速转向保守。原则上认可言论自由，但实质上，却单方裁定一些作家的言论有引发市政混乱之虞，视为危险性煽动，对作家予以逮捕。就是马拉也接到命令出面到市政厅，他现在的处境，已是被拘在押之人了。

——巴黎皇家宫殿吵闹不堪的原因，也正在这里。

既然说革命已经到来，那就应在全国各地的所有大路上尽情高呼所信奉的理想。如果认为政治可疑，那就可以随心所欲地批评！认为政治家不可饶恕，那就可以随以所欲地痛骂！可现在，就像革命前一样，这种事只能困在这自由主义之城、前卫思想家的安全地带——巴黎皇家宫殿之内而已。

"不。这可不是我胆怯。"

德穆兰接着说。只是，我不想染指毫无胜算的计划。尤其是这一次希望渺茫啊。再怎么说，法兰德斯联队抵达凡尔赛的时候，应该说不出所料吧，巴黎的国民自卫军出席了欢迎仪式嘛。还哄骗自卫军指挥官埃斯坦伯爵，说什么不会危害到巴黎，连市政厅都认可了嘛。

"既然如此，革命就半途而废了。"

"可是，谁会答应啊！"

"那到底该怎么呢？"

"只能等待机会了。是的。等待七月十四日那样的情形再次出现。嗯，是的。巴黎被逼无奈，能够再一次举城起事的机会。"

"会是什么时候呢？"

"就是问我……如果调集到凡尔赛的军队再次向巴黎进军，到了这一步，那些家伙再怎么也会火烧屁股……"

"那什么时候会进军呢？"

"我不可能知道啊。"

"是吗……也是啊。"

露西尔的声音小得似有若无，宛如在吐露绝望一般。移开一直望向德穆兰的目光，落到了自己的膝盖上。当她终于垂下头时，看着露西尔的侧脸，德穆兰也终于意识到了。作为千金长大的恋人，对政局的变化却异常关心，对革命的询问也很热心。

"是……我们结婚的事吗？"

德穆兰确认道。

只要这革命成功，那就能结婚了。对此，德穆兰坚信不疑，也反复对露西尔说过。但革命却仍未成功。

——不，我已不是微不足道的律师了。

也不是连工作都没有的自封的作家。对自己，德穆兰已经充满自信。啊，现在的我已是革命的斗士！成就了七月十四日革命的英雄之一！

事实上，德穆兰在巴黎也多少是个名人了。巴黎起义之后，还出版了两本政治小册子，都赢来了人们的喝彩。他甚至计划在不久的将来自费发行报纸。所以，再不会轻看自己了。配不上露西尔？夹尾巴逃跑？没这样的想法和打算。

"啊！我在努力！"

"那确实。没说你不好。可即便如此，若革命半途而废……"

"所以说，只能等待机会啦。"

"万一，机会不来呢？"

"……"

德穆兰倒吸了一口凉气。当再次转脸看向自己时，露西尔的目光中透露出了明显的怒意。啊，露西尔在责怪我！在责怪我德穆兰！

"可是，反对我们结婚的，不是令尊吗？"

露西尔的父亲，克劳德·艾蒂安·迪普莱西先生一直是叉开两腿阻拦两人结婚的巨大障碍。啊，的确，若革命不成，这道墙是扳不倒的。

七月十四日之后，一方面，巴黎显现出了倾向于原则理据，日益先锋激进之兆；但另一方面，保守反对变革的动向也表面化了。最终，因议会目前的可悲状态，终于酿成了国王再次调动军队的局面。

——革命并未取得决定性胜利。

无论是怀有危机感的激进派，还是放下心来的保守派，唯一的共同点就是这一看法了。对此，全无定见之辈则只好观望到底了。因为，革命仍有被推翻的可能。若国王再次伸张绝对王权，逃往海外的贵族再次回归其特权地位，那一夜之间，攻陷巴士底狱的英雄们就会沦为一无是处的暴徒。

要说迪普莱西先生，则是一位典型的稳健的资本家。没有坚硬的花岗岩脑袋，就其本来立场而言，反而是开明的。但在这几个月的激烈动荡中，还是不得不趋向保守了。加之身为人父，那就更不用说了，他也无法不慎重，根本不可能在七月十四日兴奋无比的神魂荡漾中，把心爱的女儿轻率地嫁出去。

"不！就是为让令尊答应我们的婚事，革命也必须取得决定性的胜利。这一点我非常清楚。可是……"

"是说，没理由着急吧。"

"很想快一点啊！我很想能快一点！但令尊不同意的话……"

"都是我不好。"

"我没这样说啊。"

"可是，卡米尔，在你心里，也认为我说服不了父亲，是我不好。"

"不是的！不是的露西尔！不是的。露西尔，我们不要这样子吵架。啊！真没觉得你不好。可是，责备我也很可笑啊。只要革命不取得决定性胜利，就根本没办法说服令尊。所以我正在竭尽全力。但只靠我一个人的力量，有些事情是毫无办法的。"

露西尔又把头低下了。就像证明自己只得接受这个事实，露西尔暂时陷入了沉默。就在德穆兰刚要重复安慰的话时——

"不甘心。"

不甘心自己就这样，什么都做不了。低低地吐露出这一心情，露西尔就冷不防站了起来！德穆兰禁不住吃惊地眨起了眼睛。怎么了露西尔？这是要去哪儿？

"去问一下米拉波先生！"

露西尔说出了名字。仅仅如此，德穆兰就惊慌失措，不知所以了。

虽说自信恢复了一些，但唯独那位例外。米拉波太危险了！那几乎就是个恶魔！但这在女人眼里却是一种魅力！这一点，不费吹灰之力就想象得到。所以，坚决不可以！无论发生什么样的事情，坚决不能让恋人接近他！

"说什么怪话啊！"

德穆兰试图阻止。但应该说在意料之中吧，露西尔充耳不闻。

"不，不是怪话。米拉波先生的话，七月的时候你向他介绍过我，说不定，他还记得我这张脸。"

"可就算记得，见他又会有什么结果呢？退一步说，议员之类也指望不上。不！总之，很奇怪啊露西尔，感觉这不太像你。"

"我要是表现得像我自己，情况就会有什么变化吗？"

"这……"

"总之，不做点什么，一切都无从谈起啊！是的，我要去问一下米拉波先生！他是实力派嘛，应该有能力帮我们！"

不，就算只是问一问也要去一趟。议会怎么了？革命怎么了？露西尔自顾说着，脚步也并未停下。穿过巴黎皇家宫殿的回廊，径直向面向圣奥诺雷路的便门走去。

——竟是会做这种事的女人……

德穆兰狼狈地追了上去。不，刚想追，却突然意识到咖啡还没付钱。虽只是把零钱放到桌上的功夫，要阻止露西尔也不得不高声喊了。喂！不管怎样，先冷静下来啊！我说，哪有这种怪事啊！明明眼看就天黑了！

"你是说，现在就赶去凡尔赛吗？"

尽管跑着追上了露西尔，但她却像无视一样，仍然目视着前方答道，是的，我要去。只在那边留宿一晚就可以了嘛。

"是的，我要去凡尔赛！"

"要去吗？小姐？"

意外插话进来的嗓音疲惫而沙哑，但又确实是女人的声音。

24

女人们的理由

露西尔终于停下了，德穆兰差点撞到她背上，但还是脚尖用力停住了。只见这搭话的女人头上包着白布，都发黄了。看起来就是经常看到的那种巴黎妇人。

按理说，她们是不会挤到巴黎皇家宫殿来的。但今天，这些女人们却是名副其实的成群结队。

德穆兰并非没有觉察到她们前来的原因。只要到这里来，就能探听到些什么吧。巴黎会怎样，革命会如何，不，比起这些，日复一日的生活将会怎样，总之，不打听一下就坐立不安吧。

——依然是什么都未解决。

这一现实，就是德穆兰也不得不承认。因为爆发了革命，生活就轻松了？并非如此。就算被赋予了"人权和公民权"，人们也并未因此而酒足饭饱。比起宪法，大家更想要的是面包！可尽管如此，说到筹措粮食，却没人来做任何事。

女人们从女人的立场出发，近来也骂起凡尔赛来了。没有面包！物价太高！将最重要的济贫之策忘诸脑后，不断推进的全是狗拿耗子之事！连议会都被责以做过头了，因为议会豪言壮语地废除封建制，提出人权宣言，结果，贵族们全都逃亡海外了！

——这可真是讽刺啊。

首当其冲的，是贵族府里的用人大量失业，而向贵族批发高档用品的店铺之类也门可罗雀，没了生意，连跟贵族之类毫无关系的人都被波及。因为贵族们外逃时把所有的现金都带走了。府邸领地全都被迫抛弃了，当然会是这样的结果。可如此一来，却直接导致法国陷入了严重的货币短缺。

不只是证券交易所开门也是无业可营，还影响了市场买卖。证据就是，暴怒的是巴黎的女人们。她们管着厨房，最重要的就是食物，在货币短缺的冲击下，就更难弄到吃的了。

去年遭逢饥馑的法国，今年喜获丰收，听说正在脱粒，刚想盼望已久的新麦马上就会运到巴黎呢，农民们却以货币短缺为由，担心巴黎人买不起，结果，根本就不想将麦子送入市场。

"有谁能为我们说句话吗？"

这就是街头巷尾的呼声。国王也好，议会也罢，巴黎市政厅也成，向农民作个保证，说我们会付钱，赶紧保障粮食！这么点事，为什么就不为我们做？就这样，不满爆发了。要说现在的巴黎女性，那就是气势汹汹地高喊，我们要面包，给我们面包。

"看来，那传言是真的了。"

用布包住脸颊的妇人接着说。啊，到巴黎皇家宫殿来是来对了。到底怎么了，大家要一起去凡尔赛问问，看来这事不是假的。

"啊！这样的话，小姐，我也陪你一起去！"

"谢谢！"

露西尔这一答话，到巴黎皇家宫殿来的女人们就围过来了。我也去！哼，翘着了不起似的胡子，却又什么都不做的议员先生们，有话跟他们说！

"嗯，我也去！去凡尔赛的话，国王陛下也在，对吧！"

"对对，大家一起求求陛下吧！把宫殿里的面包分给我们嘛！就算没面包，不分点点心可不成！"

"哼！就算面包堆成山也不会分给我们的。你问为什么？不就因为贵族使坏，故意囤着小麦不放吗？就是贵族的阴谋那事啊。我们就去凡尔赛，好好教训教训那帮家伙！"

"不说那么多啦。既然这样决定了，那就不要磨蹭了，好啦，去凡尔赛！”

"等一下！"

等等！等等！德穆兰大挥着两手，试图介入。等等！等等！你们究竟在说什么？又是面包，又是点心，又是贵族的阴谋，这些事可没有人在说啊！

"哼！说什么呢小哥？这些事没人说？要装疯卖傻，那可就难办啦。"

"对对。大家都在说呢。在巴黎，这才是大家都在说的事呢。三个女人要凑一块儿，除了面包，就没别事可说了。"

"这，或许吧。可……"

形势不妙，德穆兰也是知道的。确实是粮食短缺，可这些女人，为什么没因此而瘦骨嶙峋呢？这都有点不可思议了！在这些胖墩墩的女人们的逼问下，说实话，德穆兰甚至有些畏缩。但绝不能就此让步！为什么会这样虽极难理解，但作为实际问题，这事，毕竟牵扯到露西尔了。

"就是去凡尔赛，又能怎么样呢？那边，可是连军队都调过去啦！"

"怕了吗小哥？"

"哈哈哈！这儿也有只会自吹自擂的胆小鬼先生啊！"

"我不叫胆小鬼。我是卡米尔·德穆兰！"

一报上名字，女人们马上就静下来了。看来，都知道我。我果然是英雄啦！就像在说"怎么样？"一样，德穆兰抬头挺胸，享受起了昂扬的自豪感。可这也仅在眨眼之间。德穆兰刚一端架子，这一回，女人们可简直就像炸了一般！啊，可找到你了！德穆兰先生在这儿！我们的英雄，果然在巴黎皇家宫殿！

"哎？"

刚一觉察到，德穆兰就已被无数柔软的胳膊给抱住了。啊！能不抱吗？再怎么说，这都是七月十四日的中心人物啊！现在，那就是再次挺身而起，带领我们去凡尔赛的人啊！

"这不是在吗？不会因八月底的失败屈服的人啊！"

"不，那是反对国王的否决权……"

"是啊，是啊。想办法给我们面包的，只有德穆兰先生了。"

"这种话我一句都……"

"那么勇敢，想不到，竟是这么可爱的人呢。原以为，德穆兰先生是更……那个，像豪杰一样的男人。"

女人们已经自顾自嚷嚷起来了。玛尔特大姐真讨厌啊！又不是熟人，竟然连嘴都亲，再怎么说，脸皮都有点厚啦！这有什么不好，只是亲个嘴嘛！我们家那位饿过头，这些日子什么都不给嘛。要么说，那我家从还吃得上饭那时候起，就有日子没那个啦！

"我说，你们这到底在说什么呀？"

虽被女人们整得一塌糊涂，但唯有自己的影响力这一点，德穆兰还是得到了确信。啊！我果然是名人了！要是我德穆兰开口，女人们也会听的。

"听我说，大家先冷静下来！无论如何，望能听一听我的想法！"

就在这话出口前还嚷嚷成一片的喧闹，突然像从未发生一样，女人们松开手退了下去。等觉察到时，整个巴黎皇家宫殿都在注视着自己了。德穆兰不由有些动摇。这里既有作家同伴，也有不少的律师同行，而各个街区的实力人物也在看着自己。但是，没功夫顾及这些了，就是不惜一切，也非把这些女人说服不可！

德穆兰拼命地摇着头。啊，首先！首先一点！

"首先，做事要有先后。要去的话，最先去的也该是巴黎市政厅。"

"这就是说，巴伊市长会帮我们？"

"我是说，要去问他。"

"要是他不帮我们呢？"

"到那时，就让他出动国民自卫军。说起来这事也未必能成，不过，说不定会把大家一直护送到凡尔赛。"

"啊，真不愧是德穆兰先生！最重要的是，您是我们这些弱女人的自己人！"

"哈！哈哈！"

"既如此，那还不赶紧去市政厅广场？"

"等等，今天是星期天。是，是的，今天休息。主的安息日嘛，市政厅没人出勤啊！"

明天去吧！德穆兰提议道。明天就星期一了，市政厅就开门了。就是凡尔赛议会，也是周一再开始审议。不管怎么说，今天是什么都做不了了。

"那我们就定下来，明天一早八点在市政厅广场集合，怎么样？"

女人们像是接受了建议。啊，明天，我们就能吃到面包了！不，我们拿到的，有可能是小麦，所以面包可能得等到后天了。就算只是点心也好，真是明天就想吃啊。就这样说着些似懂非懂的话，总之是三三两两地散去了。

女人们散去以后，巴黎皇家宫殿里就只剩咖啡店里的客人了。一当这些人也各自围桌而坐，回到他们自己的话题，呆立在那里的，就只有最初这对男女了。

姑且是把轻率之举拦下来了。德穆兰呼地长出一口气，开始转换话头跟恋人和好。啊，先要装出笑脸。所以说，露西尔，今天晚上你也好好想一想吧？应该会明白的，就算做这种蠢事……

"上午八点，市政厅广场，对吧。"

一确认完，露西尔就转身走了。目送她左右摆动丰满而富有弹性的臀部远去的身影，对德穆兰来说也只能祷告，但愿今天会是个平静的夜晚了。啊，饱饱地睡一觉，恋人也会清醒过来的，会恢复正常的，会意识到那一闪念是愚蠢的。

25

凡尔赛游行

——真是的，女人啊……

放一晚，昨天的事情必忘无疑。德穆兰这一想法对其他女人也是一样的。不，要说巴黎的女人，这一点几乎是毋庸置疑。只要回到各自的家里，那就全是主妇。又是丈夫，又是孩子的，只能是被琐碎的生活撺得团团转了。

——这样子，还搞什么政治活动……

十月五日，星期一，虽然感觉不能跟她们搅到一起，但天性诚实作祟，德穆兰还是早早起床了。而前往市政厅广场，也不过是为慎重起见，不怕一万，就怕万一嘛。可沿着圣雅克路的下坡往下走时，却看到远处白茫茫的雾霭在轻轻飘动。

这是个寒冷的清晨，直冻得人浑身哆嗦。巴黎的铅色天空一派阴沉，雨，眼看就要落下来了。不，已经啪嗒啪嗒下起来了吗?

德穆兰不得不竖起上衣的衣领，连嘴里呼出来的都是一团团的白气了。这要是从无数张嘴里呼出来，就会化为一片白蒙蒙的雾霭，就是在塞纳河边，也照样升腾无误。穿过城岛，终于要前往右岸时，德穆兰张口结舌了!

那些女人来了! 且人数之多，绝非在巴黎皇家宫殿闹腾时可比。说起女人，最拿手的就是扯闲话饶舌了，非但没在一夜之间平息下去，反而是一传十，十传百，事情像是闹大了。啊，这已远不是那一两百人的事了。

——略打眼一看，这得有五千人了吧?

市政厅广场是名副其实的已无立锥之地。不，这里是一有什么事全巴黎都会云集而来的地方，水泄不通的人群本身并不少见。但要在平时，却总是汗臭冲天，可今天，却隐约散发着一股奶香。果然是女人们。

就自己一个男人，不由会多少生出些怯意。可也不能就此折回。德穆兰没有退缩，分开人群往前去，原来，女人们的队列前部，都挤到市政厅的门厅里去了。像是不等德穆兰前来，她们自己已经交涉起来了。

交涉声传了过来。不如说，只有尖细刺耳的高亢传到了耳边吧。

"干什么呢！为啥没人来？"

"公务人员可以迟到吗？这不是拿钱不干事儿吗？"

"不管那么多，把巴伊市长叫出来！"

口里答着什么，一脸困窘地应付她们的，是一个身穿军装的男的。要没记错，应该是斯坦尼斯拉斯·马亚尔。

之所以认识他，因为这马亚尔是七月十四日攻陷巴士底狱时并肩作战的战友，并就此加入了国民自卫军，且是带薪部队中的一员。十月五日晨，刚巧轮到他在市政厅值岗，结果就被女人们抓住了。

"算啦！看来还是得去凡尔赛，你就给我们带路吧。"

该说是不出所料吧，她们毫无道理地向马亚尔提出了要求。虽是感觉可怜，但德穆兰不但没上前几步介入其间，反而躲一样地弯下腰去，尽可能不引人注目。

他可没办法像巴士底狱的战友一样跟女人们周旋。啊，顾不上啊！

——得赶紧找露西尔！

德穆兰凝目向人海中望去。但广场上人太多了。原以为，就是人多，但无论老少全是巴黎的市井妇人，一眼就能轻易把千金之风的露西尔找出来，但真找起来，可就没那么容易了。算啦，要是没来，那自然是最好不过。可万一要混在里面，那就不堪设想啦。如果真的就此前往凡尔赛，后果真的是不堪设想！

——唯有露西尔，非阻止她不可！

德穆兰着急起来了。

"别废话了马亚尔！赶紧把武器给我们拿出来！"

"啊？听到没？你们要不扛枪，我们去扛！"

连这么危险的话都大张旗鼓地喊出来了！很明显，这群女人的情绪已然兴奋到极点，甚至能让人感觉到一股忘记了晨寒的热浪。尽管心里认为她们是在胡闹，但还是会令人想起七月起义时的那种气氛。

与此同时，德穆兰那毫无根据的臆想也越发强烈。露西尔不会也来了吧？有可能来了。啊，她一定是来了！

——得抓紧时间！

就在德穆兰暗中祈祷，万不要发出出发的号令，往队伍前部一直在谈判的市政厅门厅那块儿打眼一瞥时——

露西尔……

自己的恋人果然来了！而且是在这队伍的前部！呀，整洁清秀，着装做工明显不同于周围的那份千金之风，没错！果然是露西尔。

德穆兰回过身，缩着肩像楔子一样不断地、不断地分开人群，总算挤到了最前列，一纵身跃上台阶就跑了过去。德穆兰边跑边伸出手，抓到的，是仿佛一抓就会抓断的女人的手腕。

"露西尔！干什么呢！"

一瞬间，露西尔眼中露出了一丝惊慌，但她的脸色随即就冷淡下来了。德穆兰虽立即怯懦起来，但也正因如此，才只能把话说下去。在干什么呢？听到没？你这是在干什么呀！像你这样的千金小姐，什么起义，干不了的！

"放开我！"

露西尔并不回答，只是挣扎着手腕，想把这德穆兰的手甩开。都说了！放开！

"不！不放！露西尔，无论如何，听我一句！"

"不听！好了，放开我卡米尔！不要碰我！"

你尽做令人厌恶的事情！

露西尔突然撂出这话，德穆兰浑身无力了。尽做令人厌恶的事情？这……

一挣开男性的手获得自由，露西尔迈步向前，直到了市政厅门厅正中的大门那里。宛如银铃般可爱的声音，几令人心疼地突然高喊起来：这就是起义的标志！正是这句话突然间发动这群女人们。

露西尔高举的手里，拇指与食指之间，捏着一片树叶。虽有几许茶褐色，但那无疑是一片绿叶。大家把地上的落叶捡起来！要够得到，就从路边的树上摘下来！我们不能搞错自己人！

"是的！绿叶，就是我们的标志！"

广场上的空气，呼地动了。因女人们的喊声又高又尖，直令人联想到高亢猛进的管乐。这要是从多达五千人之众的口里喊出来，刹那间便直震得人耳鼓生疼了。

"好啦！我们去凡尔赛！"

不知哪位太太冲口喊了一嗓子。不等话音落地，女人们便行动起来了。捡起地上的落叶，或是拉过路边街树的树枝，摘下那绿色标志，便呼呼隆隆迈开脚步，出发了。

凡尔赛游行就从这里开始了。这可不是闹着玩的！我说，先等一下啊！德穆兰仍不甘心，追上了自己的恋人。

刚被训过别碰她，那就不能伸手了，于是便转到前面，简直就是拼了命一样地说服着。听我说露西尔！听我说，先冷静一下！

"我很冷静。"

"不，你这可是一反常态啊！竟会这么做……"

"可是，这就可以了吧？"

"什么可以了？"

"卡米尔，你不也在巴黎皇家宫殿决定以树叶为标志吗？"

"……"

"我也能!"

根本不可能!内心虽如是反驳,但现在,这边的德穆兰也被恋人的失控搞得头大,根本就无能为力。惊慌失措地察看着露西尔的脸色,即便要就此前往凡尔赛,那至多,也只是为了追赶露西尔。

26

稀客

这个星期一，国民制宪议会从早晨开始，便不得已展开了一场火星四射的激烈论战。这场激辩，意见对立的两大阵营各自拿出了休息日琢磨出来的所有理由。那激烈程度，简直就像在说，等这新的一周都让人等得不耐烦了。

讨论的问题，是围绕国王对八月四日法案的答复展开的。九月十四日，针对废除封建制的法案，路易十六告知议会，同意公示此一法案。且被称为爱国派的强硬派阵营主张，应让法令立即生效。对此，被称为保皇党，或可称之为稳健派的另一方则辩称，公示并非颁布，因此法案尚未成为法令。

十月一日，议会又重新要求国王受理该法案。但对此一要求又是言论纷纷，说这与批准认可性质不同，或者说，既然是受理，那是否回应就是国王的自由。等等。

有意见认为，要继续提请无条件受理，而罗伯斯庇尔、巴莱尔等人新提出的观点则认为，至少，如与宪法有关，则其地位就高于国王权威，没必要经由国王批准。总之，这类论争相持不下，一直僵持到了今天，十月五日。

——都四点了？

瞅一眼怀表，米拉波叹了口气。也就是说，讨论到这里，已经足够了吧。从早晨开始，时间全浪费到愚蠢的语言游戏里了。

说实话，米拉波感觉束手无策了。若非要划分立场，那米拉波就是稳健派，但又与真正的保皇党不同，并不想一点点把它变成废案才好。可也不像观点强硬的爱国派，米拉波并不认为，哪怕是硬来，只要让法案成立就可以了。

——要让国王承认这场革命。

由衷地承认。这一点非常重要。这是米拉波的一贯主张。这不是为什么政治策略埋下伏笔，而是出于政治家的信念，这正是当前事态的根本所在。

若焦点集中在是否批准八月四日的法案，那就不应逃入所谓的语言游戏。对路易十六抱有反感的强硬派也好，或反过来，抱有同感的稳健派也罢，无论持哪一立场，让国王毫无怨言地认可法案，都是上策。

——这对国王也有利。

而作为真正理解此事的证据，那就非让路易十六批准法案不可。

多少花点时间也是情非得已。当前的局面，也不应贸然躁进。胜负所系，非得不慌不忙，稳步推进不可。不然法国将无以浴火重生。煞费苦心的革命，也会以流产告终。即便能活下来，那这赤子婴儿也只会长成一个不祥的鬼子怪胎。

——所以才说，不要着急。

该着急的时候迷迷瞪瞪，贪于无为，该踏实行事的时候，却又横眉立目，敢为先锋。与几乎过剩的自我意识相比，说到政治能力，那就是几让人感到可怜的粗劣了。哼！就是这罗伯斯庇尔，看来，除了罗列法律术语，不也是一无所能？尽管如此，却早早就狂妄起来了！

——终究是第三等级啊。

最近一段时间，米拉波对同僚议员的蔑视之情突然强烈起来了。不。一开始就没抱太多的期待，话虽如此，可他们也太过分了。

——好不容易打造出来的议会，差不多该寿终正寝了吗？

米拉波甚至开始想到，更换、重装政治基轴的时候，到了吗？并不存在哪条法律说议会必须做国家的舵手。何止如此，只要议会是七拼八凑、包罗万象的巢穴，那法国的改革就不可能顺利。啊！虽不至于就此废掉议会，那也应该设立一个特权性委员会之类的机构，委之以议事运作之责，或与国王内阁结为一体，部分委以行政之权。

——不管怎么说吧，在一切毁于一旦之前……

就在心里如此自言自语时，议事厅的大门被粗暴地砸响了！

——不会是巴黎起义了吧！

化身为暴徒，冲到了凡尔赛来了？咣咣咣地轰鸣，连米拉波都感到脊背发凉了。倘真如此，那才真是万事休矣！

这事并非没有可能。起义传言从未间断，也有起义未遂的报告。从根本上来说，不会像孩子一样乖乖等待的就是民众，那糊涂劲儿，无法跟总体来说有些修养的议员相比。那些不知忍耐，恨不能马上看得结果的任性鬼已然焦灼到极限的样子，不难想象。

的确是耗时过久。这一点，就是米拉波也并非不承认。

——原因在于，路易十六太顽固。

顽固得出人意料。最近给人的感觉，几乎就是顽固不化。骨子里虽是个反应迟钝，并无决断的人物，却又让人有些怪异地感佩——游手好闲地逃避决断本身，正是国王的一流政治能力。

但米拉波也认为，国王需要在这件事上耗时间。因为一旦支持了革命，那以后，路易十六就得固守这一立场，动弹不得了。

但作为耗费时日的代价，就是民众的焦急。对此，米拉波心如明镜一般。迈出起义这一步，早就只是时间问题了。可话虽如此，高明巧妙地压制起义，这不正是国民自卫军总司令拉斐德、巴黎市长巴伊这些家伙的职责所在吗？

——给这帮人擦屁股？免了吧！

米拉波也不由反省，因这类想法而偷懒，无意抚慰民心，这是不是自己的过失呢？毕竟就当前时局而言，巴黎起义，才是最应恐惧的最坏事态。

——因为，起义不可能次次成功。

原因在于，作为人，作为市民，大家拥有相同的人权与公民权，这已得到认可，但巴黎居民却并非铁板一块。而如不团结一心，那就不会具有七月十四日那样的破坏力量。

只有一小部分冲上前去，毫无力量可言的起义，就算冲进这凡尔赛，但这边，有国王集结的正规军。一旦起义被这支军队镇压下去，那这时代就有可能倒退到从前。因为，这将不是革命，而会成为单纯的暴动。只要路易十六趁势振作，那连七月十四日的光荣都会被抹杀净尽，结果只有一个——重建旧制度！

——唯独这样的愚行，能避则避！

无论如何都要避开……米拉波的心情已经近于祷告了。可祷告归祷告，只有一门之隔的议事厅外，气势汹汹的气息还是明确无误地传递到了厅内。

然后……门被推开了！一马当先的人自报家门，是国民自卫军的马亚尔。

"有何贵干啊？"

这边迎上去的，则是新任议长穆尼耶。虽是先锋之地多菲内的英雄之一，但作为议员，其近段时间的言行，却突然以稳健派的姿态贯穿始终了。他应对时只是脸色有些变了，而另一边的马亚尔，态度则有些暧昧犹豫。不不，这个……您问有何干，可就我来说……不是……应该说，我只是被巴黎的女人们推来的……

"女人们？"

穆尼耶一确认，那喧闹确令人联想起大群的野鸟，闯到议会来的，当真是一群女人。正在此时，一股湿意在议事厅内扩散开来。

"是嘛。外面下雨了？"

看样子，像是不顾风吹雨打，从巴黎步行而来的。女人们身上全是泥巴。有的完全就是落汤鸡，长发脏脏地粘在脸上。这景象化为一种惊恐，令议会心生畏惧，却也是事实。

女人们见状暗喜，趁势抓住离自己最近的议员的胳膊，就自顾自倾吐起来了。到底怎么了？我们没面包吃！法国到底会怎样？钱都没了！这巴黎，你们打算怎么办？孩子肚子里没东西。革命完蛋了吗？我丈夫都失业啦！这社会根本就不会变好了，是吧？就不能再让物价降一降吗？

真是支离破碎，胡言乱语啊。米拉波苦笑起来。或者应该说，是生出了都能苦笑以对的从容吧。

——不是起义。

不过是女人们闹事罢了。哼！这连暴动都算不上！就算有人像那么回事似地扛着枪，但说到底，这枪，你知道怎么开吗？

——真是稀客啊。

可不管怎么说吧，这么孩子气的事，军队这边竟也傻乎乎地硬要出动，不该啊。不是要揪住谁穷追不舍，也不至于跟谁严重对立，只是苦笑着让让就行了嘛。米拉波如是断定后，放下心来，呼地长出了一口气。就在这时——

"米拉波先生！"

有人喊自己名字？一找喊自己的人，但见那女子虽一样被风雨吹打得全身脏湿，但给人的印象仍是截然不同。啊，这位，不是为生活所累的主妇，反像是哪个府上的千金。特别是……啊？好像在哪儿见过……

27

亲切

　　米拉波自己答应一声，出来了。

　　"您是迪普莱西小姐吧。"

　　"啊！您还记得。"

　　"怎么会忘呢。"

　　拉过那只小手，米拉波献上了一吻。应该说不出所料吧，越过这女子的肩头，米拉波看到了一张满是担心的男性的脸。没错，卡米尔·德穆兰，这女孩子，就是你的恋人吧。驱使你行动的力量源泉，就是这个女孩子吧。

　　一念至此，米拉波心里再度警戒起来。德穆兰来了？导致七月十四日起义的发起人，与女人们的游行队伍同道而来？如此说来，还可以只将此视为一桩糊涂事吗？

　　女人的手冰凉。

　　"啊。迪普莱西小姐。这样子太过分了。不马上换身衣服会感冒的。请允许我准备马车。嗯，先到我的住处去。"

　　德穆兰老弟，你会陪她去吧。这样一确认，德穆兰应该不会拒绝。就算他有了些许自信，平时不再担心这女子会被他人抢走，那也不会拒绝。如是推想的米拉波有他自己的打算，他想把这个危险人物支到离现场尽可能远的地方。

　　"好的！"

　　德穆兰的回答正如所期，甚至目露喜色，马上就催促恋人道，好啦露西尔，承伯爵美意，我们走吧。看来，就德穆兰的意愿而言，对这次游行并不存在什么特别的企图。但只是这会儿啊。会成为导火索的女子，就在这里。

"到底怎么了？"

露西尔一动不动地问道。革命，已经失败了吗？七月十四日的血，白流了吗？卡米尔的努力，也以毫无回报而告终了吗？

左右两只大张的瞳孔中，迸射着急迫，泪都一点点渗出来了，越渗越多……米拉波突然明白了！明白了！原来是这样啊！

——你，可真有你的呀。

虽没说出来，但米拉波越过女子肩头，用目光一问，德穆兰的脸色马上就难看起来了。果然是这样。真有你的。虽说婚还没结，但原以为很快就能结婚吧。

米拉波全都明白了。只要革命不成功，德穆兰甚至不是自称的作家，仍然只是个三流律师，仍然未到露西尔父亲认可这门婚事的地步。但该做的，德穆兰已经做了。这回，轮到女方着急了。啊！要是聆听天主教教诲的寻常女子，会这样的吧。像那些水性杨花的女人一样，也根本不会开心。

——别得意忘形，就因做了些事！

再次将无言的目光投向德穆兰后，米拉波转过话头，当然是满面笑容。

"革命没问题的，小姐。"

"真的吗？"

"议会正在为此努力。不，担心是可以理解的。能亲眼看到的变化始终都不出现，所以就认为革命是不是停滞不前了？或者，是不是遭遇挫折了？这样的担心，是可以理解的。可是，政治是需要花时间的。"

"是这样……可我们听说，陛下又调集军队了。"

"这种事毫无意义。那是预定中的联队调换嘛。"

"在巴黎，有传言说米拉波先生倒戈而为保皇党了……"

"瞎说！的确，议会所做的努力，我会恳意呈明陛下，但之所以这么做，也是为更快地推进革命。断不能硬来。无用的倾轧反目，必须避开。"

这虽是回答露西尔，但米拉波也视此为大好时机，是以有意提高了声音。就像他希望的一样，自顾高声喊叫的女人们围过来了。那就是传闻中的米拉波先生啊。看来，还是问米拉波先生最省事。

正是大展雄辩之才的时候！米拉波夸张地冲她们架起了胳膊。不，要说保皇党，那我米拉波，有可能就是保皇党。

"至少，又是直接让路易十六退位，又是干脆将王室流放海外，如此乱来之事，我从未考虑过嘛。"

"是啊。这么无法无天的事……"

"一般而言，都不会这样想吧。是的。我米拉波就很一般。只是按照极为常识的程序推进工作。但好像有人骂此为保皇党，或骂为叛徒，认为这无法容忍。"

"就因为这，议会吵起来了？就因为这事花时间了？"

"谁啊？干这些无聊事的？"

"你们在这一无用处地自吹自擂，对我们来说，可是个麻烦啊。"

女人们站到了自己一边。哼！意外倒是意外，但我米拉波的声望，这不还依然健在嘛。可就是这样，也是既没被选为国民自卫军总司令，也没被选为巴黎市长，所以说……哼！自私自利的见风使舵，这，又是女人的拿手本领吧。心里虽有些不假思索地连讽带刺，但米拉波语气中仍然满是亲切地说了下去：

"有什么事，或如果大家有这个希望，那我前往巴黎去作说明，也是可以的。"

当然，最后的话，是边把目光拉回到露西尔身上边说的。或许露西尔把这话理解为米拉波会雄辩地说服父亲，革命并未遭遇挫折，又或者，甚至都期待会为德穆兰提供保护吧，总之，这个年轻女子的心像是放下来了。说起来，要是只认识一个男人，那就会这样吧。对方的好意明明只是一己之便，却打心眼儿里深信不疑。

"问题在于……年老色衰的那些？"

就在要这么自语的功夫，妇女们就逼上来了。

"可是，米拉波先生！革命要是成功了，生活就会好起来吗？"

"是啊！我们没面包啊！人权不能换来面包吗？"

"对对，有人告诉我们，已经自由了，可我们手头一点都不自由啊。"

米拉波的考验在继续。啊！笑容，必须坚持挂在脸上。可即便如此，到最后就这结果？议会这边十万火急通过了人权宣言，可大众的理解和认识就是这样？

心里虽这样想，但米拉波这内心的嘲笑却是丝毫不露。何止如此，反而皱起眉头以示同感。是啊。这说起来可怜啊！

"可这苦难，马上就会结束的！听说，法国今年喜获丰收啦！"

"可我们没有今天要吃的面包啊！"

"面粉不来，来了也没钱买！"

"原来如此，这样一来，大家可不就犯愁了吗？"

米拉波给自己换上了一副毅然决然的表情。

"议长阁下！"

穆尼耶往前迈了一步。明明早就到了近前，结果却被高声叫喊，穆尼耶多少有些不忿，但还不至于多生气。不管怎么说，米拉波那意思，是要由我穆尼耶态度亲切地收拾掉这一场面。

"啊！不如这么办，大家看怎么样。首先，由巴黎的夫人们选出自己的代表。之后，再由我们国民制宪议会向陛下引荐。就算只是这些代表，也要让她们面见国王。"

议长建议到这份儿上之后，米拉波重又面向那群女人。

"到那时，把自己的希望直接告诉陛下，怎么样？"

"您就是说希望，可我们只是……"

"就是说，直言就可以啦。就说，陛下，给我们面包吃吧。"

"这么说好吗？"

"没什么不好啊。这就是法国国王的任务啊。"

女人们爆发出了一片欢呼！接下来，便由人头前带路，乖乖地离开了公共娱乐礼堂。

米拉波悬着的心放回了肚里。呼——如此，这一桩就算了吧。路易十六就是再固执，一点面包，还是会拿出来的吧。不。若只给她们面包就有大慈大悲的明君之感，那才真是乐不得给她们呢。

"如此，一高兴，说不定就会答应把法案给批了。"

玩笑刚开到半路，米拉波就慌忙否定了。当真这么轻率地认可了也不成，这要是事后变卦，那可就血本无归了。啊！现在这会儿，最多也只是让国王周济那群巴黎女人吧。

28

女人们的胜利

事实上也的确如此，路易十六把面包一事应下来了。

女人们向王宫进发时，国王刚刚御猎而归。尽管刚刚回宫，还是落落大方地接见了代表，并主动提出，除把所有的面包拿出来，还会把小麦运往巴黎。

看来，这桩事算是了啦。可议会休息时，米拉波来到公共娱乐礼堂外，却发现巴黎大道宫殿那边，喧闹仍未散去。

让人去看怎么回事，好像代表们说，国王只以口头承诺了事，根本就没拿到书面字据。因有可能被骗，女人们一在石铺的前院里坐下，可就不抬屁股了，直到把面包拿到手里。

——这简直……女人，就是多疑啊。

或许该说，是只相信实物？哼！又是人权宣言、又是宪法，再怎么申张，都不过是一纸空文啊。对此，米拉波一直报以苦笑，但直到入夜，那紧绷的脸颊都放松不下来。

因为，巴黎的国民自卫军向凡尔赛进发了。一听说女人们出发了，虽有些迟，但拉斐德还是命部队出发了。

——问题是，出动部队干吗！

简直是搞不懂！按理说，拉斐德的任务是压制暴动起事啊，难不成，是要主动让此事升级为暴动？本只是糊涂女人的轻率之举，这是乐得闹大一点，令事态恶化？

国民自卫军一出动，可就玩笑不得了。这回，可全是男的。挥得了剑，也开得了枪！而迎接他们的王室部队也不会老实呆着。米拉波越想越担心，要万一这战斗打响……他呆不住了，甚至生出了一股冲动，要闯入行军队列，一拳打到拉斐德那装腔作势的脸上！

——可是，那个美国迷，本就像是个玩笑。

但马上，米拉波就感觉无所谓了。因为晚上十点，令人震惊的报告飞进了议会。

——国王批准了八月四日的法案！

米拉波目瞪口呆。不如说，他压根儿就不相信吧。原因在于，这长达两个月的时间，路易十六一直在拒绝！申明再热诚，得到的答复也是要么公示而不公布，要么受理却不批准，总之是一直在应应付付地逃避。

——陛下的心境，这是起了什么变化？

是什么让国王做出了决断？女人们的大吵大闹？还是国民自卫军的进驻？要么就是，一系列的偶然叠加到一起，从很久之前开始，国王就越来越坚定，要批准法案？

——还是说，只是单纯的心血来潮？

闹不好，连心血来潮的价值都没有。或许是因为，要被这样子吵闹，唉，烦死人啦，干脆就批准了吧，于是就批准了事，扔下来了。

总之，这都与米拉波所设想的理想相去甚远。原因在于，如不让国王真正理解，是会出麻烦的！如不让国王由衷共鸣，是会出乱子的！就更别说是被政治压力或暴力逼得走投无路了，倘如此，那就毫无意义了。若不过是处世所需的产物，认为应付过这一遭就好，那好不容易到来的批准，将来某一天，也完全有可能被全盘推翻……

——倘如此，再怎么说，国王与革命的对立局面都无任何改变。

米拉波有些失望。而议会，也因事态的惊人发展再一次陷入纷争。这一事态，强硬派也好，稳健派也罢，根本就未曾料到，完全不知道该如何应对。

于是，议会就在不知该做什么，也不知该如何做，连个目标都没有的情况下，唠唠嗦嗦陷入了经久不息的争论。最终，十月五日的议会宣布休会时，说深夜倒也是深夜，但要看日历，那就是六日凌晨的三点了。

米拉波这一觉也没睡好，连早晨的懒觉都没睡成，至迟，也是在上午七点就被喊醒了。

"王宫出乱子啦！"

仆人报告说。米拉波匆匆穿上刚脱掉的衣服，又急急忙忙戴好假发，十万火急赶往现场。

终究是发展成起义了？国民自卫军到底是失控了？巴伊这蠢货，为什么没把部队拦在巴黎？拉斐德这个傻瓜，满不在乎地把暴徒带到凡尔赛，有这样的混蛋吗？

——就因为你们这些混蛋，革命休矣！

可是，虽怒火中烧到如此程度，但一当抵达宫殿，却发现现场情形与设想的中的不太一样……

夜色尚未退去，昏暗中，的确有很多士兵出动了。但无论是国王的近卫军，还是巴黎的国民自卫军，并未吼声震天地交战到一起，感觉反有些无所事事，只是这里那里地呆立而已。

——并且，一个个是全身透湿……

十月六日也是个雨天，或许，就因为下雨，这才用不了火枪？虽是这样想，但士兵们却连军刀都没拔出来。看来，这不是战斗，但部队终究是出动了，那就一定是有原因的。

的确，唯有那令人不安的气息，还是能感觉到的。

——看来，还是发生了什么事。

米拉波前行到了宫殿前院。呆立雨中的，还有看上去像是同样飞身起床，匆匆赶到的其他议员，也有在慌乱中蜂拥而至，来看热闹的群众。

罗伯斯庇尔也在。一脸困惑。可能是想依靠学兄吧，德穆兰靠在这小个子的身边，同样是一脸的惊慌。这是发生什么事了？我说，这到底怎么回事啊？

"不。没发生什么事。"

罗伯斯庇尔答道。在议会里，虽是直到昨天都意见相左的论敌，但这回答中，却感觉不到这类情绪化的隔阂。这就是说，现在所发生的，是超出了所谓论争是非的异常事态？可相对而言，罗伯斯庇尔的语气又有些轻松……

德穆兰接话说，是的，要说，只是巴黎的女人们在让国王陛下兑现承诺。

"巴黎的女人？承诺？"

宫殿左右伸展的两翼入口处，白色的烟雾正在升腾。凝目细看，溅起白蒙蒙雨雾，小山一样的，是装满货物的马车，旁边，还停着几辆空车，女人们有的抱着袋子，有的抱着桶，一从里面鱼贯出来，就把刚抱来的东西装到车上……

"拿到面包了？"

"还有小麦。是啊。昨天答应了嘛。"

"可是，要只是这事儿，不至于闹成这样吧。"

越往前走，米拉波也看出来了。吵闹声，不如说来自雨淋不到的殿内。透过模模糊糊的玻璃窗，能看到来来去去无数人影。可又是面包又是小麦的，要为拿到这些，也没有占领宫殿的道理啊。

"怎么说呢。虽然说希望陛下兑现承诺，多少催促一下也是事实，可……"

德穆兰有些说不清了。眼前这事态，的确是无法形容啊。就事情本身而言，倒也说得清，但要用正经政治词汇表述，可就黔驴技穷了。

一打听，说是女人们这一宿过得不满意。的确，有的到公共娱乐礼堂挤一起睡了，可再怎么说都是五千多人啊，只好露宿的女人也不在少数。正因在前一天的雨中从巴黎赶来，所以马上就受不了了吧。

事情起于凌晨六点。因宫殿走廊非常宽敞，有些女人就想借来睡一觉，但有些女人则认为，这都到早晨了，又让陛下兑现了承诺，那就赶紧回吧。总之，一当大家前往宫殿，近卫军兵当然就会制止。因这小冲突兴奋到极点的女人们毅然决然，强行突破军兵阻拦，就势闯到了宫殿的深处。

"连国民自卫军都出动了，一时就有些不堪了。"

德穆兰接着说。罗伯斯庇尔也在一旁点头。真是担心得要命，不会与近卫军冲突起来，就此发展成战斗吧！

"为什么没成战斗呢？"

"拉斐德赶到，居间调停了。"

"要这样，那也该适当让女人们平静下来啊？"

"这倒也试过，应该说，女人们也基本冷静下来了。"

是啊，拜那个所赐。罗伯斯庇尔说着，抬手指了指宫殿正面的阳台。

阳台直通国王居室。没错，拉斐德在那儿。还有个男的一起淋着雨，正在挥手。

——法国国王路易十六……

还有几个人站在那里，半身被那庞大的身躯挡住了。不如说，当女人们拥到阳台下，注目观瞧的，就是这阳台吧。

"啊！是王后殿下！玛丽·安托瓦内特殿下！"

"真漂亮！果然跟我们不一样啊！"

"有啥不一样？大家看，还有马尔特大姐，那怀里好好地抱着孩子们呢。"

"真的！真的呀！王后殿下也宝贝孩子呢。跟我们一样的女人啊。都是母亲呢。实际上是个很慈爱的人呢。"

米拉波不由咽了下嘴。这就是女人啊。简直就是全无逻辑，语无伦次。明明是她们自己占领宫殿，把王后赶到了淋雨的阳台上，这会儿又是漂亮，又是跟自己一样的女人，又是慈爱非常的，有这样的吗？

但女人们的随性而为却并无止息之意。一样的呀！一样的呀！就是王后殿下，跟我们也是一样的！

"我们的心情，她也一定是理解的。"

"要怪就怪凡尔赛不好呢。就因住在这种地方才会有错觉嘛。"

"贝尔特里斯,你这话说得太好啦!就是这样,就是这样啊!要住在巴黎,打一开始就为我们百姓考虑了。"

慢慢地,这事儿,就不仅仅是女人们的戏言了。因为没过多久,这里那里的叽叽喳喳,就汇成了同一句话:

"去巴黎!去巴黎!"

女人们异口同声,成大合唱了。去巴黎!去巴黎!就让国王陛下、王后殿下,还有王子、公主,都来巴黎吧!还有面包师跟他夫人,加上他们的公子小姐,不让他们一起来巴黎可不成!

阳台上的国王一家,只是报之一笑。可不多时,女人们就从阳台下退回来了,这是要干吗?正看着呢,她们准备起马车了。不是拉货的,而是备有豪华车厢的四轮马车。车身上嵌满蓝色的金百合图案,并饰以王室族徽。

不会吧?正这么想着呢,国王一家上车了!

"好啦!回巴黎喽!"

"是啊,我也先行一步啦。"

说完便上了货车的,是露西尔·迪普莱西。这什么意思?车上还饰有绿叶!

"……"

见此情景,就是米拉波,也大张着嘴合不上了。再加上德穆兰、罗伯斯庇尔,三个男人,只能是面面相觑了。可一想到此事事关重大,终究是无法就这么茫然呆立在那里……

——女人们,把国王带走了!

带往巴黎,带往成就了七月十四日的革命圣地。要说这意味着什么,那就是路易十六成了革命的俘虏。啊!将革命最终完成的,是女人们。无论是出于敌意,还是出于共鸣,但总之,女人们以不容对方斟酌、强人所难的热情,强行拉进了她们那柔软的怀里!

之后的凡尔赛,只有冷冷的雨,仍在一刻不停地下……

"哇哈哈哈！"

米拉波只能报以大笑了。哇哈哈！哇哈哈哈！至少，不以豪爽的大笑展示作为男人的大度，那是无以安抚自己了。

29

绝望

在凡尔赛找到的这处府邸，空空荡荡，甚至有了些寒意。大半家具、日用器具是原来配好的，感觉也没多大变化，可当整理好自己带来的家具什物，全都打成搬家包裹之后，却感觉到了一种出人意料的空旷。

这要到了夜晚，穿室而过的秋风也会相当冷冽。窗外，只有树木在沙沙作响。米拉波离开窗边，转身到了房间深处。

整个凡尔赛，也已空空荡荡。以头等荣华傲视世界，全法国，不，全欧洲的人汇集于此的金灿灿的宫殿，现在也凋落下来，只剩一群管理人了。

——尤其是……国王不在。

强行虏走路易十六之后，那支队伍似在十月六日当天便到达了巴黎。

国民自卫军奉命头前开路，刀枪尖上挑着面包。后面，则是步履昂扬，饰以绿色树叶，满载面包与小麦的马车，和看上去似以无限爱意守护着马车的成群结队的女人。

再后面是近卫军士兵、法兰德斯连队与瑞士雇佣兵，那这后面，就是国王一家的四轮马车了。听说，马车旁边是拉斐德跨马护侍。由议会选出的百名议员，也分乘数量马车前往。殿后保护的又是国民自卫军分队……浩浩荡荡，几近夸张的这支队伍，终于又在夜幕降临时回到了巴黎。

"面包师和他夫人，还有他们的公子小姐，全都带来啦！"

听到的虽是这样的第一嗓，但就巴伊市长而言，那也是慌成了一团。

毫无疑问，根本就未曾料到会是如此事态。尽管火速赶到市政厅相迎，但面对国王一家的处境，像是颇有些手足无措。

最终，路易十六及其家人被安顿到了杜伊勒里宫。当然，建于巴黎右侧，依临塞纳河畔，与卢浮宫呈相连之势的杜伊勒里宫本就是一座宏伟的宫殿，但毕竟，几十年都无人居住了。

虽说不是废墟，但也是空穴。里面只有借檐而居的乞丐。据说，当国王在这样的住处迈步前行时，时针已指向了夜里十点。

"全完啦……"

米拉波嘟哝道。国王再也跑不掉啦。作为败方，现已是巴黎的囚徒啦。就连议会，也因此而由凡尔赛移到了巴黎。基于这强人所难的胜利，革命落下了帷幕……

"整惨啦！"

米拉波哼哼道，这回可是笑不出来了。整惨啦！让巴黎那些女人！不是拉斐德，不是巴伊，也不是像罗伯斯庇尔这样的哪位议员，不是像德穆兰这样的巴黎的男人，而是岂有此理地被连名字都不知道的女人们，整惨啦！

——那些娘们儿，搞得了政治吗？

无意承认的心情让米拉波更为痛楚。那些娘们儿，搞得了政治吗！这样一问，就是现在，米拉波也是当即否定。啊！答案是否定的。绝对是否定的。行事武断，不瞻前不顾后，连大事小事都分不清。正因如此，才会单方面挥舞起正义大旗，对此行为本身毫无疑窦。无论是开始行动的动机，还是要达到的目的，全都浅近之极！说到底，此一时彼一时的感情，这，就是全部！

既是不可避免的性情不定，那就根本不可能有高远豪迈的理想。

——女人这种生物，就是大众的化身啊。

要让米拉波来说，那平民也一样，根本就搞不了政治。就算是有良知的资产阶级，颇有修学的法律专家，就本质而言同样与大众无异。就算不是女人，那也是孩子。一句话，政治是女人与孩子力不能逮的。

——既如此，那这法国，该由谁来引导？

不是贵族，但却继承了贵族那高贵精髓的人，也就是说，必须是男人，也就是我！是我米拉波伯爵！

——该来引导法国的，是被称为革命的狮子的人，是我米拉波！

事实上，也的确是一帆风顺。借全国三级会议开幕之机，揭发特权等级的独断专行，在激发第三等级激情的过程中，巧妙获得了发言权。

尽管贵族们试图逆袭，一次次恶意相向，但却一声大喝将之扼杀，同时又顺利成立了国民议会。当终于动用武力时，又以巴黎起义制止。而另一方面，则极力主张让国王承认革命。

——真就快刀斩乱麻，由我米拉波一手导引到了今天！

可……到头来，竟是这样的结果？虽认为终究是竹篮打水，但米拉波还是不由得思考，乱子究竟出在了什么地方？没能彻底怀柔内克尔？挑动了巴黎起义？还是……没能说服国王？

总之，旧制度太顽固，而革命，则又太激进了。

——不。天降大任于我米拉波，不也正因如此吗？

虽是贵族出身，但却拥有第三等级代表的议席，倘非我米拉波，哪边都不好对付的大革命与旧制度，还能由谁来充当媒介？能让过去与未来如愿共存，让应有图景成为现实的，舍我其谁？

——如此说，就是我力量不够了？

这一点，米拉波也考虑到了。有资格，但是……力量不足？

力量不足之处，能想到。那就是被社会的污辱过度涂抹的前半生。直到今天，都逃不掉因放荡贵族的身份而引起的轻蔑。而最严重的果报，就是这朽蚀掉的身体不听大脑指挥。啊！是有这一因素。这的确是拉了自己的后腿。

——可是，仅只如此吗？

米拉波接着自问。就算履历干净漂亮，就算身体健康无虞，如此，我就能引领法国了？莫不是有什么决定性的不足吧……

——证据，就是我输了。

不单是成就革命的功勋被夺走，就连酝酿已久的构想也因此而付之东流。这构想就是，让国王承认革命！让他由衷产生共鸣，进而支持革命！

对路易十六来说，巴黎之行应非本意。何止如此，对革命的反感，还会更为强烈。再怎么说，在这自由被认可的法国，国王却成了唯一一个例外而被推入了不自由之境！

——甚至，国王未必不会决意报复。

另一方面，革命一方，就算已将国王虏至巴黎，现在已不足为惧，可是……难道是终于打算让国王彻底屈服了？如不接受，那就废掉你的王位！像这样威胁路易十六，将他的所有权利与职能剥夺尽净？又或者，是要在轻率浅薄的言行过激中，就此将君主制废掉？

——如此，法国能维持下去吗？

答案，断然是否定的。要让那般女人孩子来做，等待法国的将只有毁灭。诚然，力量或许是有的。还能多少讲出点道理，或许，也会调动起一些智慧。

——但也只是没有鬃毛的母狮而已。

米拉波总结道。这狮鬃，就是权威的象征。正因鬃毛乍立，狮子才被喻为百兽之王。

不会因些小聪明话就轻率行动，所谓人，反而是因灵感而动的一种生物。若不被赋予灵感，那任谁都无以成为领导者。只要得不到灵感，就无一人能安心。归根到底，先有自信狮鬃之威风，且有令万民信服的王者魅力，方有一国之治。

米拉波有自己的信念。虽说是国，但他认为，追根究底也无异于家。既如此，无父，家便无从谈起，而法国之父，就是国王。

——鬃毛乍立的雄狮，也是父权之喻。

当然，不是什么样的父亲都可以。父亲，必须是父亲。倘不关心孩子，那就该受到责备。必须让父亲改变态度，认同孩子的活法，虑及孩子的苦处，倾听孩子的想法。

回头说法国这个国家，应该是一样的。啊！革命，是必要的。这一精神，国王应该理解。但轻易得不到共鸣，令人遗憾，却是事实。

——因此就说，这边反抗就可以了？

因这不合情理而一笔抹杀，只以力量来说话就可以了？实际生杀另当别论，至少，将父亲的身影从内心视野中赶走时，那个孩子还能像以前一样平静？这样的父亲我不需要！就这样高喊着，真能健全且善良地过上幸福的生活？

——不！这太荒谬了！

对这样做的必然结局，米拉波毫不怀疑。会时时受到不安的折磨嘛。而要消除不安，就断不能滑向过激。到最后，留下一个黑黑的大污点，就算事后自悔也无以挽回了。

——要是等到那一天，可就为时已晚了。

如此悲哀之事，那些女人、孩子想过吗？哪怕是一次？之所以就想这样高喊，正因为这就是米拉波自己的亲身感受。啊！我米拉波因为丑而被父亲疏远。若因此而反抗会被送入大牢，于是被打发进了军队。于是就越发憎恨，这种父亲，见都不想见，可在拉开距离的过程中，等意识到时，自己的生活业已荒废……

——而要重新站起来，就是不情愿，那也必须直面父亲！

阅读佯装成开明派重农主义经济学家的父亲的著作，将他基于民众立场的言行举动学到手，最后只得重回因缘难解的那块土地普罗旺斯，参选议员。啊！如此，我应该是重新站起了！应该是已然成为一头狮子！得到了那头鬃毛！

——但这一切都太迟了……

父亲，已经入土。直到阴阳两隔，永生遥不可及，米拉波一次都未坦率自省。啊，是的。不是想向父亲复仇，而是想相互认同，相互理解。想以此由那个不详的怪物，变回到值得被人疼爱的人！

——但为时已晚。

再怎么一次又一次地抱憾，都无以得救了。法国这个国家跟它的父亲正要走上的，不就是这同一条路吗?

空旷的府邸，响起了敲门声。不一会儿，仆从禀告，有客人来访。

——客人?

米拉波很纳闷儿。猜不出是谁，但也没觉得不可思议，也没有不安。不如说，都事到如今了，所有的幕布全都落下，还有什么非守护不可的?啊，都已经落败了。事到如今，只有绝望啦。

——既已如此，就是恶魔来了，我米拉波也照样欢迎!

30

密使

走进房间的，不是恶魔那也是幽灵—— 一个苍白得要命的男子。个子很高，身形瘦长。面无血色不说，瞳孔的颜色也很浅。装束虽不华美，但也无可挑剔，且还穿着马裤，由此看来，要说其等级，必是贵族无疑。

"搬家在即，日常用具也不周全……"

米拉波把倒放到桌上的椅子放下来，以手示意，请来客坐下。边示意，边恨不能嘣嘣嘣敲打脑壳，好拼命想起这来人是谁。嗯，此人并非第一次见到之前，在什么地方见过。

"您可是……奥地利大使？"

米拉波开口了。啊！正是！弗洛里蒙·克劳德·梅西·达尔让托伯爵，奥地利大使。在某个沙龙上，经人介绍，彼此寒暄过。

来人的脸上现出一丝惊异，但立马恢复了那沉静的微笑，佯作不识般地答道，不，鄙人并非此等人物。就算真让您说中了，米拉波伯爵，万望您莫以鄙人姓名相称。

"这一次，鄙人是作为密使而来。"

"噢？密使？"

"如让您明白这一点，我想，对您也有好处。之所以如此说，视伯爵答复，或许，此次面会只当从未发生，对你我二人方为明智之举。"

"明白了。"

米拉波只答了这三个字便作罢了。对方的来历虽已看穿，但要说特意来访的原因，却依然是令人费解。奥地利大使何故到我这里？明白了。首先，不可轻易深入，或许才是聪明之举。

"我如何答复竟如此事关重大，那您与我面会，究竟所为何事呢？"

奥地利大使干咳一声，答道：

"想必，米拉波伯爵也已知晓，目下的法国，流亡海外者接连不断。"

米拉波点头，以示知悉。所谓流亡，这一次，并非是反对改革的贵族。在十月五、六两日的事件冲击下，以保皇党拉利托勒达勒、稳健派穆尼耶为首，辞去议员之职，或干脆流亡海外者已逾百人。

"如今留在议会中的，可以说是思想稍有过激之士吧……不，或许不该如此断言，大多数或是因事态发展急速，头晕目眩，完全不知道该如何是好吧……"

正在他含糊其词时，米拉波主动作答了。

"狂妄不已，但实际上天真幼稚，要说，就全是孩子一样的一帮人。您是这意思吗？"

"虽不至于如此贬抑……"

声音虽越来越弱，但大使还是堆起了笑脸。对这边的回答，感到喜形于色了吧。是已然确信，如此就能再进一步了吧。

啊，虽然看不太清，但我也并非看不到。奥地利大使接着说，总之，要找拥有正确而卓越见识的议员，或者说，要找有能力对法国予以稳妥指导的政治家，那就当前议会而言，多少就有些困难吧。

"事到如今，要说这可期之人……"

"巴黎市长巴伊？啊，是啊。此人也是思想过激，且一无所用，不过是装饰而已。看来，巴伊不成。那就只有拉斐德侯爵了。是这样吧。"

"鄙人并不否定。是啊，拉斐德阁下不但目下地位出众，且世代为奥弗涅大区名门贵族。就是在这个意义上，也与指导者相符。只是……这个……"

"要说那位侯爵殿下，总有些地方令人失望？"

是这看法吗？米拉波又一次先行给出了答案。不错，受到美国的强烈影响，这倒不假，但抛开这照搬照抄的现学现卖，那就搞不清他在想什么了。不如说，甚至有时会感觉，像是什么都没想。

"是这样的吧，奥地利大使阁下。"

虽以头衔相称，但这回，达尔让托伯爵并未拒绝。看来，我这些话中，处处都有正如所期之感吧。并无为敌之忧，暂且能够放下心来了吧。啊，是的。要是我米拉波，但信无妨。

"那，大使阁下，若进一步说下去，那您，不，或许该说是您侍奉的主人吧，总之吧，就是期待中的指导者，又是什么样子呢？"

"是啊……首先，要有令大众着迷的雄辩之才，且具备撬动议会之政治能力，得是这样的才干型议员。"

"这是最低条件吧。"

"不错。此外，若再出身贵族，那就更好了。如果进一步附加……"

"那在其政治活动中，得时为王室的处境考虑，最好是这样的人才。您要附加的，就是这样的条件吧。"

大使的微笑一如既往，但那心情，却似已昂扬了起来。米拉波说了下去，是的，理解王室之尊，守护其本源性权责与职能，不只如此，还要有能力在政治上实现这一理想。的确，倘有这样一位人物，那作为当今法国之指导者，就极如人意啦。

既然让自己不停地说下去，那看来，对方就并不否定。毋庸置疑了。是的，此人是奥地利大使！

自己对这背后真相的猜测，米拉波已经毫不怀疑了。是的，没错，全都想起来了。虽被授以奥地利大使之职，但伯爵当初，在其奥国公主嫁到法国来时，却是作为服侍公主的监护而被命为随员入法的。

——那其主人，就是当今法国王后玛丽·安托瓦内特！

如若进一步推察，那在王后的背后，还应有法国国王路易十六！鉴于当前形势，国王不便于亲自派遣亲信，于是就假道王后，让拥有外交特权的奥地利大使来走这一趟！

　　大使接言道，此答堪称完美，米拉波伯爵！我们要找的指导者，无疑就是满足此等条件的人物。

　　"话虽如此，但伯爵悉数言中也并不意外。"

　　"噢？何出此言？……"

　　"要让鄙人说吗？"

　　"请讲。"

　　"那好。是的。不错！为渡此难关，应为掌舵之人者，米拉波伯爵，您，正是我家主人寄予最大信任，也是寄予最大期望之人！"

　　来了！米拉波吟道。同时也不自觉地狠命握紧了拳头。国王点名找我来了！点我米拉波的名说，要来依靠我了！

　　——路易十六他……

　　基于议会运作之需，虽曾几次面驾，但迄今并无心领神会之实感。无论你对革命的申述如何热忱，陛下一向是心不在焉，何止不会示以理解、产生共鸣，反而甚或有多事之感。拖延不决，一任时间溜走，这就引发了民众焦灼并终至于爆发，自己也被革命一方劫持而去，刚为此痛心呢，那位国王，就点名求我来了！

　　竟有如此讽刺之事！米拉波连苦笑的心都有了。为什么？路易十六这都沦为革命的俘虏、囚徒了，这才知道着急了？这是彻悟到，倘一味不屈不挠地坚持到底，事态不会好转，于是就想起那个极力痛陈这是为了王室的议员来了？

　　或许，并非自己的苦口婆心陛下已然领会，作为路易十六来说，有可能只是想怀柔那个叫什么米拉波的议员，只是要让我作为其喉舌开展工作，只是要让我守护王室的利益……也有可能是仅此而已……

　　证据，就是奥地利大使一言不发地递来一张纸。一、代还米拉波先生之借债。二、每月发放六千里弗尔年金。三、请辞议员之职时，发放百万里弗尔。

　　——被国王看扁啦。

米拉波想。可是，算啦，还好吧。毕竟，在这一工作的余暇，我也有机会向国王热议一番嘛。不，看来这一次，终于，我被付予了由衷表达热诚的大量时间！

——而最后的目标，就是让国王真正转变！

反复痛陈，就像时刻挂念孩子的好父亲一样，作为一个好国王时刻挂念自己的臣民，这一次，一定要让步入正确道路的法国成为现实！而这些就是我愿望与抱负的报酬？米拉波心里嘟哝着答道，好的，荣幸之至。嗯。请回禀你家主人，就说，可以相信我米拉波，也可以期待我米拉波。

"是的，不错，我被称为革命的狮子嘛。"

"是为何意？"

"非要一头勇猛威武、随风飘摆的狮鬃不可啊。正因有了这样一头狮鬃，才有百兽之王之喻吧。"

"原来如此。"

点了下头，奥地利大使留下话，下次将遣人来见，便辞别而去了。在窗边目送着马车远去，听着马蹄车轮声越来越远，米拉波心里翻来覆去地说道，革命并未告终！绝不能让革命就此告终！反而应该说，一决雌雄的大幕，这才刚刚拉开！啊！一切还来得及！

"不！要赶得及啊！"

最后，米拉波一边说出声来，一边在厚厚的胸脯上捶了两拳。

身体情况，绝对说不上好。看来，过去的老账还是欠多啦。今后，将是一场满身创伤的战斗。但即便如此，我米拉波也断不会放弃！还来得及嘛！啊，既如此，就是我，也非去不可！

——去革命之都，巴黎！

既是赌上一己自豪与自尊之战，就是豁出这条命，那也义无反顾！当想到自己就是一头狮子时，米拉波得到了救赎，心里甚而至于平静、坦然了起来。

主要参考文献

- J・ミシユレ 『フランス革命史』(上下) 桑原武夫/多田道太郎/樋口謹一訳 中公文庫 2006年
- R・ダーントン 『革命前夜の地下出版』 関根素子/二宮宏之訳 岩波書店 2000年
- R・シャルチエ 『フランス革命の文化的起源』 松浦義弘訳 岩波書店 1999年
- G・ルフェーヴル 『1789年—フランス革命序論』 高橋幸八郎/柴田三千雄/遅塚忠躬訳 岩波文庫 1998年
- G・ルフェーブル 『フランス革命と農民』 柴田三千雄訳 未来社 1956年
- S・シャーマ 『フランス革命の主役たち』(上中下) 栩木泰訳 中央公論社 1994年
- F・ブリュシュ/S・リアル/J・チュラール 『フランス革命史』 國府田武訳 白水社文庫クヤジュ 1992年
- B・ディディエ 『フランス革命の文学』 小西嘉幸訳 白水社文庫クヤジュ 1991年
- E・バーク 『フランス革命の省察』 半澤孝麿訳 みすず書房 1989年
- G・ヤレブリャコワ 『フランス革命期の女たち』(上下) 西本昭治訳 岩波新書 1973年
- スタール夫人 『フランス革命文明論』(第1巻〜第3巻) 井伊玄太郎訳 雄松堂出版 1993年
- A・ソブール 『フランス革命と民衆』 井上幸治監訳 新評論 1983年
- A・ソブール 『フランス革命』(上下) 小場瀬卓三/渡辺淳訳 岩波新書 1953年
- P・ニコル 『フランス革命』 金沢誠/山上正太郎訳 白水社文庫クヤジュ 1965年
- G・リューデ 『フランス革命と群衆』 前川貞次郎/野口名隆/服部春彦訳 ミネルヴァ書房 1963年
- A・マチエ 『フランス大革命』(上中下) おづまさし/市原豊太訳 岩波文庫 1958〜1959年
- J・M・トムソン 『ロベスピエールとフランス革命』 樋口謹一訳 岩波新書 1955年
- 野々垣友枝 『1789年 フランス革命論』 大学教育出版 2001年

- 河野健二 『フランス革命の思想と行動』 岩波書店 1995 年
- 河野健二/樋口謹一 『世界の歴史 15 フランス革命』 河出文庫 1989 年
- 河野健二 『フランス革命二〇〇年』 朝日選書 1987 年
- 河野健二『フランス革命小史』 岩波新書 1959 年
- 柴田三千雄『フランス革命』 岩波書店 1989 年
- 柴田三千雄 『パリのフランス革命』 東京大学出版会 1988 年
- 芝生瑞和 『図説 フランス革命』 河出書房新社 1989 年
- 多木浩二『絵で見るフランス革命』 岩波新書 1989 年
- 川島ルミ子 『フランス革命秘話』 大修館書店 1989 年
- 田村秀夫 『フランス革命』 中央大学出版部 1976 年
- 前川貞次郎『フランス革命史研究』 創文社 1956 年

◇

- Alder, K., *Engineering the revolution : Arms and enlightenment in France*, *1763 - 1815*, Princeton, 1997.
- Anderson, J. M., *Daily life during the French revolution*, Westport, 2007.
- Anderson, D., *French society in revolution*, *1789 - 1799*, Manchester, 1999.
- Andress, D., *The French revolution and the people*, London, 2004.
- Bailly, J. S., *Mémoires*, *T. 1 - T. 3*, Paris, 2004 - 2005.
- Bertaud, J. P., *La vie quotidienne en France au temps de la révolution : 1789 - 1795*, Paris, 1983.
- Bessand-Massenet, P., *Robespierre : L'homme et l'idée*, Paris, 2001.
- Bonn, G., *Camille Desmoulins ou la plume de la liberté*, Paris, 2006.
- Bourdin, Ph., *La Fayette, entre deux mondes*, Clermont-Ferrand, 2009.
- Burnand, L., *Necker et l'opinion publique*, Paris, 2004.
- Campbell, P. R. ed., *The origins of the French revolution*, New York, 2006.
- Corrot, G., *La Garde nationale*, *1789 - 1871*, Paris, 2001.
- Castries, Duc de, *Mirabeau*, Paris, 1960.
- Chaussinand-Nogaret, G., *Louis XVI*, Paris, 2006.
- Desprat, J. P., *Mirabeau : L'excès et le retrait*, Paris, 2008.
- Dingli, L., *Robespierre*, Paris, 2004.
- Dufresne, C., *Les révoltes de Paris*, Paris, 1998.
- Félix, J., *Louis XVI et Marie-Antoinette*, Paris, 2006.
- Fray, G., *Mirabeau, L'homme privé*, Paris, 2009.
- Gallo, M., *L'homme Robespierre : Histoire d'une solitude*, Paris, 1994.
- Goubert, P. et Denis, M., *1789 Les français ont la parole*, Paris, 1964.

- Hardman, J. , *The French revolution sourcebook*, London, 1999.
- Haydon, C. and Doyle, W. , *Robespierre*, Cambridge, 1999.
- Lever, É. , *Marie-Antoinette: La dernière reine*, Paris, 2000.
- Livesey, J. , *Making democracy in the French revolution*, Cambridge, 2001.
- Lüsebrink, H . J. and Reichardt, R. , *The Bastille: A history of a symbol of despotism and freedom*, translated by Schürer, N. , Durham, 1997.
- Mason, L. , *Singing the French revolution: Popular culture and politics*, *1787 - 1799*, London, 1996.
- McPhee, P. , *Living the French revolution*, *1789 - 99*, New York, 2006.
- Rials, S. , *La déclaration des droits de l'homme et du citoyen*, Paris, 1988.
- Robespierre, M. de, *Œuvres de Maximilien Robespierre*, *T. 1 - T. 10*, Paris, 2000.
- Robinet, J. F. , *Danton homme d'État*, Paris, 1889.
- Saint Bris, G. , *La Fayette*, Paris, 2006.
- Schechter, R. ed. , *The French revolution*, Oxford, 2001.
- Scurr, R. , *Fatal purity: Robespierre and the French revolution*, New York, 2006.
- Shapiro, B. M. , *Traumatic politics: The deputies and the king in the early French revolution*, Pennsylvania, 2009.
- Tackett, T. , *Becoming a revolutionary: The deputies of the French National Assembly and the emergence of a revolutionary culture* (*1789 - 1790*), Princeton, 1996.
- Vallentin, A. , *Mirabeau avant la révolution*, Paris, 1946.
- Vallentin, A. , *Mirabeau dans la révolution.* Paris, 1947.
- Vovelle, M. , *1789: L'héritage et la mémoire*, Toulouse, 2007.
- Vovelle, M. , *Combats pour la révolution française*, Paris, 2001.
- Walter, G. , *Marat*, Paris, 1933.

图书在版编目(CIP)数据

法国大革命物语.1,革命的狮子/(日)佐藤贤一著;王俊之译.
—上海:上海译文出版社,2019.10
ISBN 978-7-5327-8024-2

Ⅰ.①法… Ⅱ.①佐…②王… Ⅲ.①长篇历史小说—日本—现代
Ⅳ.①I313.45

中国版本图书馆 CIP 数据核字(2019)第 139988 号

SHOUSETSU FRANCE KAKUMEI by Kenichi Sato
Copyright © 2008 Kenichi Sato
All rights reserved.
First published in Japan in 2008 by SHUEISHA Inc., Tokyo.
Simplified Chinese translation rights in China arranged by SHUEISHA Inc.
through THE SAKAI AGENCY and BARDON-CHINESE MEDIA AGENCY.

图字:09-2018-082 号

法国大革命物语 1:革命的狮子

[日]佐藤贤一 著 王俊之 译
责任编辑/常剑心 装帧设计/徐小英 封面插图/刘少龙

上海译文出版社有限公司出版、发行
网址:www.yiwen.com.cn
200001 上海福建中路 193 号
上海市崇明县裕安印刷厂印刷

开本 890×1240 1/32 印张 14 插页 2 字数 245,000
2019 年 10 月第 1 版 2019 年 10 月第 1 次印刷
印数:0,001—6,000 册

ISBN 978-7-5327-8024-2/I·4929
定价:58.00 元